HAYMON taschenbuch 319

Georg Haderer

Seht ihr es nicht?

Kriminalroman

Georg Haderer

Seht ihr es nicht?

1

Was die Schlagzeilen über die Ereignisse jener Nacht vom 23. auf den 24. August 2019 betraf, war eine auffällige Vielfalt in der Wortwahl und den daraus folgenden Bedeutungen zu bemerken. So berichteten etwa aus Deutschland der *Stern*, die *Hamburger Morgenpost* oder die *Frankfurter Allgemeine* von einem Drama beziehungsweise einer Familientragödie – auch seriöse Schweizer Zeitungen tendierten zur Version eines schicksalhaften Unglücks –, während in Österreich auf fast allen Kanälen von einem Verbrechen die Rede war. Hier wiederum war bemerkenswert, dass die überregionalen Zeitungen und Fernsehsender zurückhaltend berichteten, Begriffe wie Mehrfachmord oder Gewaltverbrechen verwendeten, doch je näher die Medien dem Ort des Geschehens waren, desto erzürnter, wüster und auch spekulativer wurden die Berichte. Blutbad, Blutrausch, brutaler Raubmord mit oder gleich ohne Fragezeichen, Massaker, ausgelöscht und regelrecht hingerichtet, so die Titelseiten des ostösterreichischen Boulevards und der Gratiszeitungen. Woher diese Verschiedenheit? Waren den Redaktionen jeweils andere Fakten zur Verfügung gestellt worden? Wollten sie gewisse Schlussfolgerungen auf Seiten der Konsumenten nicht zulassen? Oder glaubten sie gar, durch die verwendeten Begriffe die Wahrheit im Nachhinein beeinflussen zu können? Die ganze Wahrheit. Die es irgendwo doch geben musste. Wenngleich sie zu jenem Zeitpunkt wohl nur dem Täter bekannt war. Natürlich müsste hier hinter einem Querstrich auch die potenzielle Täterin Erwähnung finden, besser noch sollte es die Täter*innen heißen, hier galt es, die kriminaltechnischen und forensischen Untersuchungen abzuwarten, wie der Pressesprecher der Landespolizeidirektion in Graz verlautete, gefasst und sachlich. Ganz anders der mit den Tränen ringende Bürgermeister von Unterlengbach, der von einer so schrecklichen wie unverständlichen Tat sprach, einer unfassbaren Tragödie, eine Gemeinde unter Schock, ein Großaufgebot an Polizisten, Forensikern, Kriseninterventionsteams, Suchtrupps samt Hundestaffeln in den Wäldern, um nach dem abgängigen Mädchen zu suchen, der einzigen Hoffnung auf eine Überlebende des Massakers; wo mochte sie sein, die elfjährige Tochter, deren Bild mittlerweile das ganze Land kannte? Tot, verschleppt, in Panik geflohen oder vielleicht gar als Täterin auf der Flucht? Die Antwort hing wiederum von den Medien und der Wortwahl ab. Die Polizei hielt sich auch hier bedeckt, ersuchte um Zurückhaltung bei Spekulationen, was freilich in den Internetforen niemanden kümmerte. Und wiewohl – hoppla, woher war denn dieses schöne alte Wort plötzlich in ihr Gehirn gestolpert? – und auch wenn sich Philomena Schimmer also beim Aufklappen ihres Laptops geschworen hatte, nicht in diese virtuellen Verschwörungsnester und Geifergruben hinabzusteigen: Lass dich nicht schon wieder verwirren, verstören, erzürnen von diesem Dreck! Lass es, lass es, hier gibt es nichts zu finden, schon gar keine neuen Spuren, auf die der polizeiliche Überwachungsalgorithmus nicht längst vor dir aufmerksam geworden wäre! Lass dich nicht hinabziehen in diese Niedertracht! Wo selbst das vordergründige Mitgefühl voll Selbstmitleid und Zum-Glück-nicht-ich-Erleichterung steckte, lies das nicht! Zu spät. Ah, hier, eh klar, *trueblood84*, diese miese Kreatur, wollte alles darauf wetten, dass es *Touristen vom Balkan oder andere Kültürbereicherer* gewesen wären, *Albaner, Afghanen, Araber, das Triple-A der österreichischen Willkommenskultur*, bemühte sich *fettwiegarfield* um seine Likes. Philomena! Lass es. Das belastet dich während der Arbeit oft genug, hüfttief im stinkenden Schleim des kranken Volksempfindens zu stehen! So pathetisch äußerte Schimmer sich zumindest am folgenden Tag ihrer jüngeren Schwester Thalia gegenüber. Und deren Antwort: Schön gesagt, aber selber schuld, wieso setzt du dich dem aus? Gestern wäre erstens *Das Sommerhaus der Stars* und parallel dazu eine Wiederholung der *Vorstadtweiber* gelaufen.

„Ich versteh nicht, wieso du dir so was anschaust", sagte Philomena Schimmer kopfschüttelnd, „ich meine, du hast Psychologie und Philosophie studiert, und dann gibst du dir diesen verlogenen, pseudoemanzipatorischen Mist, das ist Jennifer-Aniston-Feminismus, Beauvoir und Butler drehen sich im Grab um."

„Judith Butler", jetzt verdrehte Thalia die Augen, „erstens lebt die noch, soweit ich weiß, und zweitens ist mir dieses ganze verkopfte Gendergetue ... Als ob man irgendwelche Ungerechtigkeiten automatisch beseitigte, wenn man das Wort dafür ändert ... Reicht doch, wenn ich mich traue, Maurern mit ihren sexistischen Sprüchen den Mittelfinger zu zeigen, letztens hat mir einer *kleine Ficksau* zugeraunzt ... Danke übrigens für den Pfefferspray."

„Gerne, Rechnung geht ans Innenministerium ... Maurer hat mich, glaub ich, seit zehn Jahren keiner mehr schwach angemacht."

„Du hast eben diese ... natürliche Autorität, von der sich solche Primitivlinge einschüchtern lassen."

„Hm", machte die ältere Schwester und überlegte, ob hinter dieser Aussage ein Kompliment oder ein Besänftigungsversuch steckte. Ach, dieser alte Stachel schon wieder: Ja, Thalia sah besser aus, daran ließ sich ohne völlige Missachtung der gängigen Schönheitsideale nicht rütteln, und auch wenn Philomenas pubertärer, zorniger Frust längst einem meist gleichmütigen Hinnehmen gewichen war, spürte sie doch ab und zu diesen Stich, aua, hätte sie doch auch gerne diese anrührende Zierlichkeit gehabt, diese Figur, dieses perfekt proportionierte Gesicht, diese reine Haut, lass es, Philli, du hast auch deine Reize, hatte ein Ex sie einst zu trösten versucht, worauf sie ihm am liebsten das Ohr abgerissen hätte.

„Ich mach mir noch einen Tee ... Magst du noch einen?“, sie deutete mit dem Kinn auf das leere Weinglas ihrer Schwester.

„Sicher ... Bist du total abstinent?“

„Ja“, ohne weitere Erklärung stand Schimmer auf und machte die paar Schritte zur Küchenzeile, öffnete den Kühlschrank, füllte das Glas ihrer Schwester randvoll mit dem Rest des Sauvignon, schaltete den Wasserkocher ein und ließ ihn knarzend sein Werk verrichten. Ihr Blick verlor sich in der Krone des mächtigen Kastanienbaums vor ihrem Fenster. War das normal, dass die Blätter jetzt schon diese herbstlichen Altersflecken hatten? Na ja, kein Wunder bei der Hitze, wer weiß, wie lange die das überhaupt noch überlebten in der Stadt, wie lange der Wienerwald dieses Klima noch aushielt, bevor ... Ich kapier's nicht, nachdem er, jetzt sag ich auch schon er, nachdem er/sie die Frau und ihren Vater erschossen hat/haben – was ja noch als vernunftbasierte Entscheidung gesehen werden kann, weil die beiden erstens die kräftigsten der Opfer und zweitens noch wach gewesen sind –, geht er ins Zimmer der Mutter, einer 72-jährigen, pflegebedürftigen

Frau, wozu die töten?, wo von ihr keinerlei Gegenwehr ausgegangen wäre, verdammte Scheiße, dann das Kind, im Schlaf, hätte doch gereicht, sie zu fesseln und zu knebeln, meinetwegen bewusstlos schlagen, dann in aller Ruhe den Tresor ausräumen, die Wertsachen einsammeln, keine Alarmanlage, keine Nachbarn weit und breit, was ist das für eine Logik? Und warum schlugen diese Gedanken und Bilder plötzlich wieder auf sie ein wie Splitter eines verglühenden Meteoriten?

„Philli ... Philli!"

„Ja, was?"

„Was das für eine Musik ist, wollte ich wissen ... In welchem Paralleluniversum warst du denn eben?"

„Pff, diese Geschichte in Unterlengbach eben."

„Damit hast du eh nichts zu tun, oder? Offiziell meine ich."

„Nein ... aber Michi, er hat es mir erzählt und ..."

„Ihr trefft euch noch?", sagte Thalia süffisant.

„Sporadisch."

„Soso, und ..."

„Lass es ... Bach."

„Was Bach?"

„Die Musik ... Es sind die *Goldberg-Variationen* von Johann Sebastian Bach."

„In einer Einspielung von Andrè, Ivan, Glenn Soundso aus dem Jahre sowieso", machte Thalia ihren kulturbesessenen Vater nach, „ah!, jetzt weiß ich, woher ich das kenne: Das hört doch Hannibal Lecter in der Szene, wo er in diesem riesigen Käfig ist, oder? Wo dann die beiden Wachen mit dem Essen hereinkommen: Bereit, Doktor Lecter?", imitierte Thalia nun den Polizisten, dem bald mit dem eigenen Schlagstock das Gehirn zermatscht werden würde.

„Bereit, wenn Sie es sind, Sergeant Pembry“, ergänzte ihre Schwester den Dialog. „Apropos: Was machen denn deine Psychos ... Wie geht’s dem Mädel mit dem Dings, die sich dauernd ... in was gleich, in eine Computerstimme verliebt hat?“

„Sag nicht Psychos, ganz im Ernst ... die Sophie, ja“, Thalia verlor sich kurz in einer geschlossenen Gedankenblase, „ist dir eigentlich an der Plakatwand hinter den Containern unten diese Autowerbung aufgefallen, die von Toyota?“

„Kann sein, aber aufgefallen im Sinne von erinnerungswürdig sicher nicht, warum?“

„Da ist so ein ... ein Familienvan drauf, hinter dem die typische, glückliche Werbefamilie steht, weiß, Mitte dreißig, zwei Kinder, Bub und Mädel, alle grinsen wie unter Drogen und darüber steht: Willkommen in der Zukunft.“

„Viel einfallsloser geht’s kaum noch“, meinte Philomena, „dass dir das überhaupt auffällt.“

„Was daran besonders sein soll, ist mir eh erst beim zehnten Mal Hinschauen aufgefallen“, erklärte Thalia, „weil gegenüber von der Praxis eins hängt, das ich vom Fenster aus sehe.“

„Und?“

„Das sind keine echten Menschen.“

„Hä?“

„Das sollen, was weiß ich, Klone oder so was sein“, meinte Thalia, „auf jeden Fall sind es keine Models, sondern komplett animierte Figuren. Hab ich heute extra im Internet nachgeschaut. Das sollen quasi Menschen aus der Zukunft sein, die mit diesem Toyota da fahren.“

„Das hätte ich jetzt nicht gecheckt“, erwiderte Schimmer, „also, eigentlich check ich immer noch nicht, worauf du hinauswillst.“

„Menschen. In der Werbung", dozierte Thalia und hob den rechten Zeigefinger, „die werden für gewöhnlich auf den Bildern ja so retuschiert, dass man sie in der Wirklichkeit nicht mehr erkennen würde, oder? Weil Schönheitsideal und ideale Welten pipapo ..."

„Ja ... aber das macht ja auf Instagram auch schon jeder, oder?"

„Eh, natürlich ... und das heißt: dass wir uns schon so an die verfremdeten Bilder gewöhnt haben, dass es uns gar nicht mehr auffällt, wenn wir einem komplett animierten Gesicht gegenüberstehen wie auf diesem Plakat! Verstehst du, der Spalt zwischen total computergeneriert und retuschiert ist geschlossen, weshalb auch niemand die Idee von dieser Autowerbung kapiert!"

„Was soll diese Idee sein?"

„Na ja ... dass wir in Zukunft", Thalia schüttelte den Kopf, als ob ihr der eigene Verstand für einen Augenblick unheimlich geworden wäre, „ist ja egal, ist mir auch nur eingefallen wegen der Sophie ..."

„Die sich in einen Avatar verliebt hat."

„Ja, nein ... Das wäre ja noch im Rahmen. Aber was das Ganze so bizarr macht, ist, dass sie überzeugt ist, dass hinter diesem ... reinen Computerprodukt, das auch gar nichts anderes sein will, dass dahinter ein ganz realer Mensch steckt, den sie unbedingt kennenlernen will, verstehst du? Vor ein paar Jahren haben wir den Magersüchtigen noch zu erklären versucht, dass ihre Körperschemastörung auch daher rührt, dass ihre Vorbilder zusammenretuschiert werden ... Jetzt stellst du eine Computerfigur hin und die Kids sehnen sich nach der realen Person, die sich ihrer Meinung nach dahinter verstecken muss, verstehst du?"

„Nicht ganz, aber ich frage mich, ob deine Klienten dafür Verständnis haben, dass du während eurer hochpreisigen Sitzungen zum Fenster hinausschaust und über das Verhältnis von Fakes und Wirklichkeit sinnierst, statt dich ..."

„Erstens bin ich nicht hochpreisig", unterbrach Thalia ihre Schwester, „zweitens sitze ich mit dem Rücken zum Fenster."

„Ja, von mir aus ... aber ist es nicht völlig normal, dass wir nicht verstehen, was sich bei den Pubertierenden heute abspielt? Das gehört sich doch so, oder?"

„Ja, nur: Dort wo's pathologisch wird ... Die leiden unter Liebeskummer wegen einem Haufen aus Pixel und Code!"

„Du warst besinnungslos in den Dings von Take That verliebt, möchte ich dazu nur anmerken."

„Ja, okay, aber", Thalia schwenkte ihr Weinglas und sah hinein, als suchte sie darin nach einem neuen Gesprächsthema. „Hat sich Schwesterchen jüngst bei dir gemeldet?"

„Vorgestern war sie auf einen Sprung da. Rate mal, was sie mitgebracht hat."

„Keine Ahnung", Thalia zuckte mit den Schultern, „ich durfte mich zuletzt über eine Solar-Gartendusche freuen ... Brauche ich nur noch den Garten dazu, also: Was war's?"

„Eier."

„Eier?"

„Genau so hab ich auch reagiert ... Sie stellt mir eine Zehner-Schachtel hin, ich nehme sie, denk mir noch, ah, sicher irgendwas Filigranes ..."

„Weihnachtsschmuck zum Beispiel", merkte Thalia an.

„Ja, wäre ihr auch zuzutrauen ... Auf jeden Fall mache ich die Schachtel auf und drinnen: Eier. Natürlich keine normalen: Bio vom glücklichen Wanderhuhn.“

„Das sind diese ... Huhnnomaden.“

„Eh, auf jeden Fall sage ich, völlig ohne Hintergedanken: Wanderhuhn, das klingt nach einem lustigen Nickname, Wanderhuhn84 ...“

„Auweia“, Thalia kicherte schelmisch, „mehr hat sie nicht gebraucht, oder?“

„Hä? Wieso weißt du das, wenn das nicht einmal ich geahnt habe, als ich es gesagt habe“, wunderte sich Philomena, „die hat ihre Pumps in die Ecke gedonnert und mich angefahren: *Soll das eine Anspielung sein?!* Ich meine ...“

„Na ja ... in Anbetracht ihrer, ähm, außerehelichen Casual ...“

„Herumvögelei.“

„Ja, eh ... quasi Wanderhuhn, plus Nickname wegen Dating-App, plus ihr Geburtsjahr 84 ...“

„So gesehen“, gab Philomena zu, „aber um auf so was zu kommen, muss ich doch nachdenken, und mir ist das herausgerutscht, keine fünf Sekunden nachdem ich das Wort Wanderhuhn gelesen habe.“

„Freud würde dazu sagen ...“

„Quatsch, wer glaubt denn noch an Freud“, Philomena schüttelte den Kopf, nahm den Beutel aus ihrem Yogi-Tee, zumal gefühlte zehn Minuten vergangen waren, und las den Spruch auf dem Anhänger: *Alles verstehen heißt alles verzeihen.* Aha.

„Die Frage ist eher, wer heutzutage nicht an Freud glaubt“, Thalia nahm einen großen Schluck Sauvignon,

„gestern bei der Karlich war eine Frau, chemisch vollblond, selbstständige Permanent-Make-up-Designerin, eher nicht so die bildungsnahe Person, möchte man meinen, und dann fängt die an mit Unterbewusstsein und Übertragung und Projektion ..."

„Seit wann schaust du dir die Karlich-Show an? Läuft das nicht am Nachmittag?"

„Die Wiederholung in der Nacht."

„Oh, kannst du wieder nicht schlafen?"

„Mhm, zeitweise, ich weiß auch nicht ..."

„Nimm halt was ... Ist der Psychiater, der Dings, nicht mehr bei euch in der Praxis?"

„Lord Temesta? Nein, außerdem habe ich genug Klienten, die sich ohne Benzos nicht einmal mehr außer Haus trauen, das ist eine Abhängigkeit, die ... Nimmst du eigentlich noch die Seroquel?"

„Nein, also ganz selten ... wenn ich gar nicht einschlafen kann."

„Und wegen deinen ..."

„Lass es."

„Lass es, lass es", äffte Thalia ihre ältere Schwester nach, „sobald es um irgendwas Profundes, Emotionaleres geht, heißt es: Lass es ... Wovor hast du Angst? Dass ich irgendwas ausquatsche? Erstens sollen solche, ähm, Abweichungen, keine Stigmata mehr sein und zweitens bin ich deine Schwester."

„Eben", gab sich Philomena selbstgerecht, „hier meine Schwester, dort die Psychotherapeutin ... Wenn wir diese Rollen vermischen ..."

„Blödsinn", unterbrach Thalia sie, „was hätte ich für ein Sozialleben, wenn ich außerhalb der Praxis keine intimen Gespräche führen darf ... Apropos intim: Was ist jetzt mit dir und Michi, dem alten Wanderhahn?"

„Ach, halt die Klappe“, knurrte Philomena und warf ihrer Schwester ein Zierkissen an den Kopf, „der reizt mich bis aufs Blut, sobald ich ihn sehe ... aber im Bett ... das muss man ihm lassen.“

„Hm, vielleicht sollte ich ihn mir einmal ausborgen ... oder fällt das unter ein erweitertes Inzesttabu?“

„Untersteh dich ... Es reicht, dass wir den gleichen Friseur haben ... Ist der endlich aus dem Urlaub zurück?“

„Anfang nächster Woche“, Thalia seufzte und wuschelte sich durch die dunklen krausen Haare, „ich bin kurz davor, die Spiegel daheim zu verhängen.“

„Fisch woanders nach Komplimenten“, wehrte Philomena ab, „ich hab mir schon überlegt, zu wechseln ... Das ist ja eine Form von Abhängigkeit, die ...“

„Spinnst du?“, unterbrach Thalia sie entsetzt. „Das ist wie ein Blutschwur: drei Schwestern, ein Friseur!“

2

„Erstens ist mein Friseur auf Urlaub und zweitens: Was geht dich mein Outfit an? Schau dich doch selber an!", hatte Philomena am Vorabend den Mann am Fahrersitz angeblafft. „Mit diesen ... Was soll das überhaupt sein, Camp David? Ein Modelabel von diesem Sektenführer David Koresh, der samt Gefolgschaft vom FBI erschossen worden ist? Wenn das nicht peinlich ist, diese ganzen Pseudo-Aufdrucke, diese Piloten-, Segler- und Surfer-Scheiße für Angeber, die damit in Bibione mit dem Tretboot herumfahren."

„Okay", Michael Muster legte beide Hände aufs Lenkrad und seufzte, „krieg dich bitte wieder ein, Philli."

„Das sind Klamotten für Prolls, die gerne wie Dieter Bohlen wären, und der ist ein Oberproll ... Ich meine, du bist Polizist, stell dir einmal einen Kalifornier vor, der ein dreifarbiges Polo trägt mit dem Aufdruck *Beamter des österreichischen Innenministeriums* ... Wäre das vielleicht cool?"

„Philli", sagte Muster bestimmter, „was ist los: PMS, Pille abgesetzt, Ärger mit der Eder oder das, dessen Name nicht genannt werden will?"

„Du!", Schimmer hielt den Mund für ein paar Sekunden offen, atmete tief aus und entließ ein Grummeln, das schon den halben Weg vom Zornausbruch zu einsichtsvoller Sanftmut hingelegt hatte. Sie betrachtete sich im Rückspiegel. So unrecht hatte er nicht. Fünf Tage die Haare nicht gewaschen, das fettige Gestrüpp auf die Schnelle mit einem Gummiband gebändigt, dazu diese Jeans, deren Abnutzung offensichtlich keine gewollt modische war, außerdem: Verdammt, sie hatte die zerfransten Birkenstock angelassen, als sie sich aus ihrer Wohnung auf den Weg zum Parkplatz um die Ecke gemacht hatte. Fuck, das war ja an der Grenze zu den Crocs, mit denen man den letzten Rest an Kontrolle über ein würdevolles Leben aus der Hand gab. „Sorry, ich bin gerade ... 'tschuldigung ... Nimm's nicht persönlich."

„Dass ich herumlaufe wie eine Mischung aus Dieter Bohlen und Bibione-Proll, soll ich nicht persönlich nehmen?", Muster seufzte erneut und ließ das Fenster hinunter.

„Rauchst du wieder?", fragte Schimmer erstaunt.

„Was? Nein, ich muss deinen aggressiven Dampf nach draußen lassen."

„Komm schon, erstens war das eine Chauvi-Ansage, und zweitens: So emotional bin ich nur Menschen gegenüber, die mir nahestehen ... die mir sehr nahestehen."

„Also waren das eben Komplimente oder wie?"

„So kann man es sehen", aus heiterem Himmel überkam Schimmer Lust zu rauchen. Das war dieses Auto, dieser mittlerweile in die Jahre gekommene 3er-BMW, in dem sie wer weiß wie viele Zigaretten zusammen geraucht hatten. Seltsam, dass man das überhaupt nicht mehr roch. Oder war sie speziell in diesem Umfeld immun gegen diesen Gestank, den sie sonst nirgends mehr ertrug? „Was wolltest du reden mit mir?"

„Du hast von der Familie gehört ..."

„Unterlengbach. Vier Tote, eine abgängig?"

„Ja."

„Was geht das euch an?", wollte Schimmer wissen. Muster arbeitete zwar nicht mehr für das BKA in Wien, sondern nach seinem Umzug in der Außenstelle Süd des LKA Niederösterreich, aber besagtes Verbrechen sollte in die Zuständigkeit der Steirer fallen, oder nicht?

„Dreiländereck ... Wir machen jetzt auf Teamwork wie die SOKO Bodensee, nein, Ressourcenfrage, wird möglicherweise ein Monsterfall, außerdem hat die Frau bis vorletztes Jahr in Wien gearbeitet, ihr Ex wohnt in Baden, und da bin ich, sind wir sozusagen eine Schnittstelle."

„Wer ist wir? Du und der Bergmann?"

„Nein, leider nicht", Muster sah zu Schimmer und zog eine Saurer-Apfel-Mimik.

„Leitner?!" Schimmer sah Musters stummes Nicken und stieß einen Laut aus, der zwischen schadenfroher Heiterkeit und Entsetzen gelagert war. Leitner! Wenn ihr Humor auf dem Niveau postpubertärer Streifenpolizisten wäre, würde der als Inspektor Schleichender Schas oder Ähnliches durchgehen. „Dass der überhaupt noch in den Außendienst darf."

„Vor allem nach der Geschichte mit dem UNO-Beamten", meinte Muster, sah Schimmers fragendes Gesicht, grinste und fuhr fort: „Also, Häuptling Leitner auf Observation im 17., da bei der Braungasse Ecke Maroltinger, wo die Diplomatenvillen stehen ... wird wie immer nach knapp zwei Stunden unrund ... Seit er kein Weißbier mehr trinkt, soll er ja noch reizbarer sein ..."

„Leitner ohne Weißbier?", warf Schimmer ein. „Na vielleicht furzt er dann wenigstens nicht mehr so arg. Nach ihm hast du im Haupthaus ja eine Stunde nicht mehr in den Lift können."

„Auf jeden Fall steigt er aus, um hinter einen Glascontainer zu pissen, und als er beim Einpacken ist, sieht er einen Schwarzen daherkommen, der ihm irgendwie verdächtig vorkommt, geht auf ihn zu und schreit ihn in seinem Pseudoenglisch an: Hey, police, turn down so I can see all, oder was in der Richtung, und der Schwarze grinst ihn an und erwidert auf Hochdeutsch, dass Leitner sich bitte erst einmal die Hände waschen soll, bevor er eine Amtshandlung vollzieht.“

„Aua“, schloss Schimmer, „Krankenhaus?“

„Nein, das kann er sich nicht mehr leisten, trotzdem: Festnahme eines Diplomaten ohne konkreten Tatverdacht, keine Gefahr im Verzug, eine halbe Stunde enge Achter ... Nötigung, Rassismus, die haben scharfe Anwälte bei der UNO.“

„Und was ist herausgekommen?“

„Schiedsverfahren ... wo Leitner angeblich gesagt hat, dass er auf keinen Fall rassistisch ist, höchstens als ausgleichende Gerechtigkeit für die unzähligen Frauen fungiert, die von diesen, ich zitiere: Pleistozänprimaten da unten genital verstümmelt werden.“

„Pleistozänprimaten? Wo hat der Leitner denn so was her?“

„Na ja, ungebildet ist er ja nicht.“

„Das kommt auf den Bildungsbegriff an“, Schimmer schüttelte den Kopf, „und trotzdem ist er noch voll dabei ...“

„Ja ... wobei das inzwischen sogar der alten Garde ein Rätsel ist, wie man mit so einem Minus und ohne große Beziehungen nicht längst bei irgendeiner Diskont-Security gelandet ist.“

„Too mean to fail?“, warf Schimmer schulterzuckend ein.

„Das wird’s sein“, Muster blickte für ein paar Sekunden stumm auf den Parkplatz, wo eine merklich schwankende Frau einen Pitbull ohne Beißkorb zum Kacken hinter die Recyclingcontainer führte. Sollte er? Musste er? „Oder der Leitner stellt so eine Art Archetyp dar, du weißt schon, C. G. Jung und die Richtung, quasi den Gewaltbereiten, moralisch Verwerflichen, dem gegenüber immer wie im Superheldencomic ..."

„C. G. Jung?" Schimmer hörte ihre Alarmglocken schrillen. Bitte, bitte, hab ja keine Affäre mit meiner jüngeren Schwester. „Wie bist du denn plötzlich drauf? Und der Superheld mit der weißen Weste Marke Camp David bist natürlich du ... C. G. Jung, ich fasse es nicht."

„He, meine Frau ist Doppeldoktor, da muss ich bildungsmäßig schon ein bisschen zulegen, damit es nicht peinlich wird."

„Hm", Schimmer blickte ihn aus dem Augenwinkel an, „ich glaube, blöder hast du mir besser gefallen."

„Ja, weil du dich da überlegen fühlen hast können mit deiner Bildungshuberei."

„Ach halt die Klappe ... Wenn jetzt schon die Kriminalpolizei tiefenpsychologisch daherkommt ..."

„Als ob du nicht den Müller im Regal stehen hättest", erwiderte Muster.

„Ja, beruflich, aber im Privaten ... Wolltest du mich tatsächlich nur wegen des Falls sehen?"

„Nun, ein vermisstes Mädel ... Für den Fall, dass sie nicht demnächst auftaucht, könnte ich das KAP respektive dich tatsächlich brauchen, aber ..."

„Um acht will ich dich draußen haben", bestimmte Schimmer und legte die Hand an den Türgriff, „da muss ich meine Serie schauen."

„Es gibt inzwischen TV-Theken, außerdem schaust du doch eh Netflix, oder?"

„Ja, aber die fixe zeitliche Struktur steigert den Genuss", gab Schimmer vor.

„Ich bin ehrlich gesagt froh", Muster stieg aus, sah sich um und schloss die Türen per Fernbedienung, „dass ich ein paar Sachen nicht kapieren muss."

„Das will ich hoffen“, erwiderte Schimmer, „was schaust du so komisch herum, Angst, dass uns wer zusammen sieht?“

„Blödsinn ... notorischer Instinkt des *true detective*.“

„Genau ... Dich treibt seit ein paar Minuten ein ganz anderer Instinkt, das seh ich deinen Shorts an ... Sind die auch von Camp David?“

„Jetzt halt schon die Klappe.“

„Wie Sie wünschen, Sire“, Schimmer kicherte übermütig und sperrte die Haustür auf, „folgen Sie mir, aber unauffällig.“

3

Während Schimmer ihrer Chefin, Sieglinde Eder, mit einem Ohr zuhörte, ließ sie ihren Blick unauffällig über die KollegInnen wandern, die rund um den Konferenztisch versammelt waren. Lag kein Notfall vor – und so einen gab es im Kompetenzzentrum für abgängige Personen fast nie –, dann dienten Morgenbesprechungen unter der Woche als unaufgeregte Statusbestimmungen und Zusammenkünfte, einberufen, wenn Eder spürte, dass das Soziale litt, weil in den vergangenen Wochen jeder für sich allein vor sich hin gearbeitet hatte oder im Außendienst unterwegs gewesen war. Jetzt war Vanessa Spor am Wort, gab ein kurzes Resümee ihrer jüngsten Kooperation mit Interpol, in dem der subtile Hinweis mitlief, dass sie neben Französisch und Spanisch auch Portugiesisch beherrschte, weil: Zwei seit über einem Monat vermisste Teenager waren möglicherweise in Portugal gesehen worden, von einem österreichischen Urlauberpärchen, das sich an die Zeitungsberichte erinnert hatte. Wenn das stimmte, waren die Mädchen am Leben und chillten an einem zwanglosen Surferspot – wofür Schimmer durchaus Verständnis aufbrachte, zumal sie den familiären Hintergrund der beiden kannte: Stiefvater, der nach dem zweiten Bier den geilen Blick bekam, ab dem vierten seine Grabschgriffel ausfuhr und so weiter. Gut gemacht, Vanessa, ganz brav, kommentierte Schimmer deren Bericht lautlos, makellose Arbeit, so sauber wie die hellblaue Bluse, oh, heute Pferde auf dem Seidenhalstuch, aus, Philli!, aus!, sei nicht so stutenbissig, ermahnte sie sich selbst, ihr seid Gegenpole, also stoßt ihr euch gegenseitig ab, doch im großen Ganzen, kosmisch gesehen, Yin-Yang und so, braucht die eine die andere, da mochte Michi mit seinem Archetypen-Geschwafel vielleicht sogar recht haben. Weiter zu Stefan Sosak, kurzes Räuspern, danke, ja, er hatte sich wohl wieder ein paar schöne Schachtelsätze zurechtgelegt, über die er spätestens beim vierten Beistrich stolpern würde. Im Fall dieser Pensionistin, die seit der vergangenen Woche aus dem Seniorenwohnheim Liebhartstal abgängig war, was aufgrund der Demenzerkrankung, unter der selbige leidet, was bereits einmal, im Frühling, wenn ihr euch erinnert, also, und hopp, da fällt er, zurück zum letzten Komma, eine Minute noch und er würde auf den akkuraten Bericht verweisen, den er auf dem Server platziert hatte, im Unterunterunterordner 2019UnterstrichAktuellUnterstrich und so weiter, in diesem Zusammenhang wollte er auch noch darauf hinweisen, dass die von ihm angelegte Ordnerstruktur keine beliebige wäre, sondern sozusagen eine *one source of truth*, weshalb er alle Anwesenden, insbesondere die, die sich betroffen fühlten, Mannomann, Stefan, jetzt weiß ich, was ich dir zu Weihnachten schenke, irgendwo muss ich noch den kombinierten Tastatursauger herumliegen haben, den Schwester Nemo mir angedreht hat.

„Philomena? Willst du uns was sagen?“, durchbrach die Chefin Schimmers spöttischen Gedankenstrom.

„Ich, ähm … was genau jetzt?“

„Du hast gepfiffen“, merkte Spor süffisant an. „Ich glaube, das war *Señorita* von Shawn Mendes, oder?“

„Sicher nicht“, wandte Schimmer entrüstet ein, „das war …“

„Die Internationale“, ergänzte Annika Nebun. Jaja, irre Ika, Hauptsache, irgendwas ist gesagt.

„Können wir weitermachen?“, meinte Eder trocken.

„’tschuldigung, das war … Ich hatte diese Melodie im Kopf, weil“, suchte Schimmer nach einer Rechtfertigung, „ist das eigentlich schon fix, dass wir in den Fall in Unterlengbach einbezogen werden?“ Auweh, Eders linke Augenbraue zog nach oben, falsch ausgedrückt, Philli, du hättest die Aktivform verwenden sollen: dass wir uns in den Fall einbringen respektive die Kollegen von der Ermittlungseinheit unterstützen, wenn es unsere begrenzten Ressourcen zulassen et cetera.

„Wie kommst du darauf?“, wollte Eder wissen.

„Ein ehemaliger Kollege hat so was läuten lassen.“

„Ehemaliger. Kollege“, spottete Nebun.

„Falls es die Ressourcen erlauben und es in unserem Kompetenzbereich liegt, spricht prinzipiell nichts dagegen“, erwiderte Eder. „Was die aktuelle Spurenlage angeht, glaube ich allerdings ... Egal, wenn uns wer braucht, wird er sich bei mir melden.“

„Okay, gut.“

„Würde dich das interessieren, Philomena?“

„Na ja ... ja, sicher.“

„Ich war schon des Öfteren in der Gegend“, brachte Spor sich ein. Streberin.

„Reiten?“, fragte Schimmer mit einem unschuldigen Lächeln.

„Auch ... Zuletzt waren wir bei einem Ballonmeeting unten, Günther und ich.“

„Hab gar nicht gewusst, dass du Ballon fliegst“, sagte Nebun.

„Es heißt Ballon fahren“, korrigierte Schimmer, „oder, Vanessa?“

„Korrekt.“

„Gut, danke für diese wertvolle Wissensexpansion“, meinte Eder, „wenn das also spruchreif werden sollte, dürft ihr euch das ausschnapsen oder im Team daran arbeiten. Vanessa, Philomena?“

„Klar“, sagte Schimmer, „super“, ergänzte Spor, mit dir nie und nimmer, dachten beide.

„Gut, ach ja, Lilienfeld, Fall Haslauer“, fuhr Eder fort, während sie auf ihrem Tablet scrollte, „Major Bruckner hat uns gebeten, dass wir da noch einmal nachbohren, mit der Frau reden, Bergrettung pipapo, Standardaktualisierung ... Da bist du noch dran, Philomena, oder?“

„Ja ... Kann ich eigentlich noch am Vormittag hinfahren, wenn die Frau daheim ist.“

„Gut. Wenn du willst, kannst du meinen Wagen haben, der braucht eh Auslauf.“

„Okay“, antwortete Schimmer verwundert. Den neuen XC60? Geiles Teil, knapp 250 PS, Turbolader, fantastische Kurvenlage, ein Soundsystem, mit dem man bei Gefahr von Wildwechsel die Hirsche in den Wald zurückblasen konnte. Bevor sie sich den Schlüssel aus dem Glaskobel der Chefin holte, trank Schimmer auf der Feuertreppe noch eine Tasse Tee mit ihrer Lieblingskollegin Judith Bauer.

„Werde ich nie verstehen, wie du das kannst“, sagte sie, während Bauer sich eine Cohiba-Zigarette anzündete und den Rauch in den Himmel blies, als würde sie eine Botschaft hinaufschicken.

„Was genau, meine Liebe?“

„Mit den Tschick ... Wie ich noch geraucht habe, habe ich eben rauchen müssen, weil ich süchtig war, eine Packung am Tag war das Minimum ... Wenn ich jetzt eine rauche, speibe ich mich wahrscheinlich an, aber du mit deinen drei am Tag: kapier ich nicht.“

„Das ist weniger bewundernswert, als es aussieht“, meinte Bauer, „wahrscheinlich bin ich genauso süchtig und rede mir unterbewusst ein, dass es nicht so ist, weil ich mit drei pro Tag auskomme ... aber eigentlich, letzte Woche, wo ich in Salzburg in dieser Pension untergebracht war, ein Zimmer wie für einen Krawattenvertreter aus den fünfziger Jahren, da war ich jeden Abend knapp dran, dass ich zum Automaten gehe und mich vor dem Fernseher ordentlich einselche."

„Ist da irgendwas herausgekommen?"

„Hm?", machte Bauer, die wohl für ein paar Sekunden woanders gewesen war.

„Bei dem Fall, der Jungbauer, oder?"

„Nichts ... aber so was von gar nichts ... außer dass der Vater jetzt zugegeben hat, dass sein Sohn ein paar Mal gesagt hat, wenn es weiter so bergab geht mit der Landwirtschaft, dann hängt er bald in der Tenne."

„Und wie ernst war es ihm damit?"

„Schwer zu sagen", antwortete Bauer und schaute in ihre Zigarettenschachtel, als ob sie tatsächlich überlegte, noch eine zu rauchen. „Sonnenschein dürfte er aber keiner gewesen sein."

„Zwei Kinder, oder?"

„Ja ... wobei die aus dem Gröbsten heraus sind, wie die Schwiegermutter so schön gesagt hat. Ich frage mich immer, was die Leute damit meinen ... Wenn du volljährig bist, dann fängt das Gröbste ja meistens erst an, oder?"

„Weißt eh, wie die Leute sind", Schimmer beugte sich über die Brüstung und ließ Spucke aus ihrem Mund nach unten fallen. „Einmal sprachlos, reden sie einfach irgendwas."

„Grillparzer?"

„Wirklich? Ich dachte, das wäre von mir."

„Umso besser", Bauer lächelte und wischte sacht ein unsichtbares Krümel von der Schulter ihrer jüngeren Kollegin, „pass auf mit dem Auto, ja, das ist ein anderes Geschoß als dein Corsa."

„Versprochen", erwiderte Schimmer und hätte fast *Mama* hinzugefügt, aber mit dieser Ironie hätte sie Bauers ehrliche Fürsorge womöglich ins Lächerliche gezogen, und sie hatte nichts dagegen, dass diese sich ihrer so mütterlich annahm.

4

Eben erst auf die A1 aufgefahren, begann ihr Magen zu knurren. Sie schielte auf das Säckchen mit dem Laugenweckerl am Nebensitz, das sie an der Tankstelle gekauft hatte. Doch das jetzt zu essen hieß unweigerlich Brösel, hieß die makellosen, cremefarbenen Lederbezüge vor der Rückgabe absaugen zu müssen; nein, müssen war übertrieben, aber wie ihre gesamte Kollegenschaft hatte Schimmer vor Sieglinde Eder einen Höllenrespekt, der zu Beginn ihrer Anstellung im KAP zeitweise sogar in Angst umgeschlagen war. Übermütig, überdreht, wie sie zeitweise eben war, hatte sie bei einer der ersten Montagmorgenbesprechungen einen Pumucklscherz gemacht, worauf Meisterin Eder ihr einen Blick zugeworfen hatte, der beinahe das frische Obst am Konferenztisch schockgefroren hätte. Danach waren sie immer besser miteinander ausgekommen, allein, es blieb eine Distanz, die über ein nötiges professionelles Maß hinausging, wie Schimmer fand, daran änderte auch das Du-Wort nichts. Scheiß drauf, sagte sie sich und griff zum Reiseproviant, ist ein Gebrauchsgegenstand und kein Schaufensterwagen.

Kurz vor St. Pölten rief sie wie vereinbart bei Frau Haslauer an, um ihr mitzuteilen, wann genau sie eintreffen würde. Schimmer hatte weder exakte Anweisungen noch konkrete eigene Vorstellungen, wie sie das Gespräch, das ja keine Vernehmung war, anlegen sollte. Neue Informationen gab es keine, der Mann war jetzt fast einen Monat abgängig, Selbst- oder Fremdgefährdung war nie wirklich im Raum gestanden, ebenso wenig irgendwelche Hinweise auf oder Motive für ein geplantes Verschwinden. Also, wo sollte er sein? Wie zumindest dreimal die Woche hatte sich der 59-jährige Frühpensionist am frühen Vormittag von seiner Frau verabschiedet und war zur Standardwanderung auf den Muckenkogel aufgebrochen. Und nicht zurückgekehrt. Am selben Abend war die Bergrettung ausgerückt, zwölf Mann plus Suchhund, nichts, der Labrador hatte die Spur bis zum Beginn des Jägersteigs verfolgen können und dann aufgegeben. Diese Hunde, dachte Schimmer und erinnerte sich an ihre Zeit als Uniformierte in der Inspektion im 16. Bezirk, wo sie immer wieder vom Otto-Wagner-Spital benachrichtigt worden waren, weil ein Patient der psychiatrischen Abteilung abgehauen war. Also waren sie die Johann-Staud-Straße hinauf, im Schritttempo und mit wachem Blick über die Hauptpromenade der Steinhofgründe, zur Otto-Wagner-Kirche und dann hinunter zum jeweiligen Pavillon. Name, Bild, Befund, Gefährdungslage, ein wenig herumstehen, mit den Pflegern rauchen und auf die Hundestaffel warten, die zumeist aus Niederösterreich anrückte. Zwei Hundeführer, Springerstiefel und Barett, Witterung aufnehmen und im Laufschritt den Schäfermischlingen hinterher, die an den Leinen rissen, als ob 80 Kilo Leberkäse ausgebrochen wären. Spätestens bei einem der Ausgänge drehten sich die Hunde dann im Kreis, bellten, winselten und schauten ihre Führer hilflos an. Kein Wunder bei dem Zugang hier, murrte dann einer der beiden strammen Polizisten für gewöhnlich, da kann man unmöglich eine Spur verfolgen. Gut, auf einem öffentlich zugänglichen Klinikgelände mit über zwanzig Pavillons war nun einmal eine gewisse Personenfrequenz zu erwarten. Aber dafür waren die Viecher doch ausgebildet, um den Schweiß der Nachtschwester von den medikamentösen Ausdünstungen eines bestimmten Patienten unterscheiden zu können, oder? In der Regel wurde die Inspektion noch am selben Tag kontaktiert, entweder von einem Busfahrer der Wiener Linien, von Mitarbeitern eines nahen Supermarkts oder von besorgten Privatpersonen, die die türkise Anstaltskleidung und das oft auffällige Verhalten mit dem OWS assoziierten. Manchmal war es auch tragisch ausgegangen, erinnerte sich Schimmer; vor allem im Winter, wenn die betroffene Person Orientierung samt Lebenswillen verloren hatte, sich unter der Holzterrasse eines Kleingartenhäuschens verkrochen hatte und erforen war. Oder wenn ein Querfeldein-Wanderer einen Erhängten gefunden hatte, schwarz die Hände und Füße, das Gesicht übel zugerichtet von den Krähen. Mannomann, nein, sie vermisste diese Zeit wahrlich nicht, man gewöhnte sich, klar, man härtete ab, ja, die Frage war aber auch, ob es das war, was man werden wollte. Doch ihr war die Entscheidung ohnehin abgenommen worden; und auch wenn die Dienstaufsicht den Schusswaffengebrauch als gerechtfertigt angesehen und sie von jeder Schuld freigesprochen hatte, nein, diese Wohnung in der Goldschlagstraße hatte entschieden, dass sie dafür nicht gemacht war. Dass sie ein halbes Jahr später in einer Sonderabteilung des Bundeskriminalamts, im Kompetenzzentrum für abgängige Personen, gelandet war, hatte sie weniger ihrer Motivation oder besonderen Interessen zu verdanken, sondern: erstens ihrem Ex Michael Muster, der ihr die Rutsche gelegt hatte. Und zweitens Sieglinde Eder, die entweder besondere Fähigkeiten oder Not am Mann gesehen hatte. Mach dich nicht so klein, Philli, sagte sie sich nun, als sie die B20 in Richtung Lilienfeld fuhr, dein EQ ist dein größtes Kapital, hatte ihr die Chefin erst vorige Woche erneut gesagt. Was sie allerdings nicht genau einzuordnen wusste: Hieß das, dass sie im Gegenzug rational nicht ganz auf der Höhe war, oder stellten ihre Intuition und ihre Empathie herausragende Zusatzqualifikationen dar, die sie vom Rest des Teams unterschieden? Emotionaler Quotient, was hieß das schon außer irgendwas, mit dem man sich im Lebenslauf hervortun sollte. Doch wenigstens wurde dieses Etwas, das davor als weibliche Gefühlsduselei im Gegensatz zur männlichen Vernunft gesehen worden war, nun als notwendige Kompetenz auf dem Weg zum idealen Selbst gesehen, ja, crazy, Gefühle gehörten rationalisiert, in allen Lebenslagen. In allen außerhalb von Bordellen, sagte sich Schimmer und schüttelte verärgert den Kopf, als sie das Schild am Straßenrand sah, vor einem Laufhaus namens Hasenstall: *Jeden Monat neue Mädchen!* Primitive Schweinebande, fluchte sie vor sich hin und bog einen Kilometer später ohne zu blinken auf den Parkplatz eines Autozubehörgeschäfts ein. Zufall oder nicht, murmelte sie, als sie das Regal mit den Sprühlacken suchte: Die Frau, die in Unterlengbach samt drei Familienangehörigen ermordet worden war, hatte ebenfalls in einer Filiale dieser Kette gearbeitet; nachdem sie bis vor zwei Jahren als hochbezahlte Molekularphysikerin oder irgendwas in der Richtung das Labor eines Pharma-Unternehmens in Wien geleitet hatte – wie Michi ihr erzählt hatte, als sie erschöpft, verschwitzt und schuldbewusst im Bett gelegen waren. Mannomann, lange würde das nicht mehr gutgehen. Aber jetzt hatte sie erst einmal einen unaufschiebbaren feministischen Auftrag zu erledigen.

„War viel los?“, fragte Frau Haslauer, als sie Schimmer ins Haus bat.

„Ähm, wo jetzt?“

„Auf der Straße, Verkehr ... weil Sie so lange gebraucht haben seit dem Anruf.“

„Ach so, nein, ich musste noch ... einen Einkauf erledigen.“

„Darf ich Ihnen was anbieten?“

„Wenn Sie einen Tee haben, gerne“, Schimmer brauchte ein paar Sekunden, bis sich ihre Augen vom Sonnenlicht auf den düsteren Flur umgestellt hatten. Die geschwollenen, geröteten Augen der Frau waren dennoch nicht zu übersehen.

„Setzen wir uns in die Küche“, sagte sie und seufzte, als ließe sich ihre Lage damit auf den Punkt bringen.

„Pfefferminz ist perfekt“, antwortete Schimmer auf die Frage nach der Teesorte und setzte sich auf die Eckbank, unter einen Zinnteller an der Wand, auf dem stand: *Alle Wünsche werden klein, gegen den, gesund zu sein.*

„Gibt's denn was Neues?“, fragte die Frau, nachdem sie sich ebenfalls gesetzt und die Hände wie resignierend in den Schoß gelegt hatte.

„Leider nein ... Ist Ihnen vielleicht noch etwas eingefallen? Oder haben Sie etwas gefunden, das Sie nicht zuordnen können?“

„Was sollte das sein?“

„Weil ich Sie beim letzten Mal gebeten habe, die Sachen Ihres Mannes durchzusehen ... ob irgendetwas Ungewöhnliches dabei ist.“

„Nein, gar nichts“, sagte die Frau bestimmt. Zu bestimmt?

„Haben Sie die letzten Kreditkartenabrechnungen?“, wollte Schimmer wissen.

„Ja, sicher“, die Frau stand auf, verließ die Küche und kam mit einem Ordner zurück, in dem sie offensichtlich alle Belege, Polizzen, Rechnungen und amtlichen Briefe aufbewahrte.

„Zu den Einzelgesprächsnachweisen ist Ihnen auch nichts eingefallen, oder?“

„Nein, das war alles ... so wie immer halt.“

„Was schauen Sie sich denn da gerne an?“, fragte Schimmer mit Hinweis auf die Abrechnung eines Streamingdienstes.

„Ach, so ... diese Serien halt, den Dings mag ich gern, den, na ...“

„Den ...“, wusste Schimmer nicht recht, wie sie behilflich sein konnte.

„Den schusseligen ...“

„Columbo?“

„Auch, aber den anderen, den ...“

„Monk?“

„Genau“, die Frau schob ihre rechte Hand unter den linken Pulloverärmel und kratzte sich hastig.

„Und was hat Ihr Mann so geschaut?“

„Dokumentationen ... Geschichte, Nazizeit, Altertum, das hat ihn interessiert. Eigentlich hat er ja als Jugendlicher Archäologe werden wollen, aber dann ist es doch die HTL geworden und er ist beim Tiefbau gelandet.“

„Auch eine Form von Ausgrabungen, oder?“

„Ja, kann man so sagen“, die Frau lächelte und kratzte sich nun den anderen Arm.

„Und wandern waren Sie nie mit ihm?“

„Doch, doch, früher viel ... aber da die Hausberge, alles ist zugewachsen mit dem Springkraut!“, begann die Frau sich plötzlich zu ereifern. „Gar nichts anderes sieht man bald mehr ... und keiner tut was, die Bergwacht nicht, die Bundesforste nicht, da ist bald nichts mehr da von unseren heimischen Arten, wenn diese invasiven, diese Neophyten ... Schauen S' Ihnen an, meinen Hals!", sie zog den Rollkragen nach unten und entblößte einen entzündeten Ausschlag. Dann waren die Augen gar nicht vom Weinen so in Mitleidenschaft gezogen?

„Das kommt vom Springkraut?", wunderte sich Schimmer.

„Nein, natürlich nicht ... vom Traubenkraut, Ragweed sagen s' jetzt überall, ich kann bald nirgends mehr hingehen wegen dem Zeugs, die Haut möchte man sich herunterreißen, so beißt das!"

„Haben Sie keine Medikamente? Cortisonsalben oder so was?"

„Doch, doch, eh", meinte die Frau und sah aus dem Fenster. „Aber irgendwann hilft das Schmieren ja auch nichts mehr."

„Manchmal ist so eine Neurodermitis auch psychosomatisch bedingt."

„Glauben Sie, dass ich mir das da einbilde?", die Frau zog die Ärmel hoch und hielt Schimmer zwei wundgekratzte, nässende Armbeugen hin.

„Nein, natürlich nicht", entschuldigte Schimmer sich, „ich habe gemeint, dass durch die Sache mit Ihrem Mann ... dass sich so eine seelische Belastung ebenfalls in körperlichen Symptomen ausdrücken kann."

„Sind Sie Ärztin?", fragte die Frau, ohne dass Spott oder gar Verachtung in ihrer Stimme lag.

„Nein ... meine Mutter, zumindest hat sie Medizin studiert, dann aber nur als Arzthelferin gearbeitet. Aber ich merke halt bei mir selber, wenn mich etwas belastet, dann passt die Verdauung nicht mehr, dann wird die Haut schlecht und so weiter."

„Ja, da sind wir empfindlicher ... Was passiert denn jetzt, wegen dem Helmut ...“

„Wir suchen weiter“, versicherte Schimmer, obwohl sie wusste, dass das nicht mehr lange der Wahrheit entsprechen würde.

„Lebendig werden wir ihn aber wahrscheinlich nicht mehr finden, oder?“

„Das weiß ich nicht, Frau Haslauer ... aber hoffen darf man immer“, Schimmer ärgerte sich umgehend über diesen banalen Schlagersatz.

Beim Ortsstellenleiter der Bergrettung Lilienfeld brauchte sie diese Zuversicht nicht mehr an den Tag zu legen.

„Wenn er nicht ganz woandershin ist, dann hat ihn längst der Fuchs weggeputzt“, meinte der Mann.

„Aber von der Kleidung wird wohl was übrig bleiben“, wandte Schimmer ein.

„Im Normalfall schon“, kam es kryptisch zurück. Was war denn der Ausnahmefall? Mutierte Gore-Tex-Geier, die einen Wandererkörper samt Multifunktionskleidung binnen eines Tages restlos verwerteten?

„Was bedeutet denn so ein Verschwinden Ihrer Erfahrung nach?“, fragte Schimmer, die dem bärbeißigen Mann gerne ein paar Details zu lokalen Gerüchten entlockt hätte.

„Dass er nicht da ist, wo wir gesucht haben.“

„Sie wissen, dass ich für das BKA arbeite, oder?“

„Ja, und?“

„Das heißt, dass ich keine private Ermittlerin bin, die aus Langeweile ein bisschen in fremden Geschichten herumstochert, sondern dass ich eben auch an der

Schnittstelle zwischen Unfall und möglichem Verbrechen sitze."

„Wer sagt denn was von einem Verbrechen?", zeigte sich der Mann so überrascht wie verunsichert. „Nur weil ..."

„Weil was?", bohrte Schimmer nach, zumal ihr Gegenüber seinen Satz nicht beenden wollte.

„Konflikte gibt's überall ... deswegen muss man den anderen nicht gleich umbringen. Und die Gerda ist keine, die ... Außerdem hätten die Hunde da angeschlagen."

„Die Leichenhunde."

„Ja, sicher ... Glaubts ihr denn, dass der noch lebt?"

„Kümmert ihr von der Bergrettung euch auch um diese invasiven Pflanzen, das Springkraut und so?"

„Wie kommen Sie denn jetzt da drauf ... Gibt schon immer wieder Aktionen, zusammen mit Schulen, Pfadfindern, Naturfreunden, Alpenverein ... Ob's was bringt, wird sich zeigen."

„Hoffen wir's", meinte Schimmer und verabschiedete sich.

5

„Hey Ika, bist du schon mit Michi unterwegs?“, wollte Schimmer wissen, als sie auf der Rückfahrt im KAP anrief.

„Nein, kein Grund zur Eifersucht.“

„Haha, kannst du mir einen Gefallen tun?“

„Vor allem kann ich mit dieser Frage wenig anfangen.“

„Okay, ja, gut: Kannst du versuchen, dich in den Prime-Account von Frau Haslauer einzuloggen?“

„Einzuhacken, meinst du.“

„Wir klauen ihr ja nichts“, meinte Schimmer beschwichtigend.

„Und was suchen wir?“

„Ich möchte nur wissen, welche Filme und Serien sie angeschaut hat ... Sie selbst meint, dass *Monk* ihre Lieblingsserie ist, aber dann fällt ihr der Name nicht ein, ich meine, die Frau ist gerade sechzig und nicht dement ... und das mit dem Ragweed, na ja.“

„Was für ein Ragweed?“

„Darauf ist sie angeblich allergisch, hat auch einen ziemlich argen Ausschlag.“

„Aber?“

„Ich habe nirgendwo eins gesehen.“

„Schau auf *ragweedfinder* nach, so eine App, wo alle bestätigten Sichtungen angeführt sind.“

„Woher kennst du denn das?“

„Gibt’s was, das ich nicht kenne?“

„Den Penis von Stefan?“

„Mann, Philli, du bist so eine Sau, das kriege ich jetzt den ganzen Tag nicht mehr aus dem Kopf.“

„Grüß Michi von mir.“

„Als ob ihr euch nicht jede Woche heimlich treffen würdet."

„Hast du mein Handy gehackt?"

„Gibt's was, das ich nicht hacken kann?"

„Bis morgen, Ika, danke."

Eder hatte ihr angeboten, den Wagen bis zum nächsten Morgen zu behalten, damit sie nicht extra ins KAP kommen musste. Aber einen Hochglanz-Hochpreis-Volvo in ihrer Gasse, dabei hatte Schimmer kein gutes Gefühl, Vollkasko hin oder her. Also parkte sie den Wagen in der Tiefgarage des BKA und nahm die U6 bis zur Thaliastraße, wo sie ihr Fahrrad stehen hatte – ein zwanzig Jahre altes KTM ohne jeglichen Vintage-Charme, um das sich noch nie jemand gerissen hatte. Sie fuhr die Hasnerstraße stadtauswärts, querte die Vorortelinie und stand kurz darauf im Innenhof ihres Wohnhauses. Ich muss mehr trinken, sagte sie sich, als sie das Fahrrad ankettete, ausgetrocknet fühlte sie sich, obendrein breitete sich ein pochender Kopfschmerz von den Schläfen her aus, drückte von hinten auf ihre Augen, ein Warnzeichen, das ihr sagte: zwei Liter Wasser, versetzt mit Magnesium und einem Vitamin-B-Komplex, danach auf die Couch oder in die Badewanne. Bevor sie die Stiegen ins Dachgeschoß in Angriff nahm, holte sie die Post aus dem Briefkasten und sah sofort nach, ob etwas immens Wichtiges, Dringliches, Überraschendes dabei war. Nein. Wie denn auch? Alle amtlichen Mitteilungen, Bankgeschäfte und dergleichen erledigte sie online. Und Sean, der unglaublich gut aussehende Ami aus Santa Barbara, hatte ihr seit achtzehn Jahren nicht mehr geschrieben, ungefähr seit der Zeit, als die meisten Oberstufen das Projekt Brieffreundschaften entweder wegen Peinlichkeit oder der Invasion von

Internet und E-Mail eingestellt hatten. Erstaunlich war ihr später erschienen, dass sie damals, mit fünfzehn, nie in Zweifel gezogen hatte, dass besagter Sean ihr sein echtes Foto geschickt hatte, das Bild eines braun gebrannten, blond gelockten Surfers, schmacht, und kein fünfzigjähriger Perversling war, der sich an der nach Apfel oder Erdbeeren riechenden Schrift weiblicher Teenager aufgeilte. Duftstifte, Mann, grinste Schimmer in sich hinein, als sie die Wohnungstür aufsperrte. Sie hängte ihre Jacke an die Garderobe, warf einen kurzen Blick in den Spiegel – Friseur wäre wirklich angesagt – und zuckte zusammen. Geräusche aus der Küche? Sie zog die oberste Lade der Kommode auf und griff sich ihre Dienstwaffe. Lehnte sich mit dem Rücken an die Wand, atmete ein paar Mal tief durch und schritt dann mit der Pistole im Anschlag quer durch die Wohnung.

„Du?“, platzte sie verstört heraus, als sie das Mädchen erblickte, das an ihrem Esstisch saß und in einer Teetasse rührte.

„Milch ist aus“, entgegnete das Mädchen ungerührt, während Schimmer zittrig zur Spüle ging und rasch zwei Gläser kaltes Wasser trank.

„Du kannst hier nicht so einfach auftauchen ohne ...“, sprach sie den Rücken des Mädchens an und überlegte, ob sie ihm zumindest eine Hand auf die Schulter legen sollte. Nein.

„Ich hab deine Nummer nicht.“

„Sehr witzig, Sarah, du weißt, dass ...“, Schimmer schaffte es nicht, einen klaren Gedanken zu fassen, einen hilfreichen, einen richtigen Satz zu formulieren.

„Du hast selber gesagt, dass ich immer zu dir kommen kann“, fuhr das Mädchen fort, „oder war das nur so dahingesagt?“

„Nein, natürlich nicht, aber das war vor einem halben Jahr ... Damals habe ich noch, hast du mich glauben lassen, dass ich dir helfen kann."

„Dass du mich retten kannst, meinst du."

„Was auch immer", meinte Schimmer resigniert. „Zumindest hab ich es versucht ... Ich hab dich gesucht, monatelang, du hast uns verarscht, jetzt mach, was du willst, wo immer du willst."

„Du hast versagt", das Mädchen grinste freudlos.

„Ich?", Schimmer schüttelte den Kopf. „Da müsstest du davor aber bei ein paar anderen auftauchen, die noch viel mehr versagt haben."

„Die wollen mich nicht", kindlicher Trotz lag nun in der Stimme des Mädchens.

„Ich", Schimmer sah ihm in die Augen, „ich will dich auch nicht hier."

„Und was willst du dagegen tun? Die Polizei anrufen, hä?"

„Sehr witzig", Schimmer ging zurück in den Vorraum, schlüpfte in ihre Jacke und verließ die Wohnung.

Schnellen Schritts ging sie zur nächsten Straßenbahnhaltestelle. Griff sich aus dem Verteiler eine Gratiszeitung, um sich abzulenken, um Blickkontakte vermeiden zu können. Als sie mit der Linie 9 in den 18. Bezirk fuhr, war es so finster geworden, dass sie ihr Gesicht in der Scheibe sehen konnte. Blass. Aber das war in dem Licht gleich einmal wer. Die Kopfschmerzen waren schlimmer geworden, migräneartige Wellen, kein Wunder, Stress, erhöhte Aktivität der Temporallappen, ganz normal, versuchte sie sich zu beruhigen und das Stechen in den Schläfen wegzumassieren. An der Station Gersthof stieg sie aus, überlegte, ob sie die S-Bahn nehmen sollte, und entschied sich für den Fußweg.

„Bitte sei da, bitte, bitte, bitte“, murmelte sie, als sie in die Gasse kam, wo das Haus ihrer Eltern stand. Im Vorgarten hob sie einen der Schiefersteine auf, die den Kiesweg begrenzten, und holte einen kleinen Lederbeutel mit einem Schlüssel darin hervor. Sie fand ihren Vater im Holzschuppen neben dem Wohnhaus, in seinem Werkraum, wo er in einem riesigen, abgewetzten Fauteuil saß und mit Sandpapier eine faustgroße Holzkugel glättete.

„Tochter!“, rief er freudig aus und legte das Werkstück beiseite.

„Was wird das?“, deutete Schimmer auf die Kugel und setzte sich auf die Sessellehne.

„Sag du’s mir“, erwiderte er und lachte, „wie geht’s?“

„Wie man’s nimmt“, sie ging zur Spüle und füllte sich ein Glas mit Wasser.

„Oh, die Arbeit? Ist die Kleine wieder aufgetaucht?“

„Sarah, ja.“

„So was ... Wie lange war die jetzt weg?“

„Drei Monate?“

„Und was will sie?“

„Sehr witzig, was wird sie schon wollen ... mir auf die Nerven gehen, mir den Verstand rauben, was denn sonst?“

„Hat sie das gesagt?“

„Nein, natürlich nicht ... Sie hat mir vorgeworfen, dass ich sie im Stich gelassen habe, und da bin ich auch schon zur Tür raus.“

„Tja“, meinte der Vater und schnalzte mit der Zunge.

„Du hattest auch schon einmal bessere Ratschläge“, erwiderte Schimmer trotzig.

„Was soll ich denn sagen, das ich nicht schon hundertmal gesagt hätte?“

„Dass du mir keinen Rat geben kannst, den ich mir nicht selber geben kann?“

„So in etwa, ja, aber das ist als Kompliment gemeint.“

„Danke“, ein paar Minuten sah Schimmer ihrem Vater schweigend bei seinem Tun zu. „Ich schlaf heute bei euch, wenn's Mama nicht stört, ich habe mich ausgesperrt.“

„Du bist jederzeit willkommen, Philomena.“

Obwohl sie einen Schlüssel hatte, läutete sie an, um ihre Mutter nicht zu erschrecken.

„Oh, Überraschung“, meinte diese, während die Weimaranerhündin sich zwischen ihren Beinen durchdrängte und Schimmer vor Freude fast umwarf. So dumm dieses Tier auch war, die Begeisterung, die es jedes Mal an den Tag legte, wenn Schimmer vorbeischaute, glich alles aus.

„Ich hab mich ausgesperrt ... Okay, wenn ich da schlafe?“

„Sicher, Herzchen“, ihre Mutter umarmte sie und sah sie prüfend an, „warst du bei Papa drüben?“

„Ja ... Er schleift, glaub ich, gerade die perfekte Holzkugel.“

„Soso ... Hast du schon gegessen? Ist noch Kartoffelgulasch übrig.“

„Gerne ... Ich dusche nur schnell.“

„Ist gut, willst du einen Tee? Melisse-Verbene?“

„Ja, was du trinkst, danke.“

Sie saßen gemeinsam vorm Fernseher, ließen einen Film mit belangloser Handlung laufen, der man auch folgen konnte, wenn man sich zwischendurch über anderes unterhielt.

„Hast du Nemo schon gesehen, seit sie von Menorca zurück ist?“, wollte die Mutter wissen.

„Für morgen hat sie sich angekündigt.“

„Das wird wieder ein Lamento werden: Ortfried hat das falsch gemacht, Ortfried ist so was von peinlich, Gott, den Mann kannst du nirgendwohin mitnehmen!“, äffte Schimmers Mutter ihre älteste Tochter nach. „Dabei sollte sie jeden Tag auf die Knie fallen, an dem er bei ihr bleibt.“

„Na ja, jetzt übertreibst du aber“, meinte Schimmer, deren Art es sonst nicht war, ihre Schwester in Schutz zu nehmen, „in der Arbeit ist sie super, verdient wie Sau, Haus gebaut, zwei Kinder ...“

„Die ich persönlich für geborene Psychopathen halte.“

„Mama!“, beschwerte sich Schimmer, ohne das Lachen zurückhalten zu können.

„Jetzt tu nicht so, als ob du das nicht selber manchmal denkst ... Ich geb dir *Das fünfte Kind* von Doris Lessing mit, dann weißt du, was ich meine.“

„Du weißt, dass es so gut wie keine geborenen Psychopathen gibt.“

„So gut wie heißt nicht keine ... und bei deiner Schwester bin ich mir ehrlich gesagt nicht sicher. Wenn die sich nicht in ihrem Beruf so austoben könnte, die armen Vertreter, die mit ihr zu tun haben ... Weißt du, was sie mir letztens mitgebracht hat?“

„Eier vom Wanderhuhn?“

„Nein, das würde ich eh brauchen bei den Massen an Kuchen, die ich dank der Obstbaumkultur deines Vaters von Juni bis September backe.“

„Nehme ich gerne einen mit“, freute sich Schimmer, „also, was war’s?“

„Hm? Ach so, ja, eine Abschirmdecke“, die Mutter zuckte mit den Schultern, als wüsste sie auch nicht mehr.

„So was gegen Röntgenstrahlung, diese sauschweren Bleidecken?“

„Nein, eine Bettdecke mit irgendwelchen eingewebten Kupferdrähten, Nanopartikel, weiß der Teufel, das soll dich vor Handystrahlung, WLAN, Bluetooth und was weiß ich noch schützen, völliger Irrsinn.“

„Das klingt aber eher nach Kaffeefahrten für betrugswillige Senioren und die Chemtrail-Fraktion.“

„Deswegen wollten sie's wahrscheinlich beim Merkur auch nicht in die Regale legen, dein Handy klingelt, oh Gott, dein Handy, weiche, Satansstrahlung, weiche von mir!“

„Hör auf, Mama, das ist die Arbeit“, meinte Schimmer und nahm den Anruf entgegen. „Ika?“

„Ja, störe ich?“

„Nein, aber nett, dass du fragst ... Wie war's bei dem Dings da, dem ...“

„NATHAN“, erklärte Nebun, „spooky, sehr spooky, was die dort treiben, das soll dir der Michi erklären ... falls er irgendwas kapiert hat ... Aber deshalb rufe ich nicht an. Ich hab den Account geknackt, heha für Herta Haslauer plus das Geburtsdatum, immer wieder originell, die Passwörter des gemeinen Volkes. *Monk* hat sie jedenfalls nie geschaut, dafür *Hubert & Staller*, *SOKO Kitzbühel* und praktisch alle Staffeln vom *Bergdoktor*.“

„Wieso lügt die mich bei so was an?“, fragte Schimmer mehr sich selbst.

„Vielleicht hat es ja wer anderer geschaut, der Mann? Kinder? Enkel?“

„Wer unter vierzig schaut denn freiwillig *Bergdoktor* und *SOKO Kitzbühel*? Da muss man schon masochistisch veranlagt sein, um sich die Dödel in ihrem Alpendisneyland zu geben."

„Jetzt bitte!", brachte die Mutter sich lautstark ein. „Ich schau ihn mir gerne an, den Doktor Martin Gruber, das ist solide, seelisch stabilisierende Serienkost."

„Hallo, Frau Schimmer!", schrie Nebun aus dem Telefon.

„Hallo Ika!", schrie Schimmers Mutter zurück. „Wie geht's dir?!"

„Irre wie immer!"

„Schööhöön!"

„Jetzt reicht's mir", meinte Schimmer und schüttelte den Kopf, „danke, Ika, bis morgen!"

6

Michael Muster saß in seinem Dienstwagen, vor ihm der Gebäudekomplex eines hochprofitablen Pharmaunternehmens, hinter ihm eine Pressekonferenz in Graz, ein Abstecher an den Tatort, eine ausufernde Teambesprechung in Baden, dazu reichlich zähe Autobahnkilometer. Er beugte sich zu seiner linken Achsel und schnupperte. Na ja. Bevor er sein hoffentlich letztes dienstliches Ziel für diesen Tag angesteuert hatte, war er in den östlichen Prater gefahren, um den Kopf frei zu bekommen, Waldluft zu atmen, den gestauchten Körper zu mobilisieren. Schnellen Schritts war er über die Hauptallee spaziert, dann im Trab auf einen Trampelpfad, immer zügiger, letztlich im Tempo eines gut trainierten Läufers bis zum Lusthauswasser, wo er schweißnass, aber zufrieden das Hemd auszog und sich den ansehnlichen Oberkörper provisorisch wusch. Ein Ersatzhemd hatte er immer im Auto, doch gürtelabwärts fühlte er sich nun alles andere als frisch; ärgerlich, weil er sich so nicht im Vollbesitz seiner kriminalpolizeilichen Souveränität fühlte, die er für das kommende Gespräch ausstrahlen wollte. Lächerlich, wiegelte er seine Bedenken ab, das ist nur dieser cleane Glas-Beton-Palast, dieses sterile Charisma zwischen Medizin, Macht und Geld, das diese Pharmakonzerne an sich haben. Wobei sich Muster nicht einmal sicher war, ob es sich bei NATHAN genau genommen um ein pharmazeutisches Unternehmen handelte. Nanotechnology for Humans and Nature, bei einem kurzen Blick auf die Website hatte er mitbekommen, dass es hier nüchtern gesagt um die Erforschung der winzigsten Teilchen des menschlichen Körpers ging sowie um die Produktion von Robotern, sogenannten

Nanobots, die in der Größenordnung von Molekülen unterwegs waren. Drückte man das in der Sprache der Homepage aus, klang es natürlich seriöser und wissenschaftlicher: nach medizinischer Revolution, nach Quantensprüngen in der Diagnose und Therapie, nach Visionen und Investitionen, also auch nach sehr viel Geld. Wie groß so ein Molekül eigentlich war, in welcher Relation das etwa zu den Staubpartikeln stand, die vor seiner Windschutzscheibe im Sonnenlicht tanzten, vermochte Muster sich nicht vorzustellen. Aber für das Sachverständnis, quasi als wissenschaftlichen Beirat, hatte er sich ja Annika Nebun vom KAP ausgeborgt, die verdammt noch einmal jetzt endlich auftauchen sollte! Weil es zwei Minuten nach der vereinbarten Zeit war! Weil er sie noch auf den letzten Stand der Ermittlungen bringen und ihr einbläuen wollte, was sie bitte alles beim CEO von NATHAN nicht sagen sollte. Ganz freiwillig hatte er sich auf diese vorübergehende Teamarbeit nicht eingelassen – aber finde im BKA einmal wen außerhalb der Forensik, der sich zumindest mit den Basics in Molekularphysik und dergleichen auskennt. Da rollte sie auch schon über den Parkplatz: Skateboard, asymmetrischer Haarschnitt mit schwarzlila Einfärbungen, Wahnsinn, wenn Picasso mit nur einem Prozent seines Genies auf die Welt gekommen und Friseur geworden wäre, hätte er wohl solche Köpfe gestaltet; dazu natürlich viel Metall im Gesicht und Tattoos bis hinter die Ohren; nicht sein Geschmack, doch irgendwie war es beruhigend zu sehen, dass sich die Nonkonformisten genauso in ihre Klischees einfügten wie die Spießer; siehe Camp David, siehe Dieter Bohlen, Bibione und Philomena Schimmer, an die er plötzlich grinsend denken musste.

„Freust du dich so, mich zu sehen, oder hast du dir

ein paar MDMA aus der Asservatenkammer eingeworfen?" Annika Nebun nahm auf dem Beifahrersitz Platz.

„Ach, Ika", meinte Muster milde, ja, den Spitznamen *Irre Ika* trug sie mit Stolz, und der verpflichtete natürlich auch, „sag: Stinkt's hier herinnen?"

„Nicht mehr als sonst, warum, Abbaukonflikte im Dünndarm?"

„Nein", Muster gab ihr ein kurzes Resümee seines bisherigen Tages, „hast du Zeit gehabt, nachzulesen, was die da treiben?"

„Universal computing by DNA origami robots in a living animal", gab Nebun ohne weitere Erklärung zurück.

„Soso, na da bin ich eh gar nicht so falsch gelegen."

„Das ist der Titel einer ihrer Masterarbeiten, also von eurem Opfer, der ..."

„Helena Sartori."

„Genau ... zwei Doktortitel und drei Master zum Drüberstreuen, die war eine fucking brain machine."

„Und das, was du davor, das Englische, worum geht's da?"

„Sie hat aus DNA praktisch in Origamitechnik kleine, also sehr, sehr kleine Roboter gefaltet und die dann einer Maus verabreicht, der zuvor Tumorgewebe eingepflanzt worden ist, very creepy, diese Nanobots strampeln dann zu den Krebszellen und je nachdem, welche Struktur sie haben, können sie den Tumor aushungern, verglühen oder gezielt mit chemischen Kampfstoffen bombardieren."

„Dann müssen die aber wirklich klein sein", meinte Muster trocken.

„Wenn du kein Rastertunnelmikroskop zu Hause hast, wirst du kaum je welche zu sehen bekommen."

„Schon klar, nur eins: Wenn wir da jetzt drinnen sind, bin ich der Chefinspektor und du von mir aus der Intelligenzbolzen. Aber lass mich auf keinen Fall als Depp dastehen, kapiert?“

„Yes, sir!“

„Okay, vier Minuten haben wir noch, aktueller Ermittlungsstand ...“

„Hab das File in der S-Bahn gelesen.“

„Aha, und: Wer war's?“

„Franz Morell, der Ex“, antwortete sie, ohne zu zögern.

„Warum?“, fragte Muster, überrascht nicht nur über ihre Disziplin, sondern auch über die Schlussfolgerung.

„2014: offizielle Gewalttätigkeit, Wegweisung, Betretungsverbot ... gekränkte Männlichkeit, aufgestauter Hass, Wahnvorstellung einer möglichen Versöhnung, erneute Abweisung, möglicherweise Demütigung, Kontrollverlust, Overkill.“

„Und die abgängige Tochter?“

„Ist er eben plötzlich zur Besinnung gekommen. Oder sie war so was wie Papas Liebling. Entweder ist sie auch tot und er hat ihr einen speziellen Grabplatz zugewiesen ... oder sie lebt und er hat sie irgendwo versteckt. Habt ihr sein Wochenendhaus am Semmering gefilzt?“

„Na logo, nichts“, sagte Muster und drückte die Autotür auf. „Wieso hast du es damals eigentlich nicht beim BKA versucht, wäre doch genau deine Kragenweite, oder?“

„Warum gibt's bei der Kriminalpolizei so wenig Frauen?“

„Weil es so viele Männer gibt, jaja, aber ich hätte ehrlich gesagt nichts gegen ein paar Kolleginnen mehr.“

„Mein letzter männlicher Vorgesetzter im 21. hat kurz vor meinem Abschied gemeint, dass ich selber aussehe wie eine Verbrecherin."

„Die Floridsdorfer, na ja, sieh's als Kompliment."

„Sehr gut, die Damen und Herren von der Kriminalpolizei", meinte Bernd Jonas, der CEO von NATHAN, während er sie zackig in sein Büro führte, den weißen Kittel auszog und ins Regal hinter seinem ausladenden Schreibtisch schleuderte.

„Kommen Sie gerade aus dem Labor?", fragte Muster rhetorisch, um sich nicht gleich von der augenscheinlichen Energie dieses Mannes überrollen zu lassen.

„Nein, Gott behüte, da wäre ich inzwischen fehl am Platz", Jonas lachte, öffnete eine Minibar, holte drei Fläschchen französisches Mineralwasser heraus und stellte sie samt Gläsern auf den Tisch. „Ich habe ein paar Koreaner herumgeführt, die stehen auf diesen Ärzte- und Expertenlook, crazy rich Asians, sage ich nur ... aber bitte, gut, Sie kommen wegen, ja, was für eine Tragödie ..."

„Was genau machen Sie hier eigentlich?", unterbrach Nebun den Mann, obwohl ihr das erwiesenermaßen bekannt war.

„Was genau ... nun, wissen Sie: Ich bin ein Freund des Storytellings", der CEO öffnete die Flaschen gekonnt mit einem Molekülmodell aus Metall und goss das Wasser ungefragt ein, „Sie sind Kriminalisten. Also stellen wir uns ein Gebäude vor, dreißig Stockwerke, zwanzig Räume pro Etage, und irgendwo sitzt das Zielobjekt mit hundert Kilo Ecstasy, Plastiksprengstoff oder whatsoever. Klassische Kriegsführung, alte Schule: Lenkrakete, SWAT-Team, kabumm, und weg ist der Böse, samt dem ganzen Stockwerk, Kollateralschaden: massiv."

„Weil Sie gerade Ecstasy gesagt haben", meinte Nebun trocken, worauf Muster ihr auf den Fuß trat.

„Heroin, Kokain, Mozambin, C4, was auch immer ... und jetzt denken Sie bitte modern und transdisziplinär: Natürlich können wir den Bösewicht wegbomben, dem Tumor, der Demenz mit der schweren Artillerie kommen, aber: Nebenwirkungen, wir kennen das, Haarausfall, Übelkeit, Ausschläge et cetera. Alternative, Sie kennen das: Spürhund. Der schleicht das ganze Gebäude ab, schnüffel schnüffel, und irgendwann dockt ein Molekül, auf das er konditioniert ist, an einen Rezeptor in seinem Rüssel an und: jaul, juhu, Tür eintreten, Präzisionswaffe einsetzen, all clear mit minimalen Schäden, das ist es, was wir hier tun, unter anderem, Nanobots als Spürhunde für Biomarker im menschlichen Körper, mutierte Zellen im Frühstadium entdecken, eliminieren, das ist die Zukunft der Krebsbehandlung, glauben Sie mir."

„Und das wird bereits eingesetzt?", wollte Muster wissen. „Also bei Menschen?"

„In vitro ... und natürlich in Tierversuchen ... Beim Menschen sind wir in einer frühen Testphase, aber die Fortschritte sind enorm, 2023 sehe ich uns da ganz vorne mit dabei."

„Und Frau Sartori war eine Expertin auf diesem Gebiet", schloss Muster.

„Sie war ... Sehen Sie, Wissenschaftler – und -innen! – auf diesem Niveau ... Sie müssen sich das vorstellen: Man arbeitet ja nicht nur im Unsichtbaren, sondern oft auch im Unvorstellbaren. Das sind Welten, die unsereins kaum betreten kann, ich habe zwar auch meinen Doktor rer. nat., mit Ach und Krach, wie ich zugeben muss, aber das ist ein Unterschied wie zwischen Trampolinhüpfen und bemannter Raumfahrt."

„Geht das auch etwas konkreter", sagte Nebun, „also in Bezug auf Frau Sartori, sie war offiziell Leiterin der Molekulardiagnostik, oder?"

„Richtig", sagte Jonas, pausierte, als wäre plötzlich ein Teil seiner Energie entwichen, „aber das sind letztendlich nur Titel für die Öffentlichkeit, also, wie sage ich das, sie war damit beschäftigt, Programme für Schwärme von Nanobots zu schreiben, eine Toolbox zu entwickeln, mit der man gezielt die Immunantwort des Körpers steuert, das ging bisher ja nur durch genetische Manipulation von Immunzellen im Labor, die man dann wieder injizierte, irre, wirklich irre das alles, wenn Sie mich fragen, also als Kompliment gemeint!, natürlich, schließlich handelt es sich hier um einen futuristischen Medizinschrank, der völlig neue Werkzeuge bereitstellt, und hier geht's nicht nur um Krebs, denken Sie an die klassischen Alterskrankheiten: Alzheimer, Arthrose, Makuladegeneration ..."

„Das war die Sache mit den Schweineaugen, oder?"

„Wie?" Jonas und Muster schauten Nebun eine Sekunde verständnislos an, bevor der CEO sie verstand.

„Ach so, der Tierversuch, natürlich, Chapeau!, Sie haben gut recherchiert", meinte Jonas anerkennend, „haben Sie Lenas Veröffentlichung in *Nature* dazu gelesen?"

„Nur das Abstract ... dann war mir das Fachenglisch zu hoch", sie wandte sich an Muster, um ihn nicht völlig im Nebel tappen zu lassen: „Frau Sartori hat es geschafft, Nanobots zu konstruieren, die durch die Netzhaut wandern und dort das kaputte Zellgewebe quasi renovieren."

„So in etwa, ja“, meinte Jonas, „die DNA-Bots dringen ins retinale Pigmentepithel vor, egal ... ein Wahnsinnsmarkt, wenn Sie sich die veränderte Altersstruktur vor, Achtung Wortspiel, ha, vor Augen führen!“

„Gut“, Muster fühlte sich erschöpft, kaum mehr des Denkens fähig, „wie Sie sich denken können, suchen wir nach Zusammenhängen, die uns das Verbrechen erklärbar machen, dem Frau Sartori zum Opfer gefallen ist.“

„Warum hat sie hier aufgehört und ist in die Pampa gezogen, um bei einem Autozubehörhändler zu arbeiten?“, brachte sich Nebun ein. Danke, Ika. „Von den Goldeseln zu den Leichtmetallfelgen, auch keine so typische Karriere, oder?“

„Ich weiß es nicht“, antwortete Jonas und schloss für einen Moment die Augen, „ich war perplex, als sie mir diese Entscheidung vor ... Zwei Jahre ist das jetzt her, oder?“

„Richtig.“

„Ja, zwei Jahre ... wobei: Goldesel“, Jonas schmunzelte, „wenn sie in Deutschland geblieben wäre, oder USA, Japan, da lässt sich so eine Millionärs-Karriere durchaus machen.“

„Wie viel hat sie zuletzt verdient?“, wollte Muster wissen.

„Für genaue Zahlen müsste ich die Personalabteilung fragen ... Das ist immer auch abhängig vom Vertrag, ob die Person bei Patentverkäufen Provisionen bezieht und dergleichen, aber alles in allem wird sie schon ihre 200.000 gemacht haben.“

„Jährlich“, hoffte Nebun.

„Natürlich, Investmentbanker sind wir keine ... Wir arbeiten ja zum Wohl der Menschheit, und da sind die Gehälter nicht ganz so exorbitant.“

„Aber besser als in einer Kfz-Bude", meinte Nebun.

„Also dürfte es wohl ein einschneidendes Erlebnis gegeben haben, das sie veranlasst hat, diesen Schritt zu tun", ergänzte Muster.

„Das mit Franz, ihrem Ex, das wissen Sie ja, oder?"

„Ja, aber diese Vorfälle datieren in die Zeit um 2014. Sie war längst geschieden, als sie hier aufgehört hat. Kannten Sie Herrn Morell?"

„Nicht näher, nein", antwortete der CEO, „zwei-, dreimal bei größeren Firmenfeiern und ... Er war Verkaufsmanager für medizinische Produkte, da sind wir uns bei ein paar Kongressen eher zufällig über den Weg gelaufen, eigentlich ein sympathischer Mensch, also wenn man diese privaten Details abzieht."

„Sympathisch inwiefern?", fragte Muster nach.

„Freundlich, offen, interessiert", der CEO erlaubte sich etwas, das nach einem nostalgischen Lächeln aussah, „aber das lässt sich auch über Psychopathen sagen, wenn man die Checkliste von Robert D. Hare anlegt, oder?"

„Ist das Teil von Bewerbungsgesprächen oder warum ist Ihnen dieser Test vertraut?", fragte Nebun nach.

„Mein Gehirn ist ein Schwamm", Jonas legte die Finger an die Schläfen, „und gerade das, was ich nie zu brauchen scheine, setzt sich fest ... Deswegen habe ich vermutlich auch für die Forschungsarbeit nichts getaugt ... was sich à la longue als Glücksfall erwiesen hat, verstehen Sie mich bitte nicht falsch."

„À la longue", meinte Muster, der diesem Gespräch noch maximal eine Viertelstunde geben wollte, „wie lange kannten Sie Frau Sartori eigentlich?"

„Von der Alma Mater in Innsbruck, das war", der CEO drehte sich in seinem Stuhl, als ob dadurch ein Kalender in seinem Gehirn zu blättern beginnen würde, „92 oder 93, war damals ja auffällig, wenn sich eine Frau unter die Chemiker und Physiker gemischt hat, Mann, war das eine dauerbesoffene Nerdabteilung damals ... dass solche Freaks herausfinden sollen, was die Welt im Innerstem zusammenhält, ja, 98 sind wir nach Deutschland, ich nach München, sie nach, das war zuerst ... Münster, Max-Planck-Institut für molekulare Biomedizin, dann ist sie ... Göttingen oder Stuttgart, müsste ich jetzt nachschauen, wir hatten da nur losen Kontakt, gab ja keine Social Media ... 2008 habe ich mich dann mit einem Partner selbstständig gemacht und bei der Suche nach ... Ich hätte ja nie geglaubt, dass Lena tatsächlich nach Wien kommt, aber weil ihr Mann von hier war ..."

„Wieso sollte sie nicht nach Wien gewollt haben?", fragte Nebun.

„Mit ihrem Know-how? Da geht man nach L.A., Seoul, Tokyo ... China, wenn Sie richtig fette Kohle machen wollen und auf die Ethik scheißen, aber Wien?"

„Und warum sind Sie hier?", fragte Muster irritiert.

„Ich? Na, gehen Sie mal raus vor die Tür, in zehn Minuten bin ich im Prater, mit dem Kajak in der Au, die Oper, das Theater, ich habe nur zweimal längere Zeit im Ausland verbracht, einmal Kuwait, einmal Korea, fette Kohle, aber nein, kein Jahr habe ich es bei den Irren ausgehalten, nie wieder, Vienna forever!"

„Okay", jetzt seufzte auch Nebun, „sehen Sie irgendeinen möglichen Zusammenhang mit Frau Sartoris Arbeit hier und dem, was ihr zugestoßen ist?"

„Pf“, machte der CEO, „die Welt ist groß und voller Wunder, also nicht nur im Schönen, ganz im Gegenteil, aber wieso soll jemand Lena und ihre Familie umbringen, nur weil sie eine herausragende Wissenschaftlerin war?“

„Das war meine Frage.“

„Ja, schon klar, also: nein. Natürlich kann ich mich jetzt in irgendwelche geheimen Kellerlabor-, Patentspionage- und Weltbeherrschungsfantasien versteigen, Michael Crichton, *Beute,* sagt Ihnen was?“

„Ja“, antwortete Nebun. „Nein“, sagte Muster gleichzeitig.

„Eben, da sind wir im Reich der Fiktion, außerdem habe ich keine Ahnung, was Lena die letzten zwei Jahre gemacht hat ... Ich meine: Motoröl verkaufen? Cockpitspray hätten wir im Angebot?“

„Burn-out?“, spekulierte Nebun.

„Dafür hätte ich in sie hineinschauen müssen, und das war bei Lena, also außerhalb ihres Fachgebiets war sie für mich ein Buch mit sieben Siegeln. Leistungsabfall habe ich keinen bemerkt, wenn Sie das meinen.“

„Halten Sie ihren Ex für fähig, so ein Verbrechen zu begehen?“, fragte Nebun.

„Nein“, kam es umgehend zurück, „andererseits: Was weiß man schon vom anderen? Bis in die Tiefen der Moleküle schauen wir hinab und dennoch ... Sie müssen mich jetzt bitte entschuldigen, ich habe noch ...“

„Keine Ursache“, erwiderte Muster, stand auf, trank sein Wasser aus und reichte seine Hand über den Schreibtisch, „danke für Ihre Zeit.“

„Mir brummt der Schädel“, meinte Muster, als sie über den Parkplatz gingen.

„Was trinkst du auch sein Wasser?“, meinte Nebun

vorwurfsvoll, schüttelte den Kopf, griff sich einen Joint aus der Bauchtasche und zündete ihn an.

„Kannst du damit nicht warten, bis ich weg bin!“, fuhr Muster sie an. „Warum hätte ich sein Wasser nicht trinken sollen?“

„Vielleicht, weil da Nanobots drin schwimmen, mit denen er dich ab jetzt nicht nur überall orten, sondern auch dein Befinden nach Belieben steuern kann?“

„Das ist nicht dein Ernst“, erwiderte Muster, ohne die leichte Beklemmung verleugnen zu können, die ihn plötzlich befiel.

„Hast du nicht zugehört, was die inzwischen alles machen können?“, Nebun grinste und blies den Marihuanarauch über Musters Kopf hinweg. „Und das ist nur, was er uns gegenüber zugegeben hat! Jetzt rate mal, womit er diese koreanischen Investoren geködert hat und was dann noch alles in diesen Labors passiert, was nicht nach außen dringt, bevor es versehentlich ins Abwasser kommt und ...“

„Halt jetzt die Klappe, Ika!“, Muster riss die Wagentür auf und ließ sich in den Fahrersitz fallen. „Ich habe jetzt echt keinen Nerv mehr dafür, herauszufinden, was dein Ernst ist und womit du mich verarschst.“

„Da gibt’s keine Verarsche, Michi“, Nebun stieg auf ihr Skateboard, „gib mal bei Youtube Nanotechnologie oder Nanobots ein, dann weißt du, was es geschlagen hat.“

„Youtube, eh klar“, erwiderte Muster, nun sicher, dass Nebun ihn verarschte, „und die Nanobots fallen aus den Chemtrails herunter, richtig?“

„Fühl dich nicht zu sicher ... nieeeeemaaaaals!“, tönte Nebun wie ein geisterhaftes Echo und rollte über den Parkplatz davon.

7

Wo man pfeift, da lass dich ruhig nieder, böse Menschen haben keine Lieder. Schimmer saß auf der Treppe und sah einem Kollegen von der Ermittlungseinheit Einbruch dabei zu, wie er fachmännisch ihre Wohnungstür aufschloss – ohne sie zu beschädigen, wie sie hoffte; ohne ein paar hundert Euro zahlen zu müssen, wie sie dankbar zugab, dafür ließ sich auch dieses penetrante Gepfeife aushalten. War das Pippi Langstrumpf?

„Habt ihr viel zu tun im Augenblick?", sprach sie seinen Rücken an.

„Ist nicht weniger geworden seit dem Fall des Eisernen Vorhangs."

„Kann ich mir vorstellen", meinte Schimmer, um dem Mann recht zu geben.

„Kannst du nicht, Herzchen", meinte der gönnerhaft, „wie alt warst du 89?"

„Drei."

„Eben ... Aber was soll's, nichts bleibt gleich, das ist das Einzige, was gleich bleibt ... Und: Sesam!"

„Gelernt ist gelernt!" Schimmer klatschte, als hätte der Mann eben eine Boeing 747 sicher notgelandet. Warum nicht, Broker, Werber, Makler, in jedem Bullshit-Job applaudierten sie sich zu bis zur Erektion, aber wie oft bekamen diese Typen in den besonderen Lederjacken schon einmal laute Anerkennung für ihre Dienste.

„Kaffee?"

„Sag ich nicht nein."

Nachdem Schimmer sich darüber gewundert hatte, dass ihr raubeiniger Kollege im Vorraum die Schuhe auszog, ließ sie ihm einen doppelten Espresso aus der Maschine und goss sich selbst eine Tasse Ingwertee auf. Die zehn Minuten, die er zum Ziehen brauchte, hätte sie am liebsten genutzt, um rasch zu duschen; doch da war diese Hemmung, basierend worauf eigentlich? Vorurteile, schlechte Erfahrungen, noch schlechtere Filme? Dass der Mann die Situation vielleicht falsch interpretieren könnte. Andererseits: Wenn irgendeiner aus dem BKA ihr blöd käme, konnte sie sich darauf verlassen, dass Michi seine neu gewonnene Intellektualität vergaß und sich auf seinen legendären *headbutt* besann, oder? Memme! Seit wann brauchst du einen Beschützer, du kannst selbst für dich sorgen! Verdammt, zeitweise war es echt nicht einfach, Philomena Schimmer zu sein.

„Ich geh duschen“, sagte sie, „wenn du noch einen Kaffee oder ein Wasser willst, bedien dich!“

„Keine Zeit, Herzchen, die Pflicht ruft!“, er trank seinen Espresso ex, winkte und war schon im Vorraum.

„Danke noch mal!“, rief sie ihm hinterher.

War sie einsam, fragte sie sich, während das Wasser auf ihren Kopf prasselte. Sehnte sie sich nach jemandem, mit dem sie ... ja was eigentlich? Das Bett teilen, das Frühstück, das Abendessen, den Urlaub, Kinder großziehen? Aber woher nehmen? Die Sache mit Michi war vor fünf Jahren zu Bruch gegangen, als er seine jetzige Frau kennengelernt hatte – über die Schimmer neidlos nur das Beste sagen konnte: klug, attraktiv, ohne aufdringlich schön zu sein, witzig, im Grunde ein Fall für eine beste Freundin; wenn da nicht der Umstand gewesen wäre, dass Michi und sie seit einem halben

Jahr, nun, einen Teil ihrer gemeinsamen Aktivitäten wiederaufgenommen hatten. Weil sie zu bequem war, sich endgültig loszusagen, und das bestehende Vertrauen auch etwas für sich hatte? Oder war sie das Klischee einer Klette, die sich sogar damit begnügte, nur für ein, zwei Stunden in der Woche haften zu dürfen, wenn sie dafür das Gefühl bekam, begehrt und etwas Besonderes zu sein? Blödsinn, dafür brauchte sie ihn nicht, an Affären mit kurzzeitig brauchbaren Männern hatte es ihr in den vergangenen Jahren nicht gemangelt; eh ganz nett, bis auf den einen, oh Gott, erinnere dich nicht an den Typ mit den Zehensocken und den vier Terrarien, igitt, danach hatte sie ihre Dating- und Beziehungssuche-Apps gelöscht. So verführerisch und praktisch es sein mochte, ein versprochenes Best-of der europäischen Männerwelt per Klick zur Verfügung zu haben: Erstens war das, was sie sich von diesen Kandidaten versprochen hatte, ein algorithmisches Idealkonstrukt, nie deckungsgleich mit dem, was dann tatsächlich daherkam – der Bierdeckelsammler und Beichtstuhlfetischist! –, und zweitens: Worauf sollte man so eine Beziehung aufbauen, wenn man sich mit einem Auge verliebt anschaute und mit dem anderen die Profile der vielleicht noch Besseren scannte? Wie sollte man da zu einem Commitment gelangen, zu wahrer Liebe und Romantik, wenn sich nirgendwo die Idee der Ewigkeit festsetzen konnte? Vielleicht machte ihre ältere Schwester es ja genau richtig mit ihrer Wanderhühnerei: für die Ewigkeit das stabile Ehewerk, für die Leidenschaft und die Selbstbestätigung die Casual Dates; doch wenn es Nemo wirklich gut damit ging, wieso war sie dann bei dem Sager mit dem Nickname so ausgezuckt? Hatte sie vielleicht unterbewusst Wanderhure verstanden? Schimmer stieg aus der Dusche, band sich ein Handtuch um den Kopf, stellte sich vor den Spiegel und suchte ihre Oberlippe nach Härchen ab. Nemo würde sie am Abend besuchen, und schon jetzt graute ihr vor dem Eiertanz, zu dem die meisten ihrer Treffen wurden. Wann war die Weiche gestellt worden, die ihrer beider Leben in so gut wie allen Vorstellungen, Idealen und Prinzipien auseinanderdriften hatte lassen? War ja nicht so, dass sie partout darauf beharrte, mit der eisig isolierten Schwester einen Schneemann bauen zu wollen, aber: diese Bissigkeit, der subtile bis offenkundige Alltagsrassismus, diese neue Tendenz zu Verschwörungstheorien vom rech ten Rand ... Und warum sahen sie sich dennoch fast jede Woche? Weil es da noch den einen gemeinsamen Strang der ewigen Schwesternliebe gab? Schlagartig füllten sich ihre Augen mit Tränen, rasch wischte sie sie weg, peinlich berührt, als könnte sie jemand sehen, zum Glück war das Mascara noch nicht oben. Schon seltsam, bei Thalia hatte sie nie diese spontanen sentimentalen Ausbrüche, die mochte sie samt ihrer unfairen Schönheit; bei ihr hatte sie aber auch nicht das Gefühl, irgendwann etwas unwiederbringlich verloren zu haben, auseinandergesprengt worden zu sein; wieder musste sie an diesen Nachmittag vor etwa dreißig Jahren in ihrer Genossenschaftswohnung denken, als sie – die Füße auf der Balkonbrüstung, mit den Schultern nach hinten auf Nemo gestützt – versucht hatte, auf das Auto des verhassten Hausmeisters zu pissen. Gerade als sie ihren Strahl perfekt ausgerichtet hatte, war ihr Vater um die Ecke gekommen und hatte sie gesehen, zuerst geschockt, dann sichtlich erheitert, um plötzlich in Panik zu geraten und auszurufen: Weg von der Brüstung, du fällst noch herunter! Über den Beweggrund oder das Ziel ihrer Aktion hatte er nie ein Wort verloren.

„Sorry, ich habe mich ausgesperrt und der Dings, der Dieter vom Einbruch hat mir die Tür aufmachen müssen", entschuldigte sie sich beim Eintreffen im KAP für ihre Verspätung.

„Oh, der Dieter", erwiderte Nebun, „hat er auch seinen großen Dietrich dabeigehabt?"

„Das könnte man fast als pornografische Anspielung auffassen", meinte Sosak nach einer knappen Minute und meckerte amüsiert.

„Eine Punkerin mit der Seele eines räudigen LKW-Fahrers und ein ITler mit der Auffassungsgabe einer Klischeeblondine", murmelte Bauer, „willkommen im Kompetenzzentrum für ausgefallene Persönlichkeitsstörungen."

„Den Schwaiger haben sie aus der Neuen Donau gefischt", war plötzlich die Stimme der Chefin im Raum, im gleichen Tonfall, wie sie ankündigte, dass die Linzerschnitten in der Kaffeeküche zur freien Entnahme waren.

„Hat er's endlich geschafft", sagte Bauer und seufzte. Ein herzloser Satz, mochte mutmaßen, wer Judith Bauer nicht kannte, wer ihren Langzeitklienten Bruno Schwaiger nicht gekannt hatte: einen psychisch Kranken, der immer wieder aus Betreuungseinrichtungen oder dem Haus seiner Schwester verschwunden war, ein überaus feinfühliger, charmanter Mensch, letztendlich ein Leidensmüder, der nicht zwangsweise dem Leben, aber eben dem fortwährenden Leid entwischen wollte. Jetzt hatte er es geschafft, jetzt ging es ihm hoffentlich besser, das hatte Bauer gemeint und vielleicht etwas ungeschickt ausgedrückt.

„Zeit für eine Ausnahmezigarette?“, wollte Schimmer wissen.

„Ja, die bin ich ihm schuldig“, Bauer schnäuzte sich und holte die Schachtel aus ihrer Handtasche.

„Als Teenager wollte ich unbedingt Hebamme werden“, sagte sie am Balkon nach zwei tiefen Zügen.

„Das hast du mir nie erzählt“, wunderte sich Schimmer.

„Hatte ich wohl vergessen ... komisch, dass mir das jetzt einfällt.“

„Ich kann mich nicht erinnern, dass ich irgendwann einmal etwas Bestimmtes werden wollte, Polizistin schon gar nicht ... doch: Geigerin, in der Volksschule, ich glaube, weil mich Papa in ein Konzert mit Anne-Sophie Mutter mitgenommen hat.“

„Letztens habe ich einen Artikel gelesen“, sagte Bauer, „wo Eltern gefragt wurden, welche Berufe sie besonders schätzen und welche sie sich für ihre Kinder wünschen ...“

„Und?“

„Außer Arzt war nichts deckungsgleich ... Bäcker, Bauer, Polizist, Gärtner, Tischler, alles sehr angesehen, aber werden sollen die Kinder dann doch irgendwas mit wenig Anstrengung und viel Geld.“

„Und unser Kompetenzzentrum ist überhaupt nie erwähnt worden?“, fragte Schimmer mit gespieltem Entsetzen.

„Natürlich nicht, wir sind die Men in Black des BKA“, erwiderte Bauer, „top secret, top gestylt ...“

„Siehe Stefans heutige Mondrian-Krawatte zum Kurzarmhemd.“

„Wahnsinn, wo er die Teile immer herhat …“

„Asservat? Beschlagnahmte Zuhältergarderobe aus den Neunzigern?“, schlug Schimmer vor.

„Da gibt's doch diesen Film, wo dieser Obsthändler, so ein grausiger Perversling …“

„Der die Frauen mit seinen bunten Krawatten erdrosselt? *Frenzy*, von Hitchcock.“

„Es gibt auch keinen Serienmörderfilm, den du nicht gesehen hast, oder?“, meinte Bauer.

„Sosak, der Krawattenmörder“, krächzte Schimmer, verdrehte die Augen und streckte die Zunge aus dem linken Mundwinkel.

„Ich kann euch hören!“, tönte jetzt die Stimme ihres einzigen männlichen Kollegen durch das gekippte Fenster.

„Scheiße“, entfuhr es den beiden gleichzeitig.

„Jetzt ist eine Woche Topfengolatschen fällig“, ergänzte Bauer.

Die folgenden drei Stunden widmete sich Schimmer Aufgaben, die Zuseher eines Fernsehkrimis schneller zum Wegzappen bewegen würden als ein Werbespot mit der Familie Putz. „Vermisstenfälle“ mochte ja zuerst nach Kleiderfetzen und einzelnen Frauenschuhen in finsteren Wäldern klingen, nach Kinderfahrrädern im Straßengraben, Kellerverliesen und ähnlichen Horrorvorstellungen, doch die Wirklichkeit war wie zumeist viel banaler und zum Glück auch harmloser. Gut 10.000 Vermisstenanzeigen hatte es im vergangenen Jahr in Österreich gegeben, und die wenigsten tauchten in den Medien auf; weil sie erstens Personen von geringem öffentlichen Interesse betrafen und zweitens keine spannende oder tragische Erzählung hergaben: Teenager, die regelmäßig aus ihren Betreuungseinrichtungen ausbüxten, bald von sich aus zurückkamen oder auf einer Bahnhofbank gefunden wurden, wo sie ihren Alkopoprausch ausschliefen. Kinder, die vom eigenen Vater, der nach der Scheidung die Obsorge verloren hatte, ins Auto gepackt und zur Oma in Mazedonien gebracht wurden. Bei den erwachsenen Abgängigen bildeten die Aussteiger, die nur selten für immer von der Bildfläche verschwanden, die größte Gruppe; dazu kamen die Demenzkranken, die, obwohl orientierungslos und gebrechlich, erstaunliche Strecken zurückzulegen vermochten; dann die Verzweifelten, die sich wie kranke Tiere abgelegene Winkel suchten, um in den Freitod zu gehen; dazu die verunfallten Wanderer, Bergsteiger oder Wassersportler, die die Natur lange oder für immer versteckt hielt; und in den seltensten Fällen: Opfer von Verbrechen. Solch eine Statistik nach Alter, Geschlecht, Gesundheitszustand, sozialer Schicht und anderem mehr diente allerdings weniger dazu, um besorgte Angehörige zu beruhigen; sie schuf das Koordinatensystem, mit dem Philomena Schimmer und ihre Kolleginnen im Kompetenzzentrum für abgängige Personen arbeiteten. Besagte Menschen suchten sie nur selten selbst, sie koordinierten die Behörden und Organisationen, die an der Suche teilhatten: Polizeiinspektionen, Landeskriminalämter, Interpol, Jugendwohlfahrt, Gerichte, Bergretter und andere mehr. Darüber hinaus war das KAP für die Öffentlichkeitsarbeit, Präventionsschulungen und die Betreuung der Angehörigen zuständig. Aus diesem breiten Spektrum an Anforderungen zwischen Call-Center-Schicht, Datenbankpflege, Informationsweitergabe und Empathie-Erweisung hatte sich in der einjährigen Pilotphase der bunte Haufen ergeben, der nun in einem Großraumbüro des Bundeskriminalamts Dienst tat. Wobei die Leiterin des KAP, Leutnant Sieglinde Eder, die Bezeichnung ihrer Abteilung als bunter Haufen mit dem strengen Hochziehen einer Braue zurückgewiesen hätte. Kompetenzzentrum bedeutete nämlich: eine Gruppe von Professionisten unterschiedlicher Spezifikationen, die sich auf Basis ihrer bisherigen Einsatzgebiete plus der in laufenden Fortbildungen erworbenen Qualifikationen, ja, spätestens hier hatten sich wohl die meisten Medienvertreter aus Eders erster Pressemitteilung ausgeklinkt, und die Böswilligen sich gedacht: Aha, wohl wieder so eine Mischung aus Nerdfabrik, Burn-out-Fällen und Ausgedinge. Die Wahrheit lag irgendwo dazwischen: Stefan Sosak konnte als unerträglicher Erbsenzähler mit unsäglichen Krawatten ebenso gesehen werden wie als begnadeter Datenbankverwalter. Judith Bauer war zu Beginn ihrer Polizeikarriere eine der ersten Frauen dort gewesen, weshalb sie nach gut dreißig Dienstjahren bei gleichem Einsatz als Mann bestimmt einen höheren Dienstgrad gehabt hätte, weshalb sie Gefahr gelaufen war, zu einer verbitterten und kettenrauchenden Zynikerin zu werden, was ihr neuer Aufgabenbereich im KAP nicht nur verhindert, sondern sogar ins Gegenteil gewandelt hatte. Vanessa Spor, Tochter eines hochrangigen Ministerialbeamten, vormals Pressesprecherin der Landespolizeidirektion Niederösterreich, ein geborenes Fernsehgesicht, die Kamera liebte sie, die meisten Medienvertreter mochten sie, sie selbst liebte sich so sehr, dass ihr Bildschirmhintergrund ihr eigenes Porträtbild zeigte. Annika Nebun, die irre Ika, sprach für sich selbst. Und jetzt: Philomena Schimmer, wie bist du eigentlich zu diesem bunten, pardon, zu dieser Professionistengruppe gestoßen?

„Du schuldest mir gar nichts, Philli“, meinte Muster, als sie ihn beim gemeinsamen Mittagessen darauf hinwies, dass vor allem er es gewesen war, dem sie diesen Job verdankte. Weshalb sie ihm wohl auch nicht ausschlagen konnte, ihn in Unterlengbach zu unterstützen, auch wenn das nicht in ihren Kernkompetenzbereich fiel. „Außerdem: Kernkompetenzbereich? Hat dich die Eder schon komplett infiltriert?“

„Nein ... ich meine nur: Wie soll ich euch da helfen können? Die Maschinerie läuft seit drei Tagen auf Hochtouren, da bin ich höchstens ein Stein im Getriebe ... Das ist nicht meine Kragenweite, das kriegt doch jeder mit.“

„Dein größtes Problem ist, dass du dich ständig kleinmachst.“

„Liest du jetzt auch diese Sprüche auf den Teebeutelanhängern von Yogi-Tee? *Alles verstehen heißt alles verzeihen. Hab keine Angst vor der eigenen Größe.*“

„Und ins Lächerliche ziehen, darin bist du auch gut.“

„’tschuldigung“, meinte Schimmer, schob sich eine Gabel Grünkernauflauf in den Mund und verzog das Gesicht. „Der Veggie-Day wird sich bald selbst abschaffen, fürchte ich ... Wie sind deine Fleischlaibchen?“

„Gut.“

„Tauschen wir?“

„Von mir aus“, sagte Muster und schob Schimmer seinen Teller hinüber, „ich sollte eh ein paar Kilo loswerden.“

„Sagt wer?“

„Sag ich.“

„Du spinnst ... Was ist der Letztstand in Unterlengbach?“

„Ein Paradebeispiel für Entropie, um im Metier von Frau Sartori zu bleiben.“

„Das heißt was?“, fragte Schimmer, die zwar mittlerweile ein paar Eckpunkte des Falls kannte, aber kaum mehr als der interessierte beziehungsweise sensationssüchtige Medienkonsument.

„Je mehr wir in Erfahrung bringen, desto größer wird das Chaos“, meinte Muster und sah dabei so ratlos aus, wie Schimmer ihn eigentlich nicht kannte.

„Ihr habt den Ex heute noch einmal vernommen, oder?“

„Franz Morell, ja ... Auf einem objektiven Ranking ist er in der Poleposition: kein Alibi, die Vorgeschichte ...“

„Aber?“

„Na ja, aber: Erstens ist es ein weiter Weg vom einst brutalen Gatten zum Familienmörder samt Schwiegereltern, zweitens: sein Zustand. Der ist fertig, und ich meine: supergaufertig. Und wenn einer so einen Overkill selber verursacht hat, dann gesteht er, oder?“

„Das weißt du besser als ich.“

„Eh, aber ... Und wo, verdammte Scheiße, ist das Mädel?“, wurde Muster so laut, dass sich ein paar Beamte an den anderen Tischen umdrehten, ohne sich groß zu wundern, geschweige denn sich zu beschweren.

„Ich helfe dir“, antwortete Schimmer, ohne zu wissen, was sie damit sagen wollte.

„Danke ... Wann willst du dir den Tatort anschauen?“

„Muss ich die Eder fragen, vielleicht morgen Nachmittag. Was ist denn bei dieser Pharmafirma herausgekommen?“

„Pah“, Muster grinste und seufzte zugleich, „da wird’s gleich noch entropischer ... Ich schick dir heute noch den aktuellen Bericht und ein paar Links, dann kannst du dich selber schlaumachen.“

8

Den Großteil des Nachmittags verbrachte Schimmer bei einer Einrichtung der Jugendwohlfahrt im 22. Bezirk und anschließend in einem Seniorenheim in Ottakring. Klar erschien diese Arbeit nicht halb so cool wie die eines Mordermittlers. Auch war die Bezahlung geringer und das Prestige bescheiden; doch tauschen wollte Schimmer auf keinen Fall mit ihrem Ex. Erst zu Mittag hatte sie wieder erlebt, wie sehr sein Job ihn angreifen konnte. Er mochte ihn, war gut darin, und gerade bei komplexen Fällen außerhalb der üblichen Beziehungstaten konnte er in einen geradezu kreativen Flow geraten. Die Kehrseite: einerseits die Opfer, die schwer Verletzten, die Kinder, die Vergewaltigten, die Leichen, die sich immer irgendwo zwischen Dachboden und Keller des Bewusstseins stapelten; und zweitens der Druck, der sich aufbaute, wenn ein Täter, bei dem ein weiteres Verbrechen wahrscheinlich war, frei herumlief. Im Umgang mit solchen Stresssituationen agierte Muster inzwischen hochprofessionell – dank seiner Frau hatte er sogar ein Acht-Wochen-Achtsamkeitsprogramm nach Jon Kabat-Zinn durchgezogen, hatte zu rauchen aufgehört und meditierte regelmäßig –, doch vier Mordopfer ohne Mörder plus ein abgängiges Mädchen ließen sich nicht einfach wegatmen, die würden an ihm haften wie ein Blutegel, bis der Fall gelöst war. Wahrscheinlich ist das auch der Grund, warum er mich dabeihaben will, sagte sich Schimmer auf dem Nachhauseweg. Von wegen kriminalistische Fähigkeiten und sich nicht kleinmachen, Händchen halten soll ich ihm, ihn anlehnen lassen, wenn er weinen, sich die bösen Gedanken wegficken will, Mannomann, lange geht das nicht mehr gut, irgendwann kommt sie uns drauf und dann; wobei Schimmer ohnehin vermutete, dass Musters Frau längst Bescheid wusste und über solche Dinge erhaben war; oder sich selbst einen bis mehrere Liebhaber hielt, in amoralischen Zeiten wie diesen war schließlich jedem alles zuzutrauen.

„Das ist vielleicht eine abgeratzte Gegend hier", meinte ihre ältere Schwester, nachdem sie eine Papiertasche auf dem Couchtisch deponiert hatte, in der Philomena eine neue exzentrische Unverkäuflichkeit wähnte. „Weißt du, was ich vor deiner Haustür gesehen habe?"

„Einen Ausländer, vielleicht sogar einen Schwarzen?"

„Über die rege ich mich schon gar nicht mehr auf, wenn ... nein, einen Raben, der seinen Schnabel in eine Bierdose gesteckt und den Kopf in den Nacken gelegt hat, um zu trinken. Ein Säufervogel! Unglaublich, oder?"

„Wahrscheinlich ein Nachkomme von Hans Huckebein."

„Wer soll das sein?"

„Also bitte, wie oft hat uns Papa aus dem Buch vorgelesen? Wilhelm Busch? *Es ist ein Brauch von alters her: Wer Sorgen hat, hat auch Likör!* Nein, Korrektur, das ist aus der *Frommen Helene* ... Bei *Huckebein: Jetzt aber naht sich das Malör, denn dies Getränke ist Likör!*"

„Ah, jetzt wo du es sagst ... der Rabe, der auf dem Tisch herumtorkelt und sich dann mit dem Strickzeug erhängt, oder? Und so was haben wir als Kinder vorgesetzt bekommen. Kein Wunder, dass unsere Schwester sich für die Psychoanalyse begeistert."

„Mit Vögeln, die sich erdrosseln, scheint er's überhaupt gehabt zu haben ... die Hühner von der Witwe Bolte: *Jedes legt noch schnell ein Ei, und dann kommt der Tod herbei.*"

„Wo du's erwähnst: Wie waren die Eier?"

„Hm? Ach so, super, kein Vergleich zu herkömmlichen", antwortete Schimmer.

„Dachte ich mir's doch", sagte die Schwester ohne jeden Anflug von Ironie. „Sag mal: dein Lover, der Michi ... Ist er überhaupt noch dein Lover?"

„Nein, schon länger nicht mehr."

„Ah, gut ... aber ihr seht euch noch, oder?"

„Sporadisch, berufsbedingt."

„Hat er immer noch so einen Uhrenfimmel?"

„Als Fimmel würde ich das nicht bezeichnen ... Er hat halt irgendwann ein paar Sammlerstücke von seinem Opa geerbt und selber ein paar dazugekauft ... Warum?"

„Dann hast du jetzt ein Geburtstagsgeschenk für ihn", Nemo hielt ihrer Schwester die mitgebrachte Papiertasche hin.

„Ein ... elektrischer Uhrenbeweger?", stieß Schimmer aus, nachdem sie das seltsame Ding aus der Verpackung gefriemelt hatte. „Wofür soll das denn gut sein?"

„Na wofür wohl", gab Nemo in einem Ton zurück, als müsste sie ihrer Schwester erklären, wie ein Ei zum Huhn wird, „wenn du Uhren mit Selbstaufzug nicht trägst, also auch nicht bewegst, dann bleiben sie stehen ... Damit das nicht passiert, gibt es für Menschen, die ihre Uhren wechseln, eben Uhrenbeweger."

„Aber ... na ja, danke, wird ihn sicher freuen", sagte Philomena und platzierte den Uhrenbeweger ins Regal, von wo er in den Schlafzimmerschrank wandern und spätestens in einem Jahr in der Flohmarktkiste oder auf *willhaben* landen würde. Mit dem Zusatz: Nur Versand. Aus Erfahrung wusste Schimmer, dass seltsame Produkte auch seltsame Menschen anzogen, die sie nicht unbedingt auf ihrer Türschwelle haben wollte.

„Wie war der Urlaub?", fragte sie, nachdem sie ihrer Schwester ungefragt eine Tasse Melissen-Lavendel-Tee hingestellt hatte. Kaffee oder gar Weißwein würde sie noch gereizter machen, und das wollte sie sich nicht zumuten.

„Gott, frag mich nicht ... Ortfried wird immer noch peinlicher! Weißt du, was er sich am ersten Tag bei so einem Strandverkäufer gekauft hat?"

„Keine Ahnung", erwiderte Philomena, die ihren Schwager recht gern hatte und seine völlige Ästhetik- und Stilimmunität durchaus zu schätzen wusste, auch wenn – oder gerade weil – er seine Frau damit rasend machte. „Smartphone-Gürtelholster aus Pythonimitat? Einen Metalldetektor zum Schmucksuchen am Strand?"

„Bring ihn ja nicht auf blöde Ideen ... nein ... Ich geb dir einen Tipp: Wasser!"

„Wasser ... ein Einhorn-Schwimmreifen?"

„Knapp daneben, nein, eine: Vollvisiertaucherbrille! Wo oben mitten auf der Stirn der Schnorchel raussteht wie bei einem ... Damit siehst du aus wie ein Außerirdischer, aber aus einer albanischen Science-Fiction-Serie ... Das ist so was von ... Da sind ja noch die fetten Deutschen, die auf der Strandpromenade mit dem Segway fahren, weniger zum Schämen, Mannomann, ich kapier echt nicht, was ich da geheiratet habe!"

„Du liebst ihn", erwiderte Philomena, ihr Standardsatz, die regelmäßige homöopathische Dosis, um ihre ältere Schwester gegen Scheidungsgedanken zu immunisieren.

„Womöglich", meinte diese resignierend, „ist noch Gras da?"

„Schau nach, ist schließlich deins."

„Du kannst dich jederzeit bedienen", Nemo ging zum Regal, zog drei Bücher heraus, hinter denen eine kleine Holzschatulle versteckt war. „Ich will das einfach nicht daheimhaben, mit den Buben und ..."

„Und weil du dich sonst jeden Abend niederkiffst", ergänzte Philomena.

„Sicher nicht, aber stell dir vor, wenn da zufällig ein Suchhund ins Haus kommt und ..."

„Ich glaube, die Wahrscheinlichkeit, zufällig einen Drogenspürhund ins Haus zu bekommen, ist bei mir wesentlich höher."

„Ja, aber bei dir sind es Kollegen, da macht man sich das aus", Nemo vermengte etwas Marihuana mit Tabak und stopfte die Mischung in eine kleine Pfeife. „Wie weit seid ihr überhaupt, also die von der Mordkommission, wisst ihr da schon was über diesen Wahnsinn da unten?"

„Du meinst die Morde in Unterlengbach, nehme ich an."

„Wenn du mich fragst, war das eine Home Invasion, die eskaliert ist", Nemo steckte die Pfeife in den Mund, entzündete den Inhalt und sog tief ein. „Rumänen, Tschetschenen, Georgier, da wette ich mit dir, bei uns in der Gegend haben sie während der Urlaubszeit zehn Häuser ausgeräumt. Stell dir vor, du bist da daheim!"

„Na ja“, wandte Philomena ein, „es hat ja einen Grund, warum die sich die Ferienzeit aussuchen.“

„Habe ich dir eigentlich von der Barbara erzählt?“

„Wer soll das sein?“, fragte Philomena pro forma und ging in die Küche, sich einen Tee aufgießen, weil jetzt erfahrungsgemäß ein ausufernder Sermon folgte, der ihrer bekifften Schwester vor allem dazu diente, allen möglichen Ballast loszuwerden, Psychic Detox, wenn man so wollte.

„Eine Roma, die verkauft beim Markt in der Hütteldorfer Straße diese Obdachlosenzeitung ... Also eigentlich sperrt sie die Einkaufswagerl auf, schiebt sie den Kunden hin oder holt sie bei den Autos ab und dafür bekommt sie immer wieder was ... An einem guten Samstag macht die 80 Euro! Auf jeden Fall lade ich sie manchmal zum Essen ins Marktrestaurant ein, ich hab ja eh genug Gutscheine von der Firma, und letztens frage ich sie, wieso so viele von ihren Landsleuten stehlen gehen, Leute ausrauben oder generell so kriminell sind.“

„Das war dein Wortlaut?“

„Natürlich, das ist doch belegt, dass die ... Das muss ich dir als Polizistin doch nicht sagen“, Nemo zog erneut an ihrer Pfeife, „egal, auf jeden Fall erzählt sie mir, ähm ... Hast du gewusst, dass der Ceaușescu, dieser Diktator, der hat damals eine Zölibatssteuer eingeführt, damit sich das rumänische Volk ordentlich vermehrt, verstehst du?“

„Nein.“

„Jetzt tu nicht so. Je mehr Kinder, desto weniger Steuern mussten die bezahlen, ab fünf wurde es dann quasi steuerfrei. Jetzt, Problem: Die Leute konnten nie und nimmer so viele Kinder durchfüttern, aber keine war noch teurer, also?“

„Also was?“

„Also haben sie sie in diese berüchtigten Waisenhäuser gesteckt!“

„Und da sind sie dann alle in die Kriminellenschule gegangen? Stehlen, Rauben, Morden, Freifach Messerwerfen?“

„Red keinen Blödsinn“, Nemo schüttelte den Kopf, als instruierte sie ein begriffsstutziges Kind. „Die totale Verwahrlosung, keine emotionale Zuwendung, kein Körperkontakt, die sind aufgewachsen wie diese, na, bei Friedrich II., oder? Thalia wüsste das sicher, empathieunfähige Kreaturen, das ist geworden aus denen, und heute, mit den offenen Grenzen, ziehen sie durch halb Europa, dieses Gesindel.“

„Aber“, Schimmer überschlug kurz die Geburtsjahrgänge aus der Ceaușescu-Zeit, „wie alt sollen die heute sein? Doch mindestens vierzig, oder? Und der durchschnittliche Räuber ...“

„Epigenetik“, erwiderte Nemo überzeugt, „so ein Verhalten kann vererbt werden.“

„Das hat dir eine *Augustin*-Verkäuferin beim Mittagessen erzählt?“, war sich Schimmer nicht mehr sicher, ob ihre Schwester gerade eine drogeninduzierte Psychose erlitt. Sollte sie Thalia anrufen?

„So in etwa halt ... Den Rest habe ich im Internet nachgeschaut ... krass, oder?“

„O tempora, o mores!“

„Was immer das heißen soll.“

„Das weiß man aus *Asterix*“, erwiderte Philomena.

„Apropos kleines Dorf“, machte Nemos Geist erstaunliche Sprünge, „ich bin Anfang Oktober für vier

Tage in so einem Kaff in der Nähe von Weitra, nördliches Waldviertel, willst du mitkommen?“

„Wofür?“, wunderte sich Schimmer. Für ein klares Nein hatte sie sich binnen Sekunden entschieden, aber sie brauchte noch eine plausible Ausrede.

„Das da“, Nemo kramte in ihrer Handtasche und hielt ihrer Schwester einen Folder hin.

„Auszeit im Inland: Meditation, Achtsamkeit, Digital Detox“, las Philomena vor, „hm, da bin ich immer skeptisch, ein paar Tage Retreat und dann soll alles wieder in Ordnung sein.“

„Was soll das heißen? Was soll denn mit mir nicht in Ordnung sein?“

„Nichts, also alles“, wiegelte Philomena rasch ab, „ich meine ja nur: Überstunden, Kindererziehung, der Stress das ganze Jahr über und das sollen dann vier Tage Achtsamkeit wieder einrenken, das ist ja irgendwie eine Contradictio in adiecto.“

„Jetzt hör endlich auf mit diesem Scheißlatein ... Hast du was von Thalia gehört?“

„Ja, am Montag war sie da ... Nächste Woche wollen wir zum Friseur gehen.“

„Wann?“, Nemo schnappte sich ihr Smartphone und fing an, Termine vor sich hin zu murmeln. „Dienstagabend, 18:00 Uhr, ich check uns das.“

„Deine schauen aber eh noch tipptopp aus.“

„Egal, das wird mir guttun, gibst du Schwesterchen Bescheid?“

„Jawohl.“

9

Am folgenden Morgen gab ihr Eder die offizielle Direktive, die Ermittlungseinheiten im Fall Unterlengbach, insbesondere bei der Suche nach der abgängigen Karina Sartori, zu unterstützen. Aus dem Tonfall ihrer Vorgesetzten konnte Schimmer nicht schließen, wie jene das Ansuchen aus dem LKA bewertete: verärgert, weil ihr ohne Rücksicht jemand aus dem Team entfernt wurde? Stolz, weil man das KAP zu Ermittlungen dieser Größenordnung hinzuzog? Gleichgültig, weil ohnehin jeder austauschbar war? Egal – schade nur, dass die Chefin ihr nicht angeboten hatte, den Volvo zu nehmen; mit ihrem alten Corsa würde die Fahrt in die Oststeiermark wohl weniger kommod ausfallen. Ach, der alte Fluch der Mittelschicht: einmal an den Champagnerkelchen der Wohlhabenden genippt, schmeckt der Prosecco plötzlich schal. Als hätte der Opel ihr Bedauern gespürt, ließ er gleich nach dem Starten das Tankwarnlämpchen aufleuchten. Also nahm Schimmer die letzte Tankstelle vor der Autobahnauffahrt, stopfte den Zapfhahn in den Tank und schlich dann um den Wagen herum, als hätte sie den fachmännischen Blick für allfällige Mängel. Sie nahm den Scheibenreiniger aus dem Kübel, sah die dreckige Brühe und ließ es sein. Mit dem Fingernagel kratzte sie ein eingetrocknetes Insekt von der Windschutzscheibe, worauf ihr die einwöchigen Sommerurlaube bei ihren Großeltern im Salzburger Seenland einfielen. Waren sie nach einer endlos scheinenden Fahrt – die recht bedacht nicht viel mehr als drei Stunden gedauert haben konnte – in Henndorf angekommen, bekamen die Eltern Filterkaffee und Unmengen an Kuchen serviert, während die Kinder im Garten herumtollten und die alte Berner Sennenhündin mit dem Gartenschlauch sekkierten. Schimmer erinnerte sich an die Autowäsche, die ihnen wie eine Belohnung angetragen und auch so angenommen worden war. Wie sie den roten Kadett einschäumten und abspritzten, die unzähligen toten Insekten von Windschutzscheibe und Kühlergrill schrubbten, emsig wie die Heinzelmädchen, wie ihr Vater sie nannte, und wie stolz sie gewesen waren auf den Glanz des feuchten Autos, der nach ein paar Minuten in der Sonne verschwunden war. Ewig hatte Schimmer nicht an diese Urlaube, schon gar nicht an die winzigen tierischen Opfer der sommerlichen Überlandfahrten gedacht; warum kam ihr das ausgerechnet jetzt in den Sinn? Weil kaum Insekten am Corsa zu sehen waren, nicht auf der Motorhaube, nicht am Kühlergrill? Was wohl hieß, dass die regelmäßigen Meldungen über das Artensterben, über den drastischen Rückgang der Insekten der Wahrheit entsprachen. Nicht, dass sie die Wissenschaftler diesbezüglich je angezweifelt hätte, aber wie die meisten Menschen war sie ganz gut darin, sich in den Schutzmantel der Ignoranz zu hüllen, um die Angst nicht zu penetrant werden zu lassen, sich von ihr lähmen zu lassen, während die Kinder auf die Straße gingen und gegen die Borniertheit der Erwachsenen anschrien. So sorgte sich das limbische System in ihrem Gehirn um das Fortbestehen der Natur, während das Areal für automatisierte Bewegungen sie veranlasste, den Zapfhahn aus dem Tank zu ziehen, zur Kassa zu gehen, einen Schokoriegel mitzunehmen, sich anzuschnallen, den Zündschlüssel zu drehen, von der Tankstelle abzufahren, sich im Rückspiegel anzusehen und zu fragen, ob die Menschheit es wirklich verdient hatte, nicht auszusterben. Wobei: Sie konnte sich ja zurücklehnen und mit der sprichwörtlichen Zyankalikapsel im Mund zusehen, wie alles den Bach runterging – aber ihre Schwester Nemo und deren Kinder, all die Kinder, die auszulöffeln hatten, was auch sie selbst mit dem Fuß am Gaspedal ihnen einbrockte? Um ihre Gedankenspirale nicht in der Sackgasse einer depressiven Verstimmung landen zu lassen, nahm Schimmer ihr Smartphone und ließ den ersten der Wissenschafts-Podcasts abspielen, die sie sich am Vorabend heruntergeladen hatte. Zwar hatte Michi ihr einige Links geschickt, die den Forschungs- und Produktionsbereich der ehemaligen Arbeitsstätte von Helena Sartori beschrieben, doch nach dem Treffen mit ihrer Schwester war ihr Geist so überreizt gewesen, dass sie nach fünf Zeilen Webtext den Faden verlor – und in Konkurrenz zu *Stranger Things* hatte die Nanotechnologie den Kürzeren gezogen. Der erste Beitrag stammte aus dem Podcast *Aha!* und war eine Art Audioformat der *Sendung mit der Maus*. Okay, es ging um Teile, die hunderttausendmal kleiner als ein Sandkorn waren und mittlerweile in so gut wie allen Produkten von der Sonnencreme bis zum Lotus-Effekt-Fenster vorkamen, blablabla, mochte ja alles sehr interessant sein, aber doch viel zu banal, als dass es irgendetwas mit solch einem wüsten Verbrechen zu tun haben konnte, oder? Erst der dritte Beitrag von der Plattform *Schlaulicht* war dann dazu angetan, Schimmers Interesse zu wecken. Er befasste sich damit, wie man die unsichtbaren Roboter dorthin bekam, wo sie ihren Auftrag, etwa die Zerstörung von Krebszellen, zu erfüllen hatten. Eine Methode: elektromagnetische Felder, die auf das Eisenoxid wirkten, mit dem die Nanobots überzogen waren. Dadurch ließen sich die Nanobots nicht nur zu Tumoren, sondern auch ins Gehirn steuern, wo sie Hirnaktivitäten quasi vor Ort erkannten und automatisch veränderten, was eine revolutionäre Behandlung für Schizophrenie und andere psychische Krankheiten in Aussicht stellte. Diese Technik faszinierte Schimmer; war sie nicht ähnlich dem Trick, mit dem ihre Mutter sie und ihre Schwestern in Erstaunen versetzt hatte, indem sie ein Spielzeugauto über eine Tischplatte fahren ließ? Wie von Zauberhand bewegt, wo sie in Wirklichkeit einen Magneten an der Unterseite führte. Schlagartig fingen ihre Unterarme zu jucken an, wohl eine psychosomatische Reaktion auf den Gedanken, dass sich ein ganzer Schwarm solch molekülgroßer Roboter unter ihrer Haut bewegte. Apropos, ging es ihr durch den Kopf, sie drückte auf den Home-Button ihres Smartphones und befahl ihm, Annika Nebun anzurufen.

„Hey ho", meinte die mit Piratenkapitänsstimme, „schon im Land des Besten aus drei Welten?"

„Was soll das sein?"

„Keine Ahnung, hat mir einmal ein Bauer dort unten gesagt, weil seine Weingärten auf Niederösterreich, die Steiermark und das Burgenland verteilt waren ... Der Wein war aber grauslich für drei."

„Aha ... Sag, kannst du mir einen, nein, anders: Hast du Zeit, dir die Inhaltsangaben der Folgen vom *Bergdoktor* anzuschauen, die über den Account von der Haslauer gelaufen sind?"

„Wieso das denn?"

„Weiß ich nicht genau", meinte Schimmer, „mich hat's gejuckt, dann habe ich an sie gedacht wegen ihrer Allergie."

„Da hab ich's", murmelte Nebun, was Schimmer sagte, dass sie auflegen durfte.

„Danke, Ika, bis später."

Das Gebäude, in dem sich das Delikt zugetragen hatte – Schimmer bemühte sich seit der Ankunft im Ortsgebiet von Unterlengbach um ein Gedankenprotokoll in möglichst neutraler und distanzierter Sprache –, befand sich knapp einen Kilometer außerhalb des Zentrums; was Schimmer insofern erstaunte, als es sich bei dem Haus um eine ehemalige Schule handelte, die Volksschule, die Anfang der 1980er Jahre geschlossen worden war, weil der Bau veraltet, nur mit Holzöfen ausgestattet und die Gemeinde überdies vom landüblichen Bevölkerungsschwund samt Überalterung betroffen war. Wieso baute man eine Schule nicht im Zentrum, sondern am Waldrand, in so einer schattigen Senke?

„Keine Ahnung", antwortete ihr der vor dem Haus postierte Uniformierte mürrisch, „wahrscheinlich, weil der Grund billiger gewesen ist."

„Aha", meinte Schimmer, wie so oft notorisch besorgt, ob die schlechte Laune des jungen Polizisten mit ihr zusammenhing oder damit, dass er hier nicht viel mehr tat, als Horrortouristen und sonstige Spurenvernichter vom Tatort fernzuhalten. „Ist noch wer drinnen?"

„Sind auf Mittag, oben beim Wirt."

„Na dann", Schimmer ging zum Auto, öffnete den Kofferraum und entnahm ihm Schutzoverall samt Latexhandschuhen und Schuhüberziehern. Erst jetzt bemerkte sie den feinmaschigen Zaun zur Linken des Hauses und die Holzhütten im Hintergrund. Waren das Hühnerställe? Auch die Wiese daneben war weitläufig eingezäunt, zwei Bänder Elektroweidezaun auf Knie- und Hüfthöhe, Schafe? Schimmer schnupperte in die Luft, als ob sie eine Nase für Unterschiede in der Nutztierhaltung hätte. Ja, es roch nach Streu und Mist; war Frau Sartori etwa unter die Bäuerinnen gegangen? Wieso hatte Michi das nicht erwähnt? Und wo waren die Tiere jetzt? Sie kratzte sich am Kopf und betrat das Haus. Ihr Herzschlag beschleunigte sich, noch bevor sie die erste Sprühfarbe am Steinboden sah, die den Fundort einer der Leichen markierte. Hier, im kühlen breiten Gang, wo auf den gekalkten Wänden zu beiden Seiten sogar noch die Garderobenleisten mit den stumpfen Metallhaken für die Jacken der Schüler angebracht waren, hier war Helena Sartori getötet worden: den Spuren zufolge während eines Zweikampfs, bei dem sie oberflächliche Verletzungen erlitten hatte, bis ein Schuss in die Leber sie rasch kampfunfähig gemacht und schließlich an inneren Blutungen hatte sterben lassen. Im zweiten Raum zur Linken, dem ehemaligen Lehrerzimmer, das Sartori zum Wohnzimmer umgestaltet hatte, war ihr Vater in seinem Fernsehsessel getötet worden. Drei Schüsse in den Oberkörper aus etwa zwei Meter Entfernung, wahrscheinlich hatte der alte Mann geschlafen. Die anderen beiden Opfer, Sartoris Sohn und ihre Mutter, waren im Oberstock aufgefunden worden. Schimmer schaffte es nicht einmal ins Wohnzimmer. Sie ließ sich auf der schmalen Garderobenbank nieder und bemühte sich, durch Konzentration auf ihren Atem den hohen Puls, die Angst und die einsetzenden Kopfschmerzen zu besänftigen. Wenig später ging sie die breite Holztreppe hinauf in den ersten Stock. Das Zimmer des getöteten Sohnes mied sie, vielleicht später, sie ging ans Ende des Flurs und betrat Karinas Zimmer. Halbfertig, fiel ihr ein, als sie den Raum langsam durchschritt und ihre Augen über die Einrichtung gleiten ließ wie ein gefühlstauber Scanner. Die weißen Doppelglasfenster und die Tür auf den Balkon wirkten neu, neben dem Rahmen quoll der ausgehärtete PU-Schaum heraus. Auch der zweite Wandanstrich fehlte, wie sie an den Rändern neben Steckdosen und Schaltern erkennen konnte. Die Deckenlampe, ein Papierballon von Ikea, baumelte an einer provisorischen Lusterklemme, Sesselleisten fehlten. War ihnen das Geld für die Renovierung ausgegangen? Doch das widersprach dem, was ihr Michi über Sartoris Gehalt bei NATHAN erzählt hatte. Was sonst? Hatten sich die Handwerker nach Ungarn oder in die Slowakei zurück vertschüsst, weil sie bereits vor den finalen Arbeiten ausbezahlt worden waren? Ein Pferdeposter, eins von Justin Bieber, eins von Lina Larissa Strahl, Rihanna, Meerjungfrauen der Serie *H2O* – jetzt fehlte nur noch ein offensichtliches Geheimversteck mit einer kleinen Schatulle, darin ein Tagebuch, das spätestens auf Seite 10 eine Spur zu dem hoffentlich sicheren Versteck lieferte, an dem das Mädchen sich gerade aufhielt. Als ob ihre Kollegen in diesem Raum irgendwas übersehen hätten können, keine Vertäfelungen, keine Einbauschränke oder losen Holzdielen, Schimmer öffnete die Balkontür, weil die stickige Raumluft ihr mit noch schlimmeren Kopfschmerzen drohte. Als sie am Balkon stand und über die unspektakuläre Wald- und Hügellandschaft mit ihren ordentlichen Getreidefeldern blickte, fiel ihr ein, dass sie eben einen dummen Anfängerfehler begangen hatte: Luftzug schaffen, Sporen und andere Verunreinigungen eindringen lassen, mögliche Spuren verschwinden lassen, verdammt, sie war schon zu lange in der

Unbesorgtheit des KAP zu Hause. Vorsichtig zog sie die Tür hinter sich zu, wandte sich erneut der Landschaft zu und sah am Waldrand eine Gestalt, die zuvor sicher nicht da gewesen war. Sie hielt die Hand an die Stirn, um die Augen vor dem schräg einfallenden Sonnenlicht abzuschirmen. Ein Mann, stand einfach da und schaute in ihre Richtung. Kollege? Sensationsgeiler Gaffer? Jäger? Schimmer winkte ihm zu, worauf auch er gemächlich seine rechte Hand hob, ihren Gruß erwiderte, sich umdrehte und hinter den Bäumen verschwand. Sie ging zurück ins Zimmer, durchsuchte Kleiderschrank, Regale und den Schreibtisch; weniger, um etwas zu finden, das die Spurensicherung übersehen hätte können, sondern um sich einen ersten Eindruck vom Wesen des Mädchens zu schaffen. Zwar mochte es Kollegen geben, die sie dabei belächelt und ihr geraten hätten, keine Zeit zu verschwenden, sondern erst einmal die Gigabytes an Social-Media-Daten zu sichten, die so gut wie jede Elfjährige auf amerikanischen Serverfarmen hinterließ. Würde sie machen, keine Frage, aber Schimmer war der Überzeugung, dass man einen Menschen auch am Abwesenden erkennen konnte; an dem, was nicht sichtbar existierte, was aus irgendeinem Grund versteckt, verdrängt, verfälscht worden war, kein Rechenergebnis, sondern ein Mensch. Und im Zimmer dieses jungen Menschen fehlte ihr vor allem: Unordnung. Das hatten auch die Fotos vor der Arbeit der Spurensicherung gezeigt. Erstens gab es kaum etwas, das Chaos verursachen konnte, und die wenigen Spielsachen und Stofftiere standen in Reih und Glied wie die Bücher und Jugendmagazine in den Regalen. Zwangsstörung?, kam es Schimmer in den Sinn. Oder eine überstrenge

Mutter? Dazu würde ihr hoffentlich die Lehrerin mehr sagen können, mit der sie für den frühen Nachmittag verabredet war.

„Hast du den Mann gesehen, da oben beim Waldrand?“, fragte sie den Polizisten, als sie sich auf dem Weg zum Auto die Handschuhe von den feuchten Händen riss.

„Gar nichts habe ich gesehen“, meinte er, ohne von seinem Handy aufzusehen.

„Das ist nicht so gut“, Schimmer musterte die Schulterlitzen an seinem Hemd, „okay, einfacher Inspektor, da muss man noch viel lernen, ich war in deinem Alter zwar schon Bezirksinspektorin, aber bitte, jeder, wie er mag und kann, oder?“

„Hm?“, der Polizist brauchte ein paar Sekunden, bis er die Bedeutung von Schimmers Ansage verstanden hatte, dann richtete er sich auf, warf das Smartphone durchs offene Fenster in den Dienstwagen und suchte nach den richtigen Worten, die allerdings nur als Gestottere aus ihm drangen.

„Ich verpetz dich schon nicht“, meinte Schimmer, „doch sicherer geht's in dieser Welt, wenn man Augen und Ohren offen hält! Wo ist der Wirt, bei dem die anderen sind?“

„Gegenüber von der Kirche.“

„War ja klar“, Schimmer stieg ein, winkte durchs offene Fenster und ließ den verdutzten Polizisten zurück.

10

Als sie den Gastraum des Wirtshauses *Zum Dreiländerstein* betrat, waren ihre Kollegen – eine Frau und drei Männer, die in diesem Umfeld auch ohne Uniformen als Polizisten zu erkennen waren – im Begriff, die Rechnung zu begleichen. Schimmer stellte sich vor und setzte sich zu ihnen.

„Hat wer von euch den Tagesteller gehabt?“ Zwar war ihr nicht nach Zwiebelrostbraten, überhaupt nicht nach deftiger Hausmannskost, doch dem Geruch nach zu urteilen, wurde hier auch das vegetarische Angebot – gebackener Emmentaler – in Schweineschmalz frittiert, wozu sich also Mühe geben.

„War okay“, meinte der jüngste der Männer, während er mit einem Zahnstocher in seinem Mund herumwerkte, „bisschen viel Flachsen vielleicht.“

„Okay ... dann“, Schimmer geriet unter Druck, weil die Kellnerin neben ihr stand. „Ein Mineral und die Grießnockerlsuppe, bitte.“

„Warst du schon unten?“, fragte die Forensikerin.

„Ja ... Was hat es denn mit dem Zaun und den kleinen Ställen auf sich?“

„Hasen, Hühner, Enten ... Zwei Schafe waren auch da. Hinterm Haus ist auch ein großer Gemüsegarten, aber die hat wohl eher einen schwarzen Daumen gehabt, so wie der ausschaut.“

„Und wo sind die Tiere jetzt?“

„Hat ein Bauer mitgenommen.“

„War in dem Zimmer von dem Mädel eigentlich ein PC?“

„Nein“, antwortete die Frau, „die Sartori dürfte einen Laptop gehabt haben, aber der ist weg.“

„Handys?“

„Kein einziges registriert ... Die Tochter hat eins gehabt, das wissen wir von einer Mitschülerin, aber das dürfte ein Wertkartenhandy gewesen sein, kriegen wir hoffentlich trotzdem bald die Einzelgesprächsnachweise ... Sonst ist nur das Festnetz im Haus."

„Weil vielleicht ...", begann sich ein Gedanke in Schimmers Kopf zu entwickeln, der jedoch zu keinem sinnvollen Ende fand. „WLAN hab ich auch keins gesehen."

„Auch übers Festnetz ... Vielleicht war die eine von den Elektrosmog-Fanatikern."

„Dann war die Schule gut ausgesucht", brachte einer der Männer ein, „in der Senke hab ich maximal einen Strich Empfang gehabt, und auch nur oben am Balkon, von 3G oder mehr ganz zu schweigen."

„Tut nicht so abfällig", meinte der Älteste und bisher Schweigsame der Gruppe, „erst letztens war eine Doku auf 3sat, da war einer aus Seibersdorf, der hat gezeigt, dass die Handystrahlung die Wellenlänge der Gehirnströme beeinflusst, Tumorzellen anregt und sogar auf die DNA einwirkt."

„Hm", machte Schimmer und fragte sich, ob das der Wahrheit entsprach, oder ob hier ein möglicher Adressat für die Abschirmungsbettdecke ihrer Mutter saß. „Hat sich eigentlich schon wer die Social-Media-Aktivitäten von dem Mädchen vorgenommen?"

„Ich denk, da ist wer von der Cyber dran ... solltest du am Server alles finden, zumindest was öffentlich oder in ihrem Freundeskreis zugänglich war", sagte die Frau, „hast du das Passwort?"

„Wahrscheinlich schon", wollte Schimmer nicht zugeben, dass sie den achtzig Seiten dicken Bericht, den ihr Michi gegeben hatte, erst überflogen hatte, weil sie die Details des Obduktionsberichts etwas aus der

Bahn geworfen hatten. „Irgendwas ... auffällig?"

„Keine Ahnung", kam es zurück, „dafür sind nicht wir zuständig, dafür bist du doch jetzt da, oder?"

„Ja, eh, sicher", sagte Schimmer, die den Erwartungsdruck, den sie plötzlich auf sich spürte, überhaupt nicht mochte.

„Wir können froh sein, wenn wir die alte Bude da fertig kriegen", fuhr die Frau fort, „da sind erst vor einem Jahr die Handwerker heraus, kannst dir vorstellen, was da an Spurenmaterial picken geblieben ist."

„Aber bisher gibt es nichts, das darauf hinweist, dass auch das Mädchen getötet worden ist, oder?"

„Vier tote Verwandte?", kam es vom wortkargen Dienstältesten zurück.

„Das schon, aber kein Blut, oder?"

„Nein, ist aber auch noch viel Gegend rundherum."

Während die Kellnerin das Wechselgeld auf den Tisch zählte, fiel Schimmers Blick auf die Speisekarte, auf das Logo des Wirtshauses, unter dem *„Das Beste aus drei Ländern"* stand. Warum in Anführungszeichen? Weil der Ausspruch von einer berühmten Persönlichkeit stammte? Kaiser Franz Joseph? Altbundespräsident Heinz Fischer? Semino Rossi?

„Was genau ist damit eigentlich gemeint, mit: Das Beste aus drei Ländern?", fragte sie die Kellnerin, die ihr schon den Rücken zugedreht hatte.

„Na was wohl", meinte die und schüttelte den Kopf, „das können auch nur die Wiener fragen."

Schimmers Verabredung mit Karinas Klassenvorstand war für drei Uhr anberaumt; blieb noch eine gute Stunde. Sie könnte die Lehrerin anrufen und um Vorverlegung bitten; oder mit dem Laptop auf einer schattigen Bank die Social-Media-Aktivitäten des Mädchens in Angriff nehmen. Sie holte ihre Trinkflasche aus dem Auto, füllte sie am Brunnen neben dem Friedhof mit frischem Wasser und spazierte in Richtung Waldrand, dorthin, wo sie den seltsamen Mann gesehen hatte. Seltsam, weil? Keine Ahnung, kein Hund dabei, keine Nordic-Walking-Stöcke, keine Holzfäller-Warnweste, er war zusammenhanglos, und solche Erscheinungen beunruhigten Schimmer. Sie zog ihre Jacke aus, sah zum Haus der Sartoris hin, wo sie einen der Spurensicherer ausmachte, der bei den Hasen-Hühner-Enten-Ställen auf den Knien herumrutschte. Sie setzte sich an den Stamm einer Eiche, schloss für eine Minute die Augen, um die Sonnenwärme zu genießen, griff sich dann ihr Smartphone und öffnete das Mail-Programm. Laden, laden, laden, nicht einmal hier heroben kam eine ordentliche Verbindung zustande, wunderte sie sich, drehte sich im Kreis und hielt das Handy in die Höhe, als ob das schon jemals geholfen hätte. Nein, dafür erblickte sie in knapp hundert Meter Entfernung an einer Fichte eine aus unbehauenen Ästen gefertigte Leiter, wie sie üblicherweise zu einem Hochstand führt. Als sie die Sprossen hinaufstieg, fiel ihr dieses verwirrende, damals beängstigende, später amüsante Erlebnis ein, das ihr mit dreizehn Jahren in einem Wald im Salzburger Seenland widerfahren war. Zwischen Melancholie, Frust, Langeweile und diesem begrifflosen Störgefühl schwankend, das diesen schwer pubertären Jahren anhaftet, war sie mit *Up* von R.E.M im Discman – oder war es *Californication* von den Red Hot Chili Peppers gewesen? – spazieren gegangen, weg von den Wegen, damit sie mit niemandem reden, nicht die dämlichen Bist-du-groß-geworden-Kommentare der erwachsenen Einheimischen ertragen musste, die sie nur alle paar Jahre sah. Dann hatte sie diesen Hochstand erblickt; dessen Sitz so hoch oben war, dass sie zuerst zögerte, die möglicherweise brüchige Leiter zu betreten, sich dann doch überwand, oben saß, *What's up?* hörte – stimmt, die 4 Non Blondes waren es gewesen! – und beim Blick in die Ferne plötzlich von einem heftigen Glücksgefühl ergriffen wurde, begleitet von einer wohligen Erregung, die sie dazu veranlasste, ihren Gürtel zu lockern, den obersten Hosenknopf zu öffnen und so weiter. Ein paar Minuten mochten vergangen sein, als sie aufschrak, weil ihr: zuerst Zigarettenrauch in die Nase, dann eine Stimme ans Ohr drang.

„Und, bist auch zum Wichsen da?", rief es von unten herauf, worauf sie ihre Hand aus der Hose schnellen ließ, den Pullover bis zu den Knien zog und nichts herausbrachte als ein gestottertes: „N-n-nicht direkt."

„Ah so, wie geht das: indirekt wichsen, kannst du mir das verraten? Dann tut mir beim nächsten Mal vielleicht die Fut nicht so weh!"

„Hahaha", bemühte sie sich, in das obszöne Gackern der zwei Teenagermädchen einzustimmen, die unter ihr standen und rauchten. Oh nein, sie kannte die beiden auch noch, die gehörten zu zwei Bauernhöfen unweit des Hauses ihrer Großeltern. Mit hochrotem Kopf stieg sie hinunter, sagte irgendetwas Idiotisches wie: „Ich habe Kopfhörer aufgehabt", und stolperte über einen furchigen Acker nach Hause. Als sie ihrer Schwester Thalia Jahre später diese Begegnung im Wortlaut wiedergab, machte diese sich auf der eigenen Couch in die Hose.

Hier und jetzt fragte sie sich, ob die Forensik diesen Platz auf ihrer To-do-Liste hatte; er bot einen perfekten Ausblick auf das Haus, ohne dass man von dort gesehen werden konnte, durch die Höhenlage ließen sich mit einem Fernrohr praktisch alle Räume mit Süd- und Westausrichtung einsehen. So konnte man sehen, wer das Haus betrat, verließ, ob wer zu Hause war oder nicht.

„Und warum sollte jemand so was tun?“, fragte ihr Kollege von der Spurensicherung zwanzig Minuten später, als sie ihm von ihrer Entdeckung erzählte. Nicht, dass sein Tonfall herablassend gewesen wäre, aber allzu große Bedeutung schien er dem Hochstand nicht beizumessen.

„Weiß man's?“, erwiderte sie kryptisch, um dem Mann vielleicht etwas zu denken zu geben.

„Ich schau's mir an“, sagte er, stand auf, streckte ächzend seinen Rücken durch, klopfte sich den Hasen- und Hühnermist von den Beinen und seufzte, einen jener Seufzer, die man beizeiten von sich gibt, wenn man schon zu erschöpft ist, um zu sagen: „Hätte ich doch was Gescheites gelernt.“

Renate Sprenger wohnte in einer Kleinstadt zwölf Kilometer von Unterlengbach entfernt, wo sich auch das Gymnasium befand, das Karina besuchte. Schimmer traf die Lehrerin im Vorgarten ihres Reihenhauses an, wo sie in einem Steinbeet unterschiedliche Sukkulenten arrangierte. Robuste, hitzeresistente und sehr genügsame Gewächse, wie Schimmer von ihrer Mutter wusste; was nach dem Händedruck zur Begrüßung einen einleitenden Smalltalk über den Klimawandel nahegelegt hätte, worauf sie angesichts der viel näher liegenden Tragödie allerdings verzichten wollte.

„Ich glaube, Renate führt mit Gabi und Karin das Namens-Ranking bei Lehrerinnen an“, bemühte sie sich stattdessen um einen unverfänglichen Gesprächsbeginn, der vage auf ihren Erfahrungen an österreichischen Schulen basierte.

„Aha“, kam es unerwartet kühl zurück, „und wie heißen Polizistinnen in der Regel?“

„Judith, Barbara, Simone ... Annika kommt auch überdurchschnittlich oft vor“, log Schimmer, um es so hinzustellen, als sei sie tatsächlich in der Soziologie der Vornamen bewandert und keine sonderbare Polizistin, der man wenig bedeutsame Befragungen aufhalste, bei denen sie niemand begleiten musste. „Bei deutschen Polizisten hat bis in die späten Neunziger hinein Horst geführt.“

„Wollen Sie einen Tee?“ Sprenger wischte sich mit dem Handrücken eine Haarsträhne aus dem Gesicht und sah ihr Gegenüber forschend an.

„Sehr gerne ... oh, Verbene, oder?“, deutete Schimmer auf einen kleinen Busch, der in einem schmuckvollen Tontopf wuchs. „Den Geruch liebe ich.“

„Gieße ich uns gerne eine Kanne auf ... Minze auch dazu?“

„Noch ein paar Lavendelblüten dazu und Sie haben meine Lieblingsmischung erraten!“

„Lässt sich machen“, meinte die Lehrerin nun eine Spur herzlicher. „Setzen Sie sich da an die Hauswand ... oder wollen Sie lieber hinein?“

„Nein, Sonne, Sonne, Sonne!“, antwortete Schimmer und ließ sich nieder. Uff, sagte sie sich, das war knapp, nach dem jungen Polizisten und der Kellnerin hätte sie mit der Lehrerin das Trio voll gehabt, das bei nächstbester Gelegenheit über die präpotente Wiener Polizistin hergezogen wäre, die glaubte, sich über die Menschen am Land lustig machen zu müssen. Dabei war sie schlimmstenfalls an seltsamen Dingen interessiert oder ungeschickt in der Vermittlung dieser Interessen. Am EQ arbeiten! Jawohl, Leutnant Eder!

„Es tut mir leid, dass Sie das alles noch einmal für mich wiederholen müssen“, sagte sie nach einem Kompliment über den köstlichen Tee, der durch den braunen Kandiszucker noch an Intensität gewann.

„Wieso noch einmal?“, fragte die Lehrerin.

„Ähm, hat denn noch niemand mit Ihnen gesprochen?“, fragte Schimmer erstaunt, klappte den mitgebrachten Laptop auf und tat mit leichtem Kopfschütteln so, als würde sie einen Fehler in einem Bericht korrigieren oder sonst etwas Rüdes notieren, das einem Kollegen auf den Kopf fallen würde. „Ja, war geplant, musste ausfallen, weil der Kollege ... ’tschuldigung, bei einem Fall dieser Größenordnung kommt es schon einmal vor, dass ...“

„Überhaupt kein Problem, so muss ich mich wenigstens nicht wiederholen, oder?“

„Stimmt, also ... ich gehe davon aus, dass Sie seit Karinas Verschwinden keinen Kontakt zu ihr gehabt haben.“

„Nein, natürlich nicht.“

„Würde Karina sich in einer Notlage an Sie wenden? Ich meine, Sie waren, Sie sind ja erst seit einem Jahr ihr Klassenvorstand, oder?“

„Ja, erstes Jahr, auch für mich, ich war davor an einer NMS ... Ich weiß es nicht, ich weiß nicht einmal, ob sie meine Nummer in ihrem, doch, Blödsinn, wir hatten ja die WhatsApp-Gruppe für das ...“, Sprenger hielt inne, nahm einen Schluck Tee und ließ langsam und hörbar die Luft aus ihren Lungen durch die leicht geöffneten Lippen strömen, Pranayama, das Atmen beruhigt den Geist. „Das ist alles so ... das ist so schrecklich, dass es fast schon unwirklich ist, verstehen Sie? Ich meine, ich hatte schon einmal den Fall, dass ein Schüler verunglückt, auch der Vater von einem ist vor zwei Jahren ... aber das da, ich verstehe nicht ... wenn so was in den USA passiert, aber da bei uns ..."

„Ja", stimmte Schimmer zu und ließ ein paar Sekunden der Stille verstreichen, „gehen wir davon aus, dass Karina noch am Leben ist: Fällt Ihnen irgendeine Person oder ein Ort ein, wo sie sich aufhalten könnte?"

„Da könnte ich nur spekulieren, und das hilft Ihnen auch nicht, aber ... die Laura vielleicht, die wüsste da am ehesten was."

„Laura Schuch?", las Schimmer den Namen von der Liste der Mitschülerinnen ab, aus dem Bericht, den sie längst hätte lesen sollen – neben EQ auch organisatorische und motivationale Aspekte evaluieren, jawohl, Frau Leutnant! „Ist das ihre beste Freundin?"

„So genau kann ich das nicht sagen ... Wir sind ja nicht mehr so nahe an den Schülern dran wie in der Volksschule, aber mit der Laura habe ich sie öfters gesehen", Sprenger deutete auf das Dokument auf dem Bildschirm, „die Anna und die Maya waren auch ... die könnten vielleicht auch etwas wissen."

„Okay", Schimmer markierte die Namen, „Sie haben vorhin etwas von einer WhatsApp-Gruppe gesagt."

„Ja, die haben wir für ein Theater-Projekt eingerichtet, *Sommertagstrauma*, so eine, wie soll ich sagen, absurde Komödie über einen Tag in einem Ferienlager, der völlig aus dem Ruder läuft ... Jetzt merke ich erst, wie zynisch dieser Titel verstanden werden kann, das können wir nie wieder aufführen nach dieser ..."

„Wer hat das Stück geschrieben?", wollte Schimmer wissen.

„Wir gemeinsam, also die Schülerinnen, ich, und noch ein anderer Deutschlehrer ... sehr frei nach Shakespeare."

„Könnten Sie mir das schicken?"

„Das Theaterstück? Ja, sicher", die Lehrerin nahm ihr Handy, scrollte durch einen Nachrichtenverlauf und wischte ein paar Mal über den Touchscreen. „So, haben Sie."

„Danke."

Als Schimmer sich nach einer guten Stunde von der Lehrerin verabschiedete, hatte sie folgenden Eindruck vom Charakter des elfjährigen Mädchens gewonnen: klug, aber zurückhaltend, schüchtern, ehrgeizig und motiviert, dabei aber auch leicht zu verunsichern. Die Frage nach Karinas physischer Konstitution hatte sie wie nebenbei einfließen lassen, es so gedreht, als ginge es darum, wie wehrfähig das Mädchen gewesen wäre und wie weit es zu Fuß kommen könnte. Dahinter stand freilich auch die Hypothese einer Täterschaft. Zwar brauchte es zum Abfeuern einer Waffe keine besonderen körperlichen Kräfte, doch die eigene, wesentlich größere und wohl auch stärkere Mutter in einem Handgemenge überwältigen? Man könnte auch eine Psychose in Betracht ziehen, die fast übernatürliche Kräfte verleihen konnte, wie Schimmer aus ihrer leidvollen Begegnung in der Goldschlagstraße wusste, doch darauf deutete bislang nichts hin. Sonstige Auffälligkeiten? Etwa Hinweise auf körperliche oder psychische Gewalt beziehungsweise Missbrauch? Hämatome an den Armen oder im Halsbereich, plötzlicher Leistungsabfall, überraschend abnormes Verhalten, aggressive Ausbrüche oder plötzliche Isolierung? Was sie damit andeuten wollte, hatte die Lehrerin beinahe entsetzt gefragt; das hieße ja wohl, dass allenfalls auch die Großeltern, dass sie allesamt, nein, das konnte sie sich nicht vorstellen, die Frau Sartori war zwar eine reservierte, nicht sehr herzlich wirkende Person gewesen, aber so was, nein. In diesem Stadium der Ermittlungen dürfen wir nichts ausschließen, hatte Schimmer formelhaft erwidert, dadurch erhöhen wir auch die Chancen, Karina lebend zu finden. Wenn sie noch lebt. Davon sollten wir ausgehen.

11

Wenn die Summe der Reize, die sie zu verarbeiten hatte, ein kritisches Maß überstieg, das Gehirn ein Rummelplatz, die Gedanken im Karussell, das den Kopf zu sprengen drohte: dann nahm sie ihr Smartphone und suchte nach dem nächstgelegenen Schwimmbad mit Sportbecken. Pinkafeld oder ein Baggersee in Friedberg. Sie entschied sich für den See, der ihr mehr Fläche und damit wahrscheinlich mehr Freiraum zum Schwimmen bot. Keine zwanzig Autos standen am Parkplatz, auf den Liegewiesen war die Hälfte der anwesenden Menschen damit beschäftigt, die Badesachen einzupacken und den quengelnden Kindern entweder zu erklären, warum sie nicht länger bleiben konnten oder dass es eh gleich etwas zu essen gebe. Ach, in Momenten wie diesen war Schimmer froh um ihr Singledasein. Und in anderen? Hatte sie sich ehrlich gesagt auch noch nie Kinder gewünscht, nie die zwingende Motivation verspürt, jenes epidemische Virus namens Menschheit, das den Planeten fiebern und verrecken ließ, auch noch zu vermehren. Ah, wie gut das kühle Wasser tat, wie schnell es die Anspannung löste, die Stimmung hob, EQ-Management par excellence. Wundersames H_2O, hatte sie sich erst kürzlich im Stadthallenbad gedacht, kraulend die tanzenden Reflexionen des Sonnenlichts am Nirostaboden des Beckens bestaunt, worauf ihr Gehirn ein paar seltsame Sprünge zum Physikunterricht im Gymnasium genommen hatte: das Atommodell aus dem Marianengraben ihrer Erinnerung holte, rote Kugel, blaue Kugel, den Umstand, dass diese Nichtigkeiten von Elektronen das gewichtige Proton in einem eigentlich enormen Abstand umschwirrten, worauf sich ihr die Frage aufdrängte: Und was ist dazwischen? Nichts? Aber dann gäbe es ja wesentlich mehr Nichts als etwas. Als ihr diese Unklarheit auch am nächsten Tag noch keine Ruhe ließ, rief sie einen ehemaligen Schulkollegen an, der Biologie studiert hatte und nun in einem Klärwerk arbeitete. Er freute sich über ihren Anruf, nicht immer nur Scheiße, haha, dann legte er los und erklärte ihr, dass ihre Vorstellung des Atommodells eigentlich schon seit über hundert Jahren überholt sei, in den Schulen aber immer noch unterrichtet würde, weil die Wahrheit über das Atom das Verständnis der meisten Teenager übersteigen würde, was übrigens auch auf die meisten Erwachsenen zuträfe. Es folgte ein Ausflug in die Quantenmechanik mit Begriffen wie Aufenthaltswahrscheinlichkeit – was Schimmer zu einem Witz über den Innenminister und untergetauchte Asylwerber veranlasste, den der Biologe überhörte – und Interferenzmodell, wo Schimmer gar nichts mehr verstand. Abwürgen wollte sie ihren Bekannten in seiner Begeisterung aber auch nicht. Weshalb sie das Handy auf Lautsprecher stellte und auf den Waschbeckenrand legte, sich zu schönen Wörtern wie Quantenverschränkung die Beine rasierte und mit Superstrings die Augenbrauen zupfte. Herrlich, diese klare Rollenaufteilung, lachte sie in sich hinein, die Frau macht sich zurecht, während der Mann ihr erklärt, was die Welt im Innersten zusammenhält. Wie mochte es sein, mit so einem Menschen zusammenzuleben, fragte Schimmer sich nun, während sie am Ufer des Baggersees sitzend die Oberflächenstruktur von nassen Kieselsteinen untersuchte; wenn man selbst nicht in der Lage ist, in diese Geisteshöhen hinaufzusteigen, fühlt man sich da unter Umständen minderwertig? Kann einen solch eine gefühlte Unterlegenheit so weit reizen, dass man aggressiv wird, zuschlägt, den anderen vielleicht sogar durch Ermordung von seinem hohen Thron stürzen will? Helena Sartori hatte zwei Doktortitel und drei Master gehabt, von Physik in allen Spielarten über Chemie und Zellbiologie bis Digital Humanities; ihr Mann hatte das Medizinstudium nach zwei Semestern beendet, war auf Pharmazie umgeschwenkt, wo es ihn auch nur ein Jahr gehalten hatte, worauf er als Vertreter für medizinische und pharmazeutische Produkte zu arbeiten begonnen hatte. Davon konnte er sich mittlerweile einen Porsche Macan leisten, was für Schimmer hieß, dass er erstens ein übersteigertes Geltungsbedürfnis aufwies und zweitens wahrscheinlich fette Schmiergelder an Primarärzte verteilte oder ähnlich krumme Machenschaften unternahm. Weshalb ihm neben der erwiesenen Gewaltbereitschaft auch einiges an Narzissmus und krimineller Energie zuzutrauen war? Genug, um so ein Verbrechen zu begehen? Himmel, Schimmer! Lass diese Spekulierererei und konzentrier dich auf das, was du hast! Ihr Handy zirpte: Michi.

„Ihr habt mich ganz schön auflaufen lassen heute."

„Grüß Gott, Frau Schimmer, Chefinspektor Muster hier, was kann ich für Sie tun?"

„Die Lehrerin! Mit der hat noch niemand geredet!"

„Du jetzt, oder?"

„Ja, aber davor, meine ich ... Ich habe mich dafür entschuldigt, dass sie alles zweimal erzählen muss, dabei war keiner von euch bei ihr."

„Du bist wie meine Frau mit meiner Tochter: Wenn die Kleine was anstellt, ist es mein Kind, wenn sie super ist, ihres, und vor Freunden meistens unseres."

„Kapier ich jetzt nicht."

„Weil du gesagt hast: keiner von euch", erklärte Muster genervt. „Normalerweise spricht man im Korps in der Wir-Form."

„Ah, aber ich bin ... egal, was gibt's Neues?"

„Familienaufstellung der Sartoris, ein Bruder und die Schwester sind schon in Wien, der zweite Bruder kommt morgen an."

„Vier Kinder?", wunderte sich Schimmer.

„Steht im Bericht unter ad personam ... okay, für dich die Zusammenfassung: Die Familie stammt ursprünglich aus Südtirol. Der jüngere Bruder hat den elterlichen Bauernhof übernommen, der andere macht irgendwas mit Finanzen in Singapur und die Schwester ist Ärztin in München."

„Motive?", Schimmer hatte sich ihren Laptop geschnappt und den Ermittlungsbericht geöffnet. „Lukas, Maria und Matthäus ... Jessas, das klingt aber schwer nach Kleinvatikan."

„Ja, scheinen nach dem ersten Hintergrundcheck auch recht brav zu leben. Genau zwei Einträge habe ich übermittelt bekommen: Matthäus hat mit achtzehn eine kleine Hanfplantage betrieben, sein Bruder hat sich einmal in einem Gasthaus in Bozen geprügelt, weil sein Rivale das Bier von Peroni über das lokale Erzeugnis gestellt hat, aber das hätte beides eigentlich schon gelöscht gehört. Wie schaut's aus? Willst du dabei sein?"

„Hm", folgte Schimmer ihren eigenen Gedanken, „die Sartori, also die Helena, hat ihre Eltern voriges Jahr zu sich geholt, oder?"

„Ja ... weil die Mutter Krebs gehabt hat, Pflegebedarf, der Sohn und die Schwiegertochter waren offensichtlich überfordert und ein Hof auf 1.300 Metern, da bekommst du nicht einmal eine rumänische Pflegerin hinauf."

„Eben", meinte Schimmer, als wäre damit alles gesagt.

„Was: eben?"

„Die Eltern ziehen in die oststeirische Pampa, aber der Hof ist noch gar nicht offiziell überschrieben, der Jungbauer fürchtet um sein Erbe und ...", Schimmer unterbrach sich selbst, „nein, vergiss es, Lukas, das ist kein Mördername, da müsste es schon etwas Alttestamentarisches sein, Sem, Lot ..."

„Kain", ergänzte Muster und seufzte, „dein Irrsinn ist zwischendurch eh ganz amüsant, aber der Hof ist schon seit zwanzig Jahren überschrieben und für einen Nichtbauern kaum was wert. Was hast du bei der Lehrerin herausgefunden?"

„Wenig", Schimmer gab Muster eine Zusammenfassung ihres Gesprächs. „Habt ihr eigentlich schon mit den Mitschülern gesprochen? Mit dieser besten Freundin, Laura Dings?"

„Lies den Bericht, bis auf zwei, die noch irgendwo am Mittelmeer sind, haben wir alle persönlich befragen können."

„Und, mit welchem Ergebnis?", wollte Schimmer wissen.

„Lies bitte den ...", Muster seufzte theatralisch, „Kurzfassung: Die Mutter, also Helena Sartori, hat auf die anderen Eltern einen schüchternen bis strengen bis asozialen Eindruck gemacht, es hat aber auch niemand davon gesprochen, mit ihr ein engeres Verhältnis gehabt zu haben, also alles eher Vorurteil und Hörensagen. Die Mitschülerinnen, also eigentlich nur die eine, die bei Karina zu Hause war, hat sie als eh ganz nett, aber schon auch irgendwie spooky bezeichnet."

„Und Karina selbst?"
„Was sie von ihrer Mutter gehalten hat?"
„Nein. Was ihre Freundin über sie gesagt hat", korrigierte Schimmer mit einem dezenten Schnauben.
„Eigentlich nur Gutes: keine Angeberin, eher introvertiert, eine gute Freundin."
„De mortuis nihil nisi bene."
„Ich weiß sogar, was das heißt", sagte Muster, „aber noch ist Karina nicht tot ... wobei, du hast schon recht, wenn die ganze Familie umgebracht wird, wird man über die Überlebende auch kein schlechtes Wort verlieren."
„Wenn sie nicht selbst ..."
„Darf man nie ganz ausschließen, ja", gab Muster zu, „aber: eine Elfjährige, 1,44 groß, keine 40 Kilo, die ihre Mutter, 1,75 und 60 Kilo, überwältigt und dann alle niederknallt? Da fehlt mir bislang jeder Ansatz ... Martin hat etwas von einem Hochstand erwähnt?"
„Ja, da war am Waldrand so ein seltsamer Typ, den ich vom Balkon aus gesehen habe ... Nach dem Mittagessen bin ich hin und habe einen Hochstand gefunden. Wäre ideal zum Ausspionieren."
„Hm", machte Muster und schwieg für ein paar Sekunden, „inwiefern seltsam, also der Mann?"
„Na ja, irgendwie ... fehl am Platz."
„Aber", Muster zögerte, „du bist dir sicher, dass ..."
„Ja, verdammt ... Schaut ihr, sorry: Schauen wir uns den Hochstand jetzt an?"
„Lass ich in die Wege leiten ... Ist dir was aufgefallen?"
„Nicht wirklich ... ein paar schwarze Flecken, als ob jemand Zigaretten ausgedrückt hätte, Stummel waren keine da, kann von einem Jäger sein, Jugendliche, irgendwer."
„Okay, das war's?"

„Ja“, erwiderte Schimmer, „wann fangt ihr morgen an mit der Familie?“

„Neun. Wenn du dabei sein willst, dann schau zu, dass du um acht da bist.“

„Geht in Ordnung.“

Auf dem Rückweg nach Wien erhielt Schimmer einen Anruf von Renate Sprenger. Sie hätte ihr noch sagen wollen, dass der neue Pfarrer vielleicht weiterhelfen könne. Inwiefern? War die Wissenschaftlerin Sartori etwa religiös gewesen? Davon wusste die Lehrerin nichts, aber der Geistliche – ein Nigerianer, der seit zwei Jahren drei kleine Gemeinden hier betreute – hätte die Angewohnheit, Neuzugezogene immer wieder zu besuchen und in ausdauernden Gesprächen zum Kirchgang sowie zum Mitwirken in der christlichen Gemeinde zu motivieren. Das klang ja bedenklich missionarisch, eher nach Zeugen Jehovas, fand Schimmer. Ja, stimmte Sprenger ihr zu, mit dem Unterschied, dass man die Zeugen erst gar nicht hereinlässt, aber den Pfarrer? Na, wenn sich wer fürchtet vorm schwarzen Mann, hätte Schimmer fast gesagt, fragte aber nur nach dem Namen. Jean-Paul Oktungu, antwortete die Lehrerin, sandte umgehend die Nummer und ergänzte, dass der Pfarrer sehr gerne redete, das aber in einem kaum verständlichen Deutsch, und mit seinem Englisch sei es auch so eine Sache: Das höre sich nach einem Steirer an, der wie ein Jamaikaner sprechen will. Aber wie um Himmels willen sollte sie sich mit dem Mann verständigen? Sein Französisch sei passabel, meinte Sprenger.

Schimmer war eben erst aus dem Auto gestiegen, als sie eine Nachricht von einer ehemaligen Kollegin und immer noch guten Freundin erhielt, die sie allerdings zwei Monate nicht gesehen hatte: Lust auf ein spontanes Glas irgendwas? Bin am Yppenplatz, WMF, LG Simone. Was sollte das heißen, WMF, fragte sich Schimmer. Was macht Filomena? Der Name eines neuen Lokals? Hatte der Kochtopfgigant einen Concept Store aufgemacht?

„Würde mich freuen, was denn sonst“, meinte ihre Freundin amüsiert, als Schimmer keine Viertelstunde später mit dem Rad eintraf. Duschen hatte sie sich gespart, sie war ohnehin im Wasser gewesen, und einmal in der Wohnung, einmal nackt, hätte sie sich nach diesem Tag nicht mehr dazu aufraffen können, das Haus zu verlassen.

„Ist mir noch nie untergekommen“, erwiderte Schimmer, die die aktuelle Kürzel-Kommunikation durch ihren regelmäßigen Kontakt zu jugendlichen Ausreißern samt Kontrolle der Chatverläufe eigentlich beherrschte. „Darf ich noch kurz eine Mail lesen? Könnte wichtig sein“, meinte sie und widmete sich ihrem Smartphone. Nebun hatte ihr eine Zusammenfassung einer Folge *Bergdoktor* aus dem Jahr 2016 geschickt: Ein Wanderer kehrt nicht von seinem Ausflug zurück. Nachdem seine Frau Polizei und Bergrettung alarmiert hat, startet eine groß angelegte Suchaktion, die allerdings erfolglos bleibt. Auch eine Woche später gibt es noch keine Spur von dem Mann.

„Das glaub ich jetzt nicht“, murmelte sie, während sie weiterlas.

„Arbeit?“, wollte ihre Freundin wissen.

„Ja“, Schimmer legte das Smartphone weg und schüttelte ungläubig den Kopf.

„Jetzt sag schon!“

„Da ist dieser Pensionist, in Lilienfeld ... geht wandern, kommt nicht zurück, wir suchen den halben Berg ab, auf dem er laut seiner Frau unterwegs war, nichts. Vorgestern war ich noch einmal bei ihr", fuhr Schimmer fort und erzählte ihrer Freundin von der Ragweed-Allergie, dem Bergretter und den seltsamen Angaben in Bezug auf den Streaming-Account. „Und jetzt schickt mir die irre Ika die Inhaltsangabe einer Folge vom *Bergdoktor*, wo genau so was passiert ... Aber das Ende musst du dir geben: Der Mann hat kurz vor dem Verschwinden vom Bergdoktor eine seltene Art Alzheimer diagnostiziert bekommen, Anfangsstadium, eh noch nicht so arg, aber mit rapidem Verlauf, und er wollte auf keinen Fall zu einem dementen Gemüse verkommen, also beschließt er, Schluss zu machen, bevor er nicht mehr dazu fähig ist. Er sagt seiner Frau, dass er seine übliche Runde macht, in Wahrheit geht er ganz woandershin, irgendwo im Wald, wo ihn niemand so schnell findet. Bevor er sich aufhängt, schickt er seiner Frau eine SMS, dass er ihr irgendwo einen Brief hinterlegt hat. Darin beschreibt er ihr, was er im Begriff ist zu tun und wo sie ihn finden kann. Sie soll jetzt aber auf keinen Fall gleich die Polizei alarmieren, weil dann entgeht ihr seine Lebensversicherung. Sie soll zu ihm kommen, den Strick verschwinden lassen, am Abend die Bergrettung alarmieren und auf den falschen Berg, in unserem Fall auf den Muckenkogel, schicken ... Wenn sie seine Leiche dann irgendwann fänden, hätten ihn die Füchse schon so zugerichtet, dass keine Todesursache mehr festzustellen wäre."

„Wer denkt sich denn so einen Schwachsinn aus?" Simone bejahte die Frage des Kellners nach einem weiteren Glas Weißwein mit einem Nicken. „Warum springt er nicht irgendwo in einen Graben und erspart seiner Frau diesen ganzen Irrsinn?“

„Was weiß ich“, erwiderte Schimmer, „was mache ich jetzt?“

„Na was wohl, Kollegen anrufen.“

„Hm“, machte Schimmer, griff erneut zum Handy und legte es wieder weg. „Ich weiß ja überhaupt nicht, ob das stimmt, mit dem Spezial-Alzheimer und ... ohne Beweise mache ich mich zum Gespött vom LKA.“

„Allerdings“, kamen nun auch ihrer Freundin Zweifel, „trink was, schlaf drüber, Leichen laufen nicht davon.“

„Es sei denn, der Fuchs hat sie im Maul, Teile davon.“

„Philli, mein Essen ist unterwegs!“

„’tschuldigung, anderes Thema, was macht dein Dings, der ...“

„Adrian“, meinte Schimmers Freundin, in einem Tonfall, der schon viel sagte. „Ist nichts mehr.“

„Wie, ist nichts mehr“, zeigte Schimmer sich verwundert, „vorige Woche hast du mir abgesagt wegen ihm, die Woche davor auch.“

„Jaaaa“, bot die Freundin einen Grinser, in den allerdings auch ein paar mimische Mikroexpressionen hineinspielten, die von Zweifeln und Schmerz berichteten, „da war eben auch noch nicht gestern.“

„Und was war gestern?“

„Versprich mir, dass du weder kreischend davonrennst noch hysterisch loslachst oder mich sonst irgendwie bloßstellst, okay?“

„Ich warte“, meinte Schimmer, nachdem sich ihre Freundin eine Zigarette angezündet hatte, aber keine Anstalten machte, ins Detail zu gehen.

„Während ich mit ihm zusammen war, bin ich auf dem Dings da, dem einen Dating-Portal geblieben, wo ich ihn kennengelernt habe, aber mit einem veränderten Profil, drei Jahre jünger, anderer Nickname und so weiter."

„Wieso?", fragte Schimmer, obwohl sie ahnte, wieso.

„Weil", ihre Freundin zuckte mit den Schultern, trank einen Schluck, „sagt ja niemand, dass nicht noch was Besseres nachkommen könnte, oder?"

„Sehr romantisch ... Und da ist er dir draufgekommen."

„Wir uns beide", sagte die Freundin, worauf Schimmer sie fragend anschaute.

„Er ist auch angemeldet geblieben und hat genauso weiterhin ... geschaut halt."

„Ebenfalls mit verändertem Profil und Nickname", ergänzte Schimmer und glaubte zu wissen, was nun kommen würde.

„Ja ... *cherchezlabelle*", sie grinste und saugte hektisch an ihrer Zigarette.

„Hä?"

„Cherchez la belle: Such die Schöne, sein Nickname, sollte wohl eine Anspielung auf *La belle et la bête* sein ... das Biest, na ja, im Bett vielleicht ..."

„Und du warst *cherchezlabête* oder wie?"

„Nein, ich war ... ist ja egal, auf jeden Fall habe ich mich mit dem verabredet, bei diesem Gasthaus auf der Höhenstraße."

„Häuserl am Roan?"

„Genau ... und da ..."

„Steht plötzlich Adrian da."

„Exakt, ich hätte mich fast angespieben, so peinlich war mir das."

„Aber das wäre ja eigentlich das beste Argument gewesen, zusammenzubleiben ... Ich meine, wie hoch ist die Wahrscheinlichkeit, dass ihr euch beide noch einmal matcht, nachdem ihr euer Profil geändert habt?“, begann Schimmer, sich romantisch zu ereifern. „Das ist ja schon ... schicksalhaft, das sollte doch für euch sprechen, oder?“

„Könnte man meinen, ja“, Schimmers Freundin dämpfte ihre Zigarette aus und schaute zum Nebentisch, wo zwei junge Männer Platz genommen hatten. „War aber nicht so ... Ich meine, willst du mit jemandem zusammen sein, von dem du weißt, dass du eigentlich nur eine Notlösung bist, und der dich jederzeit sitzenlassen kann für jemanden, der vielleicht besser zu ihm passt?“

„Misstrauen schlägt Magie“, sagte Schimmer mit einem Seufzen, „aber wenigstens der Sex war gut.“

„Der war gut, eindeutig“, meinte die Freundin anerkennend und warf dem Mann schräg gegenüber ein Lächeln zu.

Von Lukas über Maria bis Matthäus: Keines der Familienmitglieder wurde zum Zeitpunkt der Befragungen als tatverdächtig geführt. Das musste naturgemäß nicht so bleiben, doch als Muster die Geschwister von Helena Sartori am Parkplatz des BKA aus dem Polizeibus steigen sah, der sie vom Hotel hergebracht hatte, hätte er sofort darauf gewettet, dass keiner von ihnen ein Mörder war. Die sahen nicht nur allesamt nach gesunden, ausgeschlafenen Naturmenschen aus – sogar der Investmentbanker aus Singapur schien nach dem langen Flug voll auf der Höhe zu sein –, sie wirkten im besten Sinne zivilisiert, sympathisch, rechtschaffen. Lass dich nicht täuschen, ermahnte er sich, wie oft hatte er über pathologische Lügner gestaunt, über perfekte Schwiegersöhne, die alte Frauen ausgeraubt oder vergewaltigt hatten, und wie oft ließ man sich nach jahrelanger Erfahrung noch von der eigenen Voreingenommenheit täuschen, hat einen schwachen Moment und sieht im jungen Tschetschenen sofort den Messerstecher und in der Schönheit vom Land die reine Unschuld, geh davon aus, dass sie warum auch immer ein perfides Mordkomplott ersonnen haben, dann sollen sie dich vom Gegenteil überzeugen. Er sah auf sein Handy, ob Philomena es sich nicht doch noch anders überlegt, ihre Absage vom frühen Morgen vielleicht widerrufen hatte; nein, schade, er hätte sie gerne dabeigehabt. Sie war keine rhetorisch versierte Vernehmungsspezialistin; doch ihr gepflegter, eruptiver Irrsinn konnte festgefahrene Konversationen aufbrechen und die Gedanken in neue Bahnen lenken, ohne dass man sagen konnte, ob sie solch eine Intervention geplant hätte oder sich der Folgen bewusst gewesen wäre. Andererseits tat sie ihm einen großen Gefallen, wenn sie sich wie versprochen um die Social-Media-Aktivitäten des abgängigen Mädchens kümmerte und erneut mit dem Ex von Frau Sartori sprach. Wenn Franz Morell statt zwei zähen BKA-Ermittlern einer jungen Frau gegenübersaß, die obendrein ein wenig neben der Spur schien, bröckelte vielleicht etwas heraus, das sonst eingemauert blieb. Denn wir brauchen dringend etwas für einen ersten Durchbruch, sagte sich Muster; Tag vier nach der Tat, alle arbeiteten sie bis zum Belastungslimit und hatten so gut wie nichts. Was seiner Erfahrung nach hieß, dass sie es entweder mit einem kaltblütigen und von langer Hand geplanten Verbrechen zu tun hatten oder etwas Entscheidendes schlichtweg übersahen, irgendeinen Zusammenhang, zumindest ein Motiv, aber: nichts. In den Boulevardmedien war zwar von einer ersten heißen Spur die Rede, von einem konkreten Verdacht und einem konzentrierten Fokus der Ermittler; doch das war nur die heiße Luft der gehetzten und hetzenden Reporter, die noch weniger vorzuweisen hatten und nun anfingen, Geschichten zu erfinden mit Titeln wie: Jetzt spricht die Nachbarin, die Kollegin, die Tote selbst. Gut, wozu sich aufregen, Muster krempelte gedanklich die Ärmel hoch, stellte den Geschwistern die anwesenden Teammitglieder vor und begann mit den Befragungen.

Was für eine beschissene Nacht. Hätte sie nur um zehn am Yppenplatz die Reißleine gezogen, nach Hause und sofort ins Bett, aber nein, immer noch eine Viertelstunde hatte sie sich abringen lassen von ihrer Freundin, deren Redebedarf sich mit jedem Glas Muskateller aufs Neue entzündete. Wobei Schimmer gerne zugab, dass es schon schmerzhaft lustig gewesen war, doch was auch immer in den unterschiedlichen Säften und Tees gewesen war, die sie konsumiert hatte – Süßholz, Mate, Ingwer, Kurkuma und so weiter –, irgendetwas hatte sie so hochgepusht, dass sie um halb eins aufgestanden war, um eine Folge *Better Things* zu schauen. Dann um zwei eine Doku über die Haselmaus, bis sie schließlich um halb vier erschöpft und aufgekratzt zugleich im Liegestuhl auf ihrem Balkon lag, eine Decke bis zum Kinn, den Blick nach oben, um dem Himmel vielleicht trotz Lichtverschmutzung eine Sternschnuppe abgewinnen zu können. Die sollten in diesen Augustnächten doch gehäuft auftreten, meinte sie sich an einen Beitrag auf orf.at aus der letzten oder vorletzten Woche zu erinnern, Perseidenschauer oder so, nur eine, eine einzige, damit ich mir etwas wünschen kann. Aber was? Endlich einschlafen zu können, dafür verschwendet man doch eine Stunde vor Sonnenaufgang keinen Wunsch an einen Kometen. *Alle Wünsche werden klein, gegen den, gesund zu sein,* fiel ihr der Zinnteller in der Küche von Frau Haslauer ein. Nein, mit Gesundheit, Glück und dergleichen wollte sie dem Universum nicht kommen, und die konkreten persönlichen Bedürftigkeiten schienen ihr wiederum zu kleinkrämerisch und würdelos. Ist es wirklich so, dass du dich nicht einmal für einen Wunsch entscheiden kannst? Weil du so bescheiden bist oder weil du schon mehr als alles hast? Oder weil es in deiner Welt so viele Möglichkeiten und Wünsche gibt, dass der Zweifel überhandnimmt? Okay, murmelte sie zum Himmel hinauf, ich wünsche mir: erstens eine Sternschnuppe, zweitens, dass ich Karina Sartori finde, lebend, versteht sich. Eine Stunde später wurde sie von der Morgensonne geweckt, wankte schlaftrunken in die Wohnung, stolperte über die umgehängte Decke und krachte der

Länge nach auf den Parkettboden. Stöhnend drehte sie sich auf den Rücken und hielt sich den schmerzenden Ellbogen. Hm, machte sie nach einer Minute des stillen Leidens, stand auf, setzte sich vor den Laptop und öffnete den Ermittlungsbericht. Die Bilder von Helena Sartoris Leiche: So wie sie dalag, so bleibt doch niemand liegen, wenn er tot umfällt, oder? Gut, da stand auch die Begründung: Art der Verletzung sowie Position des Körpers legten nahe, dass das Opfer nach der Schussverletzung noch einige Minuten gelebt hatte. Sich auf den Rücken gedreht und die Hände auf die Schusswunde gedrückt hatte? Aber wo war das Blut an den Händen? Schimmer klappte den Laptop zu, überlegte für einen Moment, ob es dafürstand, sich ins Bett zu legen, entschied sich dagegen und stellte sich unter die Dusche. Kurz nach sieben – früher hielt sie für verdächtig – schickte sie Michi eine Nachricht: Sie könne nicht kommen, weil mit den anderen anstehenden Aufgaben schon mehr als ausgelastet. Dass sie kaum geschlafen hatte und nicht die Energie für mehrere Stunden in einem Vernehmungsraum aufbrachte, schien ihr zu wenig professionell ausgedrückt. An der Küchenzeile lehnend, den Mund voll mit Aprikosen-Nuss-Porridge, überlegte sie, ob sie einen halben Tag Homeoffice einlegen sollte. Nein, die Fahrt ins Büro mit dem Rad würde sie aktivieren, und dort würden auch keine übernächtigen Verzögerungstaktiken greifen.

„Soll ich dir bei den SM von dem Mädel helfen?“, fragte Annika, ohne sich vom Bildschirm wegzudrehen oder einen guten Morgen gewünscht zu haben. „Und, Stefan: Die Sadomaso-Anspielung haben wir alle schon ein paarmal gehört, die war auch beim ersten Mal kein Brüller.“

„Was?“, horchte Sosak auf, „’tschuldigung, ich war gerade ganz woanders.“

„Unkonzentriert? Erschöpft? Lustlos?“, dozierte Bauer. „Dahinter könnte etwas viel Ernsteres stecken ...“

„Was denn?“, fragte Sosak unsicher.

„Der männliche Wechsel!“, sagte Schimmer mit Grabesstimme. „Doch es gibt Hoffnung ...“

„Ilja Rogoff, das Original“, ergänzte Nebun.

„Ist das dieser russische Sänger?“, fragte Sosak. „Lebt der noch?“

„Du meinst Ivan Rebroff“, klärte Bauer ihn auf, „der war Deutscher, und er ist tot.“

„Ihr verarscht mich schon wieder“, meinte Sosak und lächelte beruhigt.

„Hast du schon angefangen?“, wollte Nebun von Schimmer wissen.

„Nein, ich war gestern den ganzen Tag unterwegs.“

„Hashtag Unterlengbach?“ Nebun öffnete einen Browser-Tab, wo ganz oben eine Nahaufnahme des rot-weißen Absperrbands zu sehen war, darunter die aufmarschierenden Forensiker, den Wald durchstreifende Polizeischüler, Passbilder von Frau Sartori und ihren Kindern, Fotos der Eltern, darunter ein Plakat, auf dem für eine Highheels-Party in einer Diskothek in der Nähe geworben wurde, daneben ein Bild einer Seniorenwanderung, Ankündigung eines Feuerwehrfests, unzählige Bilder des Hauses aus verschiedenen Perspektiven, unzählige Links zu Presseberichten und weiß Gott was.

„Pff“, machte Schimmer, „man kann es noch so oft sehen, es hört nicht auf, makaber und pietätlos zu sein, das ist doch entwürdigend, als Ermordete in einem ... digitalen Dings, Topf zu landen mit einer Landdisco!“

„Du klingst wie 55 plus“, konstatierte Nebun nüchtern, „nichts gegen dich, Judith, du bist geistig frisch wie der Morgentau.“

„Danke“, sagte Bauer, „ich finde es aber auch grauslich.“

„Wie teilen wir uns auf?“, wollte Nebun wissen. „Du das Material am Server, ich hacke mich durchs Web?“

„Gern ... danke, Ika.“

Um eins legten die Ermittler eine erste Vernehmungs-Pause ein. Der große oder kleine Durchbruch war entsprechend Musters Erwartungen ausgeblieben, doch anhand der Menge an Informationen, die sie erhoben hatten, begann sich das Leben von Helena Sartori nun klarer vom davor noch nebulösen Hintergrund abzuheben. Die Geschwister stimmten darin überein, dass es sich bei ihrer verstorbenen Schwester quasi schon immer um so etwas wie das Familiengenie gehandelt hatte. Aufgrund ihrer mathematischen Begabung hätte sie bereits mit zwölf Jahren die Möglichkeit gehabt, in diesem Fach vorab zu maturieren und auf der Uni zu inskribieren; das damit verbundene lange Pendeln oder ein Internat samt Herausgerissenwerden aus dem gewohnten Umfeld hatte die Eltern allerdings bewogen, Helena den konventionellen Bildungsweg gehen zu lassen. Dann: summa cum laude, Doppeldoktor, Max-Planck-Institute in Deutschland, die weiteren Details ihrer Karriere kannte Muster bereits, doch gerade in der Wiederholung respektive der geänderten Perspektive taten sich oftmals überraschende Einsichten auf. Wie schätzten sie beispielsweise Bernd Jonas ein? So gut wie gar nicht, nur Matthäus hatte den Gründer von NATHAN persönlich getroffen: ein

Karrierist, Start-up-Genie, bevor es noch so geheißen hat, etwas narzisstisch vielleicht?, na ja, wie sollte man es in dieser Gesellschaft denn sonst nach oben schaffen? Waren ihnen Streitigkeiten zwischen Jonas und der Schwester bekannt? Vielleicht sogar ein profundes Zerwürfnis, das zu besagter Kündigung samt Umzug aufs Land geführt hatte? Nachdenkpause. Nein. Dann hätte sie doch eher in eine andere Firma gewechselt, oder? Warum der Umzug aufs Land, irgendeine Idee? Genug von der Stadt, der Enge des Labors, dem Leben im Abstrakten? Vielleicht, so genau schien es keiner aus der Familie zu wissen oder zugeben zu wollen. Wobei: Helena hatte ihr Leben nie als offenes Buch präsentiert, sie war mit ihren Befindlichkeiten nicht hausieren gegangen, hatte Lukas Sartori anerkennend angemerkt; sie war diejenige, die am seltensten von sich aus Kontakt zu den anderen aufgenommen hatte, sagte Maria, vorwurfsvoll?, nein, so war sie eben, den Facebook-Account hatte diese der älteren Schwester eingerichtet, anfangs hatte Helena das Kommentieren pflichtschuldig mitgespielt, sogar selbst ein paar Sachen gepostet – einmal einen Link zu einer Arbeit über Nanobots in Kakerlaken, wtf? –, doch im Laufe eines halben Jahres hatte sie diese Aktivitäten einschlafen lassen. Erzählen Sie uns etwas über das Verhältnis zu ihren Kindern. Sie war – eigen, auch hier. Keine bedingungslose Mutterliebe, die sie vom Zeitpunkt des positiven Schwangerschaftstests an aufstrahlen ließ, ab da dauernd eine Hand auf dem wachsenden Bauch platziert und so weiter. Ihr Mann, Franz, war derjenige gewesen, der sich vor Glück kaum einkriegte, der im Überschwang der Gefühle seine Social-Media-Kontakte dermaßen überstrapazierte, dass sicher einige seine Beiträge blockierten. Fast war es, hatte Matthäus nachdenklich gemeint, als ob Helena sich dann ein Beispiel an ihm genommen hätte. Wie meinte er das? Dass sie durch ihn angespornt worden war, Liebe zu zeigen, eine liebende Mutter zu sein. Nicht, dass sie gefühlsarm oder empathielos gewesen wäre, nein, aber wenn man von Jugend an den Sinn seines Lebens vorrangig darin sieht, den Tanz der Atome zu studieren und zu beeinflussen, dann war der Makrokosmos eines Babys sicher etwas, das einen erst einmal gehörig irritieren konnte, oder? Doch ungefähr als Karina ein Jahr alt war, schien die Mutterliebe von ihr Besitz ergriffen zu haben. Sie wandelte sich merklich – ich hätte sie am Bahnhof fast nicht erkannt, als sie einmal mit der Kleinen nach München gekommen ist, so gut sah sie aus, meinte Maria –, was sich auch darin zeigte, dass sie zur Überraschung aller nach der Karenz, in der sie nie ganz zu arbeiten aufgehört hatte, nicht umgehend ihre Vollzeitanstellung wiederaufnahm, sondern auf gut zwanzig Stunden in Gleitzeit herunterschraubte. Sie, deren einzige bekannte Leidenschaft das Labor gewesen war. Die nicht einmal dazu gezwungen war, sich um die Tochter zu kümmern, zumal ihr Ehemann seine Tätigkeit sofort ruhend gestellt hätte. Ein Vorzeigepapa also, oder? Noch weiter zurück: Wie war denn die Beziehung zu ihrem späteren Mann entstanden, wie wurde er in der Familie aufgenommen, gab es Vorbehalte, war er bereits vor der offiziellen Anzeige samt Wegweisung durch aggressives Verhalten aufgefallen? Übereinstimmung in folgenden Punkten: Franz Morell hatte seine Frau geliebt, bewundert, Sartoris Schwester Maria meinte gar, angebetet, vergöttert. Zu Musters Erstaunen verurteilte keines der Geschwister den ehemaligen Schwager ob seiner Aggressionen und Gewaltausbrüche; sie schienen ihrer Sichtweise nach etwas wie ein vorübergehendes, bedauerliches Nebenprodukt seiner bedingungslosen Liebe gewesen zu sein, vielleicht auch eine Reaktion auf mangelnde Zuwendung, auf die von Natur aus eher distanzierte, manchmal verschlossene Art der Schwester. Sie hatten also allesamt Verständnis dafür, dass Morell ihre Schwester geschlagen hatte? Und was war mit den beiden Kindern? Gewalt in der Familie beschränkte sich selten auf ein einziges Mitglied, auch wenn der Satz „denen hätte er nie etwas angetan" zu den Standardphrasen in entsprechenden Polizei-Protokollen gehörte. Diese einhellige Nachsicht irritierte Muster. Natürlich gab es reichlich Fälle, in denen gewalttätiges Verhalten innerhalb der Familie akzeptiert, wenn nicht gar gutgeheißen wurde, verletzte Männlichkeit, Stolz und sogenanntes Ehrgefühl füllten ganze Ordner in den Schränken der Ermittlungseinheiten für Gewaltverbrechen, doch hier schien ihm das überhaupt nicht der Fall zu sein. Gebildet, reflektiert, Lukas, der Bauer, war vielleicht noch am ehesten in einer traditionellen katholischen Welt verhaftet, doch als Vertreter von gesunder Watsche als Erziehungsmaßnahme und dergleichen erschien auch er nicht. Hatten sie vielleicht Mitleid mit Morell? Die Scheidung war von ihr ausgegangen, oder? Das Sorge- und Besuchsrecht eingeschränkt, kaum Kontakt mehr zu den geliebten Kindern, zur angebeteten Gattin, ein Lebensentwurf in Scherben, und das alles nur wegen ein paar jähzorniger Ausrutscher? Oder war es mehr? Auf den Punkt gebracht: Trauten Sie ihrem Schwager zu, seine Frau, seine Schwiegereltern und seinen Sohn umgebracht zu haben? Nein, dreimal nein.

13

Sie trafen sich im Innenhof des BKA, setzten sich auf eine der Bänke an der kümmerlichen Grünfläche, doch Hauptsache, draußen, Sonne im Gesicht und echte Luft statt Bildschirmstrahlung und Sauerstoffmangel.

„Und?", fragte Schimmer, während Muster an einem Käsebrot kaute und in die Gegend starrte.

„Mein Geist ist wie ein trüber Teich."

„Schön gesagt. Keine Sorge, irgendwann setzt sich der Schlamm."

„Die sind alle so ... gut. Da muss doch irgendwas faul sein, oder?"

„Da hast du einmal zwei rechtschaffene Evangelisten und eine heilige Maria und willst nur den Dings, Dorn?, im Auge des anderen sehen."

„Dann nimm mir den Balken vor den Augen weg", vollendete Muster das biblische Gleichnis. „Was sehe ich nicht?"

„Ich habe keine Ahnung", gestand Schimmer ein, „vier Tote, drei Geschwister, dieser seltsame Umzug und dann noch diese abgefahrene Nanowelt, das sind schon sehr viele ... ha! Teilchen!, die sich erst einmal zu einem stimmigen Bild zusammenfügen müssen ... und das muss noch nicht die Wahrheit sein."

„Hm, ja ... seit wann stehst du auf Paniertes?", wunderte sich Muster, als Schimmer eine Semmel mit weit überlappendem Schnitzel aus der Alufolie schälte.

„Danach verlangt mein Körper immer, wenn ich schlecht bis gar nicht schlafe ... Vielleicht ist es aber auch eine unterbewusste Trotzreaktion auf diesen Ernährungsfaschismus überall, das Schnitzel als Gegenreformation zum Veganismus, Biedermeier in Panier quasi."

„Hä?", blieb Muster der Mund offen. „Bring mein Hirn nicht noch mehr in Unordnung, sag mir lieber, dass ihr auf irgendwas gestoßen seid, das uns hilft, das Mädchen zu finden."

„Eher nicht ... Wir wissen, dass sie auf Facebook, Instagram, TikTok war, da haben wir den Zugang von ihrem Vater, der ihren Status einsehen konnte."

„Mich würde ja der Browserverlauf von ihrer Mutter mehr interessieren."

„Ja, mich auch. Aber so wie ich die inzwischen einschätze, hat sie ihre IP hinter VPN oder Thor versteckt", sagte Schimmer, „bei der Tochter kann ich nur mit dem üblichen Zeug dienen: Musikvideos, Bloggerinnen, die sich schminken und ihren Freundinnen lustige Streiche spielen, alles eher im präpubertären Bereich angesiedelt."

„Bibi & Tina."

„Das ist erste bis zweite Klasse Volksschule", korrigierte Schimmer. „Viktoria und Sarina, die beiden Krähen, schon eher."

„Wahnsinn, wie früh die Kindheit inzwischen an die Jugend verloren geht."

„Was schon auffällig ist: Im Vergleich zu ihren Mitschülern war sie viel seltener eingeloggt und hat auch nur einen Bruchteil von denen gepostet."

„Vielleicht, weil es bei denen kaum Empfang gegeben hat?"

„Möglich, aber sie war offensichtlich nicht von dieser Social-Media-Diarrhö befallen, bei der du jede freie Minute was von dir geben musst und wenn es nur ein paar lustige Emojis sind."

„Du verwendest nie Emojis", sagte Muster, „ist mir letztens aufgefallen."

„Als du all unsere Nachrichten durchgesehen hast, während die Tränen ins Bierglas tropften."

„Schmarrn, ausgemistet habe ich."

„Vielleicht hat ihre Mutter etwas dagegen gehabt", sagte Schimmer, „ich meine: nur Festnetz, wenn du unter siebzig bist, dazu dieses Funklochhaus ... Vielleicht war sie wirklich so eine Elektrosmog-Fanatikerin."

„In der Schweiz demonstrieren gerade ganze Gemeinden gegen den 5G-Ausbau", erwiderte Muster, „so ohne ist das also sicher nicht, außerdem: Die war Physikerin, Chemikerin, Molekularbiologin und was weiß ich noch, die hat molekülgroße Roboter mit elektromagnetischen Feldern durch den Körper einer Kakerlake gesteuert."

„Hast du dir auch den Podcast angehört", schloss Schimmer.

„Nein, Ika hat mir eine Zusammenfassung gegeben."

„Glaubst du, dass es da einen Zusammenhang gibt?"

„Inwiefern?"

„Na was wohl", meinte Schimmer, „irgendeine Verschwörung, der sie draufgekommen ist, irgendeine revolutionäre Entdeckung, die sie gemacht hat ..."

„Doch die Interessen der skrupellosen Pharma-, Erdöl-, Waffenindustrie, blablabla, also CIA, Mossad oder Mafia, nein, an so einen Zusammenhang glaube ich nicht. Das wäre dann wohl wesentlich professioneller abgelaufen."

„Du meinst wie bei Jörg Haider", flüsterte Schimmer mit gespielter Furcht, „wo ihr alle immer noch glaubt, dass es ein Unfall war."

„Hör auf, mich zu verarschen", Muster rempelte Schimmer an, „du hast mit diesen Verschwörungstheorien angefangen."

„Und warum ausgerechnet Unterlengbach? Hat da keiner aus der Verwandtschaft was dazu gesagt? Hat sie irgendwelche Bindungen dorthin gehabt?"

„Nein, nichts, von dem wir wissen ... Das Haus hat sie über einen lokalen Makler gekauft, ziemlich günstig, was angesichts der Lage ja kein Wunder ist."

„Und der Job?", Schimmer schüttelte den Kopf. „Autozubehör ..."

„In speziellen Lacken und Polituren sind immerhin Nanopartikel drin."

„Ja, hab ich auch gehört", Schimmer zögerte einen Augenblick, „ich wollte dich übrigens noch was fragen, wegen diesem Fall von dem vermissten Rentner am Muckenkogel."

„Jetzt kommt was, das spüre ich", erwiderte Muster, „jetzt kommt was mit Potenzial."

Wenn sie nur Karinas Handy hätten. Oder zumindest irgendeinen Computer, den sie regelmäßig benutzt hatte. Accounts, Nicknames, Social-Media-Plattformen, Nachrichten, Chats, Fotos, Kontakte, Kalender ... Nur einen Bruchteil davon zu bekommen würde ohne die dafür verwendete Hardware oder einen Cloudzugang sehr aufwändig bis unmöglich werden. So konnten sie nur den umgekehrten Weg gehen: Personen, die mit ihr in Kontakt gestanden waren – über WhatsApp, Snapchat oder sonst wie –, ausfindig zu machen und Karinas digitales Leben aus deren Perspektive zu betrachten. Was in vielen Fällen bereits genug hergab –

dazu musste Schimmer nur an den Fall von zwei abgängigen Burschen denken, die in Verdacht geraten waren, eine Trafik überfallen zu haben. Aus dem Browserverlauf und der Standortbestimmung wussten die Ermittler nicht nur, welchen Film die beiden in welchem Kino zur Tatzeit angesehen hatten, sondern über den Schrittzähler auch, wann sie den Saal für zwölf Minuten und 170 Meter verlassen hatten. Es war erstaunlich, die Menschen gaben quasi ihr ganzes Leben preis, aber wenn ein fremdes Gesicht zehn Sekunden über die Thujenhecke schaute, wählten sie die 133.

Am späten Nachmittag – Schimmer hatte sich durch hunderte Nachrichtenverläufe gelesen, die zusammengefasst als buddhistische Meditation zur Herstellung geistiger Leere taugten – stieß Nebun auf eine Plattform, die Lyrik, Kurzprosa, Fotos mit Kunstanspruch, Zeichnungen, Illustrationen und dergleichen sammelte, dem Anschein nach von und für Jugendliche, aber das ließ sich nicht überprüfen. Eine Userin mit dem Nickname *nebelspatz* hatte dort Bilder aus der Gegend um Unterlengbach veröffentlicht, die auch Karina auf den ihr bislang zugeschriebenen Plattformen geteilt hatte: wenig spektakuläre Handyfotos aus einer der weniger spektakulären Gegenden Europas, alle in Schwarz-Weiß oder Sepia.

„Das Beste aus drei Welten schimmert hier nirgends durch“, meinte Nebun, „oder was sagst du?“

„Hm, ja, solche Bilder zu kopieren und als die eigenen auszugeben bringt wenig Starruhm“, sagte Schimmer, „sind da überall die Koordinaten dabei?“

„Yep, außerdem jedes Mal ein Kommentar von so einem Sonderling.“

„Wo denn?“, wunderte sich Schimmer, die unter den tendenziell melancholischen Bildern nur banale Zustimmung fand.

„Der da“, Nebun markierte mit dem Cursor den Nickname *goldentwenties,* kopierte ihn und gab ihn bei einer Suchmaschine ein.

„Und wieso soll das ein Sonderling sein?“

„Macht auf jugendlich, nice und lol und so, aber immer einen Tick daneben, klarer Fall von *fake authenticity*.“

„Aber“, Schimmer bemühte sich, Nebuns Gedankengängen zu folgen, „woher soll er denn wissen, dass *nebelspatz* eine Jugendliche ist?“

„Weiß er vermutlich nicht, aber er glaubt es zu wissen, weil sie den Slang perfekt beherrscht.“

„Soso ... und das sagt uns was?“

„Dass wir herausfinden sollten, wer er ist, wo er lebt und ob er über diese Seite hinaus mit ihr in Kontakt gestanden ist.“

„Das ist sicher nicht legal“, gab Schimmer zu bedenken.

„Teilweise“, stimmte Nebun zu, „aber wozu arbeiten wir für die Polizei.“

Wer hat an der Uhr gedreht, murmelte Muster, als er während eines Vier-Augen-Gesprächs mit Matthäus Sartori auf die Uhr blickte. Halb acht, sein Gehirn stotterte, er begann zu vergessen, was er eben gefragt hatte oder was er noch wissen wollte. Genau, nur zur Wiederholung: mögliche Konflikte, Feindschaften, sah er irgendwo ein Motiv für dieses Verbrechen? Schulterzucken. In die Arbeit seiner Schwester hätte er keinen Einblick gehabt, in ihr Privatleben auch kaum, wie er auf Musters Nachbohren zugeben musste. Aber war das nicht Aufgabe der Polizei: Motive und Verdächtige ermitteln? Natürlich, stimmte Muster zu, ohne Sartori darüber aufzuklären, dass er am späten Nachmittag tatsächlich ein Ergebnis der Forensiker erhalten hatte, das als erste bedeutsame Spur zu werten war: zwei DNA-Samples, die von keinem Familienangehörigen stammen konnten, dasselbe mit Fingerabdrücken im Bad, die bislang nicht zuordenbar, aber bereits in die Datenbanken aller europäischen Partnerbehörden eingespeist worden waren. Mühsam nährt sich das Eichhörnchen, fiel Muster ein, noch so eine Allerweltsphrase, die ihm zeigte, dass er geistig nicht mehr auf der Höhe war. Abschließend stellte er sich selbst noch eine Frage: Welche Bedeutung hatte es, dass bis auf Lukas Sartori keines der Geschwister aktiv oder gar vorwurfsvoll nach Spuren, Verdächtigen oder anderen konkreten Ermittlungsergebnissen gefragt hatte? Weil sie alle noch unter Schock standen, es nicht wahrhaben wollten? Weil sie nicht daran denken wollten, dass – etwa beim Szenario eines Raubüberfalls – ihre Angehörigen wegen einer viel zu banalen Ursache ermordet worden waren? Oder weil sie selbst bereits wussten ... Was du heute nicht mehr kannst besorgen, schloss Muster für sich mit einem letzten verdrehten Aphorismus, packte zusammen und freute sich auf seine eigene Familie.

14

Schimmers Mutter hatte angerufen und gefragt, ob sie noch eine Runde mit dem Hund gehen könnte; sie selbst hätte tagsüber keine Zeit gehabt, jetzt keine Energie mehr, und das manische Tier ließe sich nicht auf morgen vertrösten, rotierte im Kreis und hatte mit seinem dauerwedelnden Schwanz schon eine Blumenvase vom Couchtisch gestoßen. Wenn's sein muss, hatte Schimmer geantwortet und sich zugleich eingestanden, dass ihr der Auslauf ebenso guttäte. Sie fuhr direkt von der Arbeit zu ihrem Elternhaus, wo sie zu ihrer Überraschung auch Thalia antraf. Die hatte von sich aus angeboten, die Weimaranerhündin in den Wald zu führen, was die Mutter ihrer mittleren Tochter verschwiegen hatte, zumal sie um deren bescheidene Motivation in puncto Sport wusste.

„Schön ist sie ja wirklich", meinte Thalia, nachdem sie auf der Promenade im Schwarzenbergpark ein Kompliment eines anderen Hundebesitzers bekommen hatten.

„Ja, außerdem haben Hunde den Vorteil, dass ihr jugendliches Äußeres mit dem Alter nicht völlig den Bach runtergeht."

„Dafür wird's bei ihr mit der Altersweisheit nie was werden, gell, Mädl", Thalia klopfte der Hündin die Flanke, was diese zum Anlass nahm, an den beiden Schwestern hochzuspringen und den Dreck ihrer Pfoten abzustreifen.

„Aus, du dreckiges Mistvieh!", stieß Schimmer aus, was ihr den scheelen Blick einer älteren Dame in Begleitung eines Cockerspaniels eintrug.

„Nicht so rüde, Philli, oh: hündisches Wortspiel! ... Sieh es als Zuneigungsbeweis."

„Vollgesaut zu werden als Zeichen der Zuneigung? Warum fällt mir dazu ...“

„Sag’s nicht!“, meinte Thalia und drückte ihrer Schwester die Hand auf den Mund.

„Woher weißt du, was ich sagen wollte?“

„Psychologie? Freud? Oder weil ich weiß, was für ein Ferkel du bist.“

„Ich denke, es liegt eher an der stundenlangen Beschäftigung mit jugendlichen Chatverläufen und pubertärer Popkultur“, erwiderte Schimmer, „da schwingt permanent so eine latente Sexualität mit.“

„Habt ihr schon eine Spur zu dem Mädchen?“

„Alles sehr vage“, Schimmer versank für einen Moment in ihren Gedanken, „was kann es bedeuten, wenn sich eine Elfjährige unterdurchschnittlich auf Social-Media-Plattformen aufhält?“

„Gesunde Entwicklung statt ADHS. Nein, im Ernst, das kann alles und nichts heißen: weniger Datenvolumen, strengere Eltern, geringere soziale Anbindung, anders gelagerte Interessen ...“

„In ihrem Zimmer steht tatsächlich die ganze *Harry-Potter*-Reihe ... Ich war fast in Versuchung, mir eins auszuborgen, das war schon ein Highlight damals.“

„Hast du eigentlich diesen Film mit Daniel Radcliffe gesehen, wo er so eine Art Zombie sein soll?“

„*Swiss Army Man*? Ja, großartig, er spielt eine Leiche, die auf einer Insel angespült wird, wo ein depressiver Schiffbrüchiger lebt, der sich eben noch aufhängen wollte und dann die Gärgase im toten Harry als Furzantrieb nutzt, um weg von der Insel zu kommen.“

„Klingt ganz nach meinem Geschmack“, meinte Thalia mit verzogenem Gesicht.

„Er ist wirklich gut, vor allem ab dem Zeitpunkt, wo die Leiche zu reden anfängt und ... Das ist ja keine

Zombiegeschichte, sondern eine schöne Metapher für Einsamkeit, Freundschaft, Verlassenwerden ..."

„Klingt trotzdem zu schräg für mich", sagte Thalia, worauf sie ein paar Minuten schweigend nebeneinander hergingen, dabei der Hündin zusahen, wie sie manisch einen Teich umrundete, auf der Jagd nach einem Entenpärchen, das dem fremden Tier ohne Hast entkam, indem es das Gewässer stoisch querte.

„Unglaublich", kommentierte Schimmer und musste wieder an die Bücher von William Wegman denken, die ihren Vater erst dazu bewogen hatten, sich eine Hündin dieser Rasse anzuschaffen. Der Fotograf Wegman hatte selbst zwei Weimaraner besessen und mit diesen einige Märchen der Brüder Grimm nachgestellt, indem er die Hunde als Rotkäppchen, Großmutter, Jäger, Aschenputtel, gute Fee et cetera verkleidet und vor improvisierter Kulisse in Szene gesetzt hatte. Papa Schimmer hatte eines der Bücher in einem Antiquariat auf der Wollzeile aufgestöbert, sich umgehend alle verfügbaren besorgt und sie ein Jahr darauf um ein lebendiges Exemplar ergänzt. Nachdem sich allerdings herausgestellt hatte, dass die junge Hündin sich ausnahmslos in der Rolle einer geistig minderbemittelten Prinzessin gefiel, verlor der Vater sein Interesse und überließ das Tier den anderen Familienmitgliedern.

„Warum gibt man einen Beruf auf, der einen nicht nur erfüllt, sondern auch noch super bezahlt ist, kauft sich ein abgefucktes Haus im Nirgendwo und arbeitet als Verkäuferin beim Forstinger?"

„Weil einen der Job und das Geld eben nicht mehr erfüllen?", schlug Thalia vor.

„Ja, schon klar, aber ... Unterlengbach? Salzkammergut, Tirol, irgendwas mit außergewöhnlicher Landschaft, Berge und Wasser, eine alte Mühle umbauen und

Yoga-Lehrerin werden, das machen Karriere-Frauen, wenn sich die Krise einstellt, oder?"

„Na ja, wenn ich mir meine Klientinnen so anschaue, dann sehnen sich gerade die Wohlhabenden, die den ganzen Altaussee- und Kitzbühel-Kitsch satthaben, eher nach etwas, das sie als normal ansehen. Sonntags Tafelspitz kochen, im Jogginganzug die Zeitung stehlen gehen ..."

„Niedriger Quadratmeterpreis, Speisekarten wie aus den Neunzigern, wenig Migranten", überlegte Schimmer, „vielleicht meinen die das mit dem Besten aus drei Welten."

„Keine Ahnung, wovon du redest, aber: Auf Geld, Status und Geprotze war die Frau ja eh nie aus, oder?"

„Kaum, die hat sich in der Arbeit verwirklicht. Und nebenbei eine halbe Million zusammengespart."

„Oha, in dem Alter, das ist ..."

„Ein Motiv", griff Schimmer vor.

„Das wollte ich gar nicht sagen", erwiderte ihre Schwester, „eher, dass ... Der Hund hat gekackt, hast du die Säckchen mit?"

„Nein, nimm den Ast da, dann graben wir's ein."

„Kacke zu Kacke, Staub zu Staub."

„Amen."

Eins der Probleme einer schlaflosen Nacht war erfahrungsgemäß, dass Schimmer am folgenden Abend meist früher als gewohnt einschlief – allerdings nicht im Bett, wohin sie gehört hätte, sondern auf der Couch vor laufendem Fernseher. Was dazu führte, dass sie um halb zwei erwachte und sogleich wusste, dass an Weiterschlafen nicht mehr zu denken war. Sie konnte natürlich ein Zolpidem oder Seroquel nehmen, aber damit wäre ihr Hirn bis in den Vormittag hinein wie in Dämmschaum gepackt – keine Option, wenn sie einen scharfen analytischen Verstand brauchte. Zwar hatte Michi ihr wiederholt versichert, dass gerade ihr Driften zwischen den Bewusstseinszuständen ein unschätzbares detektivisches Tool wäre, doch weshalb war er dann Chefinspektor bei der Kriminalpolizei geworden, während sie es nie über den Streifendienst hinaus geschafft hatte? Ein paar außergewöhnliche Erfolge hatte sie verbuchen können, das schon – erinnert sich noch wer an den ominösen Handgranatendoppelmord in Hernals? Genau, da hatte sie die entscheidende Verknüpfung hergestellt, die zur Ergreifung des Täters führte – doch alles in allem fehlten in ihrem Karrierekoffer wohl ein paar ganz wesentliche Werkzeuge: stählerne Nerven, starker Magen, härtere Ellbogen, Überstundenmotivation, möglicherweise ein Y-Chromosom, aber darauf wollte sie sich nicht hinausreden. Nüchtern betrachtet war es so, dass bereits ihre Entscheidung, zur Polizei zu gehen, keiner bedingungslosen Überzeugung gefolgt war; bei weitem keinem Sehnen oder Traum wie jenem des Drachen Grisu, der partout Feuerwehrmann werden will. Nach der Matura hatte sie Psychologie und Philosophie inskribiert, keines bestimmten Berufswunsches wegen, sondern eher aus Interesse am eigenen wirren Geist und überhaupt am Sinn des ganzen seltsamen Lebens. Na ja, wenigstens nicht Kunstgeschichte, hatte ihre pragmatische Mutter gemeint; das sind zwei Fächer, die man in jedem Beruf brauchen kann, hatte ihr optimistischer Vater angemerkt, cool, hatte Thalia gesagt, nur um zwei Jahre später dieselben Fächer zu inskribieren. Drei Semester darauf hatte sie Philomena eingeholt, worauf diese für vier Monate nach Südamerika abhaute, um den Sinn des Lebens dort zu finden, enttäuscht zurückkam, von einer diffusen Panik überfallen wurde, dass sie zu gar nichts taugte, und aus einer spontanen Laune heraus den Aufnahmetest bei der Polizei machte. Sie erzielte das viertbeste Ergebnis von 700 Kandidaten und kreuzte ein Jahr später zur Verwunderung aller Familienmitglieder in Uniform und mit Waffe an der Hüfte auf. Eine Ordnungshüterin, das ist gut, hatte ihr Vater sie beglückwünscht, das ist gesellschaftlich wertvoll und wird immer gebraucht. Bulle, na bravo, war es herablassend von Nemo gekommen, die damals auf den letzten Metern ihrer Punkerphase war und neben dem System vor allem sich selbst nicht ausstehen konnte. Vom jetzigen Standpunkt aus konnte Schimmer ihre Berufswahl freilich auch als instinktiv richtig bezeichnen. Sie hatte ihrer Existenz, die sie davor warum auch immer vom Auseinanderfallen bedroht sah, Festigkeit, Struktur und Klarheit gegeben. Wenn sie zu Fuß oder aus dem Fenster des Dienstwagens heraus in die Augen eines Passanten geblickt hatte, war sofort klar gewesen, auf welcher Seite sie stand, egal ob sie freundlich, dankbar, nervös oder hasserfüllt angeschaut wurde. Obendrein erfuhr sie eine Zugehörigkeit, die sie bislang nur in ihrer Familie erlebt hatte. Hier wie dort gab es Konflikte, andere Meinungen und Idioten, aber zusammengehalten wurde das von einem starken Band namens Polizei. Das fiktiv war, verklärt und korrumpiert wurde, das obendrein reichlich ekelhafte Männer mit Sucht-, Aggressions- und Faschismusproblematik beschützte – und dennoch genug Kollegen gleich welchen Geschlechts bot, auf die sich Schimmer tagein, tagaus freuen und verlassen konnte.

Sie hatte ihren Beruf gemocht. Bis zu jener Nacht. Am Anfang stand der Anruf einer Frau bei der Feuerwehr wegen eines Wohnungsbrandes in der Goldschlagstraße. Parallel dazu ging ein Anruf in der Inspektion Tannengasse ein: Aus einer Wohnung an derselben Adresse wären die Schreie einer Frau zu hören. Vor Ort bemerkten sie nichts von einem Feuer, das Schreien war dafür umso realer, irgendwo zwischen Schmerzensschreien und Schluchzen, einmal wimmernd, dann wieder kreischend. Alle dem Innenhof zugewandten Zimmer des vierstöckigen Hauses waren beleuchtet, Bewohner sahen den Feuerwehrleuten dabei zu, wie sie eine Sprungmatte mit einem Kompressor aufpumpten. Grund dafür war ein Eintrag im polizeilichen Melderegister: Die schreiende Frau litt an Schizophrenie und war bereits einige Male aufgrund psychotischer Schübe und daraus resultierender Eigengefährdung in die Psychiatrie gebracht worden. Zu dritt standen sie vor der verschlossenen Wohnungstür und versuchten, mit ihr in Kontakt zu kommen, ewige Minuten, wie Schimmer schien, in denen sie immer wieder den Namen der Frau und ihren eigenen wiederholte, die Zusicherung, ihr helfen zu wollen, ohne eine Antwort zu bekommen. Dann hörte das Schreien auf. Überrascht von der plötzlichen Stille, schauten sich die Polizisten ratlos an, bis der Ranghöchste einen Feuerwehrmann rief und ihm auftrug, die Tür mit der Ramme aufzubrechen. Schimmers Kollegen gingen voran, im Laufschritt, weil sie davon ausgingen, dass die Frau sich etwas angetan hatte. Kaum waren sie aus dem Flur ins Wohnzimmer gelangt, rutschte einer der Polizisten aus und fiel auf den Rücken, weil der ganze Boden unter Wasser stand. Als ihm sein Kollege aufhelfen wollte, kam ein Kreischen aus einem der nicht einsehbaren Räume, dann flog eine Tür auf und eine nackte Frau stürzte sich auf sie, in jeder Hand ein Küchenmesser. Schimmer riss ihre Waffe aus dem Holster, sah, wie das Blut aus der Hand ihres Kollegen spritzte, dann drückte sie ab, drei Treffer in die Körpermitte, drei blutige Löcher, die die Frau nur noch mehr in Rage zu bringen schienen. In der Zehntelsekunde vor der nächsten Salve erblickte Schimmer plötzlich in der linken sowie in der rechten hinteren Ecke des Raums – in ihrem peripheren Gesichtsfeld, wie ein Psychiater ihr später erklären sollte – jeweils eine weitere Person, die teilnahmslos dastanden und die schreckliche Szenerie mit traurigem Blick betrachteten. Und obwohl Schimmer das Gefühl hatte, in blankem Horror zu erstarren, gab sie vier weitere Schüsse ab, unter denen die Angreiferin schließlich zusammenbrach. Während der unverletzte Kollege das Fenster aufriss und die Feuerwehrleute anherrschte, die Rettung zu holen, sah Schimmer, wie der Mann in der rechten Ecke verhalten winkte und verschwand.

Die folgenden Tage: in der späteren Erinnerung wie ein angsterfüllter Traum, Dienstfreistellung, Einvernahmen, Tatort-Rekonstruktion, dazu die Statusmeldungen aus dem AKH, wo die Frau nach mehreren Operationen um ihr Leben kämpfte. Himmel, war Schimmer froh, als ihr der Inspektionskommandant berichtete, dass sie über den Berg war, was für eine Heerschar an Schutzengeln musste man haben, wenn sieben Treffer in die Körpermitte das Herz verfehlten. Der Abschlussbericht fasste die Aussagen aller direkt Beteiligten sowie der Nachbarn, Verwandten und des Psychiaters zu folgendem Tathergang zusammen: Frau Z. hatte in der Nacht einen psychotischen Schub erlitten, im Zuge dessen sie zur Überzeugung geriet, dass ihre Wohnung in Flammen stand, worauf sie die Feuerwehr alarmierte, alle Wasserhähne aufdrehte und die Abflüsse verstopfte. Als die Polizei an die Tür hämmerte, war Frau Z. wohl davon ausgegangen, zusätzlich Opfer eines Raubüberfalls zu werden. Weshalb sie sich mit zwei Messern im Badezimmer versteckte, aus dem sie schließlich auf die vermeintlichen Eindringlinge losging, die in Wahrheit nur da waren, um sie davor zu bewahren, sich selbst etwas anzutun. Schimmer wurde von jeder Schuld freigesprochen, der Bericht betonte im Gegenteil, dass ihr reaktionsschneller Einsatz und präziser Waffengebrauch möglicherweise lebensrettend gewesen waren. Ihren Dienst quittierte sie dennoch drei Monate später – nachdem sich herausgestellt hatte, dass die seltsamen Besucher in der Wohnung der Frau keine einmalige Erscheinung blieben, sondern von nun an regelmäßig auftauchten.

15

„Philomena Schimmer!“, kam es aus dem Glaskobel, in dem Leutnant Eder ihr Büro hatte.

„Auweh, auweh“, merkte Bauer an, „Vorname plus Nachname in der Tonlage ... Hast du eure Hündin über ein gesurtes Feld laufen lassen und dann in ihren Volvo gepackt?“

„Spinnst du“, erwiderte Schimmer, die sich auf die Schnelle keines Vergehens entsinnen konnte, das einen Anschiss herausforderte. Dennoch verlor sie keine Sekunde auf dem Weg in die Höhle der Löwin.

„Welches Delikt können wir hier erkennen?“ Eder drehte ihren Bildschirm so, dass die eben eintretende Schimmer ihn sehen konnte. Also: einen offensichtlich von einem Handy aufgenommenen Film, der ihren eigenen Rücken zeigte, ihre rechte Hand, die eine Spraydose hielt und gerade das Ausrufezeichen am Ende von *Täglich frische Frauen!* an die Wand des Laufhauses in Lilienfeld sprühte. Verdammt, diese Aktion hatte sie so gut wie vergessen gehabt. Welcher Schuft hatte das gefilmt und sie denunziert?

„Ui“, stieß sie kleinlaut aus, „ahm, Sachbeschädigung, Vandalismus? Paragraf fällt mir jetzt gerade nicht ein, 126?“

„Mir wurscht“, herrschte Eder sie an, „ich sehe das Vergehen des unüberlegten und dilettantischen Aktionismus.“

„Ja.“

„Wenn ich so was mache! Und als Besitzerin des gefilmten Fahrzeugs wurde die Anzeige auch mir zugestellt. Wenn ich so was machen will, hypothetisch formuliert, dann parke ich den Wagen nicht am

Gehsteig daneben, wo jeder das Kennzeichen filmen kann. Oder?!“

„Nein.“

„Eben“, war Eder mit einem Schlag milder und gestattete sich zu Schimmers Überraschung sogar ein verhaltenes Grinsen. „Ich habe den Besitzer von dem Puff bezüglich der Reinigung auf 100 Euro heruntergehandelt, die Anzeige zieht er zurück, weil ... weil eben. Hat sich die Fahrt wenigstens in dienstlicher Hinsicht ausgezahlt?“

„Wohl“, antwortete Schimmer und zögerte. Mit der Theorie über die *Bergdoktor*-Folge herausrücken oder abwarten, was Michi und die Kollegen aus St. Pölten daraus machen würden? „Annika und ich sind da auf einen erstaunlichen Zusammenhang gestoßen ...“

„Ich höre.“

Bevor sie sich erneut nach Unterlengbach aufmachte, um mit dem Pfarrer und Karinas Mitschülerinnen zu sprechen, hatte sie eine Verabredung mit Sartoris geschiedenem Ehemann Franz Morell. Sie hatte eingewilligt, das Gespräch in seinem Haus in Baden zu führen. Warum sollte sie den angeschlagenen Mann mit einer erneuten Ladung ins BKA verstimmen? Wo es ohnehin keine offizielle Einvernahme eines Tatverdächtigen war und seine Wohnadresse zudem auf ihrem Weg in die Steiermark lag. Mulmig war ihr dennoch zumute, musste sie sich eingestehen, als sie ihren Wagen durch den zähen Verkehr am Gürtel steuerte. Nicht einmal ihre Pistole hatte sie bei sich. Verletzte sie mit solch einem Treffen nicht sogar die Dienstvorschriften, suchte ihre plötzliche Angst nach einer Ausrede, den Termin zu verschieben. Immerhin hatte der Mann häusliche Gewalt im Vorstrafenregister stehen.

Scheiß dich nicht an, erwiderte eine andere Stimme, als das Navi meldete, dass ihr Ziel hundert Meter vor ihr lag.

„Wissen Sie, wo Ihre Tochter ist?", ging Schimmer direkt auf den Mann los, nachdem er die Markise auf der Terrasse ausgefahren und sich ihr gegenüber in den Schatten gesetzt hatte.

„Was?", er sah sie verblüfft an und setzte ein seltsames Grinsen auf, das gleich wieder verfiel. „Natürlich nicht."

„Stimmt, sonst hätten Sie es uns ja gesagt, oder?"

„Ja, aber ... sind Sie jetzt auch von ..."

„Das Kompetenzzentrum für abgängige Personen ist eine eigenständige Unterabteilung des BKA ... aber ich bin nicht Teil der Ermittlungseinheit, die den Mord untersucht. Mir geht es vorrangig um Ihre Tochter, auch wenn es da ziemlich sicher einen Zusammenhang gibt. Nach dem wir gemeinsam suchen."

„Okay, dann ... also, wo waren wir?"

„Ich sagte, dass Sie es uns gesagt hätten, wenn Sie wüssten, wo Karina ist."

„Ja, natürlich."

„Jetzt nur als Spekulation", sagte Schimmer mit ihrer mildesten Stimme, „welchen Grund könnten Sie haben, uns den Aufenthaltsort Ihrer Tochter zu verschweigen?"

„Gar keinen", antwortete Morell sofort.

„Sie hatten Kontakt zu ihr."

„Wann?"

„Vor diesem ... Unglück."

„Ja, klar, sie ist meine Tochter."

„Sie gehen davon aus, dass sie lebt."

„Wie? Natürlich ... sonst ..."

„Das ist gut", sagte Schimmer.

„Wieso? Haben Sie eine konkrete, also haben Sie etwas gefunden, das ..."

„Nein, aber ich bin erfahrungsgemäß motivierter, wenn ich zuversichtlich bin, dass eine abgängige Person noch lebt."

„Ach so, ja, das klingt logisch."

„Wie oft haben Sie Karina persönlich getroffen?"

„Mindestens einmal die Woche, aber nicht nur sie ... ihren Bruder, Lukas, natürlich auch."

„Sie haben ihn nach seinem Onkel, Ihrem Schwager, benannt?"

„Ja, er ist sein Taufpate gewesen."

„Sind Sie gläubig?"

„Na ja, eher so wie die meisten, Taufe, Erstkommunion ... Das haben wir halt aus Tradition gemacht."

„War Ihnen das allen beiden wichtig?"

„Helena waren Kirche und Religion ... Sie hatte keinen Bedarf dafür, aber ihre Familie, ihre Eltern vor allem, die haben viel Wert darauf gelegt, und ich finde es eigentlich auch ganz schön, das Zeremonielle, das Gemeinschaftliche natürlich auch."

„Verstehe ... Wie haben Sie sich mit Ihren Kindern getroffen, in Unterlengbach? Waren Sie zu Hause bei ihnen?"

„Nein, ein-, zweimal schon, aber das wollte meine Frau eigentlich nicht und mir hat es ... es hat mir nicht gutgetan, sie zu sehen."

„Weil Sie sie immer noch geliebt haben?"

„Natürlich", Morell zuckte mit den Schultern und ließ es zu, dass sich seine Augen mit Tränen füllten. „Ich habe sie meistens nach der Schule abgeholt, dann sind wir spazieren gegangen oder einkaufen, am Wochenende auch einmal in Wien ins Kino oder in den Zoo, klassisches Scheidungskinder-Programm eben."

„Wenn Sie spazieren waren: Gab es da Orte, die Karina ausgewählt hat? Vielleicht Lieblingsplätze, die sie öfters aufgesucht hat? Wenn sie allein sein wollte zum Beispiel?“

„Dann hätte sie wohl eher ein Geheimnis daraus gemacht, oder?“

„Na ja“, meinte Schimmer, „ich kenne Fälle von Teenagern, die posten ein Bild und schreiben darunter: Hoffentlich findet nie jemand meinen geheimen Lieblingsplatz.“

„Auf diesem einen Blog oder was das ist, ich weiß inzwischen ja auch nicht mehr, wie das alles heißt, wo sie ein paar Fotos hineingestellt hat ...“

„Die habe ich gesehen, ja, schöne Bilder ... Das Handy hat sie von Ihnen bekommen, oder?“

„Ja“, antwortete Morell, „ihre Mutter, Helena war dagegen, weil ... was weiß ich, aber im Gymnasium ohne Smartphone, das geht nicht mehr ... Außerdem wollte ich in Kontakt zu ihr bleiben und da ...“

„Verstehe ich gut, ich könnte auch nicht mehr ohne sein“, sagte Schimmer, nachdem Morell mitten im Satz nicht mehr weiterzuwissen schien. „Aber Ihre Ex-Frau war da anderer Ansicht, oder?“

„Wie meinen Sie?“

„Sie hatte seit dem Umzug kein Handy mehr, im Haus gab es kein WLAN, und das Haus steht praktisch in einem Funkloch, das hat mich irritiert.“

„Das habe ich nicht gewusst“, sagte Morell, „also dass Karina manchmal Probleme mit dem Empfang hatte, schon, aber ... Was genau hat Sie da irritiert?“

„Ich habe mich gefragt, ob sie aus irgendeinem Grund ... gewissermaßen allergisch auf Elektrosmog geworden ist.“

„Verstehe ich nicht.“

„Ich ehrlich gesagt auch nicht ganz“, gab Schimmer zu, „ist auch nur so ein Hirngespinst, aber als ich mich ein wenig mit der Arbeit Ihrer Frau auseinandergesetzt habe, da bin ich schon ... Also wenn jemand wüsste, dass Handystrahlung sich in bestimmter Weise auf Körperzellen auswirkt, dann doch am ehesten jemand mit dem wissenschaftlichen Hintergrund Ihrer Frau, oder?“

„Ich kann Ihnen immer noch nicht ganz folgen ... Was hat das jetzt mit Karinas Verschwinden zu tun?“

„Gar nichts, wahrscheinlich gar nichts ... Ich versuche nur, all diese Teile in einen logischen Zusammenhang zu bringen. Auch die Sache mit den Tieren: die Enten, Hühner, Hasen ... Verstehen Sie das?“

„Vielleicht ... hat sie die als Möglichkeit gesehen, sich zu erden, in Verbindung mit der Natur zu treten oder was weiß ich, ehrlich gesagt, verstehe ich es auch nicht ganz, weil die Natur über den mikroskopischen Maßstab hinaus ja nie ihr Ding gewesen ist. Aber das hat sich vermutlich geändert. Warum gibt man sonst seine Stadtwohnung auf und zieht dorthin?“

„Wie sind denn Ihre Kinder mit diesem Umzug klargekommen?“

„Ach, für Karina ... Kinder passen sich ja schnell an, anfangs hat sie sich natürlich beschwert, wegen ihren Freundinnen aus der Volksschule vor allem, aber letztendlich hat es ihr ganz gut gefallen, mit den Tieren, dem riesigen Garten und dem Wald gleich hinterm Haus, da hat sie sich schnell vom Stadtleben verabschiedet gehabt. Und für Lukas war es offensichtlich auch kein Problem, der hat ja unten erst mit der Schule begonnen.“

„Wenn Ihre Tochter aus irgendeinem Grund von zu Hause wegläuft: Wo nimmt sie Ihrer Meinung nach dann am ehesten Zuflucht? In der Natur, in der Stadt, bei Freundinnen, bei Ihnen? Wie ist eigentlich ihr Verhältnis zu ihren Onkeln und ihrer Tante?“

„Eigentlich hat sie nur Maria öfters gesehen, zu den anderen hatte Helena nur selten Kontakt.“

„Maria ... Sie arbeitet als Ärztin, in München, oder?“

„Ja, im ... Jetzt hab ich den Namen vergessen.“

„Macht nichts. Wann hatten Sie zuletzt Kontakt zu ihr oder zu den Brüdern Ihrer Frau?“

„Pff“, Morell schaute in die Ferne, „telefoniert haben wir schon hie und da, aber gesehen ... Das ist sicher schon ein halbes Jahr her.“

„Ehrlich gesagt verwundert mich das ein wenig“, meinte Schimmer.

„Was genau?“

„Dass die Geschwister, vor allem Ihre Schwägerin, weiterhin in Verbindung mit Ihnen geblieben sind ... Immerhin war das keine freundschaftliche Trennung – wenn ich es beschönigend ausdrücke.“

„Nein, war es nicht. Und ich schäme mich heute noch dafür, wie ich ... Ich weiß ja selber nicht, was damals in mich gefahren ist, dass ich so die Kontrolle verloren habe. Aber Sie haben recht: Dass Maria, und auch die anderen mich da nicht sofort ... mit einem Bann belegt haben, ist tatsächlich erstaunlich.“

„Warum war das so, glauben Sie?“

„Möglicherweise, weil ich der ... Ohne meine Frau jetzt schlechtmachen zu wollen, aber ihr Familiensinn, ich wusste ja, wie sie war, dass da keine bewusste Abneigung bestanden hat, aber trotzdem ...“

„Sie waren also derjenige, der dafür gesorgt hat, dass das familiäre Band bestehen bleibt.“

„Ja, so kann man es schon sagen. Aber nicht aus Pflichtgefühl, mir war das wichtig, eigentlich habe ich Helena ja sogar beneidet um die vielen Geschwister, ich hatte nur einen Bruder und der ist jung verstorben, und da sind die Sartoris schon ... Ich mag sie, allesamt."

Als Schimmer zu ihrem Auto ging, sah sie in einem dunkelgrünen Skoda zwei Männer sitzen: Der auf dem Fahrersitz hatte den Kopf nach hinten gelegt und schlief mit halboffenem Mund, der andere war mit seinem Handy beschäftigt. Als Observationsteam: die Crème de la Crème des LKA, dachte Schimmer und erlag fast der Versuchung, ihren Ausweis zu ziehen und die beiden durch ein kräftiges Klopfen an die Seitenscheibe aufzuschrecken. Nein, im Worst Case war einer vom Typ Leitner dabei und erschoss sie.

Im Landeskriminalamt in Graz trafen derweilen die Mordermittler mit Kollegen aus dem Ermittlungsbereich für Raub und Einbruch zusammen. Zwei der am Tatort gefundenen, bislang nicht zuordenbaren DNA-Samples sowie ein Handabdruck passten zu Spuren, die unbekannte Täter bei Einbrüchen im südlichen Burgenland zurückgelassen hatten. Womit die Hypothese eines Raubüberfalls im Ranking der Ermittler plötzlich wieder ganz oben stand: eine Home Invasion, bei der alle Bewohner aus welchem Grund auch immer erschossen worden waren. Weil eines der Opfer den oder die Täter gesehen, vielleicht sogar erkannt hatte? Weil Frau Sartori die Herausgabe eines Sachgegenstands verweigert hatte, der für die Täter von großer Bedeutung war? Weil es sich um kaltblütige Räuber handelte, denen ein Menschenleben nicht mehr bedeutete als ein aufgebohrter Tresor? Dem widersprach zumindest teilweise der Modus

Operandi an den anderen Tatorten im Südburgenland: zwei Einfamilienhäuser, deren Bewohner auf Urlaub waren, wahrscheinlich über längere Zeit ausgekundschaftet – ein klassisches Eigentumsdelikt, bei dem es den Tätern auch darum gegangen war, nicht aufzufallen, auf keine Gegenwehr zu stoßen, weil solch ein Vorgehen langfristig erfolgreicher war; ein Einbruch, bei dem weder Sissis Kronjuwelen noch der Laptop des Innenministers gestohlen worden war: business as usual. Ging man von denselben Tätern aus, standen also zwei rationale, profitorientierte Einbrüche im Südburgenland einem völlig eskalierten Raub in Unterlengbach gegenüber. Bei dem es allem Anschein nach nicht einmal viel zu holen gegeben hatte. Weder schien Frau Sartori im Besitz wertvollen Schmucks gewesen zu sein, Kunstwerke oder teure Teppiche hatten sich nach Aussagen ihres Ex-Mannes auch nicht im Haus befunden, weshalb eine unbestimmte Menge Bargelds und der verschwundene Laptop die gesamte Beute zu sein schienen. Die darauf befindlichen Daten? Über deren Informationsgehalt und Wert konnten die Ermittler bislang nur spekulieren.

Schimmer erfuhr von diesen Entwicklungen, als sie gerade in Unterlengbach eintraf und einen Anruf von Michi erwiderte, der ihr offensichtlich entgangen war. Der Grund dafür trug den Namen *The Blaze*, das Album hieß *Dancehall*, und dieses unter 70 Dezibel abzuspielen war der Musik nicht würdig, wie Schimmer fand.

„Einwand 1: Wenn im Südburgenland Profis am Werk waren, wieso hinterlassen die einen ganzen Handabdruck?“

„Der Klassiker“, erwiderte Muster, „erhöhte Anspannung, steigende Nervosität, angeregte Verdauung, Täter geht aufs Klo, wo er ohne viel Nachdenken die Handschuhe auszieht … Die Abdrücke sind an beiden Tatorten im Bad gefunden worden, cool, oder?“

„Und wenn es sonst irgendwer war?“, stellte Schimmer die vorgetragene Hypothese in Frage.

„Was meinst du?“

„Ein Paketzusteller, Zeuge Jehovas, Installateur, Putzfrau, was weiß ich.“

„Da sind wir sowieso dran, aber zwischen Sartoris Haus und den anderen liegen fast hundert Kilometer, was den Kreis der in Frage Kommenden gehörig einschränkt.“

„Ich bin jetzt auf dem Weg zu diesem Pfarrer“, meinte Schimmer, „soll ich ihm heimlich eine DNA-Probe abnehmen?“

„Ha! Leitner hat mir so was erzählt von einer Pornoseite, Glory Holes im Beichtstuhl, die …“

„Jaja, Leitner“, fuhr Schimmer ihm ins Wort, „der muss für jeden geistigen Schmutz und jede Unsittlichkeit herhalten, die man weitererzählen möchte, ohne sie auf sich selbst zu beziehen.“

„Geistiger Schmutz und Unsittlichkeit, aha“, Muster hüstelte, „ist das dein Hineinversetzen in die Priestersprache?“

„Ach leck mich, soll ich ihm ein Härchen rupfen oder nicht?“

„Wenn du meinst“, Muster rief jemandem im Hintergrund etwas zu, „okay, ich halte dich auf dem Laufenden, pass auf dich auf.“

„Philomena, oh, schoner Name, was ich hatte Schwester in Nigeria, how you say, monastère, Klo, ja, Kloster!“, der Priester schüttelte ihr kräftig die Hand und führte sie durch den finsteren Flur der Pfarrkanzlei in sein Büro. „Yes, sister Philomena, very nice lady, god bless soul.“

„Oh, sie ist tot?“, entfuhr es Schimmer, als ob ihr diese Namensvetterin persönlich bekannt gewesen wäre.

„Ja, Malaria, dritter Tag tot, arme Seele, aber gut.“

„Ja, ich ... Sie wissen, was Frau Sartori und ihrer Familie zugestoßen ist?“, fragte Schimmer und wunderte sich gleich selbst über diese rhetorische Plattitüde. Wer im Umkreis von hundert Kilometern hatte davon nichts mitbekommen?

„Horrible, quel diable, sorry, ich falle immer Französisch, wenn emotional, Damonen, die so was machen, wissen Polizei schon, wer?“

„Nein, leider. Haben Sie Frau Sartori gekannt? Haben Sie mit ihr gesprochen? Oder mit einem der Kinder?“

„Oh ja, naturlich, das ist, a priests duty, you know, in moderner Welt viele fallen, aber Gottes Hande immer offen weit!“

„Gewiss“, pflichtete Schimmer bei, „worüber haben Sie mit ihr gesprochen?“

„Gottes Wort, the holy bible, ich gesagt, auch nicht gut, dass Frau alleine mit Kinder, it’s not, what he wanted us to be, child needs father and mother.“

„Ihr Vater und ihre Mutter haben in dem Haus gelebt.“

„Pardon?“

„The elder people, grand-père et grand-mère“, versuchte es Schimmer.

„Oh, yes, very nice, true beliefers, haben vier Kinder, benannt nach ...“

„Evangelisten", half Schimmer weiter, „und die Gottesmutter Maria."

„Ja, dass es noch gibt, wonderful."

„Hat Helena Sartori Ihnen auch etwas erzählt? Hat sie über ihre Arbeit gesprochen, oder über die Kinder?"

„Well, she seemed, ich dachte, sie viel Angst, nervous, also talked much about goose, ich verstanden nicht, warum."

„Goose? Gänse?", wunderte sich Schimmer.

„Ja, grey goose, she said, maybe she worried, vielleicht Angst, dass ... rotes Tier?"

„Rotes Tier? Der Fuchs? Sie hatte Angst, dass der Fuchs ihre grauen Gänse stiehlt? Aber neben dem Haus waren nur Hühner, Enten und Hasen, chicken, ducks and rabbits."

„I know, delicious", meinte der Priester, „but sometimes you see a white goose, glaubst du weiße Gans und in Wahrheit ist weiße Ente."

„Ist das ... aus der Bibel? Ein Gleichnis?"

„No, nom de dieu, some ducks look like goose, das ist alles."

„Okay", Schimmer räusperte sich, „Sie sagen, dass Frau Sartori nervös war und Angst hatte, ja?"

„Ja."

„Was war mit ihren Eltern, und den Kindern? Waren die ... They also looked frigthened?"

„No, I don't think, alte Frau, maman sehr krank, ruhig, und Mann viel Wein, aber nicht böse, no reason to kill them, oder?"

„Nein", erwiderte Schimmer, „und Karina? Wissen Sie etwas über sie?"

„Nette Madchen, ja, schuchtern, sagt man, oder?"

„Schüchtern? Ja, das soll sie gewesen sein."

„Vielleicht sie gesagt: great goose, no?", schien den Priester die graue oder große Gans nicht loszulassen.

„Vielleicht", stimmte Schimmer zu. Aber was machte das schon für einen Unterschied.

16

Ich hasse diesen Papierkram. Auch Michael Muster gab regelmäßig vor, dass ihm kaum etwas so zuwider war wie das Abfassen von Berichten. Doch im Gegensatz zur stereotypen Phrase – die vor allem dazu diente, sich als harter Straßenbulle vom weichen Schreibtischbeamten abzuheben – schätzte er das Verschriftlichen von Ermittlungsergebnissen sehr. Es ließ das aufgewühlte Sediment in seinem Gehirn sich setzen, es war darin fast so effektiv wie das Meditieren, dem er sich vor zwei Jahren zugewandt hatte, es brachte Ordnung in die Ereignisse und Fakten, über die man gerade in komplexen Fällen wie diesem leicht den Überblick verlieren konnte. Hier die ersten Verdächtigen nach Wahrscheinlichkeit ihrer Täterschaft: unbekannte Einbrecher, die zuerst ohne Personenschaden in Einfamilienhäuser im Südburgenland eindrangen, geraume Zeit später in das Haus der Sartoris und dort aus bislang unbekanntem Grund die gesamte Familie ermordeten; zweitens der Ex, Franz Morell, Motiv unklar, möglicherweise eben irgendwo im Ex-Sein verankert. Möglich war auch ein Zusammenhang mit Helena Sartoris Arbeit als Molekular-Medizinerin; möglich, aber allein aufgrund der Alibis wenig wahrscheinlich war eine Verstrickung der drei Geschwister. Samt den wechselseitigen persönlichen Beziehungen, die er wie in einem Stammbaum strukturierte, sah das in Musters Augen schon einmal nach einer passablen Struktur aus. Er kannte allerdings auch die Kehrseite solch gewissenhaften Modellierens: die Eigendynamik der Wörter, Sätze und Linien, die zu einer schlüssigen Geschichte finden wollten, weil Chaos und Widersinn dem Denken, seinem Denken, nicht gefielen. Umso mehr musste er achtgeben, wenn sich Fakt auf Fakt allzu schnell zu einer harmonischen, wenngleich tragischen Erzählung fügten. Ja, erfahrungsgemäß, statistisch erwiesen, war in den meisten Tötungsdelikten der erstbeste Verdächtige auch der Täter. Wenn die Ehefrau aus Simmering erdrosselt im Schlafzimmer lag, suchte man eben nicht zuerst nach einem Auftragskiller der Yakuza. Doch hier, im Fall Unterlengbach, da wusste er, nein, da vermeinte er zu wissen, dass, verdammt: Was wusste er denn wirklich? Nach sechs konzentriert getippten Seiten stand er vom Schreibtisch auf und ging zum offenen Fenster, um seinen Kopf auszulüften. Was konnte er über ihren ersten Verdächtigen, Franz Morell, schon sagen? Dass er seine Ehefrau, das spätere Mordopfer, vor einigen Jahren im Zuge familiärer Auseinandersetzungen einige Male geschlagen hatte. Dass er sich weder davor noch danach etwas hatte zuschulden kommen lassen – wenn man darunter das verstand, was in einen Ermittlungs- oder Gerichtsakt Eingang findet: keine Verletzung des Betretungsverbots, kein Kindesentzug, kein Stalking. Darüber hinaus gab es keine Indizien für seine Anwesenheit am Tatort zur Tatzeit. Dass sein Handy zu besagter Zeit nirgendwo eingeloggt war, daraus konnten sie ihm keinen Strick drehen; Akku aus, das war bei dem, was die Smartphones an Strom wegfraßen, wesentlich glaubwürdiger, als es etwa noch bei seinem ersten Nokia gewesen war, das eine ganze Woche ohne Laden ausgekommen war. Und zu guter Letzt ließ auch die Frage nach dem Motiv keinen eindeutigen Schluss zu. Zwar fiel Morell beziehungsweise seiner Tochter Karina die Lebensversicherung zu, doch diese war vor gut zehn Jahren abgeschlossen und vermutlich aus Nachlässigkeit nicht umgeschrieben worden;

außerdem verfügte Morell selbst über ein ansehnliches Vermögen. Was Muster jedoch am meisten davon abhielt, Morell für den Täter zu halten, war dessen Verhalten. Denn wie gingen diese Menschen vor, die ihre ganze Familie auslöschten? Entweder töteten sie sich gleich anschließend selbst. Oder sie stellten sich, um ihre Tat zu präsentieren, aus Reue oder Selbstmitleid – Muster hatte tatsächlich schon den Satz vernommen: Ich habe alles verloren – oder auch im Sinne einer narzisstischen Demonstration: Seht her, wie ich mich räche, wenn man mich dermaßen kränkt, das habt ihr jetzt davon. Nichts davon war bei Morell der Fall. Was keinem Alibi gleichkam, aber aus Sicht sowohl der Ermittlungseinheit als auch des Staatsanwalts eine U-Haft nicht zwingend erforderte. Er wurde observiert, sein Telefon abgehört, das musste fürs Erste reichen. Also weiter zu den Spuren, die den Tatort in Unterlengbach mit zwei Einfamilienhäusern im Südburgenland verbanden. Dass Täter von Einbrechern zu Räubern zu Mördern werden, kam vor; die schiefe Bahn hieß schließlich so, weil es auf ihr auch moralisch und empathisch nur bergab ging. Also Täter, die ob der mickrigen Beute ausgezuckt und in einen Blutrausch geraten waren? Aber was hat man sich schon zu erwarten von einer Familie, die in einer aufgelassenen Schule neben einer improvisierten Kleintierzucht lebt und in der Auffahrt einen zehn Jahre alten Škoda Octavia stehen hat? Und hier drängte sich die Frage auf: Hatte es etwas gegeben, von dem sie bislang nichts wussten? Ging es womöglich gar nicht um materielle Werte, sondern um Informationen? Um solche, die per se einen hohen Wert darstellten? Forschungsergebnisse, Patente, irgendetwas aus der Ecke? Oder Informationen, die jemanden korrumpieren, erpressbar machen konnten und die Sartori auf ihrem Laptop gespeichert gehabt hatte, der nun verschwunden war? Allerdings war Sartoris Arbeitsplatz nach ihren bisherigen Erkenntnissen kein Hochsicherheitslabor gewesen, in dem an etwas gebastelt wurde, das einen dritten Weltkrieg entscheiden könnte. Hier dürfte es kaum eine Millionen-Dollar-Formel auf einem Chip geben, dem Geheimdienste und private Söldner nachjagten. Ein Chip? Eingepflanzt im Nacken eines unauffälligen elfjährigen Mädchens? Noch besser: in der Ferse, wie bei diesem Jungen aus dieser Serie aus den Achtzigern, deren Name Muster nicht einfallen wollte? Jetzt musste er über sich selbst lachen, nein, er würde diese Spekulation nicht in seinen Bericht aufnehmen, nicht in diesen Worten. Er nannte es potenziell sensibles respektive hochprofitables Datenmaterial. Dessen Besitz auch zur Erklärung beitragen konnte, warum Helena Sartori in verschiedenen Aussagen als scheu, schreckhaft, nervös oder ängstlich bezeichnet worden war. Dazu passten auch zwei verschiedene Tranquilizer und ein angstlösendes Neuroleptikum, das sie in ihrer Hausapotheke vorrätig gehabt hatte. Doch was hieß das heutzutage schon. Er selbst hatte vor zwei Jahren im Zuge einer stressbedingten Angststörung Wellbutrin verschrieben bekommen – allerdings nach zwei Wochen wieder abgesetzt, weil es seine Libido auf null heruntergefahren hatte. Philomenas posttraumatische Belastungsstörung war neben ihrem Aufenthalt im Otto-Wagner-Spital ebenfalls mit Psychopharmaka therapiert worden. Sogar Leitner, der Pleistozänpolizist, hatte in seiner Schreibtischlade eine Packung Xanor. Kein Wunder, dass in jedes profitable Anlageportfolio auch Aktien der Pharmaindustrie gehörten, diese globalen Konzerne, reicher als ganze

Staaten und Regierungen, die sie nach Belieben schmierten und manipulierten, er musste nur an die Doku über Malaria denken, die er jüngst gesehen hatte, ja, über Leichen gingen die zweifelsohne, diese Schweinebande, okay, zurück zum Tatort: die Holzbrüstung am Balkon vor Karinas Zimmer. Hier hatten die Forensiker neben Textilfasern auch Hautabrieb gefunden, der sich nur schwer durch gewöhnliches Abstützen erklären ließ. Konnte heißen, dass das Mädchen regelmäßig über den Balkon ausbüxte. Um mit elf Jahren zehn Kilometer zur Highheels-Party einer Großraumdisco zu spazieren? Um ihr Pony zu einer Waldlichtung zu führen, wo es sich in ein Einhorn verwandelte? Aber es gab kein Pony, nur Hühner, Hasen, Enten, auch keine Graugänse, von denen dieser Pfarrer erzählt hatte, den Philomena getroffen hatte. Der laut ihrer Beschreibung weniger Ähnlichkeit mit einem Prediger als mit einer verrückt gewordenen Übersetzungssoftware hatte, aber halt: Konnten Computer denn überhaupt verrückt werden? Verdammt, er driftete nur mehr ab, langsam reichte es mit dem Nachdenken, nur noch kurz: Karina, am Balkon. Sie haut nicht unerlaubt ab, sie flieht in Panik. Weil sie die Schüsse gehört hat? Ihre Mutter, die im Todeskampf nach oben schrie: Lauf, Karina, lauf! Also klettert sie über die Brüstung, hängt ein paar Sekunden in der Luft, traut sich nicht loszulassen, bis die Kraft sie verlässt, plumps, landet in der Wiese, und dann?

Sie hatte eben das Telefonat beendet, in dem sie Michi über ihre Gespräche in Unterlengbach informiert hatte, als eine Nachricht auf ihrem Handy eintraf. *Hallo Philli, bin für zwei Tage in Wien, Lust auf ein Treffen? Bussi Magda*. Magda. Schimmers Herz klopfte heftiger, ihr

Magen zog sich zusammen, Gänsehaut auf ihren nackten Unterarmen. Diese Reaktion war weniger dem Menschen Magda geschuldet als vielmehr den Umständen, unter denen sie sich kennengelernt hatten. Herbst 2016, Pavillon 18 des Otto-Wagner-Spitals, Tagesklinik der psychiatrischen Abteilung. Wenige Tage nach der Horrornacht in der Goldschlagstraße hatten sich bei Schimmer die Symptome eingestellt, die solch ein Erlebnis oftmals mit sich bringt: Albträume, Angstzustände, Panikattacken mit plötzlicher Übelkeit und Schwindel; Flashbacks, die sie abends vor dem Fernseher genauso heimsuchen konnten wie im Supermarkt vor dem Kühlregal. Ganz normal, eine angemessene, damit sogar gesunde Reaktion, hatte der müde Psychiater gemeint, der sie und ihre Kollegen in solchen Fällen betreute. Leider half ihr diese Information wenig bis gar nichts. Im Zustand der Todesangst, der täglich mehrmals über sie kam, war kein Platz für rationale Verhandlungen. Sie glaubte zu sterben oder verrückt zu werden, mehr als einmal ging sie vor der Notaufnahme des Wilhelminenspitals auf und ab, sehnte sich nach Hilfe, nach Erlösung, gleichzeitig fürchtete sie, dass man sie niederspritzen und an ein Bett fesseln würde. Ihrer Schwester Thalia war es schließlich zu verdanken, dass Schimmer sich freiwillig ins Otto-Wagner-Spital begab, wo sie nach einem kurzen stationären Aufenthalt ins therapeutische Programm der Tagesklinik aufgenommen wurde. Sechs Frauen und fünf Männer waren in ihrer Gruppe gewesen, das Spektrum reichte vom bipolaren Gärtner über die Managerin mit Burn-out bis hin zum schizoiden Studenten und der Anatolierin, die jahrelange eheliche Gewalterfahrungen und zwei Suizidversuche hinter sich hatte. Magda war aufgrund einer depressiven Episode mit psychotischen Symptomen dort gewesen. An Schimmers erstem Tag – zwischen subtiler Hoffnung und tiefer Verzweiflung schwankend, saß sie schon um halb acht Uhr morgens in einem Korbsessel im Aufenthaltsraum und las die *Gala* – trat Magda wie selbstverständlich an sie heran, stellte sich vor und lud sie ein, sich zu den anderen bereits Anwesenden an den Tisch zu setzen. Überzeugt davon, dass die Frau eine Pflegerin oder Therapeutin wäre, folgte Schimmer der Einladung und fand sich bald in einem furchtlösenden Gespräch wieder. Vor allem war sie erleichtert, wie normal diese Menschen wirkten. Erwartet hatte sie in sich gekehrte, verstörte oder auch aggressive Außenseiter; doch das Grüppchen hier konnte binnen Minuten eine wesentlich warmherzigere Atmosphäre erzeugen, als es ihre Kollegen bei der Polizei je zustande gebracht hätten. Am Ende der ersten Woche fühlte sie sich ihren Mitleidenden bereits so verbunden, dass der Ausblick auf zwei Tage ohne sie ihr Angst machte. Und wiederum war es Magda, die ihr am Rande der Verzweiflung eine Hand reichte, fragte, ob sie am Wochenende Lust auf einen Spaziergang oder Kinobesuch hätte, bevorzugt Hollywood mit Happy End. Sie sahen sich *Findet Dorie* an, am Schluss hatte jede eine Packung Taschentücher aufgebraucht – dass sie davon immer genug mit sich führen sollte, war Schimmer im Pavillon 18 schnell klar geworden. Mit einer eindeutigen Diagnose taten sich die behandelnden Psychiater und Psychologen schwer bei ihr. Die Kennzahl F 43.1 aus dem internationalen Manual für psychische Störungen wies ihr zwar eine klassische PTBS zu, doch als Schimmer sich im therapeutischen Einzelsetting erstmalig über ihre Halluzinationen zu sprechen traute, musste diese Klassifizierung adaptiert werden. Wie klar waren denn diese Menschen, die ihr erschienen? Konnte sie sofort erkennen, dass es sich um keine realen Personen handelte? In welcher Distanz, wo in ihrem Gesichtsfeld traten sie auf, nahmen sie Kontakt auf, sprachen sie zu ihr, hatten sie wiederkehrende Eigenschaften, und so weiter. Weil sie von einem typischen, druckhaften Schmerz in den Schläfen berichtete, der diese Erscheinungen oft begleitete, wurde sie auf Marker für Epilepsie und Migräne untersucht, EEG, MRT und CT, ein Augenarzt, der nach Indizien für das Bonnet-Syndrom suchte. Nach zwei Monaten wusste Schimmer, dass es viele Erklärungen für ihre Zustände gab, aber keine, die sich passgenau deckten. Neben den typischen Ausflüchten, dass die Seele ein weites Land und die Psyche ein großteils unerforschtes Gebirge wäre, teilten ihr die Ärzte aber auch Erfreuliches mit: kein Gehirntumor in Sicht, auch keine Entzündungsherde, darüber hinaus hielt man sie weder für schizophren noch sonst wie hochgradig abnorm. Nur weil man keine Psychosen hat, kann man also trotzdem Geister sehen, hatte sie dem Psychiater geantwortet. Ah, sehr gut, Ihr Humor kehrt wieder, hatte der gemeint; ja, gut zwei Monate nachdem sie einer nackten Frau, die mit zwei Küchenmessern auf sie losgegangen war und obendrein zwischen zwei Gespenstern gestanden war, ein halbes Magazin in den Oberkörper geschossen hatte, konnte sie tatsächlich wieder lächeln. Von einer Rückkehr in die Normalität konnte zu diesem Zeitpunkt allerdings noch keine Rede sein. Zum Ersten, weil die bloße Vorstellung, die Uniform anzuziehen, sie zittern und panisch werden ließ. Zum Zweiten, weil sie in ihrer depressiven Verstimmtheit zwar pausenlos darüber grübelte, was sie in der Vergangenheit alles falsch gemacht hatte und was sie in Zukunft besser machen sollte, dabei jedoch nie auf einen Lebensentwurf traf, der ihr gefiel. Und zum Dritten, weil das Konzept von Normalität, das sie bislang im Großen und Ganzen mit der Mehrheit der Gesellschaft geteilt hatte, zerbrochen war. Schließlich schaute sie aus den Augen dieser irrealen Besucher plötzlich der eigene Wahnsinn an, eine neue, verrückte Wahrheit, die sie nur mit denen teilen mochte, die selbst als Wahnsinnige angesehen wurden oder solche behandelten. In der Tagesklinik war sie damit gut aufgehoben, doch der Aufenthalt war auf drei Monate begrenzt, und danach? Eine bewährte Kombination aus Medikamenten und Psychotherapie, im Rahmen einer engmaschigen Betreuung, hieß es in einer vierseitigen Infobroschüre, die über das Integrieren psychischer Erkrankungen in den Alltag aufklärte. Schimmer wollte sich aber nicht als krank ansehen, schon gar nicht für immer; dem Psychiater, der bei ihrer Entlassung meinte, ihre Zustände wären womöglich eine *lifetime disease*, hätte sie am liebsten den Mittelfinger gezeigt. Ein paar Wochen später entschuldigte sie sich in Gedanken bei ihm, weil sie nun zu verstehen glaubte, was er gemeint hatte: annehmen, ohne zu resignieren, sich liebend begegnen, das ganze Blabla aus der Fach- und Lebenshilfe-Literatur, die sie sich besorgte. Also spricht der Weise: Wenn du in eine kriegerische Haltung zu dir selber trittst, wirst du deine individuelle Besonderheit zerstören – haha, Halluzination als persönliche Bereicherung oder wie? Letztendlich blieb ihr nichts anderes übrig, als sich ihr eigenes Bewältigungsmodell zu erstellen. Sie mixte Schulmedizin, Esoterik und schamanische Weisheiten, machte Schluss mit Alkohol und Zigaretten, besann sich auf gesunde Ernährung und viel Bewegung, stand mit 31 Jahren in ihrer nach heilsamen ätherischen Ölen duftenden Singlewohnung und befragte das I-Ging, ob Yogamatte, Stangensellerie und imaginäre Gäste das letzte Kapitel in ihrem Leben wären. Und dann stand eines Tages Michi auf der Matte, der vergleichsweise spießige Ex, von dem sie angenommen hatte, dass er längst ihre Nummer gelöscht und ihren Namen vergessen hatte. Hatte ihn die neue Superfrau abserviert? Nein, nicht die Spur, verheiratet und Vater einer Tochter. Also was? Er war schlichtweg in Verbindung geblieben, indirekt, über ihre Schwestern und ihre Mutter, er wusste Bescheid, außerdem hatte er kürzlich mit der Leiterin des Kompetenzzentrums für abgängige Personen gesprochen. Die suchte immer wieder nach Leuten mit besonderen Fähigkeiten, wobei sie inoffiziell Frauen den Vorzug gab. Und was bitteschön soll an mir besonders sein?, hatte sie ihren Ex gefragt. Dann hatte er *alles* gesagt oder *sehr, sehr viel*, irgendetwas Kitschiges, das dazu geführt hatte, dass sie in Tränen ausbrach und eine halbe Stunde lang den aufgestauten Kummer vieler Wochen herausließ.

17

„Hast du dich eigentlich jemals gefragt, ob es deine ... Besucher wirklich gibt?", fragte Magda und schloss ihre Hände um die riesige Teeschale, die Schimmer ihr gereicht hatte.

„Contradictio in adiecto", sagte Schimmer geziert, „dass sie außerhalb der allgemein anerkannten Wirklichkeit wohnen, war mitverantwortlich für meine Aufnahme in den elitären Club des Pavillons 18."

„Ja, nein, ich meine: ob sie immer Projektionen tatsächlich existierender Wesenheiten ... sozusagen wirkliche Geister sind."

„Wenn uns wer reden hört", Schimmer grinste, „muss er nicht lange raten, woher wir uns kennen."

„Na ja", brachte Magda ein, „ich bin heute im Zug einem Pensionistenpärchen gegenübergesessen, das sich wie in Zeitlupe darüber unterhalten hat, welche Menüs es in ihrem Freibadrestaurant regelmäßig gibt: Puten...streifen...salat, Rahm...geschnetzeltes, Cevap...cici, Scholle ... gebacken, Sonntag ... Tafel...spitz, und neuerdings so afrikanische Eintöpfe, weil die zweite Köchin eine Ne...ge...rin ist ... Nach einer halben Stunde habe ich geglaubt, ich sitze bei einer Probe für eine Performance im Akademietheater, völlig irre."

„Alles eine Frage des Standpunkts, wie uns ..."

„Frau Doktor Seisenbach immer wieder eingebläut hat", ergänzte Magda.

„Hast du eigentlich noch Kontakt zu den anderen?", wollte Schimmer wissen.

„Nur zu Sarah und Stefan ... du?"

„Nein, gar niemand, also außer dir ... Ich hab eh ein schlechtes Gewissen, weil ich nie abgehoben habe, wenn wer angerufen hat, und immer irgendwelche Ausreden, wenn ... Ich kann das irgendwie nicht voneinander trennen, die Zeit da oben, wo es mir oft wirklich beschissen gegangen ist, das löst automatisch so eine Beklemmung aus, da reicht es schon, wenn ich auf den Steinhofgründen laufen gehe und an unsere Morgenaktivierung denke ... obwohl das ja eh immer ein Highlight war."

„Ich sage nur: Atlantis!", meinte Magda.

„Cindy aus Honolulu!", ergänzte Schimmer, worauf sie beide in Lachen ausbrachen.

Hintergrund dieser Erheiterung war eine Mitpatientin, Anke, die sich nach jahrelang wiederkehrenden Depressionen samt psychosomatischen Beschwerden zwar einigermaßen gefangen hatte, dabei allerdings völlig in der Esoterik verloren gegangen war. Und als Samuel, der schizoide Student, bei einem Morgenspaziergang über Knieschmerzen geklagt hatte, bot Anke an, ihn mit ihren Lichtwerkzeugen zu behandeln. Was darunter zu verstehen wäre, hatte Magda interessiert nachgefragt. Also klärte Anke die Gruppe darüber auf, dass es auserwählte Personen gäbe, die in Kontakt zu den Erzengeln oder zu aufgestiegenen Meistern treten könnten und von diesen Botschaften erhielten – zur Errettung des Planeten, zur Rückkehr des Liebesglücks oder auch nur zur Heilung von Knieschmerzen. Eine besonders auserwählte Frau, Cindy aus Honolulu, hätte überdies von Meister Lantos einen Bauplan erhalten, wie die Heilwerkzeuge aus Atlantis wiederherzustellen wären, die sie nun zum Wohle aller Verständigen über ihren Internetshop vertrieb. Schimmer hatte sich noch am selben Abend schlaugemacht und herausgefunden, dass es dieses ominöse Zeugs tatsächlich gab: eine faustgroße Glaspyramide, ein überdimensionierter Ring und ein Zauberstab mit viel Pling-Pling, sah alles aus wie die Beigaben zu einem *Prinzessin-Lillifee*-Heft, kostete allerdings knapp 500 Euro; dafür ließ sich über Cindys Konto immerhin eine direkte Verbindung zur Quelle aller Schöpfung herstellen. Als Samuel wissen wollte, wie genau die Heilung seines Knies im medizinischen Sinne vonstattenginge, brachte Anke Quantenfelder und feinstoffliche Aktivitäten ins Spiel, worauf Samuel trocken erwiderte, dass er es zuerst mit der Pferdesalbe von dm um 2,95 probieren würde.

„Aber noch irrer war ja ihre Erzengelanrufung!", sagte Magda, als sie beide wieder sprechen konnten.

„Zedekiel, zefix!", rief Schimmer aus, und erneut flossen Tränen in Erinnerung an eine Beschwörungssession, zu der Anke in einer Mittagspause heimlich in den Ergotherapieraum geladen hatte. Zu acht lagen sie auf Gymnastikmatten und lauschten über eine Bluetooth-Box einer nicht mehr ganz jungen weiblichen Stimme mit starkem bayrischen Dialekt. Diese wies sie an, die Augen zu schließen und im Geiste rundum einen Kreis aus verschiedenfarbigen Schwertern zu errichten. Jedes dieser Schwerter würde ihnen freundlicherweise von einem der Erzengel zur Verfügung gestellt, welche die Berechtsgadenerin mit einer bellenden Beschwörung anrief: Zedekiel!, Zalathiel!, Anael! Bei Raphael flüsterte Simona, das bipolare, anorektische Nesthäkchen der Gruppe, ein wenig zu laut: Zefix no amoi!, was den heiligen Ernst der Situation gehörig unterlief.

„Mich wundert ja, dass noch niemand auf die Idee gekommen ist, so eine Reality-Soap oder Casting-Show zu gestalten: Pavillon 18, wer ist Österreichs Superirrer!", meinte Magda.

„Inklusive Autoaggressionstest, Impulskontrolle und Haldol-Verträglichkeitsprüfung ... Dem Gewinner winkt eine Lichtreise nach Atlantis."

„Nimmst du eigentlich noch was?“

„Nein“, sagte Schimmer, „also bei Bedarf schon, wenn ich nicht schlafen kann oder mich die Angst ... Aber das habe ich inzwischen ganz gut im Griff. Das Seltsame ist ja: Mit den Seroquel war ich meine Besucher los, was grundsätzlich super sein sollte. Andererseits ...“

„Bist du nicht mehr ganz du selbst“, brachte Magda es auf den Punkt.

„Das trifft es, ja ... wobei ich manchmal schon ganz gerne ... so richtig normal wäre.“

„Kenn ich ... aber was du mir so von deiner älteren Schwester erzählt hast, zwei Kinder, Top-Job, Haus im Grünen ... das ist ja nicht zwangsläufig der Weg ins Glück.“

„Im Gegenteil“, stellte sich Schimmer gerade Nemos Garten vor. „Kirschlorbeer- und Thujenhecken sind bestimmt ein botanisches Symptom für irgendwelche Neurosen ... Außerdem finde ich meine Erscheinungen manchmal sogar ganz praktisch.“

„Putzen Sie dein Bad?“

„Oh“, meinte Schimmer peinlich berührt, „ist es so schlimm?“

„Überhaupt nicht“, beschwichtigte Magda, „echt nicht, war ein Scherz.“

„Ein Putzpumuckl zum Verleihen“, sinnierte Schimmer, „egal, auf jeden Fall war ich vor drei Tagen in Unterlengbach, bei diesem Tatort, und da war dieser Mann am Waldrand.“

„Jetzt in echt oder ...“

„Bin ich mir nicht sicher ... Auf die Distanz ist das nicht immer klar.“

„Aha“, Magda sah Schimmer skeptisch an, „und was machst du, wenn so was beim Autofahren passiert?

Vollbremsung bei 130, weil jemand auf der Fahrbahn steht? Da bekommt das Wort Geisterfahrer gleich eine ganz neue Dimension."

„Passiert nicht", antwortete Schimmer bestimmt, „im Ernst, solange mein Hirn fokussiert und nicht allzu gestresst ist, halten die sich fern ... bisher zumindest."

„Noch ein Argument mehr, die Bahn zu nehmen", brachte die leidenschaftliche Zugfahrerin Magda ein, „sorry, was war mit diesem Mann?"

„Er ist dagestanden, hat eine Zeitlang in meine Richtung geschaut, mir zugewunken und ist dann im Wald verschwunden. Nach dem Mittagessen bin ich zu der Stelle hin und habe einen Hochstand entdeckt."

„Kommt jetzt was Grausiges?", fragte Magda mit gespieltem Entsetzen.

„Nein, überhaupt nicht. Nur hat dieser Hochstand dadurch eben eine besondere Bedeutung gewonnen."

„Aha, inwiefern?"

„Hm? Na weil ... Stell dir vor, der Mann war nur eine meiner Erscheinungen und der Hochstand spielt plötzlich eine entscheidende Rolle in diesem Fall."

„Tut er das?"

„Weiß ich nicht", gab Schimmer zu und bemerkte, wie esoterisch sie sich anhören musste. „Egal, ist halt so eine Form von ..."

„Sinn", ergänzte Magda, „keine Sorge, ich versteh dich völlig ... Wie sollten wir das alles aushalten, wenn wir keine tiefere Bedeutung finden. Hilfreiche Geister ist eh ziemlich super, gratuliere, Philli."

18

Es war nicht Eders Art, ihre Mitarbeiterinnen in deren Freizeit mit dienstlichen Angelegenheiten zu behelligen. Und Privates teilten sie sowieso nicht. Entsprechend erstaunt war Schimmer, als sie am Sonntagmorgen kurz nach neun den Namen ihrer Chefin am Handydisplay sah.

„Keine Sorge, Philomena, es stehen weder Überstunden an noch ein Rüffel aus dem Innenministerium wegen deiner ... feministischen Großtat“, entschärfte Eder Schimmers Befürchtungen, ohne dass diese geäußert worden wären. „Ich wollte dich nur über die Ergebnisse in Lilienfeld informieren, bevor du’s aus dem Internet erfährst.“

„Ah“, meinte Schimmer, „okay ... und was ...“

„Der Haslauer ist gefunden worden, hat sich aller Wahrscheinlichkeit nach umgebracht. Es gibt einen Abschiedsbrief an seine Frau, in dem er ihr mitteilt, was er vorhat, wo sie ihn findet und was sie machen soll, damit sie die Lebensversicherung bekommt. Es war allerdings keine seltene Alzheimerform wie beim *Bergdoktor*, sondern die Bauchspeicheldrüse.“

„Krass“, warf Schimmer ein, „und sie hat ihn selber vom Baum geknüpft?“

„Nein“, erwiderte Eder und machte eine Pause, vielleicht, um Schimmer raten zu lassen.

„Der Bergretter.“

„Richtig, wie kommst du jetzt darauf?“ Eder klang leicht enttäuscht.

„Als ich mit ihm geredet habe, hat er irgendwas gesagt, oder vielmehr war es in seiner Mimik, dass ich mir gedacht habe: Der weiß mehr, als er zugeben will, vielleicht hat er sogar eine Affäre mit der Haslauer.“

„Das hast du jetzt gerade erfunden.“

„Großteils, ja“, gab Schimmer zu, „aber die Auswahl ist auch nicht sehr groß: Es musste jemand Vertrauter sein, außerdem eine kräftige Person, die sich im Gelände auskennt und sich vor einer Leiche nicht fürchtet.“

„Chapeau! ... Na gut, das wollte ich dir mitteilen, gute Arbeit. Sonst alles in Ordnung?“

„Ja, alles bestens“, beantwortete Schimmer diese rhetorische Schlussfrage.

Verrückte Welt. Der Drehbuchautor, dem zur hundertsten Folge einer Serie nichts mehr einfallen will, ruft womöglich seine Bekannten bei Bergrettung und Polizei an, damit sie ihn mit realen Fällen inspirieren; und der todgeweihte Ehemann findet in der dramatisierten Form solcher Wirklichkeit – beim *Bergdoktor!* – eine Vorlage, um sich so umzubringen, dass seine Frau die Lebensversicherung ausbezahlt bekommt. Mit einer Scheibe Toastbrot, die eine dicke Schicht Erdnussbutter plus Orangenmarmelade trug, trat Schimmer an das Regal heran, das ihre Küche vom Wohnbereich trennte. Ein paar hundert Bücher, gut drei Meter DVDs aus der Prä-Streaming-Zeit. Um einen Fall aufzuklären: musste man nur genug Geschichten über menschliche Konflikte lesen, nur ausreichend Filme gewaltvollen Inhalts sehen? Oder würden einen die Mechanismen dieser fiktiven Erzählungen, die Rätsel und Irrwege, die falschen Verdächtigen und gewollten Verzögerungen, zwangsläufig auf die falsche Fährte schicken? Würde einen die Ästhetik des inszenierten, stilvollen Verbrechens blind machen für die Banalität des primitiven Mordes? Gab es etwas, das alle Verbrecher verband?

Franz Morell. Er wusste, wo seine Tochter Karina war. Davon war Schimmer überzeugt, ohne sagen zu können, warum oder woher sie diese Gewissheit hatte. Sonst hätte sie wohl planmäßiger vorgehen, ihn dazu bringen können, sich ihr zu öffnen, zu gestehen, oder? Und schon poppten wieder diese miesen Minderwertigkeitsgefühle auf: Als echte Kriminalpolizistin taugst du halt nichts, sieh's ein, nicht zum *thinking*, sondern zum *fucking outside the box* hält Michi dich, vielleicht auch aus Mitleid, von wegen ein Paar frischer Augen, das eine ungewohnte Perspektive bieten könne, eine Datenklauberin und Klinkenputzerin bist du, auf dem Abstellgleis der geschützten Werkstätte Kompetenzzentrum, halt jetzt die Schnauze, keifte Schimmer ihre innere Kritikerin an, schüttelte den Kopf und ging auf den Balkon. Früher hätte sie in solch einem Moment gierig geraucht, stattdessen konzentrierte sie sich auf ihren Atem und blickte in den Hof hinunter, wo ein Rabe an einem Plastiksack zerrte, der aus der überfüllten Mülltonne gefallen war. Der Säufervogel, der laut Nemo aus Bierdosen trank? Wie hatte dieser Physiker oder Biologe geheißen, von dem ihr Vater eine Zeitlang so geschwärmt hatte? Sheldrake, oder? Ja, Rupert Sheldrake, *Das Gedächtnis der Natur*, da war es doch auch um schlaue Vögel gegangen, um englische Meisen oder Finken, wie sich Schimmer zu erinnern meinte. Sie holte ihren Laptop aus dem Wohnzimmer, setzte sich in den Liegestuhl, gab den Namen des Wissenschaftlers in den Browser ein und scrollte nach unten, bis sie auf einen Link stieß, der vertrauenswürdig klang. Morphogenetische Felder, das war's, diese unsichtbaren Kraftfelder, in denen sich Informationen ansammeln: Baupläne von Schneckenhäusern, tierische Findigkeiten bei der Futtersuche oder auch die Gedichte Rainer Maria Rilkes, im Grunde alles, was im Laufe der Evolution so zusammenkommt. Solche Felder stünden über die morphische Resonanz in Beziehung zueinander, könnten über Zeit und Raum hinweg miteinander kommunizieren und sich gegenseitig beeinflussen. Als Beleg für seine Theorie führte Sheldrake unter anderem das Beispiel der Meisen an, die in den dreißiger Jahren des 20. Jahrhunderts in Southampton dabei beobachtet worden waren, wie sie sich an den Aluminium-Verschlüssen der Milchflaschen zu schaffen machten, die der Milchmann vor den Haustüren abgestellt hatte. Irgendwann hatten die Vögel den Trick heraußen und ergänzten so ihr Insektenfrühstück um frische englische Milch. In den darauffolgenden Wochen und Monaten wurde dieses Phänomen nicht nur in ganz England beobachtet, sondern auch in Holland und Schweden. Da Meisen allerdings nur einen Flugradius von gut zehn Kilometern haben, war ein Lernen in der Vogelschule ausgeschlossen, was für Sheldrake bedeutete: Es hatte sich ein morphogenetisches Feld gebildet. Einen zusätzlichen Beleg für dieses Wirken sah Sheldrake darin, dass eine neue Generation von Meisen, nach den Kriegsjahren ohne Milchauslieferung, die Technik ihrer Vorfahren sofort wiederaufnahm, als wieder Milchflaschen vor den Türen standen. Trotz solcher empirischer Ergebnisse und eigener Experimente wurde Sheldrake vom wissenschaftlichen Establishment zu den Esoterikern und Wasserbelebern abgedrängt – schließlich vertrugen sich seine morphogenetischen Felder schlecht mit den herkömmlichen Naturgesetzen. Dass sie dennoch nicht auf der Deponie der lächerlichsten Hirngespinste gelandet sind, lag an den Wissenschaftlern selbst, die Sheldrake widerlegen wollten. So wurden in einem Experiment an der Georg-August-Universität in Göttingen deutsche Studenten mit ihnen unbekannten asiatischen Schriftzeichen konfrontiert, die sie später aus dem Gedächtnis nachzeichnen sollten. Dabei bekam die erste Versuchsgruppe japanische Begriffe in der richtigen Lage zu sehen, die zweite gedrehte. Das Ergebnis: Die erste Gruppe konnte die Zeichen schneller und detaillierter zeichnen als die zweite. Weil eben unzählige japanische Leser und Schreiber ein morphogenetisches Feld erzeugt hatten, mit dem die Studenten in Resonanz getreten waren, so Sheldrake, der sich ins Fäustchen lachte, während die Studienleiter zähneknirschend nach Fehlern in der Versuchsanordnung suchten. Also wurden neue Testreihen ausgeführt, Versuchsleiter ohne Kenntnis der Lösung eingesetzt und so weiter – das Ergebnis blieb das gleiche. Faszinierend. Nachdem Schimmers Vater die Bücher Rupert Sheldrakes verschlungen hatte, machte er naturgemäß sein eigenes Haustier zum Objekt eigener Untersuchungen. Rief auf dem Nachhauseweg seine Frau oder seine Töchter an, damit sie beobachten sollten, ob die Weimaranerhündin sich zu einem bestimmten Zeitpunkt seltsam zu benehmen begann, weil das morphogenetische Feld ihres herannahenden Besitzers zu schwingen anfing. Abermals erwies sich das Tier als ungeeignet – was wahrscheinlich daran lag, dass jeder, der sein Verhalten observieren sollte, eine manische Vorfreude auf einen möglichen Ausflug verursachte, ein nerviges Hüpfen, Bellen, Wedeln, das jede seriöse wissenschaftliche Studie zunichtemachte. Schimmers Handy läutete.

„Mama, rufst du an, um mich zu fragen, ob wir gemeinsam wandern gehen, weil der Hund jetzt schon nicht mehr auszuhalten ist?“

„Deine telepathischen Fähigkeiten verblüffen mich immer wieder.“

„Ich habe nur das morphogenetische Feld zum Schwingen gebracht, das Hans Huckebein in meinem Hof erschaffen hat“, erwiderte Schimmer.

„Huckebein? Der Rabe vom Busch?“

„Der Rabe vom Hof: ein Nachfahre, der aus Bierdosen trinkt.“

„Aha ... na was es alles gibt, also hast du Zeit? Deine Schwestern wollen auch mitkommen.“

„Was? Alle beide?“, meinte Schimmer alarmiert. „Samt ...“

„Samt Ortfried und den kleinen Psychopathen, genau, wir holen sie auf dem Weg ab.“

„Weg wohin?“

„Rax“, antwortete die Mutter, „bist du in einer halben Stunde fertig?“

„Wird wohl so sein müssen.“

„Na dann: bis gleich.“

Auf der einen Seite die Freude darüber, den Sonntag nicht zum Opfer ihrer Entscheidungsträgheit werden zu lassen: ins Freie ja oder nein, wen anrufen oder doch nicht, Serien anzustreamen, die sich nach zehn Minuten als schlechter Abklatsch bereits gesehener entpuppten, und so weiter. Auf der anderen Seite der absehbare Konflikt ihrer älteren Schwester mit deren Mann, den sie am liebsten öffentlich austrug; dazu die beiden immer etwas seltsamen Söhne, die sich entweder auffällig freundlich zeigten oder unheimlich abweisend, in jedem Fall so, dass Tante Philomena sich in ihrer Gegenwart fragte, ob die Jungs ihr etwas klauen oder sie der Neugier halber vergiften wollten; was natürlich unfair war, wie sich Schimmer jedes Mal selbst zurechtwies – Vorurteile, Pygmalioneffekt und so weiter –, aber davon ließen sich ihre Gefühle höchstens abschwächen, nicht ins Gegenteil verkehren. Doch über all dem stand ein wolkenloser Himmel, der laut Wetterbericht bis zum Abend so bleiben würde, die Hitze der Stadt würde sich auf den Bergen in eine angenehme Spätsommerwärme wandeln, der Bewegungstracker auf ihrem Handy wäre zufrieden, wenn sie ihn nicht längst deaktiviert hätte, gesünder war es außerdem, die soziale Wärme, eine warme Mahlzeit im Berggasthaus, also hurtig hinein in die Wanderkleidung.

„Das kannst du nicht anziehen!“, fuhr Nemo ihren Mann an, während der Rest der Familie sich zwischen Auffahrt und Garderobe, zwischen Belustigung und Angespanntheit aufhielt.

„Was gibt's daran auszusetzen?“, wollte Ortfried wissen, in der für ihn typischen, unschuldigen Gelassenheit.

„Ein kariertes Flanellhemd und eine schwarze Lederweste?“

„Das Hemd leitet die Feuchtigkeit ab und das Gilet hält mich im Brustraum warm, da bin ich empfindlich.“

„Mama?“, wandte Nemo sich hilfesuchend an ihre Mutter.

„Ich find's nicht so schlimm ...“

„Im Gegenteil“, brachte Philomena ein, „er sieht aus wie ein arbeitsloser Holzfäller, der in Berlin Taxi fährt.“

„Cool!“, meinte einer der Söhne.

„Eben“, ergänzte Ortfried.

„Ist doch jetzt egal“, sagte Thalia genervt, „wir sind am Berg und nicht auf dem Laufsteg.“

„Deshalb muss man aber nicht aussehen wie eine Ausflugsgruppe von der Baumgartner Höhe, oder?“

„Oh, danke, Schwester“, ereiferte sich Philomena, „aber stimmt schon: Wir haben uns im OWS wirklich nicht viele Gedanken darüber gemacht, was wir anziehen, wie nachlässig aber auch.“

„So habe ich das doch nicht gemeint!“, wehrte Nemo ab.

„Wenn ihr jetzt nicht gleich aufhört, hetze ich Kalliope auf euch“, meinte Mutter Schimmer trocken. Und angesichts dieser absurden Drohung, angesichts der Hündin, die sich gerade schlappernd mit Chlorwasser aus dem Pool vergiftete, verflogen die Spannungen zwischen den Schwestern augenblicklich.

„Erinnert ihr euch an Papas Versuche, an Kalliope Sheldrakes morphogenetische Felder nachzuweisen?“, fragte Philomena, nachdem sie einige Minuten schweigsam auf der leicht ansteigenden Forststraße von Payerbach Richtung Geyerstein gegangen waren.

„Aber man kann nicht sagen, dass sie keine Reaktion gezeigt hat!“, sagte Thalia und lachte.

„Ja, es war nur unklar, an welches Feld sie gerade gekoppelt war“, meinte Nemo und drehte sich schnell um, wie um sich zu vergewissern, dass ihr Mann samt Söhnen auf den letzten paar hundert Metern nicht verloren gegangen war. Solche Momente, in denen Philomena im Verhalten ihrer Schwester eine so spontane wie herzliche Zuneigung zu erkennen glaubte, irritierten und versöhnten sie zugleich: Ja, es gab wohl so etwas wie Liebe in diesem dauerstutenbissigen Wesen, aber weshalb musste sie es so verhärmt verdecken?

„Besser so, als wenn er Konrad Lorenz gelesen hätte“, meinte Mutter Schimmer, „der wäre imstande gewesen und hätte uns Graugänse ins Haus geschleppt.“

„Graugänse“, sagte Schimmer mehr zu sich selbst. „*Gray goose.*“

„Verblüffend, deine Englischkenntnisse“, antwortete Nemo. „Die Mehrzahl von *goose* ist übrigens *geese.*“ Ja, danke, da war sie wieder, die Beißzange.

„Davon hat der Pfarrer geredet, in Unterlengbach“, erklärte Philomena.

„Was für ein Pfarrer?“, wollte Ortfried wissen, der plötzlich neben ihnen auftauchte.

„Ach, der mit ...“, fing Philomena an und hielt kurz inne, wie um die Atmosphäre zu prüfen: ob diese heile Wald- und Wiesenlandschaft ihr einen Ausflug in mörderische Abgründe verzeihen würde.

„Vielleicht hat sie ja *gray goo* gemeint“, sagte Ortfried, nachdem seine Schwägerin eine kurze Zusammenfassung ihres aktuellen Falls gegeben hatte.

„Und das soll was genau sein?“, fragte seine Frau. „Graue Grütze? Die ostdeutsche Antwort auf unsere Götterspeise?“

„Manchmal bist du wirklich witzig“, erwiderte Ortfried anerkennend und stahl seiner Frau einen Kuss. „Nein, *gray goo* ist ein Worst-Case-Szenario aus der Molekulartechnologie. Da geht’s darum, dass Nanobots, die zur Replikation fähig sind, außer Kontrolle geraten ... Da stellt einer zwei her und die wiederum vier und dann geht das wie das Verdoppelungsbeispiel auf dem Schachbrett, bis in kürzester Zeit Milliarden da sind und ...“, Ortfried blieb stehen, um zu verschnaufen, so brachte ihn das rasche Reden und die zunehmende Steigung außer Atem, „und ratzfatz alles Leben wegfressen, bis nur mehr sie selbst übrig sind ... gruselig."

„In der Tat", antwortete Schimmer, der es plötzlich eine Gänsehaut aufzog. „Und wie ... also ist das realistisch oder bloß so eine Chemtrail-Impf-Autismus-Geschichte?"

„Er arbeitet im Kreditmanagement bei Raiffeisen", meinte Nemo, „so viel dazu."

„Keine Ahnung", gab Ortfried zu, „das habe ich in einer Doku im History Channel gesehen. Da ist es um die Bekämpfung einer Ölpest im Golf von Mexiko gegangen, mit Nanobots, die darauf programmiert waren, die Kohlenwasserstoffmoleküle des Erdöls zu zersetzen. Das hat, glaube ich, funktioniert, aber es hätte angeblich passieren können, dass die Nanobots sich durch einen Programmierfehler oder so auch auf alle anderen kohlenstoffbasierten Objekte stürzen. Da bleibt dann nicht mehr viel Leben übrig, also die Simulation war schon ziemlich realistisch, wenn du mich fragst."

„Schaut, da vorne sitzt ein Eichelhäher", sagte Mutter Schimmer und seufzte, wohl um der Diskrepanz zwischen dem eigentlichen Ziel dieser Familienwanderung und dem aktuellen Standort Ausdruck zu verleihen. „Nanobots, ts, seid froh, dass euer Vater Altphilologe war und nicht Physiker. Sonst hätte er mich womöglich überzeugt, euch Milli, Mikro und Nano zu taufen."

„Ich wollte ihn so schon wegen psychischer Grausamkeit verklagen", meinte die älteste Schwester, deren ganzer Vorname Mnemosyne lautete, in der griechischen Mythologie die Göttin der Erinnerung und Mutter der neun Musen, darunter Thalia, die Muse der Komödie und Namensgeberin der jüngsten Tochter. Bei Philomena mochte man zwar auch an die alten Griechen denken, doch bei ihr hatte sich die Mutter erfolgreich gegen den Namen Kalliope gewehrt – auf den später die Hündin getauft worden war – und ihre eigene Großmutter als Namenspatin durchgesetzt.

„Jetzt übertreib nicht“, wandte Mutter Schimmer ein, „seit zehn Jahren denkt bei Nemo eh jeder an den lustigen Fisch.“

„Ich habe es ja eher mit *Matrix* assoziiert“, sagte Ortfried.

„Der heißt Neo!“, antwortete Philomena belustigt.

„Ach, wirklich? Und wer ist dann Nemo, also abgesehen vom Clownfisch?“, fragte Ortfried.

„Niemand“, sagte seine Frau mürrisch. „Auf Lateinisch: niemand.“

„Aber das hat dein Vater sicher nicht bedacht“, wehrte die Mutter ab.

„Wenn man Mnemosyne heißt, ist es doch logisch, dass niemand den vollen Namen sagt, oder?!“

„Kapitän Nemo aus Dings, *20.000 Meilen unter dem Meer*, der war schon ziemlich cool“, sagte Thalia, „wie hieß der Schauspieler?“

„Kirk Douglas“, antwortete Philomena, „nein, der war der andere, ähm, James ... James Mason, ja.“

„Aber das Ärgste war“, Nemo kicherte, „so ein Deutscher, Vollkoffer, das war damals in Indien, der wollte wissen, *ob meine Aldn mich nach diesem durchjeknallden Kaiser benannd habn, der Rom anjezündet had,* Mannomann, diese Kifferhippies, was mich damals geritten hat ...“

„Es war ein wichtiger Abschnitt deines spirituellen

Wegs“, antwortete Thalia mit salbungsvoller Stimme, „deine Haare! Unglaublich, wie diese ... diese Drecks-locks gestunken haben!“

„Ich war stolz auf sie“, brachte Mutter Schimmer ein, „ich war immer stolz auf euch, egal, was ihr verbockt habt.“

„Oh, Mama!“, Philomena legte den Arm um ihre Mutter und zog sie an sich. „Jetzt muss ich ein bisschen weinen.“

„Finn, Noah!“, rief Nemo ihren Söhnen nach, die vorausgelaufen und durch ihre topmodische Camouflage-Kleidung kaum mehr zu erkennen waren. „Ihr bleibt bitte in Sichtweite!“

„Ach, lass sie doch“, meinte Mutter Schimmer.

„Außerdem“, wandte Ortfried ein, „woher sollen sie denn wissen, wie weit du sehen kannst?“

„Müsst ihr mir jetzt partout in den Rücken fallen?“, regte Nemo sich auf.

„Nein“, Thalia zwickte ihrer Schwester in die Hüfte, „aber was sollen sie schon anstellen?“

„Eichhörnchen quälen, einen Steinschlag auslösen?“, rutschte es Philomena heraus, doch außer einem Seufzer der älteren Schwester kam kein Einwand. Weil wir es für einen blöden, vernachlässigbaren Scherz halten oder weil wir es den beiden wirklich zutrauen?, fragte sich Schimmer. Achtung, Tante Philomena! Was wir Menschen zuschreiben, was wir in ihnen sehen, erhöht die Wahrscheinlichkeit, dass sie tatsächlich so werden, nachzulesen bei Rosenthal. Kinder, die andere quälen, Teenager als Mörder, natürlich musste sie jetzt an Karina Sartori denken, an die Möglichkeit, dass sie es gewesen war, die. Und weil sie abermals in den Fall abgedriftet war, konnte sie auch gleich bei der Bank dort vorne eine Trinkpause vorschlagen, Dehydration verursacht Gereiztheit!, eine kurze Pause, während der sie Michi eine SMS schreiben wollte: Was, wenn der Pfarrer sich verhört hat und Sartori *gray goo* gemeint hat? Schau dir mal diesen Link dazu an. PS: Sorry, wenn ich dir den Sonntagsfrieden vermassle.

19

Eine außereheliche Affäre führt dazu, dass man eigentlich Unverfängliches als möglichen Angriff auf dieses Geheimnis sieht; dass der Betrug Dingen, Orten, Namen die Unbefangenheit nimmt, mit der man ihnen andernfalls begegnen könnte. Oder um es einfacher auszudrücken: Muster bekam in Gegenwart seiner Frau Doris automatisch ein schlechtes Gewissen, wenn er eine SMS von Philomena erhielt, selbst wenn diese sich auf die Arbeit bezog.

„Weißt du, was *gray goo* bedeutet?“, fragte er seine Frau, die im Schatten einer Douglasie auf dem Rücken lag und in einem Buch las, dessen Cover allein Muster schon abschreckte. Wie Doris gleichzeitig so intellektuell und kitschversessen sein konnte, würde er wohl nie verstehen.

„Grau...gans ... Konrad Lorenz?“

„Hä?“

„Nein, keine Ahnung, warum?“

„Weil mir ... Helena Sartori hat angeblich mit dem Pfarrer von Unterlengbach über etwas gesprochen, das er als graue Gänse verstanden hat. Möglicherweise hat sie aber nicht *goose*, sondern *goo* gemeint, soweit ich das verstehe.“

„Was plapperst du da?!“, Doris setzte sich auf und nahm ihrem Mann das Handy aus der Hand. „Ach, Philomena, fleißig, fleißig ... Was stellst du dich so an, da ist eh ein Link, zappzarapp: *gray goo*, graue Schmiere ... hypothetisches Weltuntergangsszenario, verursacht durch außer Kontrolle geratene Assembler, etwa selbstreplizierende Roboter in Nanogröße, blabla ... brauchen Großteil wichtiger Elemente auf, um Kopien zu erstellen, blabla, bis Flora und Fauna zerstört sind.“

„Aha“, Muster versuchte, das Gehörte irgendwie einzuordnen: Scherz, Worst-Case-Spekulation, what the fuck?! „Und ... was soll ich jetzt tun?“

„Geh endlich aus der Sonne. Du bist knallrot im Gesicht und deine Denkfähigkeit ist offensichtlich stark eingeschränkt.“

„Chm“, Muster richtete sich schwerfällig auf, nahm sein Handtuch, schüttelte es aus und legte es neben seine Frau. „Ich brauche jemanden, der sich mit dieser Materie auskennt. Aber wenn ich Sartoris Ex-Chef frage, diesen Jonas, dann ...“

„Ja, aber bitte nicht jetzt“, unterbrach Doris ihren Mann, „lass den Leuten ihren Sonntagsfrieden.“

„Sonntagsfrieden, ts ... Da ... da galoppieren die apokalyptischen Reiter heran und du redest von Sonntagsfrieden.“

„Siehst du irgendwo Bäume, Tiere, Menschen, die von außer Kontrolle geratenen Minirobotern aufgefressen werden?“

„Nano, nicht mini“, korrigierte Muster, „und das bedeutet, dass ich sie gar nicht sehen kann.“

„Das erinnert mich an *Melancholia* von Lars von Trier, mit Kirsten Dunst, wo sie auf diesem riesigen Anwesen von ihrem Schwager sind, und dann kommt dieser Komet immer näher.“

„Wie kommst du jetzt auf diesen furchtbaren Film?“

„Mir hat er gefallen“, sie schnippte eine Ameise von ihrem Bauch, „diese Gelassenheit, die sie angesichts der unausweichlichen Katastrophe einnimmt ...“

„Heißt das jetzt, dass ich diese graue Schmiere ernst nehmen soll oder nicht, oder dass eh alles längst zu spät sein könnte?“, wurde Muster langsam nervös.

„Wenn du zum Retter der Menschheit, nein!, des ganzen Planeten werden willst, dann solltest du jetzt handeln, Michael Muster", seine Frau legte ihm die Hände auf die Schultern und sah ihn bedeutsam an, „oder es wird dir schrecklich leidtun. Wenn auch nur ein paar Sekunden lang, bis die Nanos dich mit Haut und Haaren verputzt haben."

„Mit dir kann man manchmal echt kein ernsthaftes Gespräch führen", murrte Muster. „Ich leite die Nachricht jetzt an den Krömer weiter. Der kann so was besser einschätzen."

„Gut. Ich rufe inzwischen meine Eltern an, damit sie samt Töchterchen in den Bunker steigen. Hast du die Kondensmilchdosen gekauft, um die ich dich neulich gebeten habe?"

„Schluss jetzt. Oder ich ertränke dich im See und mache Notwehr geltend."

„Nicht in den See! Da wimmelt es doch von ...", weiter kam sie nicht, da ihr Mann sich rittlings auf sie gesetzt hatte und sie kitzelte, bis sie um Gnade winselte. Dazu fiel Muster nur ein, sich seine Frau machohaft über die Schulter zu packen und mit Anlauf vom Steg in den See zu springen. Als sie nach einer halben Stunde zu ihrem Liegeplatz zurückkamen, griffen sie wie in einer gemeinsamen Choreografie zu ihren Wasserflaschen, tranken gierig, legten sich auf den Rücken, seufzten wohlig und schlossen die Augen. Doch während seine Frau nach ein paar Minuten im Schlaf schnurrte, zwangen Muster unsichtbare Kräfte zu seinem Smartphone, zu seiner bevorzugten Suchmaschine, wo er allerdings nicht *gray goo* eingab, sondern *Nanotechnologie Risiken,* um nicht gleich auf die graue Tod-und-Verderben-Spur gezwungen zu werden. Was er dabei nicht bedachte: Sollten mehrere seriöse Wissenschaftler und Medien das Gefahrenpotenzial ebenso hoch einschätzen, wie es die Graue-Schmiere-

Theorie tat, konnte er sich nicht einmal mehr auf die übliche Panikmache der üblichen Spinner hinausreden. Im *Ärzteblatt*: Die EU hatte das Budget für entsprechende Forschungsprogramme auf fünf Milliarden aufgestockt, gleichzeitig gaben die Autoren zu bedenken, dass niemand eine Ahnung davon hatte, welche Risikowelle durch die Invasion der Nanoteilchen auf die Verbraucher zukäme. Ähnlich hörte sich das deutsche Umweltbundesamt an: Bei aller Euphorie müsse man feststellen, dass die möglichen Gefahren für die menschliche Gesundheit und die Umwelt weitgehend unerforscht seien. Das liege auch daran, dass nicht einmal klar sei, welche Firmen welche Nanosubstanzen verwenden beziehungsweise welche Partikel bereits abseits der beabsichtigten Einsatzorte in die Umwelt gelangt seien. Eine 2018 veröffentlichte Studie über den globalen Lebenszyklus von Nanomaterialien kam zu dem Schluss, dass im Jahr zuvor an die 400.000 Tonnen an Nanomaterialien in Deponien, Böden, Gewässern und der Atmosphäre gelandet seien, und so weiter. Als seine Frau nach etwa einer Stunde die Augen aufschlug, fragte sich Muster, ob die Verantwortlichen – wer auch immer die sein mochten – mit dieser Materie ähnlich bedenkenlos und unverantwortlich umgingen, wie es bei der Nuklearenergie der Fall gewesen war. Die Parallelen lagen doch auf der Hand: Hier wie dort ging es um einen Prozess, der sich der Kontrolle entzog, Teilchen, die sich selbstständig machten, tödlich strahlten oder zersetzten, den menschlichen Allmachtsfantasien und Technokratien die Zunge zeigten, ätsch, bätsch, jetzt schaut euch einmal an, wer hier wirklich das Sagen hat: nicht die Humanoiden, sondern die Winzigkeiten zwischen Pantoffeltierchen und Kakerlaken, die als Einzige den menschengemachten Irrsinn überleben werden. Wie zur Bestätigung der Schreckensszenarien, die Muster gleichermaßen aus dem Internet und seinen eigenen Ängsten konstruiert hatte, zwitscherte nun abermals eine Nachricht auf seinem Handy ein. Kriminaltechniker Krömer: *Meine Meinung: Ich mache mich lieber zum Idioten als dass ich mir vorwerfen muss, nichts getan zu haben. Wer scheucht die Gäule auf?*

„Scheiße“, murmelte Muster und die Röte verschwand schlagartig aus seinem Gesicht. „Liebling, tut mir leid, aber ich glaube, jetzt ist der Sonntagsfrieden endgültig dahin.“

Am Abend – Schimmer saß bei ihrer Mutter auf der Couch und lagerte die schmerzenden Beine hoch – erhielt sie eine ausführliche Antwort-Mail, auf die sie mit gemischten Gefühlen reagierte. Das Gute zuerst: Sollte sich herausstellen, dass an der Geschichte mit der grauen Gans etwas dran war, dass Sartori von irgendwelchen hochgefährlichen Nanorobotern gewusst hatte und deswegen ermordet worden war, dann hatte Schimmer – auch wenn es eigentlich ihr Schwager Ortfried gewesen war – einen entscheidenden Zusammenhang in diesem Fall entdeckt, Anerkennung, Ehre, cop of the year. Jetzt das weniger Gute: Gleichzeitig würde das bedeuten, dass irgendwo im Verborgenen die Kacke mächtig am Dampfen war, dass womöglich eine Armee an unsichtbaren Minimonstern die Ressourcen der Erde wegfraß, bis nur mehr ein Häufchen Asche übrig war. Schwer vorstellbar. Aber Fukushima hatte sich auch keiner vorstellen wollen. Genauso wenig wie man sich ausmalen wollte, was los war, wenn die Erde um drei Grad heißer wurde; erst gestern hatte sie einen Klimaforscher im Radio gehört, der vom unsäglichen Leid gesprochen hatte, das auf die Menschheit zukommen würde, Hochwasser, Dürren, Hungersnöte, Bürgerkriege, doch hier lag sie, nippte an ihrem Nanaminzetee und aß ein Stück Parmesan vom Antipasti-Teller, den ihre Mutter ihr auf den Bauch gestellt hatte, it's the end of the world as we know it and I feel fine; was konnte sie jetzt schon dagegen machen, wenn ihre persönliche Betroffenheit bei den Sträuchern im Garten endete, wo zwei Amseln geschäftig hin und her hüpften. Woher hatte sie diese Gleichgültigkeit? Vom Achtsamkeitstraining auf der Baumgartner Höhe, das den Fokus aufs Hier und Jetzt lenkte, worauf einem das Hemd noch näher als die Hose war, worauf einem alles am Arsch vorbeiging, das einem nicht die Antipasti vom Teller nahm? Andererseits: Dass sie sich diese Fragen stellte, war doch auch ein Beleg dafür, dass, Moment, wer spazierte da seelenruhig über die Wiese? Schimmer stellte rasch den Teller weg und stand auf.

„Ich gehe noch einen Sprung in den Garten", rief sie in die Küche, aus der das Aroma asiatischer Gewürze kam.

„Ist gut", kam es zur Antwort. „Nimm Koriander mit."

Der Schuppen hatte zwei Fenster, doch vor dem ostseitigen war ein Schmetterlingsstrauch in die Höhe und Breite geschossen, und das westseitige wurde von einer Kletterrose namens New Dawn belagert, weshalb das Tageslicht nur in schmalen Fächern ins Innere drang. Die beiden 20-Watt-Glühbirnen verlängerten diese schummrige Atmosphäre auch in die Nacht hinein, schufen einen Dämmerzustand, der einem präzisen Werken weniger entgegenkam als einem zwanglosen Verweilen und Sich-Abschotten, am besten im abgewetzten Chesterfield-Sessel, in den Schimmer sich nun fläzte. Dass er sich noch die Augen ruinieren würde, wenn er hier im Halbdunkel las, hatte die Mutter ihren Mann regelmäßig gewarnt. Im Gegenteil, hatte der jedes Mal erwidert, die Augen anzustrengen macht sie besser, nur zu viel Licht ist schädlich! Als ob diese Erinnerung den Geist ihres Vaters herbeigerufen hätte, hörte Schimmer nun ganz leise eines seiner Lieblingslieder: *In the Garden* von Van Morrisons *No Guru, No Method, No Teacher*, so oft gehört, dass sie es auswendig konnte, auch wenn sie die Bedeutung dieses mystischen Textes nie verstanden hatte.

„Das ist Teil der Schönheit", erklärte ihr Vater, der aus der finsteren Ecke hinter dem Werkzeugschrank getreten war.

„Was jetzt genau?", wollte Schimmer wissen, die es sich abgewöhnt hatte, bei seinem plötzlichen Auftauchen zu erschrecken.

„Der mystische Charakter, der sich dem vollständigen Verstehen entzieht, das ewige Geheimnis, du solltest *Resonanz* von Hartmut Rosa lesen, sehr empfehlenswert."

„Oder Rilke", ergänzte Schimmer, die die Vorlieben ihres Vaters kannte. *„Sie wissen alles, was wird und war; kein Berg ist ihnen mehr wunderbar!"*

„Richtig, Rilke, so nah am Göttlichen wie sonst kaum einer."

„Tranströmer vielleicht noch ..."

„Natürlich, sehr gut, Tochter, aber ... veräppelst du mich etwa gerade?"

„Nein, ich will dir nur zeigen, dass ich dir zugehört habe ... meistens."

„Ja, du und Thalia, ihr beide wart ... Wie war übrigens der Ausflug?"

„Besser als erwartet, ab tausend Meter Seehöhe haben wir uns so gut wie gar nicht mehr gestritten."

„Ha! Aber wer hat sich meinen Plänen widersetzt, einen Sommer auf einer Tiroler Alm als Senner zu verbringen? Das wäre geradezu paradiesisch geworden! Schade, dass ihr euch da so gewehrt habt.“

„Wir alle zusammen auf einer Almhütte mit 40 Quadratmetern, ohne Dusche? Wir hätten uns nach einer Woche umgebracht“, erwiderte Schimmer.

„Papperlapapp, was hätten die Menschen denn früher gemacht ... diese penetrante Fortschrittshörigkeit ...“

„... wird irgendwann die Menschheit in den Untergang führen.“

„Richtig, *gray goo*, sag ich nur!“, dozierte der Vater stolz.

„Woher weißt du ...“, wunderte sich Schimmer eine Sekunde, bis ihr wieder einfiel, dass sie aller Wahrscheinlichkeit nach mit sich selbst sprach. „Ja, das ist ziemlich spooky. Was hältst du davon?“

„Einerseits macht es mir Angst. Vor allem wegen dir, wegen euch ... Andererseits: Wovor haben wir uns damals gefürchtet: Nuklearkrieg, saurer Regen, Tschernobyl ... keine Wäsche im Freien aufhängen, keine Pilze mehr essen, weil es uns sonst das Knochenmark zerfrisst, ach, Philli, das waren schlimme Ängste, aber ... der Weltuntergang ist keine Erfindung der Moderne. Wobei es diesmal wirklich brenzlig werden könnte. Mich wundert eh, dass noch kaum wer angefangen hat, Bunker zu bauen und Vorräte für ein paar Jahre zu hamstern ... so wie die Amerikaner, Wahnsinn, jeden Tag Astronautennahrung, Tafelspitz aus der Tube, da sterbe ich lieber würdevoll aus.“

„Vielleicht ist die Sartori genau deshalb nach Unterlengbach gezogen“, meinte Schimmer nachdenklich, „Tiere und Gemüsegarten zur Selbstversorgung, ein eigener Brunnen, das Schulgebäude zur Burg umbauen, unterbunkern und die Apokalypse kann kommen."

„Würdest du das deinen Kindern antun?", fragte ihr Vater. „Apropos: Wann kommen die nächsten Enkel?"

„Ach, lass mich, keine Ahnung ... Wie seid denn ihr mit euren Ängsten umgegangen?"

„Hm", machte ihr Vater und dachte einen Augenblick nach, „ich hatte immer irgendwie so viele Projekte um die Ohren, an der Uni, rund ums Haus ..."

„Genau", warf Schimmer lachend ein, „deine Projekte rund ums Haus, das fällt unter die Kategorie: Die Pyramiden hat der Pharao gebaut."

„Ich war eben besser als ... Ideengeber und Inspirationshilfe. Aber das hat auch dafür gesorgt, dass ich mich nie so tief und ernsthaft wie deine Mutter auf etwas eingelassen habe. Was natürlich auch in die Resignation führen kann, siehe *Atomkraft? Nein danke!*, na ja, aber bewundert habe ich sie trotzdem immer. Den Weltuntergang vor Augen haben und trotzdem ein Apfelbäumchen pflanzen, schon eine großartige Frau, deine Mutter."

„Weiß ich. Ich muss zurück zum Essen", Schimmer erhob sich, „ach ja, Koriander soll ich mitbringen. Vielleicht komme ich später noch mal vorbei."

„Wann immer du es dir einbildest", antwortete ihr Vater mit einem Grinsen.

„Der ist gut, könnte von mir sein."

„Ist er auch."

„Auch wieder wahr."

20

Montag, früher Morgen. Michael Muster war froh, endlich loslegen zu dürfen. Um halb elf ins Bett, da er geahnt hatte, was am folgenden Tag auf ihn zukommen würde. Um halb zwölf wieder auf, weil er genau diese nahe Zukunft in allen möglichen Optionen durchspielte und so an Schlaf nicht zu denken war. Also auf die Couch für irgendeine Tierdoku zur Ablenkung und Entspannung. Doch der Dayak-Flughund von Borneo war auch nur eine Fledermaus, der japanische Riesensalamander etwas zu stoisch, und der Axolotl hatte in der x-ten Wiederholung viel an Charisma eingebüßt. Weshalb Muster mit nur einem Auge am Fernseher hing und mit dem zweiten seine Recherche vom Nachmittag fortsetzte; diesmal mit engerem Fokus auf Sartoris Fachgebiet, ihre Arbeit bei NATHAN und eventuelle Verlinkungen zum Gray-Goo-Szenario. Das Problem war freilich das jeder eher ziellosen Internetrecherche: Zusammenhänge ließen sich zwischen allem finden. Ähnlich wie bei Milgrams Kleine-Welt-Phänomen, das jeden Amerikaner über durchschnittlich sechs Kontakte mit jedem anderen US-Bürger vernetzte, ließ sich hier auf wesentlich kürzeren Wegen vom Urknall über die Genesis zu Phil Collins zu *Another Day In Paradise* mit Evas genetisch verändertem Apfel zu Monsanto zu Luzifer zum Innenminister und von dort ins BKA springen. Was daran Wahrheit, was Spekulation oder Verschwörungstheorie war, stand freilich auf einem anderen Blatt. Hier: drei Hashtags, unter denen auch kritische bis hasserfüllte Stimmen zu NATHAN zu finden waren, #bravenewworld, #realhumans, #1984 – eigentlich paradox, dachte Muster, mit der Kritik am Überwachungsstaat die weltweit größte

Überwachungsmaschine zu füttern –, darunter seriös wirkende Vorwürfe am Einsatz von Nanobots zur Kontrolle gesundheitlicher Parameter ebenso wie Paranoiker, die überzeugt davon waren, dass solche Nanobots bereits zu Millionen in unser aller Gehirnen saßen. Dort vermaßen sie den Erregungszustand zwischen den Synapsen und übertrugen ihn in eine gigantische Cloud, wo sie in Gedanken und Gefühle rückübersetzt werden konnten, #neurolink. Aber wie paranoid war das denn wirklich, fragte sich Muster nach einem ersten verstörten Kopfschütteln. Ein Kollege aus dem BVT, mit dem er regelmäßig laufen ging, ließ sich per Brustgurt und Armband von Pulsfrequenz über Laktatwert bis Kalorienverbrauch alle möglichen Körperdaten ablesen und von verschiedenen Apps auswerten, die ihm dann passende Aktivurlaube, Fitnessgeräte, Speisen und Getränke empfahlen, powered by Newtrition oder sonst was; grotesk, für einen Geheimdienst arbeiten und sich freiwillig bespitzeln zu lassen. Einen Link weiter ein Artikel, in dem Sartoris Forschungsergebnisse mehrfach zitiert wurden, alles auf Englisch, weshalb Muster ihn über den Google-Übersetzer laufen ließ. Blabla, keine Ahnung, was das heißen sollte, aha ... Nach einer Ex-vivo-Prototyping-Phase haben wir die DNA-Origami-Roboter in lebenden Kakerlaken (Blaberus discoidalis) erfolgreich eingesetzt, um ein Molekül zu steuern, das auf ihre Zellen abzielt. Fuck, murmelte Muster, als ob Kakerlaken in Scharen nicht schon gruselig genug wären, laufen jetzt also bald welche herum, die von Nanorobotern besiedelt sind. Und was, wenn man auf so eine draufsteigt? Passierte dann das, wovor ein Wissenschaftler in einem weiteren Interview warnte: Solche Replikatoren könnten schnell widerstandsfähiger werden als Viren und sich so schnell ausbreiten wie Pollen. An diesem Punkt schloss Muster alle Tabs. Er hatte vorgehabt, müde zu werden, stattdessen fühlte er, wie der Ärger hochkochte, immer wieder das Gleiche, diese Schweinebande, egal ob Lehman Brothers, VW oder sonst wer, stopften sich die Milliarden hinein und wenn alles in die Luft flog, strichen sie die Provisionen ein und ließen die anderen den Dreck wegräumen. Er klappte den Laptop zu und wandte sich wieder dem Fernseher zu, wo eine winzige Maus an einem Weizenhalm hinaufkletterte. Wie faszinierend, wie großartig diese Welt doch sein konnte. Wenn nur diese ganzen Irren und Arschlöcher nicht wären. Aber auch deswegen war er Polizist geworden, oder?

Punkt acht Uhr klatschte Oberst Tengg, leitender Ermittler im BKA, ohne vorherige Begrüßung die *Kronen Zeitung* und einige Ausdrucke von Nachrichtenportalen auf den Besprechungstisch. *Vierfach-Mord: Nanoroboter als Motiv? Die gefährlichen Forschungen von Helena S. Mehrfachmord: Was verschweigt die Pharma-Mafia? Tödliche Nanotechnologie? Wir wollen Antworten!*

„Ich frage mal anders", knurrte Tengg die elf Kriminalisten an, die sich vor ihm versammelt hatten. „Wer von euch hat sich gestern oder heute nicht mit seinem ... Achtung, Gender: nicht mit seinem/seiner Partner/Partnerin über diese Sache unterhalten?"

„Na ja ... unterhalten ... nicht direkt ... also unterhalten im Sinn von ... sicher nicht ... weiß ich jetzt nicht genau ... was für Partner?", kam es zwischen leicht schuldbewusst bis völlig unbedarft aus der Runde zurück, gar nichts sagte ein Single dazu sowie Inspektor Leitner, den die Fragestruktur scheinbar überforderte.

„Woher weiß dieses Häuslblatt von dieser Geschichte, bevor wir uns überhaupt einen Überblick verschaffen konnten?!“, hob Tengg die Lautstärke, machte eine bedeutsame Pause, knurrte, seufzte und kehrte zum Tonfall eines rationalen Chefs zurück. „Okay, sei's drum, Michi, leg los, was soll das alles, was haben wir, was machen wir ... und warum schmeckt der Kaffee schon wieder so, als hätte ihn unser Gerichtsmediziner einer Leiche aus dem Arsch gezapft.“

„Na dann“, startete Muster, „wovon wir ausgehen können, ist, dass es einen kruden Dialog zwischen Helena Sartori und ihrem Pfarrer gegeben hat. Der beherrscht Deutsch und Englisch in etwa so gut wie ich Rumänisch, weshalb über den Inhalt keine gesicherten Erkenntnisse vorliegen. Alles, worüber wir hier reden, kann nur heiße Luft sein, oder auch nicht, also: Im Verlauf dieses Gesprächs hat Sartori laut dem Pfarrer gestresst oder verängstigt gewirkt und soll etwas über *gray goose* gesagt haben, was er als graue Gänse gedeutet hat – in Hinblick auf ihre Kleintierzucht, zu der neben Hühnern und Schafen auch Enten gehören, aber keine Gänse. Weshalb unsere grenzgeniale Kollegin Schimmer, die wohl etwas später zu uns stoßen wird, die Hypothese aufgestellt hat, dass Sartori von *gray goo* gesprochen hat, einem Begriff, der ... Moment“, Muster öffnete auf seinem Laptop die rudimentäre Powerpoint-Präsentation, die er frühmorgens zusammengestellt hatte, „hier: selbstreplizierende Assembler und so weiter ... was die Spekulation zulässt, dass Sartori an etwas geforscht respektive etwas produziert hat, das unter ungünstigen Bedingungen besagtes Szenario auslöst.“

„Dann sind wir aber gehörig am Arsch“, meinte Leitner trocken.

„Worst Case“, stellte Krömer fest, „aber unabhängig vom Wahrheitsgehalt und was daraus folgen mag: Wie lässt sich daraus ein kausaler Zusammenhang mit dem Mord generieren? Was bringt es, die ganze Familie umzubringen, wenn es nur um die Sartori geht?"

„Mitwisser?", stellte einer in den Raum.

„Ein Achtjähriger, eine Krebskranke und ein Halbdementer?", kam es skeptisch zurück.

„Und was wenn ...", hielt eine Ermittlerin im Satz inne.

„Spuck's aus", sagte Muster.

„Nur als Spinnerei: Wenn es darum gegangen ist, Beweismittel zu vernichten, die ... in den Körpern waren?"

„Hm", machte Tengg und wartete, bis einer seiner Mitarbeiter verstand und ausführen konnte, was die Kollegin gemeint hatte.

„Jetzt driften wir aber ordentlich in die Science-Fiction ab, oder?", erwiderte einer. „Nichts gegen dich, Karin, aber ..."

„Passt schon, ich will so was ja auch lieber nicht glauben."

„Ausschließen sollten wir es aber auch nicht sofort", meinte Muster, „ich befasse mich seit gut einer Woche mit dem Kram und was in den Labors von diesen ... also was da entwickelt wird, ist ...", erneut verwies er auf seine Präsentation und präsentierte die Seite mit dem übersetzten Artikel über Sartoris Arbeit. „Nanoroboter in lebenden Kakerlaken, ich meine, das war für mich bis gestern Nacht nicht einmal Science-Fiction."

„Als ob diese Viecher allein nicht schon grauslig genug wären", bestätigte ein Kollege.

„Die Sartori ist jetzt wie lange weg von dieser Firma?", wollte Tengg wissen.

„Fast zwei Jahre", antwortete Muster.

„Und da ist was passiert?“

„Was meinst du?“, stand Muster auf der Leitung.

„Wenn sie solche ... Dings da entwickelt hat ... wenn die irgendwie in die Umwelt oder in irgendwelche Körper gekommen sind, dann ist das aller Wahrscheinlichkeit nach nicht vor einem Monat in ihrem Keller geschehen, sondern eher in der Zeit, als sie dort gearbeitet hat, oder?“

„Gibt es einen Keller dort? In Unterlengbach?“, fragte eine Ermittlerin.

„Ja“, erwiderte Krömer, „aber ohne geheime Labors, in denen Frankenstein 2.0 seinen Winterschlaf verlängert.“

„Oder so geheim, dass ihr es nicht gefunden habt?“

„Karin, bitte!“, antwortete Krömer leicht genervt.

„Lass sie frei denken“, verteidigte Leitner seine Kollegin, „und zum Thema unentdeckte Keller sage ich nur: Fritzl, Přiklopil ...“

„Aber um Menschen zu verstecken, braucht man nur einen schalldichten Raum ohne sichtbare Tür“, wandte Krömer ein. „Für die Produktion von solchem Nanozeugs aber sicher ein Hightech-Labor.“

„Ja“, murrte Tengg, „jetzt geht’s darum, wie wir weitertun. Michi: diesen Jonas und seine Firma? Kurt: Ihr schaut euch bitte noch einmal das Haus an, was weiß ich, wie man solche Nanobots finden soll ... Robert: diesen dubiosen Pfarrer plus Arbeitskollegen, noch einmal vernehmen unter dem Gesichtspunkt, dass die Sartori konkret etwas über diese Dinger geäußert haben könnte ... Und irgendwer soll uns bitte die wissenschaftliche Rückendeckung verschaffen, damit wir bei der PK keinen völligen Schwachsinn von uns geben ... Karin?“

„Yep, bin ich schon dran.“

„Gut“, Tengg nippte an seinem lauwarmen Kaffee und verzog abermals das Gesicht.

„Vielleicht haben die uns ja diesen Katzenkotkaffee untergejubelt“, griff Leitner die anfängliche Frage seines Chefs auf. „Hey: Katzen. Kot. Kaffee, KKK, damit könnte man den Ku-Klux-Klan verarschen.“

„Wovon zum Teufel redest du?“, knurrte Tengg Leitner an.

„Er meint wahrscheinlich diese Kaffeebohnen, die von asiatischen Wildkatzen gefressen und halbverdaut ausgeschissen werden“, klärte Muster auf.

„Kopi Luwak, Fermentation per Darm“, ergänzte ein anderer, „wollte ich einmal bei Meinl am Graben probieren, hat damals aber 60 Euro die Tasse gekostet.“

„Wieso zum Teufel soll uns jemand Kaffee ins Haus schmuggeln, der zehnmal teurer ist als der normale?“

„Wenn man sich diese ganzen vertrottelten Streiche auf Youtube anschaut“, meinte Leitner, „möglich ist alles.“

„The Cop Luwak Prank!“, warf ein anderer Ermittler ein.

„Tell me why I don’t like Mondays“, murrte Tengg und stand auf, „Status heute Abend, 18:00 Uhr.“

21

Schimmer hatte nicht verschlafen. Sie war bereits um halb acht im BKA eingetroffen. Wollte vor der Krisenbesprechung noch kurz mit Bauer am Raucherbalkon ein wenig Herzenswärme und sonstige Gefühlseinheiten aus dem Achtsamkeitskatalog austauschen, den inzwischen jeder emotional intelligente Mensch dabeihaben musste. Morgenmuffelei, mürrische Montage, Hangover und was sonst auf ein Wochenende vor zehn Jahren noch regelmäßig gefolgt war: geopfert im Egotempel, in dem man sich zu kasteien und optimieren hatte, wenn man seinen Job behalten wollte. Scheiterte man daran, hatte man in einer allfälligen Kündigung zumindest eine Chance zur Selbstentfaltung zu sehen; fuck, wann waren die Menschen zu reinen Selfies ihres Selbst geworden?

„Wir machen das ja sowieso seit der Pubertät, quasi durchgehend“, beschwichtigte Bauer Schimmers Sermon und nahm einen tiefen Zug von ihrer ersten Zigarette. „Selbstoptimierung, am Arsch, wenn ich allein die depperten Diäten aufzählen müsste, die uns in den letzten dreißig Jahren aufgehalst worden sind: nur Ananas, nur Eier, nur Avocados, Krautsuppe ... und was war das von der Dings, Schiffer, nein, Crawford, Grüntee? Topfen? Irgend so ein Schmafu halt ...“

„Schmafu und Topfen gibt Tofu“, meinte Schimmer, „aber wenigstens hat's jetzt auch die Männer erwischt. Die reden in der Kantine nicht mehr über unsere, sondern über ihre eigenen Ärsche. Letztens habe ich Dick und Doof von der Fahndung über Intervallfasten und Autophagie diskutieren hören.“

„Ja. Aber der Unterschied ist, dass sie vor dreißig

Jahren ihre Wampe stolz vor sich hergetragen haben und sich jetzt damit brüsten, nicht mehr zu saufen und zu rauchen. Wir haben uns immer dafür schämen sollen, nicht perfekt zu sein."

„Ich dachte eigentlich, dass dir das inzwischen egal ist."

„Mir persönlich eh ... Ich rede mehr vom ... Frausein an sich, von unseren ... Tut mir übrigens leid, das mit Sarah."

„Wieso?", wunderte sich Schimmer. „Was ist mit ihr?"

„Oh, das heißt ... Ich habe geglaubt, dass Eder dich informiert hat."

„Sagst du mir jetzt, was passiert ist?"

„Sie haben sie gefunden, in einer aufgelassenen Textilfabrik im Weinviertel."

„Tot?"

„Ja, aber nicht ... Laut Gerichtsmedizin hat sie einfach nichts mehr gegessen."

„Fuck", Schimmer schluckte, spürte, wie die Tränen drückten. Ja, sie hatte sich schon vor einem Jahr geschworen, mit diesem Kapitel abzuschließen, dieses Mädchen, das ihr so zugesetzt hatte, aus ihrem Leben zu verbannen, doch nachdem sie vor ein paar Tagen in ihrer Wohnung aufgetaucht war ... Hätte sie anders auf diese Erscheinung reagieren sollen, als sich in den Schuppen ihres Vaters zu flüchten?, von einem Geist zum anderen, nein, wenn sich Sarah zu Tode gehungert hatte, dann war sie zu diesem Zeitpunkt bereits tot gewesen. Dann waren vielleicht tatsächlich alle ihre Besucher aus dem Totenreich, was ja bedeuten könnte ...

„Geht's?"

„Was? Ja“, erwiderte Schimmer, „ich habe nur gedacht, dass ... Ich habe nie herausgefunden, was ihr eigentlich gefehlt hat, was sie gewollt hat.“

„Oder wovor sie davongelaufen ist ... 93 Mal in einem Jahr“, verwies Bauer auf den Rekord, den das Mädchen im Kompetenzzentrum für abgängige Personen aufgestellt hatte. Zu verschwinden war zu ihrem einzigen stabilen Persönlichkeitsmerkmal geworden, Flucht vor ihren Eltern ab dem Alter von zehn Jahren, dann – als diese mit ihren Kräften am Ende waren – Flucht vor den Großeltern, wo sie ein knappes Jahr gemeldet gewesen war, Flucht aus allen anderen Einrichtungen, die mit ihr umzugehen versucht hatten. Schimmer hatte fast vier Jahre mit ihr zu tun gehabt. Zuerst als Polizistin in Ottakring und Rudolfsheim-Fünfhaus, dann im KAP. Anfangs war sie vom Zutrauen, das Sarah ihr entgegenbrachte, sogar geschmeichelt gewesen – das renitente Wesen, mit dem das System nicht fertigwurde, fühlte sich gerade bei ihr geborgen –, doch mit den Monaten, spätestens nach einem Jahr, war sie ernüchtert, enttäuscht, verärgert gewesen. Was hatte sie sich gesorgt! Nach Dienstschluss die Hotspots abgeklappert, an denen sich jugendliche Ausreißer erfahrungsgemäß finden ließen, niemals Sarah, nicht einschlafen können, weil sie die Fünfzehnjährige gefesselt und missbraucht im Fond eines moldawischen LKW wähnte, ihr sogar einen Schlüssel für ihre Wohnung überlassen, damit sie in der schlimmsten Kälte nicht irgendwo draußen übernachtete, wo betrunkene Obdachlose ohne Skrupel über sie herfallen würden, irgendwann hatte ihr Vorgesetzter ihr geraten, eher befohlen, ihr Engagement für das Mädchen einzustellen.

„Seltsam.“

„Was jetzt genau?“, fragte Bauer nach und blickte wie so oft nachdenklich in ihre Zigarettenschachtel.

„Intaktes Elternhaus, keine neurologischen Schäden, keine Sucht, keine Körperschemastörung ... Die hatte doch alle Voraussetzungen, um ein glücklicher Mensch zu werden, oder?“

„Bis auf die, dass sie offensichtlich kein glücklicher Mensch war. Oder keiner werden wollte ... was man auch akzeptieren muss.“

„Wie anstrengend das sein muss, dauernd ausbrechen zu müssen.“

„Im Käfig zu bleiben ist aber auch nicht immer leicht“, Bauer deutete mit dem Kinn zu den Fenstern, hinter denen sich ihre Arbeitsplätze befanden.

„Apropos: Ich sehe mich gerade nicht imstande, an dieser Einsatzbesprechung teilzunehmen, die vor ... ups, zehn Minuten begonnen hat.“

„Dann lass es“, meinte Bauer, „du sollst sie bei der Suche nach dem Mädel unterstützen und nicht den Fall lösen.“

„Was aber auch ganz geil wäre.“

„Denkst du daran zurückzugehen?“

„Nein“, meinte Schimmer bestimmt, „ich mag meine Arbeit, und vor allem mag ich euch.“

„Ja, Stefan muss man auch mögen, gestern in der Früh ...“, Bauer brach in Lachen aus.

„Jetzt sag schon“, drängte Schimmer, zumal ihre Kollegin sich gar nicht mehr einzukriegen schien.

„Ich steh da, genau so wie jetzt, als er herauskommt, ein bisschen herumdruckst und dann sagt er: *Judith. Du bist doch eine Frau.* Also greif ich mir in die Hose, fummel ein bisschen herum ...“

„Du Ferkel, das hast du nicht wirklich gemacht.“

„Na was, natürlich, weiß doch, dass ihn so was schockt ... Ja, tatsächlich, immer noch, sag ich also zu ihm und hau mich über sein entsetztes Gesicht ab, worum geht's denn? Um deine Frau oder um deine Töchter? *Um meine Ältere, die Laura.* Redet so gut wie gar nicht mehr mit ihm, mit der Familie irgendwas unternehmen geht sowieso nicht, essen sieht er sie auch nie, wie bleich sie geworden sei, und was das mit dem Schwarz bedeuten sollte: schwarzer Nagellack, schwarze Jeans, schwarzer Rollkragenpulli ...“

„Sag nichts“, warf Schimmer ein, „Sartre, Camus! Du hast ihm verkauft, dass sie unter die Existenzialisten gegangen ist. Und wenn er Zugang zu ihr finden will, muss er *Das Sein und das Nichts* lesen, tausend Seiten Schwafelei, aber dafür ...“

„Nein, so gemein bin ich nicht ... Ich hab ihm ganz ernst in die Augen geschaut, so in etwa, dann: Stefan, du hast in deiner Zeit als Polizist, vor allem im Darkweb, sicher einige Dinge erlebt, bei denen du davor nicht geglaubt hättest, dass es sie gibt, oder? Und er: *Ja, da waren schon ein paar Sachen dabei, aber was hat das mit Laura zu tun?* Ich räuspere mich bedeutungsvoll, Zeichen, dass jetzt starker Tobak kommt, und sage: Blass, keine feste Nahrung, kein Tageslicht, dazu den Hals immer unter dem Rollkragen versteckt?“

„Nein!“, sagte Schimmer fassungslos.

„Doch, ich schwör's dir!“, sagte Bauer und wischte sich mit der rechten Hand die Lachtränen ab.

„Aber ... hat er geglaubt, dass sie in irgend so einer Gothic-Clique ist oder dass sie wirklich von einem Vampir gebissen worden ist?“

„Er ist in jedem Fall arschbleich geworden und hat mich mit zittriger Stimme gefragt, ob das wirklich möglich wäre und was er jetzt tun soll.“

„Nichts davon habe ich geglaubt!“, tönte es aus dem gekippten Fenster, hinter dem Sosak saß. „Ich habe mir die Möglichkeit durch den Kopf gehen lassen, das ist alles! Das hat vielleicht ein paar Sekunden gedauert, weil mein Gehirn aufs Binäre geeicht ist, aber das heißt noch lange nicht ... Außerdem solltest du dich schämen, mich mit so etwas zu verarschen, da geht's schließlich um meine Tochter!“

„Satte, satte, satte Rabatte!“, kam Nebuns Stimme aus dem Fenster daneben. „Jetzt bei Billa: transsilvanischer Knoblauchkranz aus biologischem Anbau um nur neun neunzig!“

Also traf sich Schimmer kurz vor zehn mit Muster, um sich zu entschuldigen, sich herauszureden und die Ergebnisse der versäumten Morgenbesprechung einzuholen. Fazit: Das BKA teilte ihre gemischten Gefühle vom Vortag und konnte sich offensichtlich noch nicht entscheiden, welches Risiko überwog: das eines ökologischen Kollapses oder das, zum Gespött des Boulevards zu werden. Als Kompromisslösung hatte man die AGES als zuständige Organisation für Ernährung, Pandemien und dergleichen hinzugezogen und sich mit Leitstellen der Feuerwehr sowie dem Bundesheer kurzgeschlossen. Hieß erstens, dass in Unterlengbach rund um das Haus der Sartoris Proben aus Erdreich und Grundwasser genommen wurden, von wo sie den Weg in die Labors der AGES fanden; und zweitens, dass ein Dutzend Chemiker, Biologen, Physiker und naturwissenschaftliche Inselbegabte an Prognosen, Computermodellen und potenziellen Gegenmaßnahmen saßen, um einen allfälligen Worst Case abzuwehren.

„Man möchte meinen, dass allein die Möglichkeit, von unsichtbaren Robotern weggefuttert zu werden, jede mögliche Blamage rechtfertigt, oder?", gab Schimmer zu bedenken.

„Möchte man, ja", erwiderte Muster, „aber mit dem Ende der Menschheit hat das BKA noch wenig Erfahrung, mit großen Fettnäpfchen hingegen schon."

„Und wie soll ich euch jetzt helfen?"

„Ich habe gemeint, dass du noch einmal nach Unterlengbach fährst und mit den Arbeitskollegen und den Leuten aus dem Ort redest ... Vielleicht löst sich dadurch der ganze Hoax in Luft auf."

„Als Hoax bezeichnet man einen absichtlichen Schwindel", korrigierte Schimmer, „das wäre der Fall, wenn dem irren Pfarrer ... hm, anders gedacht: Was könnte der für einen Grund haben, uns mit so einem Hoax auf eine falsche Spur zu führen?"

„Hä? Keine Ahnung, aber mit dem Pfarrer solltest du auch noch einmal reden, Fokus auf *gray goo*, aber bitte ohne ihm die Worte ..."

„Hey, nur weil ich zu spät zu eurer Sitzung gekommen bin, musst du mich jetzt nicht wie dein Lehrmädchen behandeln, ja?"

„Du bist nicht zu spät gekommen, du bist gar nicht gekommen."

„Was man mit einem schweinischen Hirn auch ... egal, hättet ihr mich gebraucht?"

„Na ja, nicht unbedingt, aber ..."

„Eben", meinte Schimmer, „jeder soll sich auf seine Kernkompetenz konzentrieren ... und frag mich jetzt bitte nicht, was genau die meine ist."

„Das große Ganze im Kleinen, nehme ich an."

„So in etwa", Schimmer rempelte Muster zärtlich an und stand auf, „ich melde mich am Abend."

22

„Guten Morgen, Mädel, wie geht's dir?"

„Besser."

„Wie geht's dem Kopf?"

„Tut schon noch weh, aber ... Wann kann ich denn jetzt endlich wieder zu Mama?"

„Da, trink erst einmal was."

„Der Orangensaft schmeckt komisch."

„Das ist Mangosaft."

„Schmeckt trotzdem komisch."

„Karina, ich ... Scheiße ... 'tschuldigung, das sagt man nicht, aber ... deine Mama, du kannst nicht mehr zu ihr, weil sie, die Mama ..."

„Ist ihr was passiert? Hat Papa ihr was getan? Hat er mich deshalb weggebracht?"

„Nein, dein Vater hat ... deine Mama, sie ist ..."

„Was? Was ist sie?"

„Tot, Karina, und dein Bruder auch."

„Aber ... du lügst doch, ihr lügt doch!"

„Nein, nein, Karina, bitte, ich ... warum sollte ich lügen, Karina? Du kannst ... Morgen ist die Beerdigung und ..."

„Aber warum sind sie tot, gestern haben sie noch gelebt!", das Mädchen wollte aus dem Bett springen, stolperte und landete in den Armen der Frau, die es fest an sich drückte.

„Nein, Karina, das ist schon länger her ... Du hast dir den Kopf angehaut, deshalb kannst du dich nicht so gut erinnern, welches Datum ist."

„Wieso sind sie tot?"

„Es waren böse ... sehr böse Menschen, die haben ... die haben sie umgebracht."

„Aber warum? Meine Mama hat nie was Böses gemacht, und der Lukas auch nicht, oder?!“, schrie das Mädchen nun und versuchte sich loszureißen.

„Bitte, beruhige dich, Karina ... Nein, sie haben nichts Böses ... Ich weiß selber nicht, warum diese Menschen das getan haben.“

„Wo sind Oma und Opa?“

„Karina, ich will nicht, dass du ...“

„Sind sie auch tot? Sag es mir!“

„Ja, sie sind auch tot“, sagte die Frau erschöpft.

„Aber dann muss doch ... die Polizei, die ... Ich will zu meiner Mama!“

„Ich weiß, ich weiß ... Da, trink das, das beruhigt dich. Magst du fernsehen?“

„Lass mich! Wo ist Papa?“

„Er kommt bald, heute Abend ist er sicher schon da.“

„Kann ich ihn anrufen?“

„Nein, besser nicht.“

„Warum nicht? Ich will ihn aber anrufen!“

„Karina, diese Menschen, die deine Mama ... Weißt du, es kann sein, dass sie, ich weiß nicht, warum, aber vielleicht wollten sie ... Deswegen verstecken wir dich hier, damit dir nichts passieren kann.“

„Wieso soll mir was passieren? Wer soll denn mir was tun wollen! Ich hab doch nichts, ich will doch ...“

„Ich weiß es doch auch nicht, Schatz“, sagte die Frau und drückte das zitternde Mädchen erneut an sich.

„Franz, ich weiß nicht, wie lange ich das noch durchstehe. Glaubst du nicht, wir sollten zur Polizei? Was ist, wenn die ... Wir wissen doch nicht, ob sie nicht auch die Kleine töten wollen, und hier kann ich sie nicht ... Wie soll ich sie denn rund um die Uhr bewachen? Übermorgen muss ich wieder zur Arbeit und dann ..."

„Ganz ruhig, ich bin eh schon auf dem Weg zu euch ... Ich hab mir nur ein anderes Auto besorgen müssen, weil ich überwacht werde, aber die habe ich jetzt abgehängt."

„Und wenn sie dein Telefon abhören?"

„Wertkarte, gestern erst gekauft."

„Wieso gehst du nicht zur Polizei, Franz?"

„Weil, diese Menschen ... die haben meinen Sohn, meine Frau und ihre Eltern umgebracht! Ich weiß nicht, warum, aber ich glaube nicht, dass es nur irgendwelche verrückten Einbrecher waren, hast du heute die Zeitung gelesen, also eine österreichische?"

„Nur im Internet. Du meinst diese Geschichte mit den Nanobots? Das kann doch nicht wirklich ... Franz, verdammt, ich weiß überhaupt nicht mehr, was ich glauben soll!"

„Und genau deswegen dürfen wir uns jetzt noch nicht ... Wir müssen einfach noch ein paar Tage zuwarten, bis wir sicher sind, dass ... Wir wissen ja nicht, welche Beziehungen diese Leute haben."

„Was soll das heißen?"

„Dass ich nichts riskieren will!"

„Du meinst, dass jemand von der Polizei ... Das glaube ich nicht, wir waren doch dort und ..."

„Ja, ich meine ja auch nicht die von der Kriminalpolizei, aber überleg doch bitte mal: vier Tote! Und die finden überhaupt keine Spuren?"

„Woher willst du das wissen?"

„Weil sonst darüber berichtet worden wäre? Diese Sache mit den Nanobots ist ja auch sofort geleakt worden."

„Hat Helena wirklich an so was geforscht, weißt du das?“

„Nein, das ist mir zu hoch. Aber ich glaube nicht, dass sie ...“

„Auf jeden Fall weiß ich nicht, wie lange ich das noch aushalte. Was soll ich denn machen mit ihr? Ich kann sie ja nicht einsperren!“

„Nein, morgen fahre ich mit ihr ... auf jeden Fall raus aus München ... an den Starnberger See oder sonst wohin, wir schaffen das, Maria, zusammen schaffen wir das!“

23

Fast hätte Schimmer sie übersehen. In der Einfahrt einer aufgelassenen Tankstelle stand sie, den Blick in die Ferne, den Daumen der rechten Hand nach oben. Schimmer konnte nicht anders, als den Blinker zu setzen und rechts ranzufahren. Sie musste die Tür nicht öffnen, nur ein paar Sekunden warten, dann saß Sarah neben ihr.

„Bis zur Abfahrt, dann will ich dich wieder draußen haben“, sie legte den Gang ein, sah in den Außenspiegel und fuhr los.

„Es geht mir gut“, sagte das Mädchen nach ein paar Minuten.

„Aha, das freut mich, das soll wahrscheinlich mein Gewissen erleichtern. Dann würde mich allerdings interessieren, warum es dir davor nie gut gegangen ist.“

„Pff ... dieses Leben ... das war nichts für mich.“

„Eben, das habe ich nie verstanden. Haben deine Eltern dich geschlagen, unterdrückt ... bist du gemobbt worden? Hast du den Druck der sozialen Medien nicht mehr ausgehalten? Aber Mädels dieser Kategorie neigen normalerweise dazu, sich selbst zu verletzen, oder entwickeln eine Essstörung.“

„Sehr einfühlsam.“

„Was jetzt?“

„Jemanden, der sich zu Tode gehungert hat, nach einer Essstörung zu fragen.“

„’tschuldigung, nein, sicher nicht ... Du solltest dich bei mir entschuldigen für alles, was ... egal.“

„Verzeihst du mir?“

„Habe ich längst.“

„Danke. Also, worüber willst du mit mir reden?“

„Ich? Du bist neben der Straße gestanden, oder?“

„Ich bin ein Geist. Dein Geist."

„Bist du dir da eigentlich sicher? Dass dich niemand außer mir sehen kann?"

„Würde dich das erleichtern? Wenn auch andere mich wahrnehmen könnten?"

„Möglicherweise ... auch wenn es wieder neue Fragen aufwerfen würde: das Leben nach dem Tod, die Seele. Und warum gerade ich damit gestraft bin ... okay, zeitweise auch gesegnet, Papa treffe ich wirklich gerne."

„Man muss das ja nicht unbedingt trennen, Halluzinationen, Schizophrenie, das Pathologische vom Spirituellen, bei vielen Völkern ..."

„Komm mir ja nicht mit dieser Edler-Wilder-Romantik und Psychosen als höhere Einsicht. Ich war auf der Psychiatrie, der Schwerstdepressiven geht's nicht besser, wenn du sie Königin der Melancholie nennst."

„Dein Handy."

„Oh, danke ... Stefan!", meinte Schimmer belustigt. „Ich versprech dir hoch und heilig, dass ich niemandem ..."

„Das würde ich dir auch raten."

„Pfählst du mich sonst?"

„Ach, halt die Klappe, nein, warum ich anrufe: Ika hat doch neulich die SM-Accounts von Karina Sartori durchleuchtet, ja?"

„Ja. Und?"

„Und ich hab da weitergemacht, weil sie gerade was anderes zu tun bekommen hat, ja?"

„Was soll dieses komische Ja?, Stefan? Hast du ein Kribbeln in den Fingern? Kannst du beide Arme heben? Kannst du normal lächeln?"

„Moment ... ja, warum?"

„Nichts, also was ist jetzt mit den Accounts?"

„Ich bin mir ziemlich sicher, dass die Person, die Karinas Bilder, also diese öden Schwarz-Weiß-Aufnahmen, am häufigsten kommentiert hat, zumindest im gleichen Bezirk wohnt ... Also Wismar und Taormina wären auch möglich, aber das schließe ich eher aus."

„Aha ... und woher ..."

„Weißt du, wie Algorithmen arbeiten? Big Data? OMA-Prinzip?"

„Okay, nein, aber du weißt es, was ich ziemlich genial finde, wie ich dich überhaupt für einen ziemlich genialen Kollegen halte. Ist das Ego jetzt wieder aufgerichtet, mein lieber Vlad?"

„Warum Vlad?"

„Egal, also, was ist jetzt mit dieser Person?"

„Ähm, sagen wir so: Zu 87 Prozent bin ich mir sicher, dass er, nein, nein, das reicht nicht, 87 sind zu wenig, was ist das überhaupt für ein Qualitätsmaß ... Ich rufe dich an, wenn ich mir sicher bin, wie er/sie heißt oder wo er/sie wohnt, okay?"

„Sehr okay, danke dir, schöne Grüße an alle."

„Mit Judith rede ich erst nächste Woche wieder."

„Algorithmen, hm?", fragte Sarah, nachdem Schimmer das Telefonat beendet hatte.

„So funktioniert Stefan eben. Wenn die Wahrscheinlichkeit über 97,5 Prozent liegt und die Fehlerquote, was weiß ich, signifikant niedrig ist oder so, dann glaubt er eben, dass etwas wahr ist, nein, dass etwas eintreffen wird oder eingetroffen ist, wurscht, ist mir zu hoch."

„Wie hoch ist die Wahrscheinlichkeit, dass Karina bei ihrem Vater ist, was glaubst du?"

„Ich hab keine Zahl, nur ein Gefühl. Aber ich bin mir ziemlich sicher, dass sie noch lebt und Morell weiß, wo sie ist."

„Und was bedeutet das für den Fall?“

„Dass ich mit hoher Wahrscheinlichkeit danebenliege, weil zehnmal so viele erfahrene Kriminalisten mein Gefühl nicht teilen.“

„Sie lassen ihn überwachen.“

„Ja ... Ich bin vielleicht zu ... quasi der Wunsch als Vater des Gefühls: Lass sie leben, lass ihn nicht der Mörder der eigenen Familie sein.“

„Du solltest dir wünschen, dass seine Ex nicht wirklich solche gefräßigen Minidinger in die Welt gesetzt hat, weil die sonst in ein paar Tagen zu Staub zerfallen könnte.“

„Wenn dem so ist, hilft das Wünschen auch nichts mehr ... Hast du übrigens gewusst, dass viele alte Märchen, also eher die unbekannten, wie das mit dem Eisenofen, nicht mit *Es war einmal* beginnen, sondern mit *Zu einer Zeit, als das Wünschen noch geholfen hat?*“

„Und?“

„Ist mir neulich eingefallen, als ich auf eine Sternschnuppe gewartet habe und mir kein Wunsch eingefallen ist.“

„Du bist eben nicht permanent mit dem Drang zur Veränderung beschäftigt, du bist zufrieden mit dem Augenblick und ...“

„Fang nicht du auch noch mit der Kraft des Jetzt und diesem Quatsch an. Ich bin nicht erfüllt vom Augenblick, ich fühle mich viel öfter leer und unmotiviert durchs Leben dümpeln. Wenn ich das mit Mama vergleiche: Die haben so klare Ziele gehabt, für die es sich zu kämpfen gelohnt hat, Emanzipation, Abtreibung ...“

„Du hast einen Mehrfachmord aufzuklären, das ist nicht nichts.“

„Ich muss das Mädchen finden.“

„Ich glaube, du wirst beides schaffen.“

„Dein Wort in Gottes Ohr. Fuck, Gott, wie soll ich mich bloß mit diesem irren Pfarrer verständigen."

Schimmers erste Station war allerdings nicht das Pfarrhaus, sondern der Autozubehörmarkt, in dem Helena Sartori zwei Jahre lang gearbeitet hatte. Gähnende Leere hinter der automatischen Schiebetür, kein Mitarbeiter, kein Kunde, sie könnte sich einen Kanister Kühlerflüssigkeit schnappen und türmen – in dem Laden gab es offensichtlich nicht einmal Überwachungskameras. Doch im Gegensatz dazu vielleicht noch so etwas wie eine klare Übereinkunft, ein Vertrauen darin, dass man nicht einfach etwas klaut, sobald sich die Gelegenheit bietet. Und warum entstand in ihr, der Ordnungshüterin Philomena Schimmer, plötzlich ein dezenter Drang, eine der kleinen Dosen Ballistol-Universalspray einzustecken, die in einem Dispenser an der Kassa angeboten wurden? Immer noch niemand da. Verdammt, sie könnte sich hinter die Budel stellen und die Kassa ausräumen! Fast gekränkt ob dieser Fahrlässigkeit, räusperte sie sich, noch einmal lauter, und rief dann einen lauten Gruß über die endlos scheinenden Regale, in denen Antistaub-Spray fürs Cockpit, Flugrost-Entferner und andere Skurrilitäten angeboten wurden. Kaufte dieses Zeugs irgendwer, brauchte das wirklich jemand? Oder mussten die 200 Quadratmeter Verkaufsfläche nur gefüllt werden, damit der Eindruck eines Supermarkts entstand, in dem es günstige Dinge gab, die man allein deshalb schon kaufen musste? Und wieso machte sie sich dauernd solche Gedanken, anstatt darüber nachzudenken, was sie die Verkäuferin fragen wollte, die nun durch die Eingangstür kam.

„So", meinte diese, während sie sich die Hände mit einem Feuchttuch sauber rieb, „ich war nur hinten am Parkplatz, einem helfen, der nicht gewusst hat, wo genau jetzt die Bremsflüssigkeit hingehört."

„Einem Mann?", wollte Schimmer wissen.

„Ja, warum? Geht Ihnen einer ab?"

„Wie bitte?"

„Ob Ihnen ... ob Sie einen Mann vermissen, also Ihren vielleicht."

„Ach so, nein, nein ... ich bin alleine da."

„Suchen Sie was Bestimmtes?"

„Ich arbeite für die Polizei", erwiderte Schimmer und hielt der Frau ihren Ausweis hin.

„Geht's schon wieder um die Helena", meinte die Verkäuferin, ohne dass es wie eine Frage klang.

Viel hatte Schimmer nicht in Erfahrung bringen können. Eigentlich nichts, das ihre bisherige Sichtweise erweitern oder gar neue Zusammenhänge erschließen könnte, oder?, fragte sie sich auf der Weiterfahrt, als sie über ihr Handy die Tonaufnahme des Gesprächs ablaufen ließ. Sie ist halt nicht von da gewesen, die Helena, hatte die Verkäuferin angemerkt, als könnte das schon das Meiste erklären. Meinte sie ihre Verschlossenheit? Na ja, viel geredet hat sie nicht, aber zu den Kunden war sie immer korrekt. Und korrekt hieß was genau? Distanziert, kühl, ablehnend? War sie zuletzt durch irgendwelche merkwürdigen Verhaltensweisen oder Äußerungen aufgefallen? Was denn zum Beispiel? Angst, Nervosität, auffällige Gedankenverlorenheit. Vielleicht. Aber eher nicht. Aber wie gesagt, viel geteilt hatten sie ja nicht. Okay, hatte sie irgendwann darüber gesprochen, warum sie einem hochbezahlten Job den Rücken gekehrt hat und hierhergezogen ist? Vielleicht weil's schön ist da? Natürlich, hatte Schimmer erwidert, auch schön ruhig, fast hätte sie die Frage nach dem Besten aus drei Welten wiederholt. Hatte sie sich denn nie über ihre Arbeit als Wissenschaftlerin geäußert? Vielleicht einmal erwähnt, wie die Nanopartikel im Premium-Hochglanz-Spray dafür sorgen, dass der Straßendreck sich nicht festsetzen kann? Ein Kopfschütteln, ein Blick, der sagte: Wer sollte so was wissen wollen? Nun, sinnierte Schimmer jetzt, vielleicht waren genau darin Sartoris Beweggründe gelegen: weg von Wien, weg von einem Leben, das ... Aber wie war denn ihr Leben vor dem Umzug gewesen, in ihrem Labor mit den klitzekleinen Teilchen? Realitätsfern? Abstrakt? Verloren? Eine Entwurzelung, die nur rückgängig gemacht werden konnte, indem sie sich aufs Land zurückzog und Schafe züchtete? Diese Vermutung entstand doch nur aus dem Vorurteil, dass eine Wissenschaft abseits von neuen Blutdrucksenkern oder Wasserstoffantrieben zwangsläufig in Sphären führte, die keine bodenständige Kommunikation, keine alltagstaugliche zwischenmenschliche Beziehung mehr zuließen. Konnte doch auch genau andersherum gewesen sein: Helena Sartori, von Kindheit an ein Wesen, das den Blick lieber auf die winzigen Tierchen unter der Erde richtet als auf die groben Kartoffeln im Acker der Eltern. Erst die Lupe zu Hilfe nimmt, dann von einem wohlmeinenden Verwandten ein kleines Mikroskop geschenkt bekommt, abtaucht ins Universum des Unsichtbaren, Schimmer musste grinsen, weil ihr jetzt erst die Parallele auffiel: Stand nicht auch sie selbst regelmäßig in Kontakt mit Wesenheiten, die niemand sonst sehen konnte? Seht ihr es nicht? war laut ihrer Mutter eine ihrer häufigsten Phrasen im Alter zwischen fünf und sieben gewesen. Zuerst hatten die Eltern an eine blühende Fantasie geglaubt, dann einen Augenarzt konsultiert. Bevor sie zum Psychiater gingen, waren die Visionen wieder verschwunden oder wurden nicht mehr erwähnt. Schimmer selbst konnte sich an diese Episoden nicht erinnern, und wären ihre Geister nicht zwanzig Jahre später erneut aufgetaucht, hätte wohl auch ihre Mutter sie im Speicher mit den Kindheitserlebnissen abgelegt, die höchstens bei Familienfeiern oder ab dem 60. Geburtstag in peinlichen Jubiläumsgedichten wiederkehrten. Was Schimmers Gedanken zu den Eltern von Helena Sartori treiben ließ. Der Vater, Südtiroler Altbauer, der seine letzten Lebensjahre im höchstens hügelig zu nennenden Osten des Landes zubringt, getröstet vom günstigen Wein der Marke Fahnenschwinger. Aber auch hier: Warum sollte ein Mensch, der sich auf den steilen Hängen der Heimat den Rücken krumm geschuftet hat, sein Glück nicht auch anderswo finden können? Auch wenn der Umzug der Eltern laut den anderen Kindern vor allem wegen der Krebserkrankung der Mutter stattgefunden hatte, wegen Helena, die nie auch nur angedeutet hatte, sich aufzuopfern, sondern schlichtweg den Eltern in deren letzten Lebensjahren nahe sein wollte. Und dafür war eben ein Haus samt großem Grund, samt Gemüsegarten und kleinen Stallungen angenehmer als die Stadtwohnung, genug der Erklärungen. Oder auch nicht, wenn Sartori sich eben nicht damit abfinden wollte, dass der Krebs ihre Mutter auffraß, weshalb sie nach einer effektiven Waffe dagegen gesucht hatte; aka Nanobots, die als millionenstarkes Heer über die Tumorzellen herfielen und der geliebten Mutter und ihrer liebenden Tochter noch ein gemeinsames Jahrzehnt oder sogar mehr schenkten? Michi hatte diese Idee erwähnt, als er ihr die Ergebnisse der Morgenbesprechung zusammengefasst hatte, eine Kollegin hatte sie ins Spiel der Spekulationen um ein Motiv gebracht. War an dieser Theorie etwas dran, wo waren dann der oder eher die Täter am ehesten zu finden? Im Graubereich zwischen Wissenschaft, Geheimdiensten und internationalen Rüstungskonzernen? Wenn solche Nanobots gezielt auf eine bestimmte Zellart losgehen konnten, dann wären sie wohl auch in der Lage, ungesehen über die Nahrung oder das Wasser in den Körper des Feindes einzudringen, ihn zu eliminieren, sich zu replizieren und ... Aber zwischen dem Erkennen einer Tumorzelle und dem eines Terroristen war wohl ein gehöriger Unterschied. Schimmer stellte den Motor ab und lächelte durch die Windschutzscheibe den Pfarrer an, der in der offenen Tür des Pfarrhauses stand und ihr entgegengrinste. Schwarze haben oft so ein verdammt strahlendes Lachen, dachte sie und drückte die Autotür auf, aber sag ihm das bitte nicht, das ist sicher irgendwie rassistisch.

„You came!“, begrüßte der Pfarrer sie enthusiastisch – als ob sie ihr Kommen nicht am Morgen telefonisch angekündigt hätte, als ob es nicht um ein dienstliches Gespräch, sondern um die unerwartete Wiederkehr einer reuigen Sünderin ginge.

„And you are here!“, erwiderte sie ihm in ähnlicher Manier, worauf er einen Lachanfall erlitt, der andauerte, bis sie im Garten hinter dem Pfarrhaus saßen. Also jetzt ganz ohne Rassismus: War es möglich, dass der Mann in Schwarz einen landesweit tätigen Drogenring leitete und sich selbst ordentlich an den Aufputschern bediente? Ein Crystal-Meth-Labor im ehemaligen Beinhaus unter der Sakristei?

„Meine Frau hat selbst gemacht“, meinte der Pfarrer und schenkte ihr aus einem Krug eine leicht trübe Flüssigkeit ein.

„Ihre Frau?“

„Ja, Theresa, kocht und putzt und alles nur, aber ich sage meine Frau.“

„Umgekehrt hört man es öfter“, merkte Schimmer an, roch an der Flüssigkeit, Holunder, und nahm vorsichtig einen Schluck.

„Wie meinst du?“

„Dass sie nicht nur kocht und putzt, sondern noch mehr ist, aber die Pfarrer sagen eben nicht meine Frau zu ihr.“

„Haha!“, lachte er wieder los. „I understand!“, was Schimmer bezweifelte.

„Okay, Helena, Frau Sartori“, lenkte sie ein, „Sie haben gesagt, dass sie Angst gehabt hat, richtig?“

„Oui, oui ... a troubled mind she was! Angst in Augen und in Herz.“

„Hat sie auch gesagt, wovor sie sich fürchtet? Irgendeine bestimmte Person? Did she mention a name?“

„Maybe“, schien der Pfarrer mehr zu sich selbst zu sagen, was Schimmer zur Hoffnung verleitete, dass er ernsthaft nachdachte. „Maybe it was the ... wie sagst du, voleur?“

„Ähm, Dieb?“, mutmaßte Schimmer. „Einbrecher?“

„Ja, exactly, Einbrecher waren da!“

„Ernsthaft?“, fragte Schimmer nach, zumal der Tonfall ihres Gesprächspartners eher glauben ließ, dass die Sternsinger an der Haustür gewesen waren. „Frau Sartori hat Ihnen erzählt, dass in ihrem Haus eingebrochen worden ist?“

„I think so, yes.“

„Wann war das?“

„Maybe ... ein paar Wochen, Monat avant ... Äpfel schon dick am Baum.“

„Aha ... und das haben Sie nicht der Polizei erzählt?“

„Well, niemand hat gefragt!“, bemühte sich der Pfarrer, sich aus der Verantwortung zu ziehen, die ihm offensichtlich zum ersten Mal bewusst wurde.

„Nehmen Sie Drogen?“, forderte Schimmer den Mann nun heraus. „Do you take any drugs?“

„Drugs?“, der Pfarrer schüttelte ungläubig den Kopf und fand sein strahlendes Lachen wieder. „I am blessed with holy spirit, Heilige Geist kommt über mich jede Tag und ...“

„Jaja, ist schon gut. Hat Frau Sartori Ihnen erzählt, ob etwas gestohlen worden ist?“

„No ... no, sie war zu ... Ich habe gebetet mit ihr.“

„Das glaube ich jetzt nicht“, murmelte Schimmer, „irgendwas geht da lost in translation.“

„Nein, sie sehr gut in Englisch, Helena, famous scientist, you know?“

„Yes, I know. Sie erinnern sich, dass wir letztes Mal über die gray goose gesprochen haben?“

„Oh, yes, gray goo, war, glaub ich, Ente, die sie verloren hat, weil so aufgeregt.“

„Sie hat gray goo gesagt?“, betonte Schimmer jede Silbe. „Gray goo, nicht gray goose?“

„Where's the difference?“

„Oh Mann, beati pauperes spiritu“, murmelte Schimmer und trank ihr Glas aus.

„I know, my dear, I know“, erwiderte der Pfarrer und tätschelte tröstend ihren Handrücken.

24

„Erzählen Sie uns, woran Sie und Frau Sartori zuletzt gearbeitet haben“, forderte Muster die Frau auf, die ihm und seinem Kollegen im Vernehmungsraum gegenübersaß. Die Zeit der freundlichen Besuche bei NATHAN war abgelaufen, Heimvorteil Polizei, die Sätze wurden knapper, der Ton rauer.

„Ich weiß nicht, ob Ihnen das was sagen wird“, beteuerte die Mittdreißigerin, ohne dass es überheblich klang. „Dendrimere? Quantenpunkte?“

„Sie kennen die Spekulationen und Gerüchte, die aktuell in den Medien umgehen?“, fragte Muster.

„Was jetzt genau?“

„Graue Schmiere, selbst replizierende Nanobots?“

„Ach das, ja“, die Frau lächelte und deutete ein Kopfschütteln an. „So was kann ich nicht ernst nehmen.“

„Sie sitzen unter anderem hier, weil es den Anschein hat, dass Frau Sartori dieses Szenario sehr wohl ernst genommen hat.“

„Das kann ich mir nicht vorstellen ... also schon, dass grundsätzlich die Möglichkeit bestünde, solche Nanobots zu konstruieren und einzusetzen, aber der Sinn dahinter ist wohl, dass diese ihre Tätigkeit einstellen, sterben, vereinfacht gesagt, sobald ihr Einsatzzweck erfüllt ist, sobald kein Material mehr vorhanden ist, aus dem sie die Energie ... von dem sie sich sozusagen ernähren können.“

„Der Sinn der nuklearen Energiegewinnung ist ja grundsätzlich auch ein anderer als Fukushima“, brachte Musters Kollege trocken ein.

„Natürlich“, stimmte die Frau zu und machte eine kurze Gedankenpause, „aber die Probabilität ... Wir arbeiten auch mit Wahrscheinlichkeiten, und die sind in besagtem Fall so minimal, dass außerhalb der Community ... Also ich kenne ehrlich gesagt niemanden im Wissenschaftsbetrieb, der sich ernsthaft um solch ein Szenario Sorgen macht."

„Betriebsblindheit", stellte Muster in den Raum, „die bei Frau Sartori verschwand, nachdem sie die Laborluft gegen das Landleben getauscht hatte? Außerdem: Quantenpunkte, Dendrimere ... die sind meines Wissens aufgrund ihrer Zytotoxizität so ungefährlich auch nicht, oder?"

„Ja", die Frau sah Muster an, als säße ihr plötzlich ein anderer Mensch gegenüber, „aber das ist lokal begrenzt ... und bevor solche innovativen Strukturen am Menschen getestet werden, gehen unzählige In-vitro-Studien voraus."

„Könnte Frau Sartori sich entschieden haben, ihre eigene, krebskranke Mutter unerlaubterweise mit solchen, ähm, Dingern zu behandeln?", wollte Musters Kollege wissen.

„Nein, oder ... Das sind ja keine Tabletten, die einfach so herumliegen, das sind ..."

„Ja?", hakte Muster nach, zumal die Frau offensichtlich den Faden verloren hatte.

„Es gab einmal einen ... Streit wäre zu viel gesagt, aber ... Helena hat ziemlich viel Zeit auf ein Projekt verwendet, bei dem es um spezielle Dendrimere zur Krebsbekämpfung gegangen ist. Dadurch ist allerdings auch einiges liegen geblieben, an dem ... wo der Druck von außen ... Bernd hat ihr eh viel Spielraum gelassen, aber wir müssen uns halt auch am Markt orientieren."

„Hm", jetzt hatte Muster den Faden verloren, „Ihr Chef und Frau Sartori haben sich also gestritten. Wann war das?"

„Na ja ... im Jahr, bevor sie gekündigt hat, glaube ich."

„Davon hat er uns nichts erzählt."

„Ich schätze, dass er Ihnen einiges über seine Beziehung zu Helena nicht erzählt hat", meinte die Frau, lächelte verschmitzt, erschrak, wie es schien, über sich selbst und sah dann verlegen von Muster zu seinem Kollegen und zurück, als müsste sie sich für eine unflätige Bemerkung entschuldigen.

„Die beiden hatten eine Beziehung", stellte Muster fest, bemüht, sich die Überraschung nicht anmerken zu lassen, „so was habe ich mir schon gedacht."

„Na ja ... Beziehung", ruderte die Frau zurück, „eher eine kurze Affäre, bei der ... Das war während so einem Motivationsseminar in Kitzbühel ... eh ein Blödsinn, so was, wieso will man Nerds wie uns, die am besten allein arbeiten, zum Teambuilding zwingen?"

„Keine Ahnung ... aber uns interessiert jetzt ohnehin mehr, was zwischen Herrn Jonas und Frau Sartori gelaufen ist."

„Er hat sie abgefüllt", meinte die Frau, „also viel hat sie eh nicht gebraucht, nein, abgefüllt klingt so nach K.-o.-Tropfen, das war es nicht, wir waren ja alle ziemlich ... gelöst an dem Abend ... Aber am nächsten Tag hat man ihnen so was von angesehen, was da noch los gewesen ist. Er hat gestrahlt wie ein Dings, wieso heißt das eigentlich Honigkuchenpferd?"

„Weil man das Maul von diesen Lebkuchenpferden mit Zuckerguss zu einem Grinsen macht, das übers ganze Gesicht geht", meinte Musters Kollege trocken. „Und Frau Sartori, wie ist sie mit diesem ... Ausritt umgegangen?"

„Irgendwie war es ihr peinlich, andererseits ... Sie hatte ja nach der Scheidung keine Beziehung mehr gehabt."

„Das wussten Sie? Sie beide haben sich also auch privat nahegestanden."

„Ja, nein ... BFF waren wir keine."

„Best friends forever", sagte Muster zu seinem Kollegen.

„Danke, ich bin zwar schon fast fünfzig, aber dafür reicht es gerade noch ... Wie hat sich diese Beziehung dann weiterentwickelt?"

„Gar nicht, glaube ich", antwortete die Frau, „also Bernd hätte es wahrscheinlich schon gerne gesehen, wenn da was ... Aber irgendwie ist nichts draus geworden."

„War er enttäuscht, wütend, hat er sie gestalkt?"

„Nein", die Frau lächelte, „Helena hat vielleicht gewirkt wie ... als ob sie leicht einzuschüchtern wäre, aber sie war auch ziemlich tough. Also ihr irgendwie chauvinistisch kommen oder so, da war sie gnadenlos, ja, das hat ihr Mann ja auch zu spüren bekommen."

„Nach unserer Information hat aber er sie geschlagen, oder?"

„Schon, ja, das will ich auch gar nicht ... Aber das war, zumindest hat sie mir das gesagt, das ist nur zwei Mal passiert, und ihr Mann hat das ... Der wird sich das wahrscheinlich sein Leben lang nicht verzeihen."

„Woher wissen Sie so genau über Herrn Morell und seine Gefühle Bescheid?"

„Ich", die Frau zögerte, „Franz hat mich ziemlich lange gebeten, auf Helena ... dass ich eben auf sie einrede, dass sie ihm noch eine Chance gibt."

„Und?“

„Nein, das war nicht meins. Ich war ja nicht ihre Schwester oder so ... Das hätte ja von ihr ausgehen müssen, oder?“

„Sicher“, meinte Muster. „Dass sie diesbezüglich so konsequent war, hat sogar ihren eigenen Geschwistern missfallen, also im Hinblick auf die Gesamtsituation mit den beiden Kindern und ...“

„Es waren ja nicht die Watschen“, sagte die Frau, „sie hat ihn einfach nicht mehr ausgehalten.“

„Aha ... und was genau?“, wollte Muster wissen.

„Alles, seine ... dass er sie so vergöttert hat, die ganzen Liebesbeweise und Geschenke, das hat sie eben überhaupt nicht so aufgenommen, das war eher wie eine ... selbstproduzierte Erniedrigung.“

„Selbstproduzierte Erniedrigung“, wiederholte Musters Kollege, „hat sie sich also selbst für nicht so toll gehalten? Oder ist durch diese Vergötterung, Erhöhung, der Abstand zwischen den beiden so groß geworden, dass sich ... quasi unüberbrückbare Differenzen gebildet haben, wie es beim Scheidungsrichter heißt?“

„Du solltest Beziehungsberater werden“, sagte Muster anerkennend.

„Ich habe diese Bücher nicht freiwillig gelesen“, kam es zurück. „Also: Sie hatte die Schnauze voll von ihm, er wollte sie unbedingt zurück. Aber wenn er sie nicht kriegen kann, dann soll sie auch kein anderer kriegen, ist das ein Muster, das Sie wahrgenommen haben?“

„Jetzt waren Sie zu schnell für mich“, sagte die Frau.

„Die Enttäuschung, seine Frau für immer verloren zu haben: Könnte sie Ihrer Meinung nach genug Kränkungspotenzial besessen haben, um Herrn Morell zum Mörder seiner Frau respektive der ganzen Familie werden zu lassen?“

„Und die Tochter?“, wich die Frau aus.

„Antworten Sie bitte auf meine Frage.“

„Ob er so gekränkt war, dass er sich auf diese Art hat rächen wollen?“

„Ja.“

„Nein, glaube ich nicht ... andererseits ...“

„Ja?“, hakte Muster nach, der den Eindruck hatte, dass die Frau ihre Konzentration zu verlieren begann. Eine erstaunliche Spezies, konnten bis in die Nacht hinein an ihren Nanoteilchen schrauben, aber eine Stunde Einvernahme und sie fielen auseinander. Das war der richtige Zeitpunkt, um den Druck dezent zu erhöhen. Wenn sie irgendwas verheimlichte, jetzt standen die Chancen gut, dass es ihr entschlüpfte. Und dann würden sie Bernd Jonas durchwalken wie ein Stück nasse Wolle, ja, darauf freute Muster sich, endlich wieder einmal ein richtig harter Bulle sein.

Sie hätte die Einladung des Pfarrers zum Mittagessen annehmen sollen: Lammeintopf, mhmm, mit viele Gemüse von Garten von Frau, jetzt knurrte ihr Magen und nichts Besseres fiel ihr ein, als beim nächsten Supermarkt zu halten und sich ein Laugenweckerl mit Camembert und eine Packung Buttermilch zu kaufen. Dass sie danach wie ferngesteuert den Hochstand anpeilte, den sie bei ihrem ersten Besuch in Unterlengbach entdeckt hatte, überraschte sie erst, als sie oben saß. Zirp zirp, meldete sich ihr Handy, kaum dass sie den ersten Bissen hinuntergeschluckt hatte. Michi. Statusupdate. Sie waren gerade dabei, Sartoris ehemaligen Chef zu zerlegen, weil der eine Affäre mit ihr gehabt hatte, die er bislang verheimlicht hatte. Und während Jonas im Verhörraum schwitzte, filzte ein Team seine Firma. Ob nicht heute in Südtirol die

Beerdigung wäre, fiel Schimmer ein. Ja, warum? Weil im Falle einer Einäscherung wohl auch das gesamte Beweismaterial zerstört würde, das sich allfällig im Körper der alten Sartori befand? Guter Gedanke, ist aber alles geregelt: Gewebeproben, Serum, alles noch in der Gerichtsmedizin in Graz, die wären auch schon entsprechend gebrieft. Sind eigentlich auf dem Hochstand irgendwelche Spuren gefunden worden, fragte Schimmer nach, während sie mit dem Daumennagel ein Herz in das verwitterte Brett vor ihr ritzte. Ach du Scheiße, das habe ich komplett vergessen, erwiderte Muster, sorry, leite ich gleich in die Wege. Seither sind zumindest zwei heftige Gewitter niedergegangen, merkte Schimmer mürrisch an, schwieg und dachte sich: Hätte er es auch vergessen, wenn ihn jemand anderer darum ersucht hätte? Nahm er sie überhaupt ernst? Tut mir echt leid, wiederholte er, als könnte er ihre Verärgerung spüren, wie ist es bei dir gegangen? Also hielt Schimmer ihren Ex ein wenig hin, wiederholte ein paar wirre Sätze des Pfarrers, bevor sie wie nebenbei darauf verwies, dass bei Sartori Anfang des Sommers wahrscheinlich eingebrochen worden war. Hm, das bestätigt die Spuren, die wir in dem Haus gefunden haben, kam es unaufgeregt zurück. Ja, sieht ganz so aus, antwortete Schimmer und drückte Muster unter einem Vorwand weg. Er tut mir nicht gut, flüsterte sie sich zu, als sie danach bedächtig an ihrem Camembert-Brot kaute, 90 Prozent der Zeit, die ich mich mit ihm abgebe, tut er mir nicht gut.

Schimmer ging gemächlich zu ihrem Wagen zurück. Ihr Ärger war verflogen, eingetauscht gegen die Genugtuung, hier im Schatten der Eichen sein zu dürfen, inmitten einer dösenden Spätsommerlandschaft, keinem Termindruck, keinem nervigen Chef, keinem stickigen Verhörraum ausgesetzt zu sein, den moosigen Boden unter ihren Füßen federn zu spüren, in der Hosentasche die Vibration des auf lautlos gestellten Handys, erst im Auto sah sie sich die Nachricht von Stefan an, der ihr Name und Adresse des Mannes geschickt hatte, der mit sehr, sehr hoher Wahrscheinlichkeit Karina Sartoris Fotoblogeinträge verfolgt und mehrfach kommentiert hatte. Gerald Fitz. 53. Selbstständiger Ziviltechniker und Vermesser. Offensichtlich alleinstehend, da an seiner Wohnadresse keine weitere Person gemeldet war. Obwohl ihr Navi der Bundesstraße den Vorzug gab, entschied sich Schimmer für die alternative Strecke, die über eine kurvenreiche und hügelige Landstraße voller Schlaglöcher ins südliche Burgenland führte. Siebzehn Minuten, die sie nun Zeit hatte, um sich auf das Gespräch mit dem unbekannten – aber zumindest nicht vorbestraften – Mann vorzubereiten.

Sein Wohnhaus lag an der Hauptstraße, die ein Dorf von wohl nicht mehr als ein paar hundert Einwohnern durchzog. Verlassen wirkte der Ort. Nicht nur, dass kein menschliches Leben zu sehen war, die gesamte Straße samt den in Reih und Glied aufeinander folgenden einstöckigen Häusern schien ausgestorben. Eine aufgelassene Trafik, die verschmutzten Auslagen einer aufgelassenen Greißlerei, nur Wildwuchs in den seltenen Blumenkisten an den Frontfenstern, die durch Vorhänge oder heruntergelassene Rollläden jeden Einblick verwehrten. Fehlten nur noch ein paar Steppenläufer, wie sie in Western über die staubigen Straßen rollen, nein, noch besser: Schauplatz für eine Serie über einen Reaktorunfall, dachte sich Schimmer, während sie nach der richtigen Hausnummer suchte, oder über ein Land nach dem Ausbruch der Nanobots, als sie den Finger an den Knopf der Türglocke legte, packte sie plötzlich die Angst im Nacken, nicht wegen der Assoziation mit den unsichtbaren Monstern aus Sartoris Labor, sondern weil sie sich plötzlich in der Rolle von FBI-Agent Clarice Starling sah, als diese ganz allein vor der Tür von Buffalo Bill steht, klingelt, es schrillt im Verlies des Killers, wo im Brunnen die Tochter der Senatorin darbt, wo sich Bill das Kleid aus Frauenhäuten näht, klingelt noch einmal, worauf im Fenster zu ihrer Linken der Vorhang eine Handbreit zur Seite geschoben wird, kurz darauf zu hören ist, wie der Schlüssel zweimal im Schloss gedreht wird.

„Wollen Sie zu mir?“, in der offenen Tür stand ein großer schlanker Mann.

„Wenn Sie Gerald Fitz sind.“

„Ja, der bin ich. Und Sie?“

„Philomena Schimmer, Bundeskriminalamt“, Schimmer zeigte ihren Ausweis.

„Das ist sehr seltsam“, meinte Fitz, nachdem er sie ins Haus gebeten und die Tür geschlossen hatte.

„Was genau?“

„Dass Sie allein sind. Sie sollten zu zweit sein, oder?“

„Hatten Sie schon öfter Besuch von uns?“

„Nein. Aber dass ein Kriminalpolizist allein unterwegs ist, das kommt wohl eher … Kommt Ihnen das nicht auch komisch vor?“

„Kann ich mir ein Glas Wasser nehmen?“, brach Schimmer die Diskussion ab und ging zielstrebig zur Küchenzeile, fand im Hängeschrank ein Glas, füllte es, trank es aus und füllte es erneut.

„Ich kann Ihnen gerne ein Mineral geben“, meinte Fitz, „die Trinkwasserqualität hier ist nicht die beste.“

„Gut genug für mich“, Schimmer setzte sich an den kleinen Küchentisch und deutete ihrem Gastgeber, es ihr gleichzutun. „Ich arbeite für eine Sondereinheit des BKA. KAP, schon einmal gehört?“

„KAP?“, wiederholte Fitz. „Kommando für ... außerirdische Problemfälle?“

„Ha!“, Schimmer grinste. „Der war gut. Aber, hm, interessant, dass daran bis jetzt niemand gedacht hat.“

„Woran?“

„Dass sie von Außerirdischen entführt worden ist?“

„Entführt? Wer?“

„Karina Sartori“, erwiderte Schimmer bestimmt, „habe ich Ihnen nicht gesagt, dass ich wegen ihr hier bin?“

„Nein“, Fitz schüttelte den Kopf, senkte den Blick, eins, zwei, jetzt war es zu spät für Lüge oder Ausflucht.

„Sie kennen ihren richtigen Namen“, folgerte Schimmer, „also haben Sie sie auch persönlich getroffen, oder?“

„Aber deswegen sind Sie doch hier, oder?“

„Bisher wusste ich nur, dass Sie übers Internet in Kontakt gestanden sind“, gab Schimmer zu, bemüht, ihre Überraschung zu verbergen, bemüht, ihr plötzliches ungutes Gefühl zu verbergen, ohne Kollegen hierhergekommen zu sein. „Wobei wir uns natürlich gefragt haben, was genau jemandem beziehungsweise Ihnen an diesen eher nichtssagenden Bildern gefallen hat oder ob dieses Interesse eben nicht nur ein Vorwand war, um in Kontakt zu treten.“

„Um mich an Kinder heranzumachen, wollen Sie sagen.“

„Ja“, bestätigte Schimmer, „aber das ist auch unsere Aufgabe.“

„Ich bin nicht pädophil und ich habe nichts damit

zu tun, was dort, was mit Karinas Familie passiert ist“, Fitz stand auf und machte ein paar Schritte zur Kaffeemaschine. „Auch einen?“

„Nein danke.“

„Saft? Tee?“

„Nein danke, Wasser ist völlig ausreichend“, erwiderte Schimmer, die zwar gerne einen Tee getrunken hätte, in der unbenützt wirkenden Küche eines Kaffeetrinkers aber höchstens ein paar staubige Teebeutel vermutete, wie sie sonst nur noch in abgelegenen Landgasthäusern oder Berghütten zu finden waren, Kamille, Pfefferminz, Früchte- oder Schwarztee, nein, das wäre scheußlich zu trinken oder snobistisch abzulehnen, fuck, wie ließ sich diese überdrehte Gehirnmaschine abstellen, die aus der Aufgeräumtheit der Wohnung auf den Inhalt einer Küchenlade schloss?!

„Alles okay?“, hörte sie Fitz wie aus der Ferne fragen.

„Ja“, Schimmer räusperte sich und trank einen Schluck. „Wir haben über Karinas Fotos gesprochen ...“

„Dass sie so unscheinbar waren, hat mich fasziniert“, Fitz setzte sich und pustete auf seinen Kaffee. „Es fehlt ihnen dieses penetrante Bestreben, gefallen zu wollen, da gibt es keine Bearbeitung, keinen Wow-Effekt ... weshalb man entweder unbeeindruckt drüberscrollt oder sich damit auseinandersetzt.“

„Sie suchen das Bild hinter dem Bild“, versuchte Schimmer eine Interpretation.

„Auch das wäre zu augenscheinlich, wenn ich das so sagen darf, aber gut, ja, so kann man es durchaus sagen ... Ich schätze es, wenn ein ambivalenter Freiraum bleibt, eine Störung, ein Schmerz, wenn Sie so wollen.“

„Wenn ich so will“, Schimmer nahm einen Schluck Wasser. „Und wie ... wie soll ich mir also die daraus entstehende Beziehung vorstellen? Zwischen einem fünfzigjährigen Mann und einer elfjährigen Schülerin, zwischen denen kein verwandtschaftliches Verhältnis besteht?“

„Haben Sie eine Spur? Könnte sie noch am Leben sein?“

„Ähm, das war nicht meine Frage, aber, ja ... solange wir keine Leiche finden, spricht immer etwas dafür, dass Karina noch lebt.“

„Das hoffe ich so.“

„Sie haben meine Frage nicht beatwortet“, sagte Schimmer bestimmt, „also: *Harold and Maude* oder etwas in der Art ...“

„Etwas in der Art“, Fitz lächelte, zuckte mit den Schultern, schaute einen Augenblick ins Leere und stand auf. „Was soll’s“, meinte er, querte das Wohnzimmer und nahm aus dem Wandverbau ein Fotoalbum.

„Ist das Ihre ... Großmutter, Urgroßmutter?“, fragte Schimmer, nachdem ihr Fitz das aufgeschlagene Album auf den Tisch gelegt hatte. Auf vier Fotos in Sepiaton war jeweils dieselbe Frau zu erkennen, eine große und kräftige Person, was für ein Pferd, sagte sich Schimmer, als sie das Bild näher betrachtete, aber in Szene gesetzt, als wäre sie eine zierliche Waldnymphe, am Ufer eines Waldteichs, in einem schlichten weißen Kleid, mit einem Kranz aus Margeriten im dunklen Haar, das im Stil der 1920er Jahre frisiert war.

„Schauen Sie noch einmal genauer hin“, meinte Fitz und erlaubte sich ein versonnenes Lächeln.

„Hm“, machte Schimmer und tat, wie ihr geheißen. Wer sollte das sein? Karina Sartori? Ihre Mutter? Nein, die waren beide viel zierlicher, während diese Frau, nein, Moment, das war keine Frau, das war, „das sind Sie!“

„Ja!“, Fitz lachte und wusste nicht, wie knapp er gerade dem Wasserglas entgangen war, das ihm Schimmer für den Bruchteil einer Sekunde auf den Kopf zu schlagen gedachte, mit dem nächstbesten harten Gegenstand nachlegen, dann raus aus dieser Psychobude und die Kavallerie mobilisieren.

„Ich verstehe nicht ganz“, sagte sie stattdessen und fixierte ihr Gegenüber mit ihrem Blick, als hätte sie die Fähigkeit einer Kobra, die in Wahrheit ein Kaninchen ist.

„Cosplay“, erklärte Fitz, „die Zwanziger, Charleston, Sleek Bob, *Der große Gatsby*, sagt Ihnen das was?“

„So stemmen wir uns voran, in Booten gegen den Strom, und werden doch immer wieder zurückgeworfen ins Vergangene.“

„Jetzt bin ich baff“, meinte Fitz, schien aber vor allem glücklich darüber zu sein, jemandem gegenüberzusitzen, der ihn nicht als Perversling betrachtete, was in Bezug auf Schimmer nicht ganz der Wahrheit entsprach.

„Mein Vater hat viel Wert auf literarische Bildung gelegt ... angefangen bei Homer“, sagte Schimmer, „dem Großteil der Menschen geht das aber eher auf die Nerven.“

„Wenn man immer nur das täte, was die Mehrheit für gut befindet ...“

„Schon richtig. Aber was für eine Rolle spielt jetzt Karina Sartori in diesem, in Ihrem Cosplay?“

„Sie hat mich gesehen, als ich diese Fotos gemacht habe.“

„Ist das dieser Waldteich in Unterlengbach? Der auch auf Karinas Fotos ist?“

„Genau ... Unter der Woche trifft man da eigentlich so gut wie nie jemanden, außer ...“

„Einsame Schulmädchen und Landvermesser, die sich als Charleston Girls verkleiden", sagte Schimmer. „Wie hat sie reagiert, Karina, als sie Sie in diesem Outfit gesehen hat?"

„Völlig unerschrocken, interessiert, fast schon begeistert", erklärte Fitz, „ich war wohl etwas wie ein lustiger Faun, der in ihre ereignislose Teenagertristesse geplatzt ist."

„Sie sind der Erste, der dieses Wort benutzt: Teenagertristesse. Weshalb?"

„Wie wurde sie denn sonst von anderen beschrieben?"

„Schüchtern, introvertiert, klug, aber sehr zurückhaltend ..."

„Sie war keineswegs zurückhaltend", meinte Fitz, „wenn man sie nicht zurückgehalten hat. Blättern Sie ruhig ein paar Seiten weiter."

„Okay", Schimmer musste lächeln, als sie auf eine Serie von Fotos stieß, die Karina ebenfalls im Stil der 1920er Jahre zeigten, auf denen sie kokett lächelte, unverschämt grinste, dramatisch traurig in die Kamera blickte, aber in jedem Fall bester Laune zu sein schien. „Da hat sie offensichtlich Spaß gehabt."

„Ja, das haben wir wirklich", stimmte Fitz zu.

„Hat irgendjemand von Ihrem ... Ihrem Spiel gewusst?"

„Ich glaube nicht ... aber es ist ja auch erst ein halbes Jahr her, seit wir uns dort getroffen haben. Ich habe natürlich niemandem davon erzählt, und ich glaube, Karina auch nicht."

„Würde mich wundern, wenn sie sich daran gehalten hätte", sagte Schimmer, „wenn ich als Teenager im Wald einen Erwachsenen treffe, der sich als Frau verkleidet, hat das schon einen gewissen ... Aufmerksamkeitswert, mit dem man sich produzieren könnte, oder?"

„So war sie nicht", sagte Fitz. „Ich habe sie gebeten, dieses Spiel als unser Geheimnis zu bewahren, und das hat sie offensichtlich auch getan. Ich glaube, sie war, pardon, sie ist ein Mensch, für den ein Geheimnis noch mehr Wert besitzt, als alles hinauszuplärren in diese ... laute und oberflächliche Welt."

„Wann haben Sie sie zum letzten Mal gesehen?", wollte Schimmer mit Blick auf die Uhr das philosophische Ausufern ihres Gesprächs etwas in Zaum halten.

„Das muss", Fitz wandte den Blick nach oben, „Ende Juli ... ja, weil kurz drauf bin ich für zwei Wochen nach Cres ... Kennen Sie die Insel?"

„Ja ... ich war in Veli Lošinj, zweimal, mit ... Erinnern Sie sich, dass Karina irgendwann etwas erzählt hat, das Ihnen besorgniserregend erschienen ist? Über ihre Mutter, irgendeinen Vorfall, irgendwelche anderen Personen?"

„So weit ist es leider nicht gekommen."

„Wie soll ich das verstehen?"

„Ich habe schon gemerkt, dass da etwas ist, das sie bedrückt", erklärte Fitz, „aber ... ich wollte nicht auf ... Das war nicht meine Rolle, da hätte ich mich auf ein Terrain begeben, auf dem ich mich vermutlich nicht zurechtgefunden hätte, während ... Das war unser Spiel, unsere Weltflucht, wenn Sie so wollen, und da hat die reale Welt eben das Nachsehen, das ist ja auch der Sinn, oder?"

„Und wovor genau fliehen Sie?"

„Vor der Leere", antwortete Fitz, ohne zu zögern. „Vor dem Nichts hinter diesem ganzen Getöse."

„Die meisten Menschen, mit denen ich mich über Karinas Mutter unterhalten habe, haben gesagt, dass sie einen ängstlichen bis panischen Eindruck gemacht hat. Der Pfarrer, gut, der ist nicht ganz dicht, aber ... es scheint jedenfalls, dass es etwas gegeben hat, das Helena Sartori große Angst gemacht hat. Haben Sie eine Idee, was das gewesen sein könnte?“

„Hm ... nicht direkt, nein, aber ... einmal, nachdem ich Karina die Geschichte von Gatsby erzählt habe, da ist sie auf die Idee gekommen, dass wir das Ende nachstellen könnten, der Teich als Pool und so, da habe ich mir kurz gedacht, dass da irgendwas nicht ganz im Reinen sein könnte bei denen, aber ... auf der anderen Seite ist die Beschäftigung mit dem Tod, die Faszination des Morbiden ... Gerade die Sensiblen haben ja oft ein Faible für das Düstere, das Vergängliche.“

„Hat sie zufällig einen Einbruch erwähnt?“

„Nein, daran würde ich mich sicher erinnern“, Fitz schüttelte den Kopf, „ist bei ihnen eingebrochen worden?“

„Wenn ich dem Pfarrer glauben darf, hat Helena Sartori ihm davon erzählt ... aber der meint auch, dass weiße Enten manchmal graue Gänse wären.“

„Bitte?“

„Nichts, war nur ...“, Schimmer winkte ab, „wären Sie eigentlich eine Person, besser gesagt ein Ort, an den Karina in Lebensgefahr geflohen wäre?“

„Das hätte ich gehofft ... aber sie hat ja nicht gewusst, wo ich wohne. Also gesagt habe ich es ihr vielleicht, aber sie war nie hier. Außerdem: Das sind fast vierzig Kilometer von hier nach Unterlengbach.“

„Es steht nicht in meiner Befugnis, Sie einfach so vom Haken zu lassen“, meinte Schimmer, nachdem sie für ein paar stille Sekunden im Album vor ihr geblättert hatte.

„Das heißt?“, fragte Fitz leicht konsterniert zurück.

„Dass ich einen Bericht über unser Treffen verfasse, den ich dem Einsatzleiter übermittle, der sich dann wohl ziemlich bald bei Ihnen melden wird."

„Aber da steht jetzt nicht mitten in der Nacht die Kobra mit Waffe im Anschlag an meinem Bett", zeigte sich Fitz nicht sehr begeistert von dieser plötzlichen Wende des eben noch harmonischen Gesprächs.

„Nein. Sie haben sich kooperativ gezeigt, Sie haben mir wichtige Informationen gegeben und machen nicht den Eindruck, ein Verbrechen vertuschen zu wollen."

„Schon seltsam", meinte Fitz nachdenklich, als er Schimmer zur Tür begleitete.

„Was?"

„Es hat mich irritiert, ja, fast geängstigt, dass Sie allein hier aufgetaucht sind. Aber im Nachhinein betrachtet … Wenn Sie zu zweit gewesen wären, hätte ich Ihnen wahrscheinlich nicht … das alles erzählt und diese Bilder gezeigt."

„Das weiß ich zu schätzen", erwiderte Schimmer und drückte dem Mann zum Abschied kurz den Unterarm.

25

Meanwhile, somewhere else. So wie die Ortschaft Nickelsdorf der österreichischen Bevölkerung, wenn überhaupt, aus den Verkehrsnachrichten bei Staus an der ungarischen Grenze bekannt ist, so bezieht auch das Dorf Nagylak seine Bedeutung hauptsächlich aus seiner Lage an der Grenze zwischen Ungarn und Rumänien. Wobei: Eine Bronze-Statue gibt es, die an György Dózsa erinnert, Anführer des ungarischen Bauernaufstands, dessen Heer nach anfänglichen Siegen 1514 von Söldnern des Adels vernichtend geschlagen wurde. Worauf Dózsas Widersacher ihn mit einer glühenden Eisenkrone am Haupt auf einen ebenfalls glühenden Eisenstuhl setzten und seinen gemarterten, aber noch lebendigen Körper von vier schwarzen Pferden zerreißen ließen. Sein zerfetzter Kadaver wurde auf einer schaurigen Tournee quer durch Ungarn geführt und als Symbol der Stärke der Herrschenden sowie als Mahnung an das aufbegehrende Landvolk zur Schau gestellt. Warum der Wirt des einzigen Gasthauses in Nagylak die beiden Männer, die an seiner Bar standen, Kaffee tranken und rauchten, nicht nur mit diesem Wikipedia-Wissen über den lokalen Helden unterhielt, sondern allerlei makabre Details ergänzte, begründeten die Fremden mit der Weltabgeschiedenheit dieses Kaffs und der daraus resultierenden Redseligkeit des Alten. Die ihn jetzt dazu verleitete, aus dem 16. Jahrhundert in die Gegenwart zu springen, zum so sinnlosen wie sündteuren Grenzzaun, den dieser Affenschädel von Ministerpräsident hatte bauen lassen. Was sollte das denn bringen? Wollte der ihnen wirklich weismachen, dass Ungarn von arabischen und afrikanischen Flüchtlingen überrannt werden würde? Schaut euch um, forderte der Wirt seine Gäste mit einer Handbewegung auf. Nur mehr Alte hier, die Dörfer sterben aus, das ganze Land blutet aus, aber das ist nicht nur der Westen, der da saugt, nein, diese ganze korrupte Schurkenpartie, diese Affenfresse und sein Clan, was soll denn ein afghanischer Asylant hier, wo nicht einmal mehr die Ungarn leben wollen! Ist ja bei euch nicht anders, oder? Rumänien, Bulgarien, Polen, wer kann, haut ab in den Westen. Und dafür bauen wir einen Zaun an der Grenze zu Serbien? In Wahrheit will der Faschist doch, dass niemand mehr ausreist! Ganz so wie früher, ja, ich weiß noch, wie das war, unter den Kommunisten, der Wirt schüttelte den Kopf, wischte pro forma mit einem Geschirrtuch über die Bar, viel mehr über seine eigene Vergangenheit wollte er den beiden Rumänen, Bulgaren, Polen, was auch immer sie waren, aus guten Gründen nicht erzählen, vor allem nicht, dass er bis 2004 bei der Grenzpolizei gewesen war: von 1975 bis 1989 darauf gedrillt, die Ausreise, besser gesagt, die Flucht seiner Landsleute in den Westen zu unterbinden, dann illegale Migration aus dem Osten, aus der Ukraine zu verhindern, bevor er noch zwei Jahre die ungarisch-serbische Grenze überwachte und mit Pensionsantritt schließlich in seinen Geburtsort zurückkehrte, wo er, immer noch bei guter Gesundheit, das Wirtshaus im Dorf übernahm. Sein Alter, die gewollte Trägheit seiner Bewegungen sowie das Glasauge, das er seit einem Zwischenfall mit zwei weißrussischen Banditen trug, verliehen ihm die Aura eines tölpischen Bauern, eine Unbedarftheit, aus der die beiden Männer an der Bar – Rumänen, wie sich später herausstellen sollte – wie beabsichtigt nicht schlossen, dass er sich zwischendurch in die Küche verzog, um einen Bekannten anzurufen, der als mobiler Grenzpolizist im Landkreis unterwegs war. Denn so wie in den Augen seiner Gäste nichts den Eindruck der provinziellen Harmlosigkeit trübte, so sicher war sich der Alte, dass die beiden Dreck am Stecken hatten. Und das lag nicht an dem neuen 5er-BMW, der so gar nicht zu ihren 20-Euro-Schuhen aus schwarzem Kunstleder passte, dem nervösen Blick oder dem Flüsterton, in dem sie sich unterhielten. Nein, es war wohl diese einzigartige Mischung aus Instinkt, Beobachtungsgabe und jahrelanger Erfahrung im Umgang mit zwielichtigen Subjekten, die ihn Verdacht hatte schöpfen lassen. Glaubte er. Erzählte er so auch am Abend – als die beiden bereits in Untersuchungshaft saßen – einer Runde von Stammgästen, um seine bedeutungsvolle Vergangenheit zu zitieren, um gut dazustehen, weil die Wahrheit – dass ihm schlichtweg die Visagen dieser Zigeuner nicht gefallen hatten – bei weitem nicht so glorreich klang.

497 Kilometer nordwestlich – bei üblicher Verkehrslage in vier Stunden und fünfzig Minuten zu erreichen – setzte sich Philomena Schimmer am Ufer ihres Baggersees unter einen Baum, holte den Laptop aus der Tasche und begann, den Bericht über ihre Begegnungen zu verfassen. Die Wiedergabe des Gesprächs mit der Verkäuferin, der ehemaligen Arbeitskollegin Helena Sartoris, ging ihr leicht von der Hand, sie brauchte nicht einmal auf die Sprachaufnahme zurückzugreifen. Anders sah es beim Pfarrer und bei Gerald Fitz aus. Warum hatte sie diese Gespräche nicht aufgenommen? Weil der Mann Gottes ihre Aufmerksamkeit von Beginn an mit seinen Kapriolen in Beschlag genommen hatte? Weil sie bei Fitz vom Betreten der Türschwelle an darauf fokussiert gewesen war, nicht

überwältigt und in ein Kellerverlies verschleppt zu werden? Sei's drum, wirklich brisante Informationen hatten sie ihr ohnehin nicht geliefert. Ein möglicher Einbruch. Dazu Karina als Jugendliche, die sich gerne verkleidete und ... verstellte? Hatte das mit dem Nachstellen des finalen Mordes aus der Geschichte des *Großen Gatsby* eine tiefere Bedeutung? War das Mädchen womöglich eines dieser stillen Wasser, die in ihren Tiefen finstere Triebe geheim halten? Gar eine Psychopathin, die in der eigenen Familie eine abartige Fantasie inszenieren wollte, ohne einen Begriff davon zu haben, was sie eigentlich tat? Aber welche Szene hätte ihr dann zur Vorlage gedient? Schimmer versuchte sich an die Bücher in Karinas Zimmer zu erinnern. Nein, Nesbø, Fitzek, Adler-Olsen oder ein anderer dieser kitschigen Gewaltpornografen war dort nicht zu finden gewesen. Überhaupt schien ihr die These mit den Einbrechern aktuell plausibler – auch wenn sie damit zugeben musste, dass ihre Schwester Nemo mit der frühen Spekulation über die rumänische Home Invasion recht gehabt hätte. Wie sollte das abgelaufen sein? Waren sie beim ersten Einbruch, der laut dem Pfarrer ja schon vor etwa zwei Monaten stattgefunden hatte, gestört worden und ohne Beute davon? Und deshalb Wochen später noch einmal zurückgekommen? Allerdings waren die Morde zwischen zehn Uhr abends und Mitternacht verübt worden, im ganzen Haus hatte Licht gebrannt, der alte Sartori war vor dem Fernseher erschossen worden, hier hatte also niemand wie bei den Tatorten im Südburgendland damit gerechnet, ein menschenleeres Haus vorzufinden. Hier war jemand ohne Bedenken hineinspaziert und hatte kaltblütig alle Zeugen eliminiert. Also doch die Profikiller der Gray-Goo-Mafia? Wie auch immer, Schimmer tippte den Bericht zu Ende, ohne sich in Details und Spekulationen zu verlieren. Sie gab wieder, was sie wahrgenommen hatte, dabei wollte sie weder den Pfarrer als nutzlose Witzfigur noch Fitz als verdächtigen Sonderling zeichnen – solche Interpretationen sollte vornehmen, wer Lust dazu hatte. Oh, oh, murmelte sie, als sie Thalias Nachricht las, die auf ihrem Handy eingetroffen war: Ob sie den Trio-Termin beim Friseur vergessen hätte? Ob sie wirklich so skrupellos wäre, sie mit Nemo dort allein zu lassen? Sorry, sorry, sorry, schrieb sie zurück, bin in der Arbeit aufgehalten worden, Einbrecher, Mörder und sonstige Monster jagen. Haha, kam es zurück, stell dich auf eine Home Invasion ein, bei der wir dir den Wein wegtrinken! Schimmer grinste, blickte auf, da sie plötzlich im Schatten saß, weil vor ihr ein Mädchen stand, das sich als Laura Schuch vorstellte: Sie hätten telefoniert, Schimmer hätte gemeint, dass sie am frühen Abend hier am See wäre.

„Ah, und wie hast du mich erkannt?“

„Sie sind die Einzige da, die ich nicht kenne“, erwiderte das Mädchen und setzte sich im Schneidersitz vor Schimmer ins Gras.

„Klingt logisch“, Schimmer zog sich ihren Sweater über, weil sie sich so halbnackt nicht im Vollbesitz ihrer polizeilichen Souveränität wähnte.

„Habt ihr schon was gefunden ... von Karina?“

„Ja ... aber leider nichts, das ich dir sagen darf.“

„Heißt das, dass sie noch lebt?“

„Gut möglich“, erwiderte Schimmer und deutete ein Lächeln an. Warum nicht einen Keim der Hoffnung säen, auch wenn der Worst Case genauso wahrscheinlich war wie ein Happy End. War das nicht wie – ihr ehemaliger Mitschüler fiel ihr ein, der Kläranlagen-Biotechniker, der ihr die Quantenmechanik zu erklären versucht hatte –, war das nicht wie Schrödingers berühmte Katze in der Kiste mit dem letalen Mechanismus, die Katze, die gleichzeitig tot und lebendig sein konnte? „Hast du gewusst, dass Karina sich mit einem erwachsenen Mann bei diesem Waldteich in der Nähe von ihrem Haus getroffen hat?"

„Was?", das Mädchen schien ehrlich überrascht. „Was für ein Mann? Nicht ihr Vater?"

„Nein ... mehr so ein ... älterer Freund, also nichts ... egal ... Karinas Mutter: Wie war sie so?"

„Wie jetzt?"

„Na ja", Schimmer zuckte mit den Schultern, „war sie streng, freundlich ... Hast du das Gefühl gehabt, dass du willkommen bist bei ihnen?"

„Schon", Laura nahm einen Kieselstein und warf ihn ins Wasser, „manchmal war sie ... irgendwie komisch drauf."

„Inwiefern?"

„Na ja, nicht so wie die meisten von hier, so wie meine Mama, nervig, aber ..."

„Aber wenigstens weißt du, woran du bist", schloss Schimmer. „Und bei Karinas Mutter war das nicht so klar?"

„Dass sie Karina und ihren Bruder so oft von der Schule abgeholt hat, obwohl wir ja fast alle mit dem Bus gefahren sind oder mit dem Rad, und Karina ... das hat ihr nicht so gepasst."

„Hat sie gesagt, warum ihre Mutter das macht?"

„Wahrscheinlich hat sie sich Sorgen gemacht", Laura sah Schimmer fragend an, als überschritte sie mit dieser Erklärung ihre Befugnisse.

„Ja, das denke ich auch", stimmte Schimmer zu, „ich hab schon von mehreren Leuten gehört, dass sie ziemlich ... Weißt du vielleicht, wovor sie sich gefürchtet haben könnte?“

„Wovor?“ Laura sah sie verständnislos an. Was? Gar nichts? Keine Vorstellung von fremden Männern, die im Schritttempo vorbeifuhren und anboten, einen nach Hause zu bringen? Nie eine Unterweisung bekommen, wie man im Fall des Falles mit Pädophilen umging? Lebten die hier noch in den seligen Achtzigern, als einzig der wohlgelittene Onkel seinen kleinen Nichten und Neffen so Sachen zeigen wollte?

„Hm ... haben sie sich gestritten deswegen, Karina und ihre Mutter?“

„Ja, glaub schon.“

„Und ihr Vater? Mit dem hat sie sich gut verstanden?“

„Ja, glaub schon“, das Mädchen sah Schimmer an, als wollte es ihre Zustimmung einholen, „aber der hat ja auch immer coole Sachen mit ihr gemacht.“

„Glaubst du, dass sie davongelaufen sein könnte? Bevor das passiert ist?“

„Aber wohin denn?“

„Ja. Wohin denn.“

26

Muster hatte Bernd Jonas ausgequetscht, bis kein Quäntchen Energie mehr übrig war. Erschöpft saß der sonst so aufgedrehte CEO vor ihm, Blick nach unten, krummer Rücken, Hände im Schoß. Kraftlos wiederholte er, worauf er schon zu Beginn der Vernehmung bestanden hatte. Warum er ihnen denn von diesem Verhältnis, das nicht einmal ein solches war, ein Strohfeuer höchstens, erzählen hätte sollen? Vergessen, vergeben, aus den Augen, aus dem Sinn, das hatte doch nichts mit dem zu tun, was Helena zugestoßen war! Und woher sollten sie das wissen? Dass sich seine mutmaßliche Enttäuschung über die Zurückweisung nicht zu einem großen Bösen entwickelt hat, die Kränkung zu einer narzisstischen Wut, zu einer Spirale des Hasses, einer unkontrollierbaren Aggression, ein letzter Versuch, Helena doch noch zu gewinnen, der erste Schuss vielleicht sogar ein Versehen, der Rest dann eine Overkillreaktion? Eine was? Overkill, als reflexhafter Versuch nach der Tat, das ganze Ereignis auszulöschen, indem das ganze Umfeld ausgelöscht wird? Als Muster diese These an Jonas herantrug, erkannte er in dessen Augen, in der gesamten Mimik, nur Fassungslosigkeit. Weil es so abwegig war? Oder weil in diesem Moment das Verbrechen, das er wie einen schlechten Traum beiseitegeschoben hatte, in seinem gesamten monströsen Ausmaß über ihn hereinbrach? Was für ein Schwachsinn! Wüssten sie, wie viele Weiber welchen Kalibers ihm liebend gerne die Matratze wärmen würden? Nein, wüssten sie nicht, aber so ein übersteigertes Selbstbewusstsein passte doch perfekt zur These des gekränkten Narzissten, oder? Schwachsinn! Mit solchen Haarspaltereien könnten sie ihm ja aus allem, was er sagte, einen Strick drehen! Richtig, dann drehen wir einen anderen Faden dazu, vielleicht war seine intime Beziehung ja nicht das einzige mögliche Motiv. Vielleicht versteckte sich ja eins in geschäftlichen Konflikten? Mussten sie alle kleineren oder größeren Prozesse durchforsten, die seine Firma in den vergangenen Jahren auszufechten gehabt hatte? Was war zum Beispiel mit dieser Millionenklage aus den USA wegen einiger Kehlkopfkrebspatienten, die möglicherweise an Titandioxidpartikeln erkrankt waren, die in einem Medizinprodukt von NATHAN enthalten waren? Lächerlich, erwiderte Jonas, absurd, völlig absurd, er kam aus dem Kopfschütteln kaum mehr heraus. Eine Familie zu ermorden wegen solch eines vagen Verdachts? Außerdem hatte Helena mit diesen Produkten überhaupt nichts zu tun gehabt, erklärte Jonas. Das können Sie beschwören?, wollte Muster wissen. Denn während sie hier redeten, würden seine Kollegen Jonas' Büros und die Wohnung ausräumen, jeden Ordner, jeden PC, jedes Handy, jede Druckerfestplatte beschlagnahmen. Könnten sie irgendwas finden, was er nicht auch freiwillig herzeigen würde? Nicht ganz saubere Buchführung, Geschäftskontakte, die gegen Sanktionen verstießen, heikle Deals mit Schurkenstaaten, Versuche, die gegen den wissenschaftlichen Ethikkodex verstießen? Dann wäre jetzt der Zeitpunkt, reinen Tisch zu machen. Weil früher oder später ohnehin alles ans Licht käme, er wäre nicht der Erste, der diese Erfahrung machte. Etwa an dieser Stelle hatte Muster eine subtile Änderung in Jonas' Verhalten wahrgenommen, einen Haarriss, einen subtilen Farbwechsel in der Aura der Selbstsicherheit, wie es die Esoteriker nennen würden, die von den Volksschullehrerinnenzimmern aus mittlerweile sogar schon die Polizei infiltriert hatten. Spucken Sie's aus, hatte er den Mann ermuntert, in leicht gemilderter Tonlage, weniger Daumenschraube als: Erleichtern Sie Ihr Gewissen, das wird Ihnen guttun, Sie werden sehen, danach wird alles gut. Das glauben Sie doch selber nicht, hatte Jonas müde erwidert.

Bei NATHAN versuchte währenddessen eine der Laborleiterinnen zum wiederholten Male, ihren Chef zu erreichen. Das war nicht seine Art. Wenn er wusste, dass er werktags über mehrere Stunden nicht erreichbar wäre, gab er Bescheid oder richtete eine Weiterleitung ein. Die war deaktiviert. Was bedeutete, dass er eigentlich erreichbar war. War er aber nicht, verdammt, was sollte sie tun? Die Polizei anrufen? War es möglich, dass Bernd schon Bescheid wusste und sich abgesetzt hatte? Nein, nicht Bernd, das war nicht seine Art. Okay, ruhig, tief atmen, ruf dir die Übungen von Thich Nath Hanh in Erinnerung, einatmend weiß ich, dass ich einatme, ausatmend weiß ich, dass ich ausatme, es ist nicht mein Fehler, dass die Proben weg sind, ich habe sie nicht, das muss Helena gewesen sein, wer sonst, das waren alles ihre Reagenzien, einatmend nehme ich meinen Körper wahr, ausatmend nehme ich meinen Körper wahr, aber was hätte sie damit wollen?, das waren doch, das war doch alles nicht marktreif, das hätte sich an niemanden legal verkaufen lassen, außerdem: Helena?, nein, das konnte sie nicht glauben, einatmend nehme ich meine Gefühle wahr und lindere sie, ausatmend nehme ich meine Gefühle wahr und lindere sie, andererseits: Ein wenig seltsam war sie schon gewesen zum Schluss, oder? Nein, das war unfair, die Mutter schwer krank, dazu zwei Kinder, keinen Mann, einatmend nehme ich meine schmerzlichen Gefühle wahr, ausatmend lindere ich sie, Blödsinn, wenn sie einen gebraucht hätte, hätte sie sich einen zugelegt, fesch war sie ja, gescheit sowieso, zu gescheit wahrscheinlich, das mögen ja auch die wenigsten, einatmend nehme ich meinen Körper wahr, ausatmend nehme ich meinen Körper wahr, meine Zehen, meine Fußsohlen, meine Beine, ausgerechnet die ERP-17, da machen wir uns lustig über die ganzen Spinner mit ihrer Gray-Goo-Panik und dann verschwindet ausgerechnet bei uns der einzige Stoff, bei dem das im Bereich, nein, lass dich nicht anstecken, ha, anstecken, einatmen, ausatmen, bei dem es tatsächlich im Bereich des Möglichen liegt, dass, hör auf, du bist Wissenschaftlerin, selbst wenn das Zeugs freigesetzt worden ist, liegt die Wahrscheinlichkeit, dass sich daraus, Scheiße, ah, jetzt ging er endlich dran.

„Bernd!", rief sie ins Headset. „Wo bist du? ... Kannst du bitte in die Firma kommen? ... Ja, es ist wichtig ... Nein, da möchte ich lieber nicht am Telefon darüber reden ... Okay, danke, bis gleich."

Inzwischen hatten sich die drei Schwestern auf Philomenas Balkon eingefunden, Nemo im Liegestuhl, Thalia und Philomena auf Hockern, weil sich neben dem üppigen Oleander und den fünf Töpfen mit Kräutern nicht mehr Platz fand. Im Licht der flach einfallenden Sonnenstrahlen lag ein goldener Glanz auf den Haaren der frisch Gestylten – Kitsch in dieser Art hatte sich Schimmer zurechtgelegt, sobald das Gespräch auf den Friseurbesuch käme. Die Wahrheit dahinter: Thalia sah noch bezaubernder aus als sonst, eine ewig junge Waldfee. Nemo sah immer noch aus wie Nemo, eine gallige Marketingchefin, die sich aus Angst vor ihrem baldigen Vierziger vom Jennifer-Aniston-Look in allen peinlichen Varianten verabschiedet und dem Friseur ein Foto von Tilda Swinton gezeigt hat. Und diese subjektiven Wahrheiten hatte Schimmer nun auszubalancieren.

„Spring Glow heißt dieses Blond“, meinte Nemo, „wie findest du's?“

„Geradezu feenhaft“, entschied sich Philomena für die schmeichlerische Variante, obwohl ihr auch die giftige – *Autumn Glow wäre passender* – auf der Zunge gelegen war. „Cool, dass du dich das traust.“

„Was trauen?“

„Na, so viel wegschneiden.“

„Findest du es zu kurz?“

„Überhaupt nicht“, beschwichtigte Thalia.

„Nein“, bestätigte Philomena, „erinnert mich an die ... ah, jetzt fällt mir der Name nicht ein, diese Schauspielerin ...“

„Kristen Stewart?“

„Tilda Swinton.“

„Die ist weit über fünfzig!“, empörte sich Nemo.

„Im Ernst?“, Thalia griff zu ihrem Smartphone. „Ja, stimmt, fast schon sechzig, aber das sieht man der echt nicht an, ich hätte die auf Mitte vierzig geschätzt.“

„Ich bin noch nicht einmal vierzig“, sagte Nemo.

„Ich habe ja auch nicht behauptet, dass du aussiehst wie sie“, erwiderte Philomena, „also vom Alter her, sondern eher ... das Würdevolle halt.“

„In Würde altern, vielen Dank!“

„So war das jetzt sicher nicht gemeint“, sagte Thalia, „sei froh, dass du nicht wie eine dieser Nullachtfünfzehn-Instagram-Tussen aussiehst.“

„Hab schon verstanden“, meinte Nemo eingeschnappt und hielt Philomena ohne weiteren Kommentar ihr leeres Weinglas hin.

„Dir kann man's aber auch nicht recht machen“, erwiderte diese mürrisch, nahm das Glas und stand auf. Zurück kam sie mit einer vollen Flasche und der Fernsehzeitung; irgendeine Serie, irgendwas ließ sich bestimmt finden, bei dem sie sich wieder aussöhnen könnten. „Schauen wir *Heimatleuchten*?“, bot sie an, weil sie wusste, dass Nemo ihr Leben als moderne Businesslady in unsteten Zeiten gerne mit nostalgischem Kitsch ausglich. Sie traute sich zu wetten, dass ihre Schwester in einem Geheimfach ihres Autos eine CD der Kastelruther Spatzen versteckte.

„Wo spielt es denn?“, kam es schon wesentlich milder zurück. Nemo nahm sich die Zeitung. „Oh, Passeiertal, dort soll es echt schön sein.“

„Wart ihr da nicht letztes Jahr zum Törggelen?“, brachte Thalia ein.

„Wollten wir ... aber dann sind wir doch nach Ägypten zum Tauchen.“

„Klimaschweine!“, sagte Thalia und erntete nur einen schuldbewussten Blick. Aber wenn ich so was sage, dachte sich Schimmer und ersuchte ihre Schwestern um einen Wechsel auf die Couch, weil es schon zwölf nach acht war.

Was für ein billiger Blut-und-Boden-Kitsch, sagte sie sich, als die Kamera über das Gesicht eines alten Einheimischen zog, in dezenter Zeitlupe und ohne Ton natürlich, damit man sich auf die ehrlichen Furchen konzentrieren konnte, die das harte Leben ihm eingekerbt hatte. Was für ein ranziges Chauvinistentum, musste sie anmerken, als ein sogenanntes Original mit weißem Rauschebart ein paar Sprüche losließ, die in einem Bauerntheater der 1980er Jahre schon abgeschmackt gewesen wären. Von wegen, dass er für Ausfahrten sein altes BMW-Motorrad vorzöge, weil da seine Frau hinter ihm säße und er sie nicht hören müsste. Die Frau, die wie alle anderen in diesem Beitrag nichts zu sagen hatte, sondern nur wie ein uriges Dekor am Rande beim Teigkneten und Krautschneiden gezeigt wurde. Schimmer wollte nicht verstehen, wie ihre ältere Schwester so einem Mist mit verklärtem Blick zusehen konnte, wie sie sogar lachte bei einem weiteren Witz, der sich auf das Suchtpotenzial des Geschirrspülens bezog, dem sich der alte Depp auf keinen Fall aussetzen wollte.

„Bitte! Wie kann man im 21. Jahrhundert so einen reaktionären Chauvidreck senden“, konnte sie ihren Ärger nicht zurückhalten.

„Weil der Besitzer des Senders nicht nur Milliardär, sondern genauso ein Chauvi ist?“, schlug Thalia vor.

„Gut möglich, zu viel Red Bull im Blut ... Taurin, das ist doch ein Stierhodenhormon, oder?“

„Taurus, tauri: der Stier“, dozierte Thalia, was eigentlich Philomenas Part gewesen wäre.

„Können wir uns nicht einmal was ansehen, was mir gefällt, ohne dass ihr mir das mit euren ... mit eurem Zynismus und Emanzentum vergällen müsst?“, ereiferte sich Nemo.

„Also bitte“, sagte Philomena, „wenn was zynisch ist, dann diese ... Und erklär mir mal, wo du beruflich heute ohne die Emanzipationsbewegung wärst!“

„So ein Schmarrn“, kam es zurück, „das habe ich mir verdammt noch mal selbst aufgebaut!“

„Ich fass es nicht“, murmelte Schimmer, „wie kann unsere großartige Mutter ...“

„Apropos Bauerntheater“, unterbrach Thalia die Diskussion, „ein Klient hat mir Gutscheine für die Wiener Wiesn geschenkt, fängt in zwei Wochen an ... Gehen wir zusammen hin?“

„Voll gern“, erwiderte Nemo, „wenn du willst, Philli,

kann ich dir mein zweites Dirndlkleid borgen, das ist mir eh zu klein."

„Genau", Schimmer schielte auf die Weinflasche und fragte sich, ob das alles mit Alkohol vielleicht leichter zu ertragen wäre. „Ausgerechnet ich in so einem ..."

„Wieso ... In einem Dirndl macht man eigentlich fast immer eine gute Figur."

„Danke, Schwesterchen, wo wäre ich nur ohne deine Liebe zur Wahrheit."

„War das jetzt irgendwie böse?", wandte sich Nemo an Thalia.

„Was? Ich hab nicht zugehört ... Sag, Philli, weil da gerade von einem Sartori die Rede war: Hat nicht auch diese ... der Fall von dir mit den vier Toten ..."

„Helena Sartori, ja ... da war heute die Beerdigung, in Südtirol."

„War da wer von euch vor Ort?", fragte Thalia.

„Weil der Mörder, wenn schon nicht zum Tatort, dann wenigstens zur Beerdigung zurückkommt?"

„Könnte ja sein, oder?"

„Ich nehme schon an, dass sie wen abgestellt haben", Schimmer griff sich ihren Laptop und suchte nach der Webpräsenz einer Südtiroler Zeitung. „Da: Riesige Anteilnahme, blabla, mehr als tausend Menschen, die sich verabschieden wollten ... ma, ist das schlimm, vier Särge ..."

„Also, bei aller Liebe", Nemo stand auf, richtete ihren Rock und beugte sich für einen flüchtigen Wangenkuss zu ihren Schwestern, „aber das ist mir gerade zu viel Realität hier, ich mach mich auf dem Heimweg."

„Muss dir wer *heimleuchten*?", probierte es Schimmer mit einem versöhnlichen Abschiedsscherz, den ihre Schwester leider nicht aufgriff.

27

„Ich weiß etwas, das diese Schaßblätter nicht wissen!“, eröffnete Oberst Tengg gut gelaunt um Punkt acht das Morgenmeeting und knallte einen Schnellhefter auf den Tisch. „Wenn wir was lösen, dann wehe euch Bösen! Oh, Kollegin Schimmer, schön, dich dabeizuhaben, guten Morgen!“

„Der Kaffee scheint wieder in Ordnung zu sein“, merkte einer der Polizisten an.

„Grüntee“, Tengg hob seine Tasse und nahm wie zur Beweisführung einen Schluck, „aus Südkorea. Genauso gut wie der japanische, kostet aber die Hälfte. Gut ... die Rumänen.“

„Rumänen?“, kam es von Leitner. „Hab ich was verpasst?“

„Na, zum Glück gibt es noch Kollegen, die meine Memos nicht lesen und mir die Freude schenken, sie überraschen zu dürfen. Also: Sternzeit 2018, Logbuch Käpt'n Tengg: Der Föderation ungarisch-rumänischer Grenzwächter sind gestern zwei Rumänen ins Netz gegangen. Gestohlenes Fahrzeug, gefälschte Pässe und!“

„Ich würde diesen Tee untersuchen lassen“, raunte ein Kriminaltechniker Schimmer zu, „gerade bei so südkoreanischen Anbauern: psychotrope Pestizide, sag ich nur.“

„Und! Ihre Abdrücke passen zu unseren Tatorten in Unterlengbach und Jennersdorf. Sieht ganz so aus, als wäre das ein Jackpot, oder?“, tönte Tengg, als hätte er die beiden Verdächtigen selbst aus dem gestohlenen BMW gezerrt.

„Haben sie was gesagt? Hat sie schon wer einvernommen?“, fragte eine Beamtin nach.

„Ja, das Übliche: Sie wären Touristen, hätten Urlaub in Österreich gemacht und den Wagen sehr günstig von einer Zufallsbekanntschaft gekauft, die ihn nicht mehr gebraucht hätte“, Tengg ließ den Schnellhefter reihum gehen, „kein Kaufvertrag, kein Typenschein, aber dafür wäre er auch sehr günstig gewesen. Von den Gegenständen im Kofferraum – Tablet, Laptop, Videokamera, Schmuck – hätten sie nichts gewusst.“

„Ist das der Laptop von der Sartori?“, wollte einer der Anwesenden mit Blick auf einen der Ausdrucke wissen.

„Ja.“

„Wann bekommen wir sie?“, fragte Muster.

„Heute Abend ... hoffentlich. Das heißt ...“

„Überstunden“, kam es aus mehreren Mündern zurück.

„Ich lasse meinen Babysitter jetzt vom Innenministerium bezahlen“, murrte Muster. Womit er weniger seinem Ärger über die absehbare Nachtarbeit Ausdruck verlieh als eher einem allgemeinen, aufgestauten Unwohlsein im Zusammenhang mit diesem Fall. Von Anfang an – zumindest redete er sich das jetzt ein – war er auf Kriegsfuß mit dieser Geschichte gestanden, oder? In eine Richtung losgestürmt, nur um tags darauf einen Ruf aus der entgegengesetzten zu hören. Dann Philomena und ihr Pfarrer mit diesen gefräßigen Nanomonstern: Weltuntergangs-Wahnsinn, der sich so schnell plausibel anhörte, dass einem nicht einmal Zeit blieb, richtig Angst zu bekommen. Dann hat plötzlich der Jonas eine Affäre mit Helena Sartori gehabt! Töchterchen Karina tanzt derweil mit irgendeinem abgedrehten Nerd als Waldfee um einen Teich. Und jetzt springen wie die Kaninchen aus dem Zylinder zwei Rumänen auf die Poleposition der Verdächtigen, weil sie nachweislich im Haus von Helena Sartori gewesen sind und obendrein ihren Laptop im Kofferraum des offenkundig gestohlenen Wagens haben. Gut. Dass es in komplexen Fällen unerwartete Wendungen gab, war Muster nicht fremd. Auch damit, eine falsche Spur verfolgt zu haben oder einer Unwahrheit aufgesessen zu sein, konnte er leben, das war frustrierend, gehörte aber zum Beruf. Weshalb er nicht einmal genau sagen konnte, was konkret ihm jetzt so auf die Nerven ging. Es war ein diffuses Gefühl. Verspottet, ausgelacht, nicht ernst genommen zu werden, ohne dafür einen Verantwortlichen ausmachen zu können. Den Göttern als Witz zu dienen, fiel ihm unvermittelt ein Vergleich aus der griechischen Antike ein, wahrscheinlich aus Philomenas erstaunlichem Sagenschatz. Herumzutappen, durch einen treibenden Fluss an Informationen zu waten, einen Datenhaufen verstehen zu wollen, den ein gutes Dutzend an Ermittlern laufend vergrößerte. Gab es eigentlich irgendjemanden unter ihnen, der sich die laufend aktualisierten Berichte komplett durchlas? Hatte jemand Zeit für diesen Scheiß?

„Wir sehen die Welt vor lauter Daten nicht“, sagte er, in leicht theatralischem Ton, worauf ihn seine Kollegen, die mittlerweile mit der Präsentation ihrer Ermittlungsergebnisse begonnen hatten, erstaunt bis besorgt ansahen.

„Ein sehr schöner Vergleich, Michi“, meinte Schimmer, „könnte von Blaise Pascal sein, wenn der schon einen Computer gehabt hätte.“

„Wobei, Computer im ursprünglichen Sinn“, brachte einer der beiden Kriminaltechniker ein, „als die katholische Kirche bei der Umstellung vom julianischen auf den gregorianischen Kalender ...“

„Jaja“, unterbrach Oberst Tengg, „ich weiß euer famoses *Millionenshow*-Wissen sehr zu schätzen, aber, Michi: so what?“

„Ich meine ja nur ... kommt es euch nicht komisch vor, dass wir hier auf der Stelle treten und ...“

„Auf der Stelle treten?“, ließ Tengg Muster nicht ausreden. „Woche zwei und wir haben die Hauptverdächtigen in U-Haft?! Was ärgert dich da? Dass es vielleicht doch nicht deine grauen Gänse und die Nano-Mafia waren?“

„Diese, ähm, diese These habe ich ins Spiel gebracht“, versuchte Schimmer ihren Ex zu verteidigen.

„Ist doch egal. Wir sind ein Team, viele Wege, ein Ziel. Und morgen Abend, nein, geht nicht, da bin ich ... egal, übermorgen gebe ich ordentlich einen aus.“

„Hm“, rutschte es Muster heraus, der sich warum auch immer sehr sicher war, dass es so bald nichts zu feiern gäbe.

„Ja, noch was, Michi?“

„Nein, nur: hm, wie: Lasst uns sehen.“

„Ja, lasst uns sehen, wie wir die beiden Rumänen heute Nacht zerlegen, oder?! Also, Karin, du warst dran vor Herrn Musters Bonmot.“

„Ja“, sagte die Polizistin zögerlich, „wobei das höchstwahrscheinlich eh nicht mehr relevant ist ... also für den Mordfall zumindest, sonst wahrscheinlich, egal. Es geht erstens um ein Projekt, an dem Helena Sartori quasi free solo gearbeitet hat, vereinfacht gesagt: kleine gefräßige Nanobiester, die sich im Meer tummeln sollen, dort Mikroplastik auffressen, umwandeln und dann irgendwie unschädlich zerfallen.“

„Klingt doch ziemlich genial“, meinte Schimmer.

„Ja, eh ... aber soweit ich das beurteilen kann, also, soweit ich es aus den Erläuterungen der Laborleiterin verstanden habe, war das größte Problem eben die Instabilität dieser Teile, vor allem, dass die Replikation nicht kontrolliert abgelaufen ist und die nicht beim Plastik aufgehört haben, sondern auch an anderen Kohlenstoff-...Organismen interessiert waren. Und zweitens, und jetzt wird es brenzlig: Bernd Jonas hat sich heute früh gemeldet und gemeint, dass sie gestern Abend draufgekommen sind, dass genau von diesen Substanzen ein paar verschwunden sind."

„Das heißt?", fragte Tengg und seufzte. Endlich einmal Old-School-Schwung in der Bude – schwer verdächtige Rumänen in gestohlenem BMW – und dann musste wieder dieser undurchsichtige Technikkram aufpoppen. Hm, vielleicht hatte Muster ja das gemeint, wir sehen die Welt nicht, weil diese Teile so klein und so viele sind, na ja, eh schlau, wo er recht hat, hat er recht.

„Dass sich die Waagschale wieder neigt", meinte Muster.

„Michi!", forschte Tengg ihn an. „Dein Meditationszirkus und das alles in Ehren, aber hör mir jetzt auf mit diesen ... Was für eine Waagschale?"

„Kurz war das Gewicht bei den Rumänen", schloss Leitner, „jetzt pendelt es wieder zurück zu diesem Nanozeugs da."

„Von mir aus", gab sich Tengg versöhnlicher, „gebt der AGES Bescheid, die soll das mit Nachdruck verfolgen ... Letzter Punkt, und ich hoffe, der hat null Gewicht auf Michis Waagschale. Philomena: Was ist das mit diesem ... Transvestiten?"

„Cosplay, er inszeniert die 1920er Jahre", erwiderte Schimmer leicht verärgert und wunderte sich augenblicklich, wieso sie Fitz innerlich verteidigte, wo er ihr anfangs ebenso suspekt beziehungsweise pervers beziehungsweise gefährlich vorgekommen war. „Ich sehe keinen Grund, warum er uns anlügen sollte, aber es schadet sicher nicht, ihn genauer zu durchleuchten, oder?“

„Leite ich weiter“, meinte Muster. „Diese Freundin, Laura, hat die eigentlich irgendwas erwähnt, dass Karina ihr erzählt hat, dass sie mit ihrem Vater in den letzten vier, fünf Monaten sehr oft und sehr ausgiebig telefoniert hat?“

„Nein“, erwiderte Schimmer, „nur, dass die beiden eine ziemlich gute Beziehung gehabt haben, warum?“

„Ich bin Morells Einzelgesprächsnachweis gestern noch einmal durchgegangen: Seit Ende Mai haben sich die Telefonate mit dem Festnetz seiner Ex quasi vervierfacht.“

„Wobei wir nicht wissen, mit wem aus der Familie er telefoniert hat“, kam es aus der Runde, „aber es stimmt: Auffällig ist es.“

„Dann fragt ihn“, schloss Tengg.

„Warum können wir eigentlich nicht voneinander lassen?“, Schimmer rührte mit einem dicken Strohhalm in einem spinatgrünen Smoothie, der sie antioxidativ durchzuputzen versprach: Master of Detox. Auf Musters Wunsch waren sie nach dem Morgenmeeting in ein hippes Lokal im siebten Bezirk gefahren, das aufgrund der hohen Dichte an Jungmüttern nebst Nachwuchs einen recht schrillen Lärmpegel aufwies. Warum bloß hier, zwischen frei liegenden Brüsten und keck geparkten 1.000-Euro-Kinderwägen? Hatte er keine Angst, dass seine Frau plötzlich auftauchen könnte?

„Es ist schon paradox“, meinte er, „dass gerade die Frauen, die eben erst ein Kind bekommen haben, sich aufführen, als wären sie allein auf der Welt.“

„Deine akute philosophisch-psychologisch-soziologische Attitüde macht mir ehrlich gesagt Sorgen. Erst das mit dem Datenwald, jetzt die Mutteranalyse ... Waren die Vernehmungen gestern so arg?“

„Was? Nein, ist eh alles gelaufen wie ... Aber ... hast du nicht auch manchmal das Gefühl, dass ...“

„Jaaaa?“, machte Schimmer, weil Muster sich darauf verlegt hatte, die kleinen Distelölinseln in seiner Karotten-Kraft-Kombi mit dem Strohhalm nach unten zu drücken.

„Dass sich die Welt zurückzieht, irgendwie so ... widerständig wird ...“

„Unverfügbar“, meinte Schimmer, weil sie dieses Gefühl so gut kannte, dass sie ihm längst einen passenden Namen gegeben hatte. Unverfügbar, so war ihr zeit ihres Aufenthalts in der Psychiatrie so gut wie alles erschienen, das zuvor Freude, Sinn, Lebensgrundlage bedeutet hatte. Ohne, dass irgendetwas Vergleichbares an dessen Stelle getreten wäre.

„Ja, das trifft es“, Muster seufzte, „da ackert man sich durch die gesamte Lebensgeschichte von jemandem, Beruf, Privatleben, Familie, und je mehr man zu wissen glaubt, desto mehr entfernt sich die Person, der ganze Fall wieder, absurd ... Weißt du, was ich meine?“

„Ich denke schon. Aber vielleicht löst sich dieses Problem im konkreten Fall eh heute Abend auf.“

„Glaubst du?“

„Nein“, erwiderte Schimmer, ohne zu zögern. Bei allem Optimismus, den Tengg an den Tag gelegt hatte: Warum hätten die beiden Rumänen sich nicht sofort nach diesem Massaker abgesetzt, wären nicht noch in derselben Nacht auf Nimmerwiedersehen verschwunden? Und wie bescheuert wäre es, den gestohlenen Laptop im Kofferraum herumliegen zu lassen? Das passierte einem doch nur, wenn man keine Ahnung davon hatte, dass die Besitzerin ermordet worden war, oder? Oder auf die beiden traf Nemos Beschreibung der rumänischen Waisenhausabsolventen zu: so unfähig, Gefühle bei anderen wahrzunehmen, wie die Konsequenzen des eigenen Handelns abzuschätzen. Dumme, stumpfe Psychopathen, die ihr ganzes Leben lang zwischen Raubzügen und Gefängnis pendelten, menschlicher Abschaum, den man besser, verdammt, wie konnte sie so schnell von den Gedanken ihrer Schwester zu deren Gefühlen switchen? Wo waren sie gerade gewesen? Ah, die Unverfügbarkeit der Welt, genau. „Du solltest dir vielleicht einen halben Tag freinehmen, ins Kino gehen oder so ... Im KHM zeigen sie gerade Caravaggio."

„Hä?"

„Na ja ... weil die Welt ... So zickig wird sie meiner Erfahrung nach, wenn man sie zu sehr bedrängt."

„Und was soll ich dann im Museum oder Kino?"

„Einen anderen Zugang finden oder ..."

„Und was sollen wir uns anschauen?"

„Wir?", Schimmer lachte auf. „Du glaubst doch nicht, dass ich mit dir am helllichten Tag ins Kino gehe, warum nicht gleich ins Stundenhotel."

„Chm", räusperte sich eine stillende Frau am Nebentisch.

„Jaja", murmelte Muster, „die fette Titte für alle frei zur Schau stellen und gleichzeitig auf prüde machen."

„Bevor ich's vergesse", sagte Schimmer, nur um Muster davon abzuhalten, die Frau anzuschnauzen, „war eigentlich wer von euch bei der Beerdigung, in Südtirol?"

„Hm? Ja, der Schnitzler und die Janacek, warum?"

„Weil ich mir gestern mit meinen Schwestern *Heimatleuchten* angeschaut habe. Hat im Passeiertal gespielt und da habe ich an die Sartoris denken müssen und danach im Internet nachgeschaut, was der Boulevard so bringt."

„Und?"

„Pietätlose Schweine, Hauptsache, Tränen im Close-up, gerade, dass sie keinen Liveticker der Beerdigung hineingestellt haben: 14:52: Pfarrer schwenkt Weihrauchfass, 15:13: *Somewhere Over the Rainbow* ..."

„Das haben sie gesungen?", fragte Muster.

„Nein, keine Ahnung, war nur so eine Fantasie ... Aber ist ihnen irgendwas aufgefallen?"

„Wem?"

„Dem Schnitzler und der Janacek!", Schimmer klopfte ihrem Gegenüber mit den Fingerknöcheln auf die Schädeldecke. „Verdammt, hol dir ein paar Ecstasy aus der Asservatenkammer, vielleicht hilft das."

„Nicht dass ich wüsste ... war wahrscheinlich das halbe Tal am Friedhof, das ist echt eine harte Vorstellung, die vier Särge, vor allem der kleine ... Kindersärge vertrage ich überhaupt nicht!"

„Könnten Sie sich bitte eine Spur leiser unterhalten", eine Kellnerin war an ihren Tisch herangetreten, „es sind Mütter mit ihren Kindern hier."

„Okay, gar kein Drama, wir wollten eh gerade gehen", beschwichtigte Schimmer, vor allem ihren Ex, dessen grüblerische Stimmung beim falschen Impuls sehr schnell in Jähzorn umschlagen konnte, und dann war er imstande, so einen schwächelnden türkisen Designertisch mit einem Schlag zu Kleinholz zu machen.

Während Muster sich nicht dazu durchringen konnte, seine versperrte Welt auf unkonventionelle Weise zu öffnen – er war schließlich Staatsbediensteter und nicht Bummelstudent irgendeines Orchideenfachs! –, wusste Schimmer auf dem gemeinsamen Weg zur U-Bahn, dass sie sich für den Rest des Tages freinehmen wollte. Sollte, musste, denn in ihrem Kopf mehrten sich die Zeichen für eine baldige Krise: ein nicht enden wollendes Déjà-vu, das ihr seit dem ersten Schluck des giftgrünen Smoothies das Gefühl verschaffte, all das schon einmal erlebt zu haben. Der zunehmende Druck in den Schläfen. Das hitzige Prickeln im Nacken, die leichte Übelkeit. Über all dem die altbekannte Angst – die so alt und bekannt gar nicht sein konnte, als dass sie einen nicht völlig einzunehmen vermochte. Wovor, fragte sie sich, während sie stadtauswärts ging, da ihr eine Fahrt mit der U-Bahn nicht mehr möglich gewesen war. Davor, die Kontrolle zu verlieren, dem Wahnsinn zu verfallen. Was so unwahrscheinlich gar nicht war, weil diese Angst einen nur packen konnte, wenn man dem Wahnsinn nicht nur ins Gesicht sah, nein, wenn er selbst schon aus einem herausblickte! Wenn die Bilder im peripheren Blickfeld zu verschwimmen beginnen, du nicht mehr weißt, was echt und was eingebildet ist, atmen, atmen, ermahnte sie sich, tief und langsam, die Bauchdecke heben, jetzt gehst du heim, nimmst 200 Milligramm Seroquel, oder noch besser ein Opipramol, das macht dich nicht ganz so müde, dann kannst du immer noch eine Waldrunde gehen, so redete sie auf sich ein, und so wie manche Menschen, die ihr entgegenkamen, sie anblickten, sprach sie vielleicht sogar laut, oh Gott, jetzt war sie endgültig zu einer von denen geworden, sie blieb kurz stehen, fummelte ihre Kopfhörer aus der Umhängetasche, entwirrte das störrische Kabel und drückte die Stöpsel in die Ohren, so war es zumindest möglich, dass sie telefonierte. Eine knappe Stunde später fand sie sich auf dem Satzberg wieder. Verschwitzt und durstig. Daran hätte sie denken können, als sie an der Bäckerei in der Linzer Straße vorbeigekommen war, nein, hätte sie nicht, ihr einziges Ziel war gewesen, das Chaos in ihrem Kopf zu besänftigen, und wenigstens das war ihr gelungen. Sie setzte sich in die Wiese, pflückte eine winzige Blume, deren Namen sie nicht kannte, und betrachtete sie eingehend. Sie hörte ein Grunzen und Schnauben. Blickte auf und sah eine Horde Wildschweine, eine Bache und vier Frischlinge, die in etwa fünfzig Metern Entfernung am Waldrand entlangspazierten. Schimmer wusste nicht, ob sie ihren Sinnen trauen sollte. Nichtsdestotrotz gelang es ihr, das Bild zu genießen, die hoppelnden Jungtiere, die gemächliche Mutter, ein Idyll. Hinter dem jetzt eine Frau aus dem Wald trat, zierlich, barfuß und in einem schlichten weißen Kleid, weshalb sie einer Elfe ähnlicher sah als einer Spaziergängerin, vielleicht war es aber auch eine Patientin von der Baumgartner Höhe, mutmaßte Schimmer, bevor die Frau in ihre Richtung blickte, kurz innehielt und näherkam, bis ihr Gesicht zu erkennen war.

„Helena Sartori", stellte Schimmer verblüfft fest, als die Frau sich in gebührlichem Abstand zu ihr niederließ.

„Philomena Schimmer", kam die Antwort.

„Na wenigstens sehe ich keine Einschusslöcher", murmelte Schimmer, verwundert, dass sie so wenig verwundert war; dass ihr die Erscheinung sogar Klarheit und Ruhe zu geben schien.

„Ich bin ja kein Zombie.“

„Nein, aber doch nicht mehr am Leben.“

„Ja, sieht fast so aus ... Wer war das?“

„Das fragen Sie mich?“

„Können wir uns duzen?“, wollte Sartori wissen.

„Von mir aus ... Woher soll ich also wissen, wer dich getötet hat? Solltest nicht du mir das sagen können?“

„Ach ... ja, vermutlich. Franz?“

„Dein Mann? Nein, kann ich mir nicht vorstellen“, Schimmer schüttelte den Kopf. „Wer sonst?“

„Mein Vater?“

„Warum dein Vater? Der ist selber erschossen worden, wie soll das gehen?“

„Keine Ahnung. Weil er oft so jähzornig war, vor allem im Alter, ich rate ja nur.“

„Aber“, Schimmer gab sich ein paar Sekunden diesem überraschenden Gedanken hin, „war er psychotisch?“

„Nicht dass ich wüsste“, gab Sartori zur Antwort.

„Außerdem hat der Täter im Gang mit dir gekämpft, und wenn es dein Vater gewesen wäre, hätte er sich danach selbst, aus ein paar Metern Entfernung, erschießen müssen. Und wo ist dann die Waffe hin?“

„Was glauben denn deine Kollegen, die echten Mordermittler?“

„Hm? Ja, auf Platz eins stehen aktuell zwei Rumänen, die wahrscheinlich bei dir eingebrochen haben.“

„Aber das war doch viel früher, oder?“

„Möglich, zumindest der Pfarrer hat das behauptet.“

„Jean-Paul? Jessas, dieser Verrückte ... Wenn mir das wer vor ein paar Jahren gesagt hätte ...“

„Was gesagt?“, wollte Schimmer wissen. War da was gewesen, zwischen Oktungu und ihr?

„Nein, wo denkst du hin“, wehrte Sartori lachend

ab, „dass ich, die mit Religion so überhaupt nichts am Hut gehabt hat – Gott!, was für ein nutzloses Konzept – und dann ..."

„Was dann?"

„War es irgendwann gar nicht mehr so abwegig ... dass es mehr gibt als das, was aus Materie entsteht. Dass sogar nach dem Tod etwas sein könnte, nicht nur das Nichts."

„Und woher dieser Sinneswandel? Dass Oktungu dich zur Religion gebracht hat, kann ich mir schwer vorstellen."

„Nein, das hat schon früher begonnen, wahrscheinlich als Karina auf die Welt gekommen ist. Aber versteh mich nicht falsch, ich hab nicht gedacht: Wow, was für ein Wunder so ein Kind, das lässt sich auf rein irdische Weise nicht erklären, da muss ein göttlicher Plan im Spiel gewesen sein."

„Oder göttliche Liebe", meinte Schimmer.

„Hm, nein, auch die Liebe lässt sich neurobiologisch durchaus erklären."

„Also wofür hast du dann einen Gott gebraucht?"

„Für mein Kind? Gegen die Angst?"

„Angst wovor?"

„Du hast keine Kinder", stellte Sartori fest, „so wie die Liebe zu ihnen wächst, so wird auch die Angst um sie größer, ach, das könnte in einem Kalender stehen, oder? Es wird plötzlich so vieles unbeeinflussbar, egal, was du tust: Es gibt keine Garantie dafür, dass sie dich überleben. Und je mehr du sie beschützen willst ..."

„Aber wenn du verhinderst, dass ihnen was passiert, dann passiert ihnen ja nie etwas", meinte Schimmer mit kindisch verstellter Stimme.

„Das sagt Dorie, aus *Findet Nemo*, oder?"

„Ja."

„Ja eh, aber in der Wirklichkeit ... Je mehr du die Gefahren objektivieren und aus dem Weg räumen willst, desto deutlicher machst du dir auch bewusst, wie verletzlich sie sind, wie ausgeliefert dieser wahnsinnigen Welt.“

„Hm ... ja“, sagte Schimmer, „aber das ist das, was man Leben nennt, oder?“

„Nein. Das ist das, was man Leiden nennt.“

„Du hättest ja keine Kinder bekommen müssen.“

„Richtig“, Sartori hielt inne, „aber habe ich das vorher gewusst? Und Franz, ohne Kinder? Familie, das war doch sein Traum, so viele wie möglich, manchmal hatte ich den Eindruck, er will das Leben meiner Eltern kopieren.“

„Das hat er sich letztendlich aber selbst verpfuscht.“

„Wieso? Wegen der Ohrfeigen? Ach nein, deshalb habe ich ihn nicht verlassen, das war ja fast schon rührend, so eine Hilflosigkeit, die in Aggression umschlägt, oder? Ich konnte ihn nicht mehr ausstehen, warum auch immer, er ist mir fremd geworden mit seinem ganzen ... was weiß ich.“

„Und die Kinder? Warum hast du sie nicht bei ihm gelassen, wenn sie dich so belastet haben?“

„Als ob das so einfach wäre ... Ich war zerrissen. Sosehr sie an meinen Nerven gezerrt haben, so sehr habe ich sie auch vermisst, sobald sie einmal ein paar Stunden weg waren.“

„Klingt nicht sehr souverän.“

„Ist eben nicht jede Mutter so wie deine.“

„Sie hatte auch ihre Probleme.“

„Und ihre Dämonen“, ergänzte Sartori.

„Was soll das heißen?“ Schimmer war irritiert.

„Na mit den Geistern, die euch heimsuchen, deine Oma, deine Mutter, dich ... Das geht durch die ganze weibliche Linie ... trifft aber offensichtlich immer nur eine, deine Großtanten sind verschont geblieben, deine Tante und deine Schwestern ebenfalls."

„Wovon redest du da? Woher willst du wissen ... Das müsste ich doch wissen."

„Ja, tust du auch. Warum, glaubst du, hat sie ihr Medizinstudium abgebrochen? Zu schwierig ist es ihr sicher nicht gewesen. Warum war sie immer wieder tageweise weg, wo deine Tante und deine Großeltern sich um euch gekümmert haben?"

„Aber warum hat sie mir nie was davon gesagt? Wenn sie weiß, dass ich das habe ..."

„Warum sollen wir unsere Kinder mit unseren Problemen belasten?"

„Weil geteiltes Leid halbes Leid ist?"

„Ja, zwischen gleichwertigen Partnern."

„Warum bist du weg aus Wien, und ausgerechnet in dieses Kaff?", wechselte Schimmer das Thema, weil sie das Gefühl hatte, bald wieder allein auf der Wiese zu sitzen.

„Ich dachte wohl, dass die Welt dort weniger komplex wäre, einfacher, natürlicher, sicherer."

„Und?"

„Nein, man entkommt ihr nicht, indem man sie sich wegwünscht. Und vor allem entkommt man sich selbst nicht."

„You can run, but you can't hide", fiel Schimmer eine Liedzeile ein, ohne dass sie den Interpreten nennen oder sagen hätte können, ob dieses Lied irgendetwas mit Sartoris letztem Satz zu tun hatte.

In einem Bergdorf in Südtirol saßen währenddessen Franz Morell und die Geschwister von Helena Sartori in der Stube des elterlichen Bauernhofs. Zudem anwesend: Karina Sartori. Sie kauerte auf der Ofenbank, zwischen ihrer Tante Maria und ihrem Onkel Lukas, blass und mit leerem Blick, ausgeliefert den wirren und schmerzhaften Gefühlen, die sie nicht verstand, in einem nicht aufhören wollenden Unwetter, vor dem sie niemand in Schutz nehmen konnte. Obgleich allen klar war, dass eine Entscheidung anstand, brachte keiner mehr über die Lippen als Selbstverständlichkeiten oder Höflichkeiten: Schön ist es schon da heroben. In der Nacht kühlt es ganz schön ab. Will noch wer Kaffee? Soll ich dir auch ein Bier mitnehmen? Hat wer Hunger? Erst nach Sonnenuntergang, als Karina eingeschlafen war, gelang es Matthäus, das Gespräch auf das Thema zu lenken, dem sich zu entziehen die Situation nur verschlimmern konnte.

„Was machen wir jetzt?"

„Wir müssen zur Polizei", sagte Lukas „was wir hier tun, ist ... keine Ahnung, wie das juristisch heißt, aber es ist in jedem Fall illegal, oder?"

„Der Meinung bin ich auch", meinte sein Bruder, „vor allem, weil sie jetzt die beiden geschnappt haben, die ... Was soll ihr denn jetzt noch passieren? Und vor allem: Was könnten wir dagegen tun?"

„Ich würde sie schon behalten, hier heroben", sagte Lukas, „zumindest bis sich alles aufgeklärt hat."

„Sagst du vielleicht auch irgendwas dazu", wandte sich Maria an Morell, „schließlich war es überhaupt erst deine ..."

„Ihr kennt meine Meinung", wehrte Morell ab, „aber ich werde mich eurer Entscheidung nicht widersetzen. Allein kann ich das sowieso nicht, also ... es liegt bei euch."

„Da machst du es dir aber sehr einfach", sagte Maria.

„Streiten bringt uns jetzt nicht weiter", Matthäus

schenkte seiner Schwester Wein ein, „Franz hat nur getan, was er für richtig gehalten hat, um Karina zu beschützen."

„Jemanden mit einer schweren Gehirnerschütterung im eigenen Auto ...", Maria schüttelte den Kopf.

„Entschuldigung", sagte Morell ohne Härte, „ich war in Panik, da sind Schüsse gefallen, da war meine Tochter, die vom Balkon gefallen ist, da war dieser fremde Wagen ..."

„Mir hast du erzählt, dass es ein dunkler Kastenwagen gewesen ist", sagte Maria, „die beiden Rumänen sollen allerdings mit einem BMW geschnappt worden sein."

„Und? Was soll das jetzt heißen?", wollte Lukas wissen. „Dass er lügt?"

„Dass die das Auto, von dem sie annehmen können, dass es jemand in der Nähe vom Tatort ...", Matthäus hielt inne und nahm einen Schluck Bier aus der Flasche, „dass es jemand gesehen hat, dass die das loswerden wollen und sich ein anderes stehlen, erscheint mir nur logisch."

„Wenn es diese Rumänen waren", warf Lukas ein.

„Alles andere ergibt doch keinen Sinn, oder?", meinte Matthäus. „Diese andere Geschichte mit Lenis Arbeit ... Schon möglich, dass sie an riskanten Projekten beteiligt war, aber sie deshalb zwei Jahre danach umbringen?"

„Ganz will mir das immer noch nicht einleuchten", sagte Maria.

„Was jetzt genau?", fragte Lukas nach.

„Dass er ...", sie sah zu Morell, „dass du mehr oder weniger zufällig in der Nähe bist und sie besuchen willst, dann hörst du Schüsse, Schreie, fällt dir quasi deine Tochter vor die Füße, du packst sie in dein Auto und verschwindest."

„Ja, und?", warf Matthäus ein, zumal sich Morell nicht so schnell zu einer Antwort durchringen konnte.

„Hättest du nicht nachgeschaut, was da passiert ist?", insistierte Maria. „Ich meine, da geht es auch um deinen Sohn, oder?"

„In dem Moment war mir meine Tochter eben wichtiger", merkte Morell fast störrisch an.

„Und dass sie noch am Leben sein könnten, wenn du gleich die Polizei gerufen hättest?"

„Nein", sagte Matthäus bestimmt, „Mama, Papa, Leni, Lukas, sie waren alle sofort tot."

„Aber das hat er ja nicht wissen können, oder?", sprach Maria über ihren Schwager wieder in der dritten Person.

„Und wenn er gar nicht da gewesen wäre?", meinte Lukas mürrisch. „Dann wäre Karina jetzt ziemlich sicher auch tot."

„Wenn es so gewesen ist, wie Franz es uns erzählt ... Das meinst du doch, oder?", sagte Matthäus zu seiner Schwester.

„Wie soll es denn sonst gewesen sein, hm!?", ging Morell in die Offensive. „Glaubst du, ich habe sie alle umgebracht?"

„Das habe ich nicht gesagt."

„Aber gedacht", stellte Morell fest, worauf einige Sekunden niemand in der Runde etwas zu sagen wusste.

29

Geistesabwesend stromerte Bernd Jonas am Morgen durch den ersten Bezirk, neben der Spur fühlte er sich, so verloren, dass er sich nicht einmal imstande sah, zur Arbeit zu gehen. Eigentlich sollte ich erleichtert sein, sagte er sich, während er auf einer Terrasse neben dem Stephansdom, die gerade erst mit Stühlen bestückt wurde, einen Schwarztee trank. So plötzlich und heftig, wie er aufgrund seines geheim gehaltenen Verhältnisses zu Helena Sartori in den polizeilichen Schwitzkasten genommen worden war, so unerwartet schnell hatten sie ihn auch wieder ausgelassen. Also, warum fühlst du dich dann so beschissen, an so einem friedlichen Tag? Genieß doch das noch touristenfreie Treiben der Passanten und Lieferanten, die geschäftigen Geräusche, Zurufe, das Schlagen von Kastenwagentüren, Hupen, italienisch, römisch mutete das Treiben vor dieser monarchischen Kulisse an, das sich in ein, zwei Stunden in den behäbigen, herdenartigen Fluss der Touristen wandeln würde, ach Italien, ach Rom, vielleicht sollte ich zum Hauptbahnhof und in den Zug steigen, nur schnell genug, damit diese beschissene Schwermut mir nicht nachkommt. Doch gerade die war der Grund, warum er sich nicht von diesem Metallstuhl erheben konnte. War das die Trauer um Helena, die verzögert einsetzte? Oder die eigene Schlechtigkeit, die ihm der Chefinspektor so gnadenlos vor Augen geführt hatte? Er wusste, dass er keinen Mord begangen hatte. Doch konnten die möglichen Motive, die ihm unterstellt worden waren, nicht Ausdruck zumindest einer Mitschuld sein? Hatte er Helena aus der Firma gedrängt, ihr die eigene Arbeit verleidet mit seiner Weigerung, ein paar eher aussichtslose Projekte weiterhin zu unterstützen? Weil ihm der Umsatz wichtiger gewesen war als die Moral, das Geld näher als die Natur, für deren Schutz sich Helena zuletzt mehr und mehr einsetzen wollte? Nur verständlich, wenn man plötzlich Kinder hat, ihnen ein sicheres Nest bauen will, und rundum steht die Welt in Flammen, ja, Herrschaft noch einmal, er hatte ihr eh recht gegeben, aber: War er Greenpeace oder Teil eines börsennotierten Konzerns? Er hatte auch ökonomische Verantwortung, musste Gehälter zahlen und ... ja, versuch nur, dich herauszureden, als wäre sich das nicht ganz locker ausgegangen, wenn es dir wirklich ein Anliegen gewesen wäre, verdammt, natürlich wäre das ein großartiger Erfolg gewesen, was für eine Schlagzeile: Nanoroboter gegen Mikroplastik! NATHAN rettet die Meere! CEO Bernd Jonas im Interview, ja, es erfüllt mich mit Stolz, dass wir, ach, halt die Schnauze, narzisstisches Arschloch, du hast ihr den Hahn abgedreht, weil es erstens aussichtslos und zweitens riskant war, hatte Helena ihm doch selbst vorgeführt, was passieren konnte, wenn die Replikation nicht so läuft wie programmiert, dann futtern die weg, was an Fischen noch übrig ist im Meer, verdammt, war es tatsächlich Helena gewesen, die dieses hochriskante Zeugs mitgehen hatte lassen? Was hatte sie damit gemacht? In die Donau gekippt, damit sich die Bots ins Schwarze Meer durchfressen? Sein Herz verkrampfte sich, weil ihm dieser Tag einfiel, kurz nach dem Wochenende in Kitzbühel, als er mit Lena auf der Donauinsel laufen gewesen war und sie ihm von ihren Fortschritten in der Arbeit erzählt hatte, was ihn im Detail und auf wissenschaftlicher Ebene nicht berührt hatte, aber ihr Enthusiasmus und ihre bloße Nähe, das hatte ihn eingenommen, hättest du ihr die Mittel zugesichert, schimpfte er sich jetzt, Peanuts im Vergleich!, dann hätte sie wahrscheinlich nicht gekündigt, wäre sie nicht in dieses Kaff gezogen, wären sie nicht allesamt, nein, danke, verneinte Jonas die Frage des Kellners nach einem weiteren Wunsch, er bezahlte, stand auf, ging die hundert Meter zum Stephansplatz, stand vor dem Dom und hob den Blick zu den Turmspitzen, wie klein ihn das plötzlich machte, er betrat den Dom, blieb für einen Moment in der Mitte des Atriums stehen, dann wandte er sich der Nische zu, in der die Opferkerzen brannten, warf ein paar Münzen ein, dann alles Geld, das er bei sich hatte, nahm vier Teelichter, entzündete sie und stellte sie in der obersten Reihe nebeneinander auf. Er setzte sich in eine der Bänke, die den Blicken der Besucher am besten entzogen waren, sah den flackernden Lichtern zu, wollte beten, wollte weinen, aber es gelang ihm nicht.

Zäh verlief Musters Verhör der beiden Rumänen. Sie behaupteten, eine Kombination aus Touristen und fahrenden Handwerkern zu sein, freiheitsliebende Gesellen, die zumeist unter freiem Himmel schliefen und sich ihren geringen Unterhalt mit Gelegenheitsarbeiten verdienten. Und das Auto? Ja, zugegeben, der Preis wäre ihnen verdächtig günstig vorgekommen, doch der Verkäufer hätte den Anschein absoluter Seriosität erweckt, obendrein hätten sie es eilig gehabt, nach Hause zurückzukehren, dann doch einen Umweg über Ungarn gewählt, weil sie die ehemalige Heimat eines Anführers irgendwelcher Bauernaufstände besichtigen wollten. An diesem Punkt waren Muster und seine Kollegin beinahe versucht gewesen, ihnen zu glauben –

wer erfindet denn solch einen Quatsch mit glühenden Martersesseln? –, doch die Sache mit den Spuren in den Einbruchshäusern, nein, hundert Prozent Bockmist, den sie ihnen auftischten; egal, ob sich irgendwo in der Oststeiermark tatsächlich eine Rentnerin finden ließ, der sie erlaubterweise die Dachrinne und in der Folgenacht die Wohnzimmerkredenz ausgeräumt hatten. Was die Polizisten dennoch irritierte: Wenn die beiden über den Tod der Familie Sartori zu Beginn der Vernehmungen bereits Bescheid gewusst hätten, dann hätten sie sich doch zumindest bei den Abdrücken, die in deren Haus gefunden worden waren, auf irgendeine Hilfsarbeit hinausgeredet, oder? Zeugen gab es schließlich keine mehr. Dass sie sich jedoch in Bezug auf beide Einbruchstatorte so unschuldig wie unwissend stellten, hieß für einen logisch denkenden Ermittler: Sie hatten die Familie nicht umgebracht, sonst hätten sie sich eine andere Strategie zurechtgelegt. Eher gestanden, dort eingebrochen zu haben, was ihnen trotz der zahlreichen Vorstrafen höchstens zwei Jahre eingebracht hätte, anstatt sich für einen Mehrfachmord verantworten zu müssen. Oder die beiden waren so kaltblütig wie schlau und wussten aus Erfahrung, wie Kriminalbeamte tickten, und spielten das Verwirrspiel: Sie denken, dass wir wissen, dass sie wissen, dass wir wissen, und so weiter, ja, es war ein zähes Verhör, das Muster die Unverfügbarkeit der ihn umgebenden Welt einmal mehr bestätigte.

Schimmer saß währenddessen an ihrem Arbeitsplatz und surfte erneut durch die Websites der Medien, die vom Begräbnis der Sartoris in Südtirol berichtet hatten. Was wollte sie denn sehen? Musste sie sich den gleichen morbiden Voyeurismus vorwerfen lassen wie all die anderen Gaffer? Oder gab es auf den vielen Bildern tatsächlich etwas, das ihr rein polizeiliches Interesse rechtfertigte? Da sie selbst keine Antwort fand, zog sie Nebun zu Rate. Die schaffte es nicht nur, mit irgendeinem obskuren Trick alle Browser-Tabs, die Schimmer geöffnet hatte, in Sekundenschnelle auf ihrem eigenen Bildschirm aufpoppen zu lassen, sondern hatte obendrein nach zehn Minuten ein Muster gefunden, das ihre Kollegin nur erahnt hatte.

„Ich glaube, dass die Kleine da in dem Toyota sitzt", Nebun zeigte auf den Geländewagen, der auf zwei Bildern weitab im Hintergrund zu sehen war.

„Was!?", Schimmers Herz tanzte Polka zwischen Überraschung und Freude. „Wo?"

„Sehen kannst du sie nicht", erklärte Nebun, „aber der Vater, die Tante und einer der Onkel fehlen auf manchen Bildern und tauchen dann wieder auf in einem Muster, das mir mehr als zufällig erscheint."

„Kannst du das ... irgendwie schriftlich festhalten, so, dass Michi und Konsorten es kapieren?"

„Ah", Nebun seufzte theatralisch „es ist so mühsam und zeitaufwendig, sich auf deren Niveau herabzulassen!"

„Wenn das stimmt, dann lebt sie tatsächlich noch."

„Und wieso flüsterst du jetzt?"

„Weil ...", wusste Schimmer auf die Schnelle selbst keine Antwort.

„Weil du die Göttinnen des Schicksals nicht mit algorithmischen Spekulationen herausfordern willst", meinte Bauer trocken.

„Ohren wie ein Luchs, der alte Hase", gab Nebun ebenso trocken zurück und Schimmer wunderte sich, wieso die beiden so gelassen bleiben konnten. Hey, da gab es eine Spur, wie spekulativ auch immer die sein mochte, alarmiert die Kollegen, die Cobra, die Carabinieri, die Tiroler Schützen, egal wen, Hauptsache, Alarm!

Eine halbe Stunde später saß sie in einem Audi A6 und wünschte sich in den Railjet. 212 km/h zeigte der digitale Tacho an, in ihrer Zeit als Streifenpolizistin hatte sie ein paar Unfälle gesehen, die bei geschätzt 180 passiert waren, verdammt, die Auto- und Menschenteile hatte man durch einen Tennisschläger sieben können, so wollte sie nicht sterben!

„Alles okay?“, fragte der Fahrer mit kühlem Blick in den Rückspiegel. Schau auf die Straße, wollte Schimmer ihn ankeifen, gut, so wie der Feschak aussah, rasierte er sich täglich, ging für den US-Army-Haarschnitt einmal die Woche zum Friseur und ließ sich dort auch die Augenbrauen geometrisch zupfen, das ließ auf ein hohes Maß an Selbstkontrolle schließen, oder? Das hieß, dass er wusste, was er tat, oder? Oder glaubte er einfach, dass sein gutes Aussehen ihn über die Grundgesetze der Physik samt Sterblichkeit erhaben machte? Und warum musste er überhaupt so rasen? Falls Karina sich bei ihrem Onkel in Südtirol aufhielt, wäre die italienische Polizei in den nächsten Minuten vor Ort. Wäre das Mädchen bei ihrer Tante in München, galt das Gleiche für die deutschen Kollegen. Welchen Grund gab es also, hier auf der A1 ihr Leben aufs Spiel zu setzen? Gab es noch irgendwen, der glaubte, Männer wären vom logischen Mars und Frauen von der emotionalen Venus? Denn logisch war hier nur ihre Angst, verflucht noch mal!

„Alles bestens“, antwortete sie so gelassen wie möglich.

Zwei Stunden später wähnte sich Schimmer in einem kitschigen Film. Diese makellose Landschaft, die sie dank der schmalen kurvenreichen Straße im Ortstempo durchfahren mussten, saftige Wiesen, gelbes Blumenmeer, oh Wälder, darüber die Almen samt reinrassigem Weidevieh, die majestätischen Berge, Staffage für die Sendung *Heimatleuchten*, ach, jetzt tauchte sogar noch ein Gebirgsbach neben ihnen auf! Mit den Blicken folgte Schimmer seinem Lauf, dem Sprudeln und Spritzen, wo er sich im Wald verlor und vielleicht zu einem Wasserfall aus einem Wildererfilm wurde, so pur, so rein, so einwandfrei schön war das hier, dass es sie überforderte, dass sie sich sogleich einem aufkeimenden Misstrauen widersetzen musste. Was war falsch mit ihr, dass sie diese Idylle nicht bedenkenlos genießen konnte? Noch mehr: Während der Kollege am Steuer darüber zu fantasieren begann, sich in den Westen versetzen zu lassen, kam eine eigenartige Trauer über sie. Heimweh? Nach einer Welt, die es nicht mehr gab, vielleicht gar nie gegeben hatte? Waren das die üblichen Gedanken und Befürchtungen über die globale Zerstörung, die als Hintergrundprogramm beständig in ihr abliefen und ihr die Gnade verwehrten, all das bewundern zu können? Oder war ihr diese Schönheit zu eindeutig, nur als Kitsch wahrzunehmen, wogegen sie sich instinktiv sträubte? Gut möglich, denn als sie die drei Streifenwagen vor dem Hof erblickte, die warum auch immer das Blaulicht eingeschaltet hatten, wich die Schwermut schlagartig einer konzentrierten und wohltuenden Anspannung, die sich in fast kindische Euphorie wandelte, als sie Karina Sartori neben einem weiblichen Carabinieri auf der Sonnenbank sitzen sah.

30

„Charly, Charly, was mach ich bloß mit dir?“, Chefinspektor Gerlach seufzte inständig, presste seine Lippen aufeinander und schüttelte den Kopf.

„Ich bin unbelehrbar“, wiederholte der Mann, der dem Polizisten gegenübersaß, mit leiernder Stimme, ein müdes Mantra aus dem Mund eines Junkies, der sich seine Sucht seit zwanzig Jahren unter anderem mit stümperhaften Diebstählen und Einbrüchen finanzierte. „Unbelehrbar, hat die Richterin gesagt.“

„Ja, Charly, aber ich glaub, da hast du was falsch verstanden: Unbelehrbarkeit ist kein Milderungsgrund, das ist kein angeborener Gehirndefekt, auf den man sich hinausreden kann.“

„Ich rede mich eh nirgends hinaus, aber ist halt so.“

„Ist mir schon klar, dass du es nie leicht gehabt hast“, meinte der Chefinspektor milde. Ja, er hielt viel darauf, soziologisch und psychologisch gebildet zu sein und auch so zu wirken. Als seine Frau ihm vor einigen Jahren, zu seinem 40. Geburtstag, Didier Eribons *Rückkehr nach Reims* geschenkt hatte, war das wie ein Erweckungserlebnis gewesen, ein Augenöffner für die Verhältnisse hinter den Verhältnissen, wie er zu sagen pflegte, danach hatte er sich Foucault, Bourdieu und Miller einverleibt, die Herkunft!, die Klasse!, die Erziehung! Dazu natürlich das Epigenetische!, über das er in einem Artikel über Neurobiologie gelesen hatte, alles wanderte schicksalhaft von einer Generation zur nächsten, von wegen Willensfreiheit und Glückes Schmied, der Schmerz verpflanzte sich fort, auch die Angst, das hatten sie erst vor Kurzem bei Mäusen nachgewiesen, mit einem Duftstoff und Stromschlägen, irgend so was.

„Mit der Vorgeschichte, deinen Eltern, da braucht man sich ja nicht zu wundern ...“

„Na bitte, fangen S’ mir nicht mit denen an“, meinte der Junkie vorwurfsvoll, „haben Sie meinen Vater vielleicht gekannt? Eine richtige Drecksau war er, aber was weiß ich, ob er überhaupt meiner ist, meine Mutter, das Luder, was sie war, die hat jeden drüberlassen, die Araber waren ihr die Liebsten, auch wenn’s gestunken haben, vielleicht hat s’ ja gerade das gemocht, also lassen S’ mich bitte in Ruhe mit meine Alten, Herr Inspektor, hin sind s’ außerdem schon.“

„Aber genau daran solltest du arbeiten!“, wandte Gerlach ein.

„Ich bin berufsunfähig, das hab ich schriftlich.“

„Ach, Charly, schau: Wir Menschen, wir müssen uns unserem Schicksal nicht willenlos ausliefern ...“

„Wie viel glauben S’ denn, dass ich kriege, diesmal?“

„Was ist denn noch übrig vom letzten Mal?“

„Ein guter Kilo“, antwortete der Junkie, was Gerlach als 14 bis 18 Monate auf Bewährung übersetzte. „Aber wenn ich eine Therapie machen kann, dann verspreche ich ...“

„Das wäre dann die wievielte?“

„Was?“

„Wie oft du schon in Therapie warst?“

„Na ja, öfters, aber nie fertig.“

„Ich würde dir ja wirklich gerne helfen, Charly, ich sehe dich auch nicht gerne im Häfen, das kannst du mir glauben.“

„Wird ja immer schlimmer“, setzte der Junkie sein Lamento fort, „die ganzen Ausländer, Tschetschenen, Afghanen, Araber, keinen verstehst mehr und sofort sind s’ beim Zustechen, wenn ihnen was nicht passt.“

„Ja, brauchst du mir nicht zu erzählen“, stimmte Gerlach grimmig zu, „das ist ein Untermenschentum, dass einem schlecht werden könnte. Aber was soll ich dem Staatsanwalt liefern? Dass du inzwischen selber einsiehst, dass du unbelehrbar bist?“

„Vielleicht erzähl ich ihm das mit der Puffen“, murmelte der Junkie monoton. „Vielleicht interessiert das die Richterin?“

„Von was für einer Puffen reden wir?“

„Der Mann von der, die was mit ihrer Familie, die allesamt erschossen worden sind, wissen S’ schon, da unten.“

„Wovon redest du?“, Gerlach richtete sich in seinem Sessel auf. „Der Mehrfachmord vorletzte Woche?“

„Na sicher, alle viere hat er derschossen, oder?“

„Wer?“

„Gerne stecke ich euch das nicht, das können Sie mir glauben.“

„Charly! Wenn du mich jetzt verscheißerst, dann war’s das mit meinem guten Willen, kapiert?“

„Niemanden verscheißer ich, ehrlich“, kam es weinerlich zurück, „aber die Puffen, die hat er von mir, und ich hab’s von dem Albaner am Mexikoplatz.“

„Gut“, meinte Gerlach und schaltete das Aufnahmegerät ein, „du hast also jemandem eine Waffe besorgt. Und der hat deiner Meinung nach damit jemanden umgebracht.“

„Na sicher, wenn er nicht mein Spezi wäre, hätte ich mich eh früher gemeldet.“

„Kannst du mir einen Namen geben?“, fragte Gerlach, während er im Intranet nach der Nummer von Michael Muster suchte, der seines Wissens im Fall Unterlengbach einer der leitenden Ermittler war.

„Na sicher, der Franzl."

„Franz. Und wie noch?"

„Na ja, irgendwie wird er schon heißen, ist eh in der Zeitung gestanden, war ja sogar ein Foto von ihm drinnen, von meinem Spezi", sagte der Junkie.

„Und wie kommst du dazu, dem eine Waffe zu besorgen?", wollte Gerlach wissen.

„Weil er mich gefragt hat?"

„Wann war das?"

„Na ja, März, April, Mai, im Juni oder Juli wird's gewesen sein."

„Ja, servus, Kurt Gerlach hier, vom ... genau, der", sprach Gerlach in den Telefonhörer und gab seinem Gegenüber ein Zeichen, zu schweigen. „Bei mir sitzt ein Stammkunde, der behauptet recht glaubwürdig, dass er einem Verdächtigen aus der Geschichte in Unterlengbach eine Waffe verkauft hat, Anfang Sommer, wie er meint, Vorname Franz ... Morell?", wandte sich Gerlach dem Junkie zu.

„Ja genau, hab ich ja gewusst, dass es mehr so was Französisches war, das ist er, der Franzl."

„Alles klar", redete Gerlach wieder mit seinem Kollegen, „ich behalt ihn euch da."

„Und?", fragte der Junkie anschließend hoffnungsvoll. „Holt mich das heraus?"

„Na ja", erwiderte Gerlach und trommelte mit einem Bleistift auf seinen Schreibtisch. „Was wünschst du dir denn? Dass jemand vier Menschen erschossen hat mit einer Waffe, die du ihm besorgt hast?"

„So ein Scheiß."

„Das kannst du laut sagen, Charly", meinte Gerlach und schüttelte abermals mitleidig den Kopf.

„Und wenn wir das wieder vergessen, also die Geschichte mit der Puffen?“

„Charly“, der Chefinspektor gab ein Knurren von sich, „du bist wirklich unbelehrbar.“

„Sag ich doch.“

31

Nachricht an Michi: Rate mal! Dazu eine Luftaufnahme von? Egal, Berge, Wald, Wiesen, Landschaft, Hauptsache, Luftaufnahme, Nachricht an Thalia mit demselben Bild: Konfrontationstherapie! Ja, das traf es, denn in erster Linie hatte sie: Angst, große Angst, doch auch minütlich schrumpfende Angst, die von einem anderen Gefühl abgelöst wurde, das Schimmer so laut aufkichern ließ, dass der Pilot ihr einen zuerst fragenden, dann wissenden Blick zuwarf. Ja, so ein Hubschrauberflug konnte ziemlich geil sein, so geil wie das Gefühl, sich selbst überwunden zu haben. Was soll schon passieren, hatte sie sich gesagt, als ihr angeboten wurde, mit Karina Sartori in die Innsbrucker Klinik geflogen zu werden. Also: Christophorus, cooler gelber Engel, in dessen Nähe sie bei Unfällen schon oft gestanden war. Sie kannte den sich aufschraubenden Lärm, den wuchtigen Druck aus den Rotorblättern, die Coolness der Piloten, sie hätte die Gelegenheit gehabt, mitzufliegen, genauso im Polizeihubschrauber Libelle, aber schon beim Gedanken daran hatte sie gescheut wie ein panisches Pferd, und dann: hatte sie binnen Sekunden auf reine Vernunft umgeschaltet. Wenn sie sich darauf einlassen konnte, in einem A6 mit zweihundert über die Autobahn zu brettern, war die Angst vor einem Hubschrauberflug nicht nur irrational, sondern sogar peinlich. Sie musste keine Unfallstatistik im Detail kennen, sie hatte schon etliche zerfledderte PKWs mit entsprechend zerfetzten Leichen gesehen, aber noch keinen einzigen abgestürzten Hubschrauber, das musste reichen.

„Alles wird gut", rief sie Karina zu und dachte sich schon bei der letzten Silbe: Fuck, Philli, wie kannst du so einen pathetischen Schwachsinn von dir geben, wie kannst du einem Mädel, dessen Familie ausgelöscht worden ist, so eine Lüge an den Kopf werfen, nie wieder wird alles gut werden, mach ihr nichts vor! Doch Karina schien sie ohnehin nicht zu hören, lag auf der Bahre, den Blick ins Nirgendwo; was mochte vorgehen in ihrem Kopf? Erstarrung, um sich von der Wirklichkeit nicht zerstören zu lassen? Abspaltung und Einkapselung? Das Ereignis in Quarantäne geschickt, weggesperrt, bis es irgendwann verheilen oder in einer multiplen Persönlichkeitsstörung resultieren würde? Aber was hatte sie überhaupt mitbekommen? Schimmer hatte noch keine Gelegenheit zu fragen gehabt. Die Südtiroler Amtsärztin, die bei ihrem Eintreffen schon vor Ort gewesen war, hatte die unbürokratische Überstellung in die Innsbrucker Klinik angeordnet, da Karina einen verwirrten Eindruck gemacht und zudem eine Gehirnerschütterung erwähnt hatte. Der Rest der Familie wartete währenddessen in der Kommandostelle der Stadtpolizei Bozen unter strenger Bewachung auf das Eintreffen der Morderermittler aus Wien. Michael Muster ging zwar davon aus, dass ihr Amtshilfeersuchen sowie der Auslieferungsantrag reine Formsache waren und eine Überstellung noch am selben Tag erfolgen würde, doch er spürte einen animalischen Impuls, loszugaloppieren, keine Zeit zu verlieren, das Eisen zu schmieden, solange es noch heiß war, und so weiter. Also glühte er über die Westautobahn wie sein Kollege wenige Stunden zuvor, tatütata, *Led Zeppelin III* im Player, aahaaaha, Muster drehte die Lautstärke nach oben, selten genug hatte er die Gelegenheit, sich ohne Beifahrer oder Kollegenstimme im Headset an Hardrock und Geschwindigkeit zu berauschen, danke, Philli, murmelte er, hatte sie tatsächlich den richtigen Riecher gehabt, wobei: Zuerst hatte vor allem er den richtigen Riecher gehabt, sie in den Fall einzubeziehen, das sollte hier nicht vergessen werden, wie auch immer, die Kleine lebte, das war die Hauptsache, keine sichtbaren Verletzungen, ansprechbar, demnächst würde sie hoffentlich Licht in diesen Fall bringen können, Blitz, die nächste Radarfalle, und gleich darauf der Anruf aus Wien, der Muster veranlasste, Robert Plant abzuwürgen.

„Johnny, schieß los!“, sagte Muster zu seinem Kollegen, der in Wien geblieben war, um an der Vernehmung eines gewissen Karl Gotha teilzunehmen, der Franz Morell eine Waffe verkauft haben wollte.

„Schräge Geschichte ... klingt aber glaubwürdig“, Muster hörte das Aufschnappen eines Zippos.

„Bist du draußen? Pause?“

„Der Typ schiebt gerade einen Affen, jetzt ist der Amtsarzt da und schießt ihm hoffentlich was, damit wir weitermachen können.“

„Woher kennt Morell einen Junkie?“

„Von der Uni. Habe ich nachgeprüft, kann stimmen, war im gleichen Jahr inskribiert, vier Semester, dann dürfte er von der Pharmazie direttissimo zum Heroin übergegangen sein, hängt seit sechzehn Jahren an der Nadel.“

„Und was ist die Geschichte wert?“, wollte Muster wissen, der die Glaubwürdigkeit eines Seniorjunkies nicht allzu hoch einschätzte. „Kann er sich was kaufen damit?“

„Möglich ... weil Gotha auf dem besten Weg ist, dass ihm eine Bedingte wegen Einbruch widerrufen wird, dann würde er mindestens zwei Jahre einsitzen. Andererseits: Dann verpfeife ich doch eher einen Dealer oder sonst wen, als dass ich so was erfinde, oder?“

„Was war es für eine Waffe?“

„Wahrscheinlich eine Luger … oder eine alte Heckler-Koch.“

„Aber warum soll sich der Morell auf die Weise eine Waffe besorgen, wenn er auch ganz legal eine bekäme“, sagte Muster mehr zu sich selbst.

„Wenn er nicht genau das vorhat, was passiert ist“, vollendete sein Kollege den Gedanken.

„Ja“, Muster sah auf sein Navi, „ich sollte in knapp fünf Stunden in Bozen sein … da wird er mir das hoffentlich erklären …“

„Bin ich jetzt fast neidisch, dass ich da nicht dabei bin“, merkte der Kollege an, „läuft schon eine Wette?“

„Musst du Leitner fragen … Ich war ja bis heute in der Früh noch zu 99 Prozent bei den beiden Rumänen.“

„Wer nicht. Das wäre eine Quote gewesen, da dagegensetzen, quasi Griechenland bei der EM …“

„2004“, half Muster aus, „erinnere mich nicht, da habe ich 500 auf die Portugiesen gesetzt gehabt.“

„Du?!“

„Ja, was weiß ich, was mich damals geritten hat, jung und dumm halt.“

„Ja, wer nicht“, meinte der Kollege und zog hörbar an seiner Zigarette, „okay, wir hören uns.“

„Passt.“

Die vier uniformierten Polizisten, die Schimmer, Karina und das medizinische Personal vom Heli-Landeplatz auf dem Dach der Innsbrucker Klinik weg eskortierten, waren nicht dazu da, um das Mädchen an einer allfälligen Flucht zu hindern. Sie sollten sie vor den Fotografen und Kameraleuten abschirmen, die das Klinikgebäude infiltriert hatten und herumschwirrten wie blutgeile Gelsen. Politisch nicht korrekt, dieser Tiervergleich, sagte sich Schimmer und zog die Kapuze ihres Hoodies ins Gesicht, aber sie hielt auch wenig davon, ihr verschwitztes Gesicht hundertfach im Internet zu sehen, wo es erfahrungsgemäß mehr als genug Idioten gab, die nichts Besseres zu tun hatten, als sich das Maul zu zerreißen über Polizistinnen, die nicht ihrem Lara-Croft-Ideal entsprachen, und genau über solche Kommentare würde sie stolpern, sich davon kränken lassen, als ob sie es genau darauf anlegen würde, verdammt, welcher Affe, pardon, Maulwurf, hatte diese Info an die Medien weitergegeben? Welcher lausige Kollege hatte sich da ein Zubrot verdient? Und wo und wie sollte sie jetzt – während Karina in den Untersuchungsraum geschoben wurde – in aller Ruhe einen Kaffee trinken können?

40.000 kostet so eine Karre neu, wusste Muster, streckte die Arme nach oben und beugte sich vorsichtig nach hinten, bis er die Rückenwirbel knirschen hörte, und trotzdem kriegen die in Ingolstadt es nicht hin, dass man sich nach fünf Stunden Fahrt nicht fühlt wie eine überfahrene Wildsau. Er beugte sich nach vorne, drückte die Handflächen bei gestreckten Beinen auf den Asphalt. Und jetzt steht mir der nächste Sitzmarathon bevor. Drei Stunden, sagte er sich, Maximum, dann mache ich Pause und gehe eine Stunde laufen, verdammt, ist das schön hier, warum ihn die Polizeiautos vor der Kommandostelle, warum ihn vor allem die Aufschrift *Carabinieri* an diese öden Donna-Leon-Verfilmungen erinnerte, vermochte er nicht zu sagen. Er schaute sich diesen Mist freiwillig nicht an. Seine Frau schon, warum auch immer, weil es so schön harmlos ist, pflegte sie zu sagen, seine geliebte Ehefrau, er hatte sich heute noch nicht gemeldet bei ihr, sie sich auch nicht bei ihm, von Philli hatte er dagegen schon eine Nachricht mit Luftaufnahme bekommen, die er zuerst für einen Fake gehalten hatte, worauf er sie angerufen und das typische Rotorgeräusch gehört hatte. Du? In einem Hubschrauber?!, hatte er ins Headset gebrüllt. Und du?!, bei einem Led-Zeppelin-Konzert, war die Gegenfrage gekommen, plötzlich fühlte er sich schuldig, er schloss seine Dehnübungen mit fünfzig Liegestützen ab, holte das Jackett und die Wasserflasche aus dem Auto und sprang die Stufen zur Arbeitsstelle seiner Südtiroler Kollegen hinauf.

„Mein Name ist Philomena Schimmer. Ich arbeite für das Bundeskriminalamt", hörte sich Schimmer sagen. Warum klang sie so roboterhaft? Lag es an der Akustik im Krankenzimmer? Am Geruch des Desinfektionsmittels, das über die Riechzellen auch ihre anderen Sinne beeinflusste? Wollte sie Gefühle von sich halten wie Keime?

„Warum hast du keine Pistole?", fragte Karina mit müder Stimme. „Im Fernsehen habt ihr immer eine Pistole, oder?"

„Ich bin nicht so der Waffentyp ... Wie geht es deinem Kopf?"

„Eh okay ... außen."

„Hm", machte Schimmer, „und drinnen?"

„Nicht so gut."

„Ja", erwiderte Schimmer, die zwischen dem Drang, zu erfahren, was in jener Nacht geschehen war, und dem Bedürfnis, dem Mädchen zu helfen, fast zerrissen wurde. Doch sie sollte zuwarten, bis der junge Kollege da war, der wiederum in Bozen auf Michi warten musste, ach, was soll's. „In dieser Nacht ..."

„Ich glaube, dass ich noch wach war, als ich sie

schreien gehört habe ... aber vielleicht bin ich auch vom Schreien aufgewacht, das kann auch sein, weil ..."

„Wer hat geschrien?"

„Die Mama?"

„Du hast deine Mama schreien gehört ..."

„Ja, den Opa aber auch, glaube ich ... und dann hat es so gekracht ..."

„Wie ... Raketen, also Feuerwerk?"

„Ja, so ähnlich, aber wahrscheinlich waren es Schüsse, oder? Tante Maria hat gesagt, dass sie alle erschossen worden sind?"

„Ja, das ist richtig", sagte Schimmer leise und wünschte sich akut aus diesem Raum hinaus. Das Drücken an den Schläfen, das Flirren der Luft über dem Sessel in der Ecke wie auf Asphalt in der Sommerhitze, wer war da im Anmarsch? Papa? „Wenn du sagst, dass sie geschrien haben ... Hat das geklungen wie ein Streit? Oder anders?"

„Opa hat schon so geschrien, als ob ..."

„Als ob?", Schimmer zwang ihren Blick weg vom Sessel hin zu Karina.

„Wie wenn er ... Ich glaube, er hat geschrien: Was soll denn das?"

„Und deine Mama?"

„Die hat ... Ich weiß es nicht genau ... bitte, bitte, bitte!?"

„Und was hast du gemacht?", wollte Schimmer sich – und wohl auch Karina – von dem Bild der um Gnade flehenden Frau lösen. „Du bist auf den Balkon hinaus, oder?"

„Ja", erwiderte Karina, „ich bin am Balkon gestanden und dann habe ich plötzlich Papa gesehen ... Wie ist der überhaupt da hingekommen?"

„Dein Papa ist plötzlich ... wo gestanden? Unter dem Balkon?"

„Ich habe gehört, wie aus dem Zimmer vom Lukas, wie da geschossen worden ist, und dann bin ich gesprungen, ich wollte mich eigentlich festhalten, aber dann ... Vielleicht bin ich gefallen?"

„Das heißt, als du die Schüsse gehört hast, da war dein Papa unten?"

„Er hat mich aufgehoben und ins Auto getragen."

„Also ... hat er nicht versucht, dich aufzufangen, weißt du das noch?"

„Ich glaube nicht, weil ich bin ja mit dem Kopf ... Ich weiß es nicht."

„Kein Problem", meinte Schimmer und sah erleichtert zur Tür, in der eine Krankenschwester erschien, die einen Essenswagen vor sich herschob.

„So, wie geht's uns denn?", fragte die Frau so routiniert wie freundlich.

„Sicher großartig", hatte Schimmer auf der Zunge, doch sie riss sich zusammen, da sie aus eigener Erfahrung wusste, dass es keine gute Idee war, das Krankenhaus-Wir zu hinterfragen oder gar ins Lächerliche zu ziehen, nicht wenn es von einem Arzt kam, und schon gar nicht, wenn es von einer fünfzigjährigen, korpulenten Krankenschwester kam, die bestimmt schon mit anderen Kalibern fertiggeworden war.

„Ich habe eigentlich keinen Hunger", sagte Karina und sah Schimmer an, hilfesuchend, wie dieser schien.

„Ach woher, eine warme Suppe, das wird uns guttun", kam es wie erwartet zurück. „Und bei einem Vanillepudding kann ja auch niemand Nein sagen, oder?"

„Ich auf keinen Fall", stimmte Schimmer zu, die sich selber wunderte, dass der Anblick der stereotypen Hühnerkeule samt Kartoffelkroketten und Erbsenreis ihren Mund zum Speicheln brachte. Wann hatte sie denn zum letzten Mal etwas gegessen?

„Ich gebe zu, dass ich gereizt bin“, sagte Muster Morell auf den Kopf zu. Ganz wichtig in jeder Kommunikation: Ich-Botschaften! Über dieses Prinzip unzähliger Seminare hatte Muster sich lustig gemacht, bis er draufgekommen war, dass es tatsächlich funktionierte, dass es Menschen tatsächlich zu öffnen imstande war. Außerdem entsprach es der Wahrheit. „Ich habe Ihnen geglaubt und darauf vertraut, dass Sie mir gegenüber ehrlich sind, damit wir dieses Verbrechen so schnell wie möglich aufklären. Und jetzt heißt es: Zurück an den Start und Franz Morell ist wieder unser Hauptverdächtiger!“

„Ich war es nicht.“

„Der Name Karl Gotha sagt Ihnen was“, schoss Muster seine erste Überraschungssalve ab.

„Der Charly“, ergänzte Morell, ohne dass seiner Mimik irgendeine Erschütterung abzulesen war.

„Er unterhält sich seit ein paar Stunden mit meinem Kollegen und zeigt sich sehr auskunftsfreudig.“

„Wegen der Waffe.“

„Exakt“, meinte Muster, irgendwie enttäuscht darüber, diese Wahrheit nicht mit mehr Druck herausquetschen zu können. „Zufällig eine Luger älteren Modells? 9mm?“

„Ja.“

„Die Waffe, mit der Sie Ihre Ex-Frau getötet haben.“

„Nein.“

„Weil Sie eine andere Waffe benutzt haben?“

„Weil ich sie ... gut, ja, ich war dort.“

„Ich höre", sagte Muster, nachdem Morell in Schweigen verfallen war. „Je länger Sie sich Zeit lassen, desto eher glaube ich, dass Sie mir erneut irgendeine Lügengeschichte auftischen. Also: Wann waren Sie dort, wie sind Sie hingekommen, was haben Sie dort gemacht, warum ist Ihre Tochter bei Ihnen?"

Musters junger Kollege – der verhinderte Formel-1-Fahrer mit dem akkuraten Haarschnitt – mochte von effektiven Kommunikationsstrategien schon gehört haben, doch hormonell und grundsätzlich war er auf Konfrontation gepolt, entsprechend legte er die Vernehmung der Geschwister Sartori an: laut, schroff, drohend, übertreibend. Dass er damit so gut wie nichts aus ihnen herausbrachte, lag allerdings weniger an ihm als an der Tatsache, dass sie nichts wussten. Oder eben nur, was ihnen ihr Schwager Franz erzählt hatte: Er wäre am späten Abend in der Gegend gewesen, hätte sich spontan entschieden, bei seinen Kindern vorbeizuschauen, dann hätte er doch Zweifel gehabt, wäre eine Zeitlang in ein paar hundert Metern Entfernung zum Haus, jedenfalls in Sichtweite, im Wagen geblieben, dann das fremde Auto, zwei Männer, die ausgestiegen und ins Haus gegangen wären, die Schüsse, er, Morell, aus dem Wagen gesprungen, gelaufen, warum gelaufen und nicht gefahren?, keine Ahnung, Schock?, die Tochter am Balkon, im Haus Schreie und Schüsse, die Tochter springen oder fallen gesehen, sie aufgehoben, zum Auto getragen, weg, nur weg, in Panik, warum nicht die Polizei gerufen?, Akku leer, warum nicht zur Polizei gefahren? Hier wurden die Fragezeichen größer, auch in den Köpfen der Geschwister Sartori, warum hätten sie selbst nicht die Polizei informiert? Weil sie ja erst am Abend vor der Beerdigung erfahren hätten, dass Karina überlebt hätte und bei der Schwester in München wäre. Weil Franz ihnen eingeredet hätte, dass sie immer noch in Gefahr wäre, Pharma-Mafia, die Russen, die Chinesen, wer auch immer für dieses Blutbad verantwortlich wäre, würde Mittel und Wege finden, das Mädchen zu töten. Aber warum verdammt noch mal sollte jemand sie töten wollen?, wurde es dem jungen Polizisten endgültig zu viel. Wegen dieser Geschichte mit den Nanobots?, das wäre doch überall in den Medien gewesen. Ja hätten sie denn verdammt noch mal alle ihr Gehirn ausgeschaltet? Dann hätten sie jetzt in der U-Haft reichlich Zeit, es wieder hochzufahren.

32

Schimmer hatte sich noch nicht gänzlich aus den gütigen Armen des Schlafs gelöst, als eine mächtige Traurigkeit sie in Beschlag nahm. Ts, gütige Arme des Schlafs, murmelte sie, während sie mit gesenkten Lidern auf der Klomuschel saß, seltsame Vergleiche, die mir beim Pissen einfallen, andererseits: Im Vergleich zu jetzt ist Schlafen wirklich eine gnädige Ohnmacht, Morphium kommt von Morpheus, soll ich mir irgendwas einwerfen, bevor sich dieser Blues zu einer Tagesverfinsterung auswächst? Sie klappte den Spiegelschrank über dem Waschbecken auf, besah sich ihr Pharmaangebot; nein, das war alles eher dazu angetan, zu dämpfen, der Angst die schärfsten Spitzen zu nehmen, aber Schimmer wollte Stimulation, Euphorie aus Ecstasy, MDMA von Annika? Dann stand sie in der Küche, ratlos vor der Teeauswahl, überschlug, wann ihre Regel fällig wäre, aber die hielt sich weder an exakte Zeiten noch an regelmäßige Gefühlsschwankungen, woran lag es dann?, sie lächelte noch, schüttelte noch den Kopf und versuchte, sich selbst auszulachen, als die Tränen schon aufs Toastbrot tropften, dann stand sie am Balkon, im Kastanienbaum ein verlassenes Tschirpen, da stürzte alles auf sie ein, wie es gleichzeitig aus ihr herausbrechen wollte, oh Gott, diese arme einsame Amsel, erinnerst du dich, früher, wie du in deinem Jugendzimmer wütend das gekippte Fenster zugeschlagen hast, gegen das Geplärr der gefühlt tausend Vögel, um halb fünf haben die angefangen, die waren noch früher dran als die Müllabfuhr!, und jetzt?, kaum noch Singvögel, wir haben sie aussterben lassen, all die Schönheit stirbt uns weg, ist längst tot, während wir uns um irgendeinen unwichtigen Scheißdreck kümmern, zittrig setzte sie sich an den Esstisch, schluchzte und kaute, Wechselduschen, das würde helfen, hatte irgendwas mit dem Noradrenalin zu tun, hatte ihnen eine Therapeutin auf der Baumgartner Höhe erklärt, eine andere hatte einen Zen-Meister zitiert, der empfahl, es bei emotionalen Unwettern wie ein Baum zu machen, nicht ins Außen zu fliehen, in die brüchigen Zweige, sondern seine Kraft in Stamm und Wurzeln zu bündeln, also einfach hier am Tisch sitzen zu bleiben und sich in dieser Trauer zu suhlen, die worauf gründete?, wirklich auf der wiederkehrenden Erkenntnis und Erfahrung, dass von den Gletschern über die Korallen bis zu den kleinen süßen Singvögeln nichts mehr zu retten war?, oder schlichtweg darauf, dass sie sich am Vortag heillos überfordert hatte, überfordert worden war, die Angst im Auto, die Erleichterung angesichts der lebenden Karina, der Hubschrauberflug, die Klinik, die Erzählung des Mädchens, dieser idiotische Traum, aua, ein brutaler Schmerz stach Schimmer in die Schläfen, so heftig, dass sie glaubte, sich übergeben zu müssen, sie drückte beide Zeigefinger auf die Nasenwurzel, weil dort ein Ventil saß, das ihr manchmal Erleichterung verschaffte, sie schloss die Augen, öffnete sie wieder und sah verschwommen Helena Sartori im Schneidersitz auf ihrem Couchtisch, traurig lächelnd wie eine Mischung aus Buddha und Pieta, der Schmerz ließ nach, dafür wurde das Weinen wieder heftiger, Schimmer konnte nicht anders, als den Kopf auf die Tischplatte zu legen, Rotz und Wasser fließen zu lassen, eine fremde Stimme, die leise sagte: Morgen, wenn die Sonne aufgeht, steh ich schon allein, die Welt eine leere Wüste, durch den Tränenschleier sah sie Sartori, die nun neben ihr saß und zärtlich flüsterte: Schsch, Philomena, ich weiß, ich weiß, schsch, ich weiß.

Dann riss sie sich los vom Tisch, an dem sie festzukleben drohte wie eine Fliege an einem Leimband, sie stolperte unter die Dusche, heiß, kalt, okay, lauwarm, abtrocknen, anziehen, Seidenbluse, nein, lieber casual, nein, Leinenkleid, fuck, wieso quälte ihr Gehirn sie in solchen Phasen auch noch mit der Unfähigkeit, Entscheidungen zu treffen, Nemos ausgemustertes Dirndlkleid sollte sie anziehen, bei diesem Gedanken gelang ihr ein verhaltenes Grinsen, das tat gut, wie war das mit dieser Täuschung?, wenn man sich gut fühlte, lächelte man, und wenn man lächelte, würde es einem bald besser gehen? Also klemmte sie sich die letzten Minuten in ihrer Wohnung einen Kajalstift zwischen die Zähne, was die Lippen nach oben zwang, was tatsächlich zu helfen schien. Ins KAP fuhr sie mit dem Rad, die ganze Strecke in einem Tempo, das ihr Deo vermutlich bald außer Kraft setzen würde, aber das war ihr egal.

Sie konnte sich nicht erinnern, jemals mit Applaus an ihrem Arbeitsplatz empfangen worden zu sein – Karl Lagerfeld hatte das angeblich jeden Tag von seinen Untergebenen verlangt –, und es gefiel ihr nicht. Vielleicht wenn sie sich ausgeglichener, selbstbewusster, stärker gefühlt hätte. Doch so war ihr mehr nach rücksichtsvoller Zurückhaltung, gedämpfter Unterhaltung und dezenter Zuneigung und nicht nach diesem amerikanischen Wir-haben-die-Raumfähre-sicher-gelandet-Jubel, ja, ist schon gut, meinte sie und verzog sich in die Kaffeeküche.

„Nimm dir frei heute“, sagte Eder, die kurz darauf an der Kaffeemaschine stand. Wozu? Die hatte doch ihre eigene Nespresso im Büro. „Ist ja ziemlich anstrengend gewesen gestern, was ich so gehört habe.“

„Danke ... aber ich möchte die Schreibarbeit lieber gleich erledigen“, gab Schimmer vor und hörte über die dezente Neugier in Eders Stimme hinweg. Sie wartete, bis die Chefin die Küche verlassen hatte – vor ihr zu gehen erschien ihr in diesem Moment als ungebührlich –, nahm ihre Teetasse und fragte Bauer pro forma, ob sie Lust auf eine Balkonpause hätte.

„Wirst du nie von so einer ... Ohnmacht gepackt? Dass du glaubst, ist eh egal, wie du wählst, was du einkaufst, ob du mit dem Rad fährst, weil ... dass du eh nichts machen kannst gegen den erbärmlichen Zustand der Welt, dass du eh nur resignieren kannst, weil diese ganzen Irren ...“

„Diese ganzen irren Männer“, präzisierte Bauer und zog ihre Zigarette zwischen Oberlippe und Nase hindurch.

„Ja, auch, nicht nur ... Was machst du mit der Tschick, willst du sie essen?“

„Irgendwie schon, ja“, Bauer seufzte und steckte die Zigarette in die Schachtel zurück.

„Glaubst du, dass wir die Kurve noch kriegen?“ Schimmer wandte den Blick von ihrer Kollegin ab in Richtung Himmel. „Mit dem Klima, dem Artensterben ... der ganzen Scheiße eben, die wir anrichten.“

„Keine Ahnung“, erwiderte Bauer, worauf sie in ein für sie beide ungewöhnlich langes Schweigen verfielen. „Früher war oft von der Gnade der späten Geburt die Rede ... also dass wir die Nazizeit und den Krieg nicht miterleben haben müssen und deswegen auch nicht zu solchen Verbrechern haben werden können.“

„Und?“, fragte Schimmer nach, als ihre Kollegin nicht mehr weiterzuwissen schien.

„Letztens ... da war ich auch in so einer Stimmung wie du jetzt ... da habe ich mir gedacht, dass wir, also meine Generation, die Gnade der frühen Geburt haben. Weil wir nicht mehr miterleben müssen, wie das alles den Bach runtergeht."

„Fuck, Judith", Schimmer boxte ihrer Kollegin freundschaftlich gegen den Oberarm, „ich hatte gehofft, dass du, als Stimme der Zuversicht und Lebensfreude ... dass du mich aufbaust!"

„Okay, Mädel", Bauer legte ihre Stimme eine Oktav tiefer, „hör auf mit dem Trübsalblasen, hey, apropos, ich glaube, du gehörst nur wieder einmal ordentlich durchgevögelt, höhö."

„Ihr seid so was von vulgär!", war die Stimme von Stefan Sosak zu vernehmen.

Am späten Vormittag erhielt Schimmer einen Anruf von einer jungen Frau namens Nicole Till, Ordinationsassistentin eines Arztes in einem Nachbarort von Unterlengbach. Sie hätte Schimmers Nummer von Renate Sprenger. Wo jene doch gewesen wäre, wie sie von einer Bekannten wüsste, die bei einem Fachmarkt für Autozubehör arbeitete. Wo auch Helena Sartori angestellt gewesen war. Die wiederum Patientin bei Doktor Prieler gewesen wäre, bei dem sie eben arbeitete, das war der heiße Brei, um den Till so lange herumredete, bis Schimmer sie unterbrach und wissen wollte, was genau sie auf dem Herzen hätte und ob sie daraus eine offizielle Aussage machen wollte.

„Ich sollte noch einmal nach Unterlengbach fahren", sagte Schimmer zu Eder, nachdem sie drei Minuten überlegt hatte, ob sie *sollte* oder *müsste* oder *muss* sagen sollte.

„Weswegen?"

„Eine junge Frau ... arbeitet bei einem Arzt, bei dem Helena Sartori Patientin war. Sie hat mich angerufen und gemeint, dass sie eventuell Informationen hätte.“

„Hm“, Eder sah vom Bildschirm auf und rückte ein Stück von ihrem Schreibtisch weg. „Hast du ihr gesagt, dass sie sich damit eigentlich an die lokale Inspektion oder direkt ans LKA wenden sollte?“

„Ja, eigentlich schon“, antwortete Schimmer, worauf Eder ein Grinsen entkam.

„Okay, halt uns auf dem Laufenden.“

Die beiden Rumänen hatten ihre Aussage geändert – gleichzeitig und einstimmig, was Muster überraschte, zumal sie keinerlei Kontakt zueinander gehabt hatten. Vielleicht war ja was dran an dieser Theorie von den Kraftfeldern, von denen Philomena ihm irgendwann in grauer Vorzeit erzählt hatte, irgendwas mit englischen Meisen und Milch, irgendwas mit der Weimaranerhündin, auf die der alte Schimmer wegen irgendeines Fotografen bestanden hatte, ja, er driftete wieder ab, unkonzentriert, kein Wunder nach dem gestrigen Tag und nur vier Stunden Schlaf, dazu seit drei Tagen keine Meditation, da löste sie sich auf, die Achtsamkeit, gerade wenn man sie am notwendigsten hatte, gut, Jungs, ihr wart also in dem Haus, aber nicht an diesem Abend, sondern rund zwei Monate davor, richtig, und zu welcher Uhrzeit? Nach Mitternacht, irgendwas zwischen eins und vier. Warum nicht untertags? Das hätten sie eine Woche zuvor versucht, aber da waren der alte Mann und seine Frau zu Hause gewesen, und sie wären schließlich keine Verbrecher. Diebe, Einbrecher, das ja, aber doch keine Mörder! Na, wenn ihr es nicht wart, dann vielleicht Kollegen von euch? Irgendwelche Landsleute, von denen ihr wisst, dass sie sich etwa zur gleichen Zeit in der Gegend aufgehalten haben? Ein verhaltenes Grinsen beim Jüngeren, ein Achselzucken beim Älteren, der sich mit dem Daumen der rechten Hand über die drei eintätowierten Punkte in der Daumenkuhle der linken Hand rieb: Symbol für die drei Affen, die sich Augen, Ohren und Mund zuhalten, Ehrenkodex, dass man keinen verpfeift. Woher das kam? Vom buddhistischen Gott Vadjra und einem seiner Lehrsprüche, der sich in etwa als „nichts Böses sehen, nichts Böses hören, nichts Böses sagen" übersetzen ließ. Von Indien war dieses Motto über China nach Japan gelangt und wurde dort als „mizaru, kikazaru, iwazaru" bekannt. Und jetzt kommen wir zu des Affen Kern, liebe rumänische Zeichenträger: Im klassischen Japanisch wird die grammatische Form *zaru* zur Verneinung einer Tätigkeit – eben nichts sehen, nichts hören, nichts sagen – verwendet. Aber dann, stille Post in Nippon, nuschelte irgendwer dieses Wort als *saru* heraus, was nichts anderes als Affe bedeutet. Auf verschlungenen etymologischen Pfaden tun sich die drei Affen dann mit der Traditionellen Chinesischen Medizin zusammen, in deren Urfassung im menschlichen Körper drei Würmer hausen, die nachts zur Himmelsgottheit Tentei emporsteigen und ihr die bösen Taten ihres Wirts petzen. Zum Glück kann man die drei Würmer aka Affen mit einem Abwehrzauber belegen, der sie daran hindert, Böses zu sehen, zu hören und zu sagen, womit Muster wieder bei den drei Punkten an der linken Hand seines Gegenübers landete, den die offensichtliche Verrücktheit des Polizisten so verunsicherte, dass er irgendwas von einem schwarzen Porsche Macan zu faseln begann, der ihnen mehr als einmal in der Gegend untergekommen war, daran erinnerte er sich jetzt, weil sie darüber gesprochen hätten, wieso so ein Wagen in der Pampa herumsteht, Seitensprung, hatten sie gemutmaßt, erst treffen sich die Täubchen auf irgendeinem Autobahnparkplatz, dann ab ins Gebüsch, hä?, welches Gebüsch, wovon redete der Mann da, wollte Muster wissen, ein Porsche Macan?, konnten sie sich an das Kennzeichen erinnern?, ein B oder BN?, sicher?, und zu welcher Uhrzeit hatten sie das Auto gesehen?, spätabends, fast Nacht. Hm, hm, hm, machte Muster geheimnisvoll und sah seinen Kollegen komplizenhaft an. Wie hoch standen die Chancen, dass das nicht Morells Wagen gewesen war?

33

„Ich darf Ihnen das ja eigentlich gar nicht sagen“, meinte die junge Frau und sah Schimmer an, als erwartete sie von ihr im Voraus die Absolution dafür, es gesagt zu haben, „wegen dem Patientengeheimnis.“

„Sie haben Frau Sartoris Stimme durch die Wand respektive Tür gehört, ja?“, sagte Schimmer mit sanfter Autorität und sah sich kurz um, ob irgendjemand ihnen zuhörte. Doch von den vier weiteren Gästen, die sich in dem Café befanden, waren zwei selber in ein offensichtlich diskretes Gespräch vertieft – worum es da wohl ging? – und die anderen lasen in einer Tageszeitung beziehungsweise auf dem Smartphone.

„Ja, sicher.“

„Dann haben Sie ja nicht absichtlich gelauscht ... Außerdem kann man sich von der Verschwiegenheitspflicht auch entbinden lassen, das wissen Sie, oder?“

„Gehört habe ich davon, ja ... aber das habe ich eigentlich noch nie gebraucht.“

Weil du die Patientengeschichten immer nur deinen zwei, drei besten Tratschfreundinnen gesteckt hast, dachte Schimmer und sagte: „Für den Fall, dass ein zu rechtfertigender Notstand vorliegt, wenn ein höherwertiges Rechtsgut konkret gefährdet ist oder eine schwerwiegende Straftat geplant wird, muss man die Schweigepflicht sogar brechen.“

„Aber ich oder der And... der Doktor Prieler planen doch keine Straftat!“, meinte Till perplex.

„Nein, sicher nicht“, wiegelte Schimmer ab, „aber könnte es sein, dass durch Ihr Schweigen jemand anderer zu Schaden kommt?“

„Das weiß ich nicht, weil ... weil es ja, das ist ja im Voraus schwer zu sagen.“

„Sie haben mit Frau Sprenger darüber geredet, oder?“, wurde es Schimmer langsam zu mühsam.

„Ja, aber ...“, Till errötete leicht und drehte ihre Kaffeetasse auf dem Untersetzer.

„Und Sie haben sich an mich gewandt, weil Sie darauf vertrauen, dass ich mit diesen Informationen sorgsam umgehe und Ihnen nicht irgendwas anhängen will.“

„Ja, so in etwa.“

„Weshalb war Frau Sartori bei Doktor Prieler?“, fragte Schimmer mit gesenkter Stimme. „Also, Sie müssen mir jetzt nichts über irgendwelche Fußwarzenvereisungen bei den Kindern oder die üblichen Hausarztgeschichten erzählen.“

„Sie hat vor irgendwas Angst gehabt“, erwiderte Till und atmete hörbar aus, „also schon panische Angst. Deswegen habe ich sie ja auch gehört, weil sie ... Beim letzten Mal ist sie ja richtig laut geworden.“

„Wissen Sie auch, wovor?“

„Nicht ganz genau ... Also der Doktor hat eher gemeint, dass sie ...“, Till verdrehte die Augen und wackelte leicht mit dem Kopf.

„Dass sie was? Hysterisch war? Verrückt?“

„So was in der Richtung, ja ... Deswegen hat er sie auch ... Also mehr als ein Xanor verschreiben hat er ja auch nicht können.“

„Ich verstehe, dass Sie Ihren Arbeitgeber in Schutz nehmen“, merkte Schimmer an, „aber ob er sich richtig verhalten hat oder nicht oder was er ihr verschrieben hat, darum geht es mir nicht. Ich möchte wissen, was Frau Sartori gesagt hat.“

„Wenn ich sie richtig verstanden habe, hat sie

geglaubt, dass jemand hinter ihr her ist, also mehrere, weil sie hat ja *die* gesagt ... *die werden uns alle umbringen, die können wir nicht aufhalten* ... so was halt."

„Und mit *die* hat sie Menschen gemeint?", wollte Schimmer wissen.

„Ja was denn sonst?"

„Nanobots", murmelte Schimmer mehr zu sich selbst, „Namen hat sie aber nie genannt, oder?"

„Nein", Till zuckte mit den Schultern, „aber alles habe ich ja nicht gehört und ... Wenn sie sich konkret vor jemand gefürchtet hätte, dann ... Da geht man doch zur Polizei und nicht zu seinem Hausarzt, oder?"

„Kommt auf das Vertrauen an, das man in jemanden setzt", meinte Schimmer und überlegte, welchen Grund sie erfinden könnte, um Doktor Prieler vernehmen zu können, ohne dass irgendein Verdacht auf seine Assistentin fiel. Reichte ja eigentlich eine erfundene Notiz in Sartoris Kalender, den Laptop hatten sie jetzt auch, wie weit Ika damit wohl war?

„Wie meinen Sie das jetzt?", fragte Till, verunsichert ob des Schweigens, in das ihr Gegenüber gefallen war.

„Hm? Ja, dass Frau Sartori dem Doktor Prieler eben vertraut hat ... Er hat ihr also ein Xanor verschrieben, keine Überweisung zu einem Facharzt?"

„Sie meinen ..."

„Wenn er der Meinung war, dass sie nicht wirklich gefährdet ist, also von konkreten Personen, sondern eher von sich selbst, dann wäre es doch nahegelegen, sie zu einem Psychiater zu schicken, oder?"

„Ja, das ...", Till wurde das Gespräch nun sichtlich unangenehm.

„Sie haben sich nichts zuschulden kommen lassen",

sagte Schimmer bestimmt. „Und es war völlig richtig, dass Sie mir davon erzählt haben. Frau Sartori war eben sehr ... speziell. Stimmt doch, oder?“

„Ja, das war sie bestimmt. Und sie war halt auch nicht von ... also nicht, dass wir ... ja, komisch war sie schon.“

„Haben Sie gewusst, was sie gearbeitet hat, also, bevor sie hierhergezogen ist?“

„Nicht genau ... irgendwas in der Pharma, oder?“

„Molekularphysik, Nanotechnologie“, sagte Schimmer anerkennend, als müsste sie Sartoris Ruf wiederherstellen, „sie war eine der renommiertesten Forscherinnen in ihrem Bereich ... hat Roboter in Molekülgröße gebaut, zur Krebstherapie, gegen Parkinson ... Sie hatte zwei Doktortitel.“

„Wow“, sagte Till, ohne tatsächlich beeindruckt zu wirken.

„Die Frage, wie wir leben sollen“, sagte der Einsatzleiter der Feuerwehr in Unterlengbach zu einem der Techniker der AGES, „ist die überhaupt noch relevant?“

„Hm?“, erwiderte dieser mit Zigarette im Mund und versuchte erfolglos, eine Flamme aus seinem Zippo zu schlagen.

„Werden wir überhaupt leben?! Das ist doch die Frage, die wir uns inzwischen stellen sollten in Anbetracht solcher Szenarien, oder? Eine permanente Endzeit, und wir strudeln uns ab, damit sich das Zeitende immer wieder verschiebt ... die *Last Action Heroes* der Apokalypse.“

„Super Filmtitel ... so ein Scheiß!“, der Techniker klappte sein Feuerzeug zu und steckte es weg. „Jedes Billig-Teil von Bic hält zehn Mal länger als der Dreck.“

„Haben die keine lebenslange Garantie?“

„Eh ... aber das hilft mir jetzt auch nichts."

„Dann füll's auf", antwortete der Feuerwehrmann achselzuckend.

„Habt ihr einen Ersatzkanister am Löschwagen?"

„Verboten ... Stell dir vor, der fliegt in die Luft."

„Und wenn ihr unterwegs liegenbleibt? Auf halbem Weg zum Einsatz und der Hof brennt ab, weil ihr keinen Ersatzkanister dabeihabt?"

„Ist meines Wissens noch nie passiert ... Nein, ha, das wäre eher aus der Kategorie mit diesen Dings ... wie hat die Sendung geheißen, ah, sag schon, da war ich noch ein Kind ... wo sie so völlig verrückte Sachen aus aller Welt gebracht haben, an das Intro kann ich mich noch erinnern", meinte der Feuerwehrmann und begann, die Kennmelodie auszuspucken wie ein Beatboxer.

„Das ist *Unsquare Dance.*"

„Nein, so hat es nicht geheißen ..."

„So heißt das Musikstück, von Dave Brubeck."

„Ach so ... und die Sendung?"

„Keine Ahnung", murrte der Techniker, dessen schlechte Laune wohl auch eine Folge des ihm völlig sinnlos erscheinenden Treibens rundum war: Erdreich umgraben, Schleusen errichten, kaputtes Gemüse einsammeln, „aber mit dem ganzen Zirkus hier könnten sie so eine Sendung allein schon füllen ... Als Nächstes kommt wahrscheinlich ein Bauunternehmer und muss alles mit Stahlbeton abstützen, damit die Bude nicht in das Loch fällt, das die rundum graben."

„Das ist ja immer die Frage, was man mit solchen Gebäuden machen soll ..."

„Wieso, was?"

„Na ja, wo solche ... Tragödien, Verbrechen, was weiß ich, passieren ..."

„Ins Geburtshaus vom Hitler in Braunau soll jetzt angeblich eine Polizeiwache kommen“, sagte der Techniker.

„Ob die sich da wohlfühlen“, sinnierte der Feuerwehrmann, „hast du schon einmal was von morphologischen Feldern gehört?“

„Ah, da hinten geht der Rauch auf“, meinte der Techniker erleichtert und entfernte sich, um sich von einem jungen Polizisten Feuer geben zu lassen. „Erklär mir das später, ja?“

Warum schon wieder dieser Hochstand? In Deutschland sagten sie auch Kanzel dazu, fiel Schimmer ein bayrischer Bekannter ihres Großvaters ein, der diesen Begriff einmal verwendet hatte. Kanzel, sagte sie sich, als sie über die Wiese Richtung Wald ging, die einen predigen auf ihre Schäfchen herab, die anderen töten das Wild von dort oben, ob diese Parallele schon einmal jemand untersucht hat?, nun lasst uns mal ein paar Wildsauen abkanzeln, murmelte sie belustigt in norddeutschem Dialekt und stieg die Leiter hinauf. Sie nahm das Fernglas, das sie wohlweislich mitgenommen hatte, zur Hand. Rund um Sartoris Haus hektischer Betrieb, ein Menschenauflauf, als wäre das Verbrechen erst vergangene Nacht geschehen, auf dem Dach saß eine Krähe und tippelte nervös herum, als würde sie das Geschehen beaufsichtigen und rechnete jeden Moment mit einer explosiven Wendung. Schimmer fokussierte auf die Fenster und Balkontüren, teils konnte man ins Innere sehen, teils war die Spiegelung zu stark. Sie setzte das Fernglas ab und ließ den Blick über die Landschaft schweifen. Sie versuchte sich in Erinnerung zu rufen, was Helena Sartori an diesem Morgen alles zu ihr gesagt hatte. Morgen bin ich allein? Die Welt was?

Eine Wüste? Irgendwas regte sich da in ihrem Zwischenbewusstsein, in diesem nervigen Bereich, der manchmal kitzelte wie ein Niesen, das sich nicht entschließen wollte, herauszukommen, in solchen Fällen war die Anwesenheit ihres Vaters gut, aber der war offensichtlich an sein ehemaliges Zuhause gebunden. Schimmer fischte ihr Handy aus der Jackentasche, rief Muster an und landete in der Mailbox. Sie probierte es bei Annika Nebun, die sofort abhob.

„Ich bin am Laptop von der Sartori dran", sagte sie anstelle einer Begrüßung.

„Wieso hast du den?", wunderte sich Schimmer.

„Weil ich die Beste bin ... mit dem Gewehr, mit dem Messer, mit den bloßen Fäusten!"

„Hä?"

„Ist aus *Rambo I*, Colonel Trautman, geiles Zitat, oder?"

„Ja, unbedingt, und ... Jetzt habe ich vergessen, was ich dich fragen wollte."

„Ob ich schon im Computer von der Sartori drin bin wahrscheinlich ... ziemlich bald, verspreche ich dir. Was treibst du so?"

„Ich sitze auf einem Hochstand in Unterlengbach und beobachte das Haus der Sartoris."

„Aha", Nebun räusperte sich, „und was ... versprichst du dir davon? Dass die unerlösten Seelen dir aus dem Bardo was zuflüstern?"

„Du hast gekifft, oder?"

„Diese Vaporizer sind echt geil", flüsterte Nebun, „da kannst du am Balkon eine durchziehen und kein Schwein merkt was!"

„Das glaubst aber auch nur du ... Oh, ich krieg einen Anruf rein, bis später, melde dich, wenn du drin bist."

„Mit der Nuschelstimme von Bum-Bum Becker!"

„Hey", meinte Schimmer, nachdem sie von Nebun auf Muster umgeschaltet hatte, „und?"

„Und was? Du hast mich angerufen."

„Ja, sorry, hatte eben Ika in der Leitung und die steht wieder einmal ordentlich neben den Schuhen."

„Das ist dieses genetisch veränderte Gras, zehnmal so stark wie früher, hat mir neulich der Juri erzählt ... Deshalb sind auch die Psychosen bei den Kiffern so angestiegen."

„Dann habe ich endlich jemanden, mit dem ich gemeinsam Geister schauen kann."

„Pf", machte Muster, „vor zwei Jahren hättest du über so einen Scherz noch nicht gelacht."

„Ich darf das", erwiderte Schimmer, „wie schaut's aus bei euch? Irgendwas Neues?"

„Morell hat zugegeben, dass er die Waffe von seinem Junkiefreund gekauft hat. Angeblich hat seine Ex ihn darum gebeten."

„Sehr plausibel ... Warum hat sie sich nicht selbst ganz legal eine besorgt?"

„Frag mich nicht ... Möglich wäre, dass sie ihm von dem Einbruch erzählt hat und er ihr die Pistole von sich aus beschafft hat ... Rein zeitlich würde das passen: Unsere Rumänen haben zugegeben, dass sie Ende Juni im Haus waren, der Junkie hat Morell die Waffe spätestens Anfang Juli besorgt."

„Und was schließt ihr daraus?"

„Dass ich mich jetzt am Ozeanteich in den Schatten lege und darauf warte, dass irgendwer gesteht", sagte Muster und gab ein Geräusch von sich, das auf schmerzhafte Verspannungen schließen ließ.

„Ich habe übrigens gerade mit der Assistentin von Doktor Prieler gesprochen ..."

„Wer soll das sein?"

„Der Hausarzt von Helena Sartori."

„Aha, und ... Habe ich da irgendwas verpasst?"

„Nicht wirklich", erwiderte Schimmer und gab Muster die Kurzfassung.

„Die ... die werden uns umbringen", wiederholte Muster, „wen hat sie damit gemeint? Die bei ihr eingebrochen haben? Oder doch irgendwelche von diesen Gray-Goo-Monsterchen ... Aber warum geht sie nicht zur Polizei, sondern erzählt dem Pfarrer und ihrem Arzt davon?"

„Weil sie nicht die Gelegenheit hatte, auf einen charismatischen und vertrauenswürdigen Charakter wie dich zu treffen?"

„Und weswegen wendet sich diese Ordinationsdings an dich?"

„Du brauchst echt ein paar Stunden Schlaf", meinte Schimmer, „weil sie nicht wollte, dass ihr Chef davon erfährt, dass sie ihn quasi verpetzt. Und weil ich bei der Lehrerin offensichtlich einen guten Eindruck hinterlassen habe."

„Braves Mädchen. Bist du eigentlich im Wald oder wieso pfeifen da Vögel herum?"

„Ich sitze auf meiner Kanzel und predige zu den Tieren des Waldes wie einst Franz von Assisi."

„Auf dem Hochstand?", sagte Muster zu Schimmers Erstaunen. „Scheiße, da habe ich die von der Spur immer noch nicht hingeschickt ... Moment. Morell. Der Wagen. Das könnte sein."

„Heute habe ich es echt nur mit Irren zu tun", antwortete Schimmer, „ist bestimmt Pluto rückläufig oder was in der Richtung."

„Die beiden Rumänen", fuhr Muster fort, „die haben unabhängig voneinander ausgesagt, dass sie mehrmals einen dunklen Porsche Macan neben der Landstraße stehen gesehen habe, ziemlich sicher mit Badener Kennzeichen.“

„Morell? Der aus Ergebenheit und Sehnsucht das Haus seiner geliebten Familie vom Waldrand aus beobachtet? Hab ich’s doch gewusst!“

„Was hast du gewusst?“, meckerte Muster.

„Dass mit dem Hochstand irgendwas ist! Dass ihn die Spurensicherung anschauen soll!“

„Was ich verbockt habe, ja, sorry ... also: Was mache ich jetzt?“

„Was wohl. Morell darauf ansprechen, was denn sonst?“

„Ja, okay, wann kommst du zurück?“

„Eh bald“, meinte Schimmer.

„Wollen wir uns sehen?“

„Nein.“

Auf der Rückfahrt versuchte Schimmer ihren Gefühls- und Gedankenzustand zu analysieren, so wie sie es in den meditativen Sitzungen auf der Baumgartner Höhe praktiziert hatten. Manche Menschen mit Psychosen und Angststörungen, die scheinbar grundlos in die private Hölle ihrer Einbildungen stürzten, waren erstaunlich furchtlos im Angesicht ganz konkreter Bedrohungen. Vor dem Kühlregal im Supermarkt konnte sie aus unklarer Ursache eine Panikattacke überwältigen, an der sie zu sterben glaubten; doch wenn ihnen in der Fußgängerzone ein Irrer mit einer Machete entgegentorkelte, waren sie imstande, das unbesorgt als wundersamen Auftritt im Lebenstanz der tausend Dinge hinzunehmen – wie sich Magda einmal ausgedrückt hatte, nachdem die Mischung aus Kaffee und Ketamin etwas zu heftig angeschlagen hatte. Aber sie, Schimmer, litt doch nicht an so einer Störung. Sie sah Menschen, die andere nicht sehen konnten, was im Vorfeld mitunter von Kopfschmerzen und diffusen Ängsten begleitet war. Wieso also war sie so entspannt, geradezu teilnahmslos, angesichts einer Bedrohung, die eher rationale Menschen wie Michi und Kollegen offenkundig ernst nahmen? Mitunter, musste sie zugeben, erfüllte sie eine seltsame Sehnsucht nach einer Katastrophe, nach der Apokalypse gar; dann sah sie sich gelassen, ganz wie Kirsten Dunst in Lars von Triers *Melancholia* dem alles vernichtenden Kometen gegenüber. Dieses Theater, das Michi veranlasst hatte, Feuerwehr und Seuchenkommando, Erdreich abgraben und Kontaminierungssperren errichten – als ob das jetzt noch irgendwas bringen könnte. Als ob sich der Zug in Richtung Untergang aufhalten ließe, wenn man nur das Blaulicht aufdrehte! So, Philli, jetzt kriegst du dich wieder ein, das nimmt alles einen Zug ins Pathologische, ja, und da spazierte auch schon Helena Sartori am Pannenstreifen entlang, was heißt spazierte, sie hüpfte ausgelassen wie ein Mädchen im weißen Sommerkleid über die Blumenwiesen eines Heimatfilms. Genau zur rechten Zeit, sagte sich Schimmer, weil sie plötzlich Lust hatte, mit Sartori zu reden, weil dies einer der Augenblicke war, wo sie glaubte, von ihren Geistern besser verstanden zu werden als von der realen Menschheit, einer der Augenblicke, wo sie vergessen konnte, dass sie mit sich selbst sprach, wo sie sich gerne vormachte, dass sie Kontakt zu Welten hatte, die den anderen verschlossen waren. Dass sie sich damit auch in die Gesellschaft von Esoterikern und sonstigen Spinnern à la Cindy aus Honolulu begab, vermochte sie dabei gut zu ignorieren. Waren ihre Erscheinungen denn nicht auch tröstlich? Vielleicht sogar ein Versprechen auf eine Welt ohne Schmerz und Irrsinn? Sie erreichte die Stadtgrenze und nahm ohne zu überlegen den Weg zu ihrer Mutter.

„Überraschung!“, rief die freudig aus und riss die Arme hoch, als sie ihre Tochter auf der Schwelle stehen sah.

„Ähm, sollte das nicht eher ich sagen?“

„Wieso?“

„Ach, egal“, winkte Schimmer ab, trat ein und streifte die Schuhe ab. Manchmal hatte sie ihre Mutter im Verdacht, zu kiffen oder Aufputschmittel zu nehmen, abgelaufene, amphetaminhaltige Appetitzügler vielleicht, aus dem Fundus an Pharmageschenken, mit denen die Ordination, in der sie gearbeitet hatte, reich bedacht worden war.

„Das ist gut, dass du da bist“, fuhr ihre Mutter fort, „dann muss ich das Chili nicht einfrieren!“

„Chili? Aha, und warum kochst du so viel?“, wunderte sich Schimmer angesichts des vollen Kompanietopfes, tauchte den Kochlöffel ein und kostete vorsichtig.

„Ts, ich esse ja wie ein Vogel ... aber einen Fingerhut Chili kochen, das macht wirklich keinen Spaß.“

„Das reicht für drei Personen mal drei Tage“, schätzte Schimmer.

„Ich rufe deine Schwester an.“

„Schwestern ... wolltest du sagen.“

„Meinst du?“, fragte die Mutter vorsichtig.

„Nein“, entschied die Tochter, „Thalia reicht, ist entspannter.“

„Eben.“

Während sie aßen, bekam Schimmer eine Nachricht von Nebun. Sie hatte Sartoris Laptop geknackt und damit begonnen, die entschlüsselten Dateien auf den Server hochzuladen. Danke, schrieb Schimmer zurück und fragte sich für höchstens eine Minute, ob diese Information sie dazu verpflichtete, die Daten umgehend zu sichten. Nein. Erstens hatte sie Karina gefunden. Womit ihr ursprünglicher Auftrag erledigt war und sie sich wieder auf den entschleunigten KAP-Modus eingrooven konnte, oder? Und zweitens war sie nicht der Typ, der sich nach Feierabend einen gemütlichen Abend mit ihrer Mutter und ihrer Schwester kaputtmachte, wenn es nicht unbedingt nötig war. Wieso sollte sie sich von Annikas Freiheit, bis Mitternacht zu arbeiten, die eigene einschränken lassen? Richtig, aber: Ohne Selbstausbeutung wirst du auch nie in der

Champions League der österreichischen Kriminalpolizei mitspielen. Dafür muss ich mich auch nicht von fragwürdigem Lieferessen und Mikrowellen-Fast-Food ernähren, sondern darf mich an Mamas sauscharfem Chili laben.

„Ich fürchte mich schon vor dem zweiten Gang“, merkte Thalia an.

„Es gibt nur das“, antwortete ihre Mutter. „Eis habe ich vielleicht noch.“

„Ich glaube, sie hat den Gang gemeint, nachdem das Chili den Darm durchwandert hat“, sagte Schimmer.

„Ach so, ja, natürlich“, meinte die Mutter, wobei ihre beiden Töchter sich verschworen ansahen im Wissen, dass ihre verpeilt wirkende Mama nichts verstanden hatte.

„Eure Aktion da unten schlägt ganz schöne Wellen“, meinte Thalia wenig später, immer noch am Esstisch, als sie unter Protest der Mutter ihren Maileingang am Smartphone und dabei offenkundig auch einen Newsticker überprüfte.

„Was genau?“, wollte Schimmer wissen.

„Was genau“, gab Thalia kopfschüttelnd zurück und hielt ihrer Schwester das Display hin. Eine Fotogalerie aus Unterlengbach. Okay, das sah wirklich so aus, als hätte hier jemand beschlossen, mit der schweren Artillerie gegen die winzigen unsichtbaren Feinde anzurücken. Feuerwehr, Polizei, Bundesheer, Schutzanzüge, die Gaffer und Reporter hinter den Absperrbändern, ein paar besonders fanatische Sensationshascher würden bestimmt den Hochstand besteigen, der unter ihrem Gewicht zusammenbrechen würde, malte sich Schimmer aus, wobei dieses Bild seltsamerweise die Züge einer Karikatur von Wilhelm Busch annahm.

„Ich frage mich ja, ob das normal ist, dass mich das

so was von kalt lässt", meinte Schimmer, nachdem ihre Mutter ihr das Smartphone aus der Hand genommen und auf die Couch geworfen hatte, weil ihre Tochter die Postings aus dem Forum zu zitieren begonnen hatte, wogegen Mama Schimmer schwer allergisch war.

„Selbstschutz", kommentierte Thalia knapp und wechselte auf die Couch. „Du bist nur noch einen Schritt von der multiplen Persönlichkeitsspaltung entfernt, liebes Schwesterchen."

„Jetzt hör aber auf", brachte sich die Mutter ein, die plötzlich wieder erstaunlich nüchtern wirkte. „Wir damals ... Wirklich Angst vor der nuklearen Zerstörung haben wir ja auch erst nach Tschernobyl bekommen. Das davor, die Demos gegen das Wettrüsten ... Atomwaffen, mit denen man die Menschheit tausendmal auslöschen kann, das war ja per se schon so grotesk, dass ... Ich glaube nicht, dass wir uns damals wahnsinnig gefürchtet haben, das war mehr so eine Wut auf die Verantwortlichen, der Breschnew, der Reagan, da geht mir ja heute noch ... Und wisst ihr, was der einzige Grund ist, warum sich heute niemand mehr vor einem Atomkrieg fürchtet?!", begann sie sich mehr und mehr zu ereifern. „Weil so ein Krieg auch die ganze Wirtschaft zerstören würde, und davor haben diese Geier ja noch mehr Angst als vor sonst was!"

„Gießt du ihr einen Melissentee auf oder soll ich?", wandte sich Thalia von der Couch an ihre Schwester.

„Ich mach schon", antwortete Schimmer grinsend und legte ihrer Mutter beim Aufstehen zärtlich eine Hand auf die Schulter, die sie umgehend ergriff, worauf sie für einen schönen Moment so verharrten.

Nein, sie hatte nie Angst vor einem ganz konkreten Weltuntergangs-Auslöser gehabt, wie es damals ein fanatischer russischer oder amerikanischer General hätte gewesen sein können, der irgendein Ereignis am Radarschirm falsch interpretierte und den roten Knopf drückte. Der Schrecken war subtiler geworden, von außen war er unter die Haut gekrochen, wo die Panik lauerte, wussten sie inzwischen nicht allesamt, dass das Ende der Menschheit ein realistisches Szenario geworden war? Aber gab es eine Vorstellung dazu, eine Geschichte, die dramatisch und zwingend genug war, um das Ruder herumzureißen? Nun, gab Schimmer zu, als sie das kochende Wasser über die frischen Melissenblätter goss, denen sie auch ein paar Lavendelblüten beigefügt hatte: Wenn sie sich die Bilder aus Unterlengbach vor Augen führte, die gerade das Netz fluteten, dann schien die Erzählung von den unsichtbaren Mini-Monstern durchaus fähig, Angst und Schrecken zu verbreiten. Oder war das die typische Angstlust, auf die hier angesprungen wurde? Es war wohl nicht sie allein, die manchmal mit dem Ende der Welt kokettierte und dabei so etwas wie eine erlösende Zufriedenheit verspürte, oder?

„Was schwebt dir gerade vor?“, war ihre Mutter plötzlich neben ihr aufgetaucht und stellte zwei Tassen und ein Weinglas auf ein Tablett.

„Hm? Nichts ... also, nicht das, wenn du das ... Darüber wollte ich mich sowieso einmal mit dir unterhalten ...“

„Wenn du den Satz zu Ende führst, machst du dabei schon einen bedeutenden Anfang, mit dem ich etwas anfangen kann.“

„Siehst du sie auch?“ Schimmer sah ihrer Mutter in die Augen, zwei Sekunden, bis diese den Blick abwandte und leise seufzte. „Okay, also ... warum hast du mir das nie gesagt?“

„Weil ...“, Mutter Schimmer zuckte mit den Schultern, „ich hielt es wohl für besser ... für uns alle ... und irgendwann war es mir dann auch nicht mehr sonderlich wichtig."

„Aber mir wäre es wichtig gewesen."

„*Bergdoktor* fängt an!", rief Thalia aus dem Wohnzimmer.

„Reden wir ein anderes Mal darüber", meinte die Mutter und nahm das Tablett.

35

Meditiere jeden Tag eine halbe Stunde. Wenn du dafür keine Zeit hast, nimm dir eine ganze Stunde. Zitierte Michael Muster irgendeinen Abrisskalender-Guru, während er im Keller seines Hauses auf dem Meditationskissen saß. Erschöpft bin ich, überreizt zugleich, mein Gehirn fühlt sich an wie ... Fraktale, ein Kaleidoskop, das sich nicht mehr auf die Wiedergabe bekannter Muster beschränkt, sondern angefangen hat, eigene, völlig neue Bilder zu produzieren. Ist es das, was uns gerade blüht? Die außer Kontrolle geratene Intelligenz, die sich durchs steirische Erdreich frisst? Nein, von Intelligenz konnte man in diesem Fall überhaupt nicht sprechen, hatte Bernd Jonas ihm versichert, nachdem sie ihn nach Unterlengbach verfrachtet hatten. Abzuwiegeln und zu beschwichtigen hatte er damit wohl versucht, dieses Ziel allerdings gehörig verfehlt. Denn was war eine sich selbst vermehrende Gefahr, die nicht einmal intelligent war? Unsichtbare Zombies, unkontrollierbare Bazillen, verdammt, atmen, atmen, atmen, ermahnte sich Muster, die Aufmerksamkeit auf das Einströmen des Atems legen, ein, aus, dem Atem folgen, es ist nicht so schlimm, wie du denkst, diese Nanos kochen auch nur mit Wasser, gelang es ihm tatsächlich, sich selbst ein Grinsen zu entlocken, halte dich an den greifbaren, an den im buchstäblichen Sinne festgemachten Fakten fest: die beiden Rumänen, die im Haus gewesen sein müssen und Sartoris Laptop mitgenommen haben. Morell, der bei seinem Junkiefreund die Luger gekauft hat. Weiter musste man nicht gehen, oder? Brachte doch nichts, es den ganzen Durchgedrehten und ihren Verschwörungstheorien gleichzutun, die mit Stand 20:00 Uhr bereits neuntausend Postings auf nur einer Nachrichten-Website hinterlassen hatten. Was hier zusammengesponnen wurde! Eine These dümmer, paranoider, greller als die folgende. Doch nur, um herauszustechen, oder? Wem überhaupt keine Beachtung geschenkt wurde, wem niemand folgte, der musste sich die Verfolgung erfinden, Paranoia aus Zuwendungsmangel, eigentlich arme Schweine. Traute man Franz Morell denn wirklich zu, mit der chinesischen Pharma-Mafia ein perfides Komplott zur Destabilisierung der westlichen Weltordnung geschmiedet zu haben? Waren die beiden Rumänen, deren Verstrickung in den Fall von wem auch immer geleakt worden war, geheimer Teil eines russischen Troll-Netzwerks, das neben seinen Internet-Aktivitäten auch Sabotageakte in der realen Welt ausführte, indem es zum Beispiel Reagenzgläser verschwinden ließ, um damit die Öffentlichkeit in Panik zu versetzen? Aber warum ausgerechnet in Österreich? Weil der heimische Geheimdienst sich aktuell durch interne Intrigen selbst zersetzte und der starke Arm des Heeresnachrichtendienstes so schwachgespart worden war, dass er sich nicht einmal seriöse Nachwuchshacker leisten konnte? Atmen, Michael, die Aufmerksamkeit auf das Ausströmen des Atems legen, alles ist im Wandel, nichts besteht ewig, verdammt, ich will aber nicht, dass mein Kind in so einer kaputten Scheiße aufwächst, in einer Welt, wo nichts mehr ... wo es sich gar nicht mehr ... aus jetzt! Muster stand auf, ohrfeigte sich zweifach, ging ins Erdgeschoß und setzte sich vor den Fernseher. Die Schlusssignation des *Bergdoktors* rief ihm den Fall des vermissten Wanderers in Erinnerung, den Philomena kürzlich gelöst hatte. Bodenständige Kriminalistenarbeit, klare Ergebnisse in kurzer Zeit, das war, wonach ihm der Sinn stand, zumindest im Moment. Vor einem halben Jahr hatte er sich inmitten einer Welle an Gewalttaten gegen Frauen – sechs Morde und neun versuchte binnen eines Monats – kurzfristig einen Fall gewünscht, der mehr erforderte, als den ohnehin bekannten Täter zu fassen; wie viele gewalttätige, toxisch aggressive Lebensgefährten, Ex- oder Noch-Ehemänner hatte er sich eigentlich mittlerweile angetan? Morell. Nach der letzten Vernehmung hatte er zugemacht. Weil Muster ihn zu unverfroren angegrinst hatte? Aber was sollte diese Ausflucht, er hätte die Waffe für seine Ex gekauft, da diese sich in dem riesigen alten Gebäude am Waldrand zu fürchten begonnen hatte. Warum hatte sie davon nie zu ihren Geschwistern gesprochen? Die Geschwister, noch etwas, das Muster an den Nerven zerrte. Die Italiener ließen sich verdammt noch mal unverschämt viel Zeit mit dem Auslieferungsverfahren. Gab doch überhaupt keinen Grund, warum die immer noch in Bozen in U-Haft saßen, oder? Hatte wahrscheinlich wieder irgendein profilierungssüchtiger Politpopulist mehr Autonomie für Südtirol gefordert, und jetzt rächten sich die Italiener auf ihre Weise. Egal, maximal kamen sie als Mitwisser in Frage, war sich Muster sicher. Also, noch einmal: die Waffe. Warum hat sich seine Ex nicht selbst eine gekauft? Wollte sie nicht. Aha, und warum hat er ihr keine auf legalem Weg besorgt? Mit seiner Vorstrafe? Auch wieder wahr. Und diese Ängste Ihrer Ex, war das der Grund, weshalb Sie in den letzten Monaten des Öfteren sehr lange telefoniert haben? Kommen Sie, Herr Morell, fast dreißig Stunden allein im Juni! Hätten jedes Mal Sie angerufen, sähe das verdächtig nach Stalking und Telefonterror aus, oder? Aber bei mehr als der Hälfte der Telefonate war der Anruf von Helena Sartoris Festnetznummer ausgegangen. Worüber haben Sie gesprochen? Mit wem haben Sie gesprochen? Immer mit Ihrer Ex, mit Ihren Kindern, den Schwiegereltern? An dieser Stelle hatte Morell warum auch immer dichtgemacht. Und was Muster am meisten daran ärgerte: Er hatte es kommen sehen. Ein paar aufbrausende Antworten, wo Morell sich sonst eher sehr diszipliniert verhielt, der abschweifende Blick, ein paar überdurchschnittlich lange Pausen, in denen er höchstwahrscheinlich an einer alternativen Wahrheit arbeitete, Muster hatte zugelassen, dass er die Kontrolle über das Gespräch verlor, ein müder Angler, dem plötzlich die Motivation verloren gegangen war, der seinen Fang schon an der Oberfläche nach Luft schnappen sah, eine kurze Anstrengung noch und er könnte ihn ins Boot holen! Aber nein, er ließ ihn aus. Und Morell, der – davon war Muster überzeugt – bald eine andere Version, die Wahrheit, präsentiert hätte, hatte die Unlust des Polizisten bemerkt und sich gedacht: Also so sicher nicht, mein Freund und Kupferstecher! Woher kam plötzlich diese Phrase aus dem vorigen oder vorvorigen Jahrhundert in seinen Kopf, wunderte sich Muster. Und was war in der letzten halben Stunde in diesem Film passiert, wo Matthew McIrgendwie aussah wie ein zerlumpter Waldviertler Hanfbauer? Muster warf einen Blick auf das Babyphone. Obwohl er sich sicher war, nie auch nur ein etwas lauteres Aufatmen seiner Tochter zu überhören, wie weit abgedriftet er auch sein mochte, stand er auf und ging ins Kinderzimmer. Sie schlief. Selig, wie er fand. Aber außer seltenen Koliken oder einem neuen Zahn gab es auch nichts, was ihr Seelenleben so sehr zerrüttete, dass sie sich schlaflos im Bett wälzen musste. Ach, nur einmal wieder so ein unbeschädigtes Urvertrauen, sagte sich Muster. Ja, in solchen Momenten verstand er die Klientel seiner Kollegen vom Suchtgift nur zu gut; weg mit dem Kummer und den Ängsten, befüllt die Leere und geleert das Zuviel an Welt, weg und zurück, zurück ins Paradies. Irgendwo musste er noch ein paar Temesta haben, glaubte Muster zu wissen. Und wusste zugleich, dass er nie im Leben das Risiko eingehen würde, in einen tiefen Schlaf zu fallen, so tief, dass er das Weinen seiner Tochter überhören könnte. Tochter, Tochter, sagte er sich, bevor es ihn wie einen erschöpften Vorzeige-Daddy auf dem Sitzkissen im Kinderzimmer wegdrückte, ich muss noch einmal mit Karina Sartori reden wegen ... wegen irgendwas.

Das Büro, in dem vorrangig Klientengespräche stattfanden: Schimmer bemühte sich, nichts Wesentliches zu überhören und sich gleichzeitig von dem Sermon der jungen Frau ihr gegenüber nicht erschöpfen zu lassen. Victoria Vavra, ein klassischer EVA, wie sie solche Personen auf der Wache in Ottakring bezeichnet hatten. E für Energie, VA für Vampir. Die Stamm-EVAs waren eine Gruppe von etwa zehn Leuten gewesen, die sich mindestens einmal wöchentlich in der Wache eingefunden hatten. Unter dem Vorwand irgendeines banalen Delikts, dessen Opfer sie angeblich geworden waren, versuchten sie, dem jeweiligen Beamten Energie abzusaugen. Schimmer grinste in sich hinein beim Gedanken an Christian Melk, den Großmeister der EVAs. Sie hatten Überwachungsvideos von ihm gespeichert, die sich in wenig arbeitsintensiven Phasen zur Belustigung wie zu Schulungszwecken gleichermaßen eigneten. Die ersten dreißig Sekunden, die Melk vor einem saß – stehen war ihm aufgrund von Adipositas und Diabetes-Beinen nicht zuzumuten –, gab er außer ächzendem Schnaufen und leisen Klagelauten nichts von sich und stimmte damit das Empathie-Barometer. Stieß er auf einen mitfühlenden Beamten, begann er das Gespräch mit einem neuen körperlichen Leiden samt genauer Anamnese und Medikation; war sein Gegenüber eher ungehalten oder mürrisch, sondierte Melk mittels Gedankenlesens oder sonst einem undurchsichtigen Trick dessen wunde Punkte – Beziehungsprobleme, Ausländer, genereller Weltekel – und stimmte sich binnen Minuten darauf ein. Hatte er den anderen so weit, schaltete er für eine Minute in eine Art Standby-Modus: Seine Lider waren dann fast geschlossen, er atmete tief, aber ganz ohne das sonst typische Raucherröcheln, eine Hand hatte er an der Schreibtischkante. Das war die Phase, in der seine Akkus sich maximal füllten; danach ging jeder erst einmal zum Kaffeeautomaten, wusch sich das Gesicht mit kaltem Wasser oder ließ gleich das Kinn auf die Brust kippen. Melk, Wahnsinn, der finstere Fürst der Spiegelneuronen.

„Aber es kann doch sein, dass ihm was zugestoßen ist, oder?", sagte Victoria Vavra nun nachdrücklich, was Schimmer ahnen ließ, dass sie einen Teil des Gesprächs verpasst hatte.

„Was wäre denn, ganz ehrlich, schlimmer für Sie", erwiderte Schimmer einfühlsam, „dass ihm etwas zugestoßen ist oder dass er Sie einfach so, ohne Erklärung, sitzenlassen hat?"

„Wieso sollte er denn so was tun?"

„Hm ... wir sitzen hier nicht zum ersten Mal, Frau Vavra, oder?"

„Nein."

„Und mit Frau Bauer haben Sie ebenfalls schon so einen ... Fall gehabt."

„Ja, aber das war ... Da habe ich doch eigentlich gewusst, dass ... Das war ... anders."

„Ich verstehe, dass solche Erfahrungen sehr schmerzhaft sind", meinte Schimmer, „aber Sie wissen, dass Sie damit nicht alleine sind, oder?"

„Wie meinen Sie das?", machte Vavra auf begriffsstutzig und legte ihre Hand auf die Schreibtischkante, worauf Schimmer einen Meter wegrollte und sich zum Regal umdrehte, als suche sie dort etwas.

„Sie haben in diesem Jahr drei Männer als abgängig gemeldet", sagte Schimmer, nachdem sie den ersten vermuteten Energieangriff abgewehrt hatte, „allesamt

Internetbekanntschaften, von denen Sie nur einen in natura zu Gesicht bekommen haben, oder?"

„Ja", sagte Vavra, als meinte sie: Ja, und?

„Sie wurden geghostet", meinte Schimmer und legte einen mitfühlenden Seufzer nach, „alles, was Sie uns erzählt haben, alles, was wir nachgeprüft haben, lässt zu 99,9 Prozent den Schluss zu, dass Sie auf nicht sehr einfühlsame, aber durchaus gängige Weise ... schwuppdiwupp, weggewischt worden sind."

„Aber warum macht jemand so etwas?"

„Haben Sie schon einmal daran gedacht, mit einer Therapeutin darüber zu reden?", fragte Schimmer und dachte schmunzelnd an Thalia: wie diese nach solch einer EVA-Sitzung bei ihr auf der Couch Supervision samt Sauvignon brauchte.

„Ich wäre sogar ins Burgtheater mit ihm", sagte Vavra.

„Hm? Verstehe ich jetzt nicht ganz ..."

„Meine Eltern haben ja ein Abo, gehen aber nicht mehr so oft, weil mein Vater ..."

„Ja?", sagte Schimmer, leicht ungehalten, weil dieser Mitleidsangriff doch allzu durchschaubar war. Ins Burgtheater? Als Date? Warum nicht gleich ins Foltermuseum?

„Und da hab ich ihn gefragt, ob er mit mir gehen will, das wäre doch schön gewesen."

„Bestimmt", Schimmer stand auf, weil sie so plötzlich wie unerwartet von einem Anfall erschüttert wurde, „entschuldigen Sie kurz, ich muss auf die Toilette."

„Das ist, glaub ich, das erste Mal, dass ich dich woanders treffe als daheim, oder?" Sie beugte sich über das Waschbecken, ließ kaltes Wasser in die Schale ihrer

Hände fließen und tauchte ihr Gesicht hinein. Etwas wühlte in ihrem Magen, würde sie kotzen müssen?

„Ich komme mir eh ein bisschen vor wie die bezaubernde Jeannie“, meinte der Vater, der neben dem Handtuchspender an der Wand lehnte.

„Wer soll das sein?“, Schimmer richtete sich langsam auf und überlegte, ob sie sich in eine der Kabinen einschließen sollte oder ob diese Enge ihren Zustand eher noch verschlimmern würde.

„Was?“, tat ihr Vater erstaunt, verschränkte die Arme und nickte kurz mit geschlossenen Augen. „Ping, hier bin ich, Meister ... Larry Hagman, Barbara Eden?“

„Ja, da klingelt irgendwas ... aber wieso bringst du mich, bringe ich mich jetzt, auf so eine Uralt-Serie?“

„Die Wege des Geistes sind unergründlich.“

„Vielleicht war es etwas, das sie gesagt hat“, murmelte Schimmer und lehnte sich schwer atmend an den Waschbeckenrand.

„Wer?“

„Die Vavra ... etwas, das diesen Anfall getriggert hat ... So akut ist das schon lange nicht mehr passiert.“

„Und was hat sie gesagt?“

„Dass sie ihr Date ins Burgtheater einladen wollte ...“

„Da habe ich dich auch einmal hingeschleppt“, meinte ihr Vater bedauernd, „Grillparzer, *Das goldene Vlies*, schreckliche Inszenierung ... Die drei Stunden hast du wirklich tapfer durchgedrückt. Nur um mich nicht zu enttäuschen, oder?“

„Kann sein“, erwiderte Schimmer, „und da wundert sie sich, dass er sich nicht mehr meldet ... Mann, die ist echt ...“

„Sei nicht so hart ... schließlich ist sie das Opfer.“

„Ja, ein perfektes“, Schimmer zuckte zusammen, da die Toilettentür aufging und Vanessa Spor hereinkam.

„Alles okay? Du schaust ein wenig ... Regel?“

„Nein ... die Vavra“, Schimmer griff zum Papiertuchspender und musste feststellen, dass er leer war.

„So schlimm? Soll ich sie übernehmen?“

„Nein, das schaff ich schon ... aber danke.“

Kurz vor drei – nachdem sie gut zwei Stunden mit dem stumpfen Abarbeiten von liegengebliebenen Routineaufgaben und Telefonaten beschäftigt gewesen war, die einige der aktuell 332 Vermisstenfälle zum Inhalt hatten – legte sie eine Pause ein. Bauer war im Außendienst, weshalb sie für ein paar Minuten allein auf dem Balkon saß, bis Nebun zu ihr stieß.

„Hast du dir die Sachen angeschaut?“, wollte sie wissen, nachdem sie einen Zug aus ihrem Verdampfer genommen hatte.

„Ganz kurz“, gab Schimmer zu, die beim Frühstück eine Viertelstunde den Verlauf von Helena Sartoris Browser überflogen hatte, als minimale Wertschätzung für Nebuns abendliche Mehrarbeit.

„Ganz check ich's aber nicht ...“

„Was jetzt?“

„Na ja“, sagte Nebun, „so wie's aussieht ... also nach dem, was ihr Laptop so hergibt, war sie ziemlich besorgt um die Umwelt, Klima, Artensterben, das alles halt ... aber warum hat sie dann nicht weiter an ihren Sachen gearbeitet oder sich sonst wie wissenschaftlich engagiert? Stattdessen zieht sie in eine schlecht isolierte Bude mit Ölheizung und arbeitet in einem Laden für CO_2-Schleudern? Kapierst du das?“

„Ja“, meinte Schimmer, „also nein, nicht ganz, ’tschuldigung, ich bin ein bisschen durch den Wind ... ich meine nur: Gibt ja genug, die sich diese ganzen Horrornachrichten exzessiv reinziehen und ... Hab ich eine Zeitlang auch gemacht, bis ich gemerkt habe, dass mir das nicht so guttut. Das alles zu wissen ändert ja alleine nichts."

„Im Gegenteil: Je mehr Daten, desto weniger verstehst du den großen Zusammenhang."

„Ja, wahrscheinlich", erwiderte Schimmer geistesabwesend, „vielleicht hat es ja was mit Theater zu tun, Kostüme, Inszenierung ... Soll ich diesen Dings, wie hat der geheißen mit dem Zwanziger-Jahre-Cosplay?"

„Oh Mann, Philli, du solltest dich hinlegen", meinte Nebun ehrlich besorgt, „erstens siehst du beschissen aus, zweitens redest du völlig wirres Zeugs."

„Jaja, ich melde mich eh bald ab. Aber dieser Mann, der mit Karina Sartori ..."

„Fitz? Der in den Nymphenkostümen?"

„Sag ich doch! Den hat Karina gefragt, ob er mit ihr den Mord am großen Gatsby inszenieren will."

„Was für ein Gatsby, was für ein Mord?"

„Ist doch egal", sagte Schimmer mehr zu sich selbst und griff zu ihrem iPhone, „ich hab den doch abgespeichert, ah ja, da ... Bleib bitte da, Ika, ich brauch deinen aurischen Support."

„Du brauchst die Hilfe eines Arztes oder Apothekers, wenn du mich fragst ..."

„Herr Fitz? Grüß Sie, Philomena Schimmer hier ... Ja, genau ... Ach, und ... Danke, danke, aber das ist ja nicht nur mein Verdienst, da haben ja auch meine Kolleginnen ... Genau, aber was anderes: Sie haben mir doch erzählt, dass Karina dort am Teich die Schlussszene aus dem *Großen Gatsby* nachspielen wollte, oder? ... Hat sie da zufällig etwas von einer Waffe erwähnt, mit der ... Wirklich? ... Aber dabeigehabt hat sie sie nicht ... Im Ernst? Das hätten Sie mir sagen müssen, Herr Fitz ... Ja, auch wenn es sich möglicherweise um ein altes, nicht mehr funktionsfähiges Modell gehandelt hat ... Schon klar, aber ... Nein, aber ich muss diese Information weiterleiten und ... Egal, ich sag es meinem Kollegen, Chefinspektor Muster, und der meldet sich dann bei Ihnen ... Nein, keine Sorge, der ist ein sehr besonnener und empathischer Mensch, wenn man ihn zu nehmen weiß."

„Zu nehmen weiß!", Nebun prustete plötzlich los, verschluckte sich am Cannabis-Dampf und brach in einen Hustenanfall aus.

„Bist du! ... Nein, eine etwas unbeherrschte Kollegin, 'tschuldigung, also ... Ja, werde ich ... und danke, dass Sie so ehrlich waren."

„Sorry", meinte Nebun, nachdem Schimmer aufgelegt hatte, „aber das war wirklich ein aufgelegter."

„Spinnerin", sagte Schimmer, „das Mädel hat laut Fitz Zugang zu einer Waffe gehabt. Hat sie sogar am Teich mitgehabt. Ein älteres Modell, wie er meint."

„Scheiße", sagte Nebun anerkennend, „glaubst du, dass sie ... aber ..."

„Ich will gar nichts glauben. Ich rufe jetzt Michi an und dann lege ich mich hin."

Die Mutter tot, der Bruder tot, die Großeltern tot, der Vater in U-Haft, die Tante und die Onkel in Italien festgehalten. Also war Karina Sartori in einem Jugendwohnheim für Krisenfälle im zweiten Bezirk untergebracht worden; in engmaschiger Betreuung, wie es in der Fachsprache hieß, videoüberwachtes Einzelzimmer, tägliche Gespräche mit der Psychologin, erste therapeutische Schritte; in dieser Phase konnte mit einer adaptierten Form der EMDR begonnen werden, Eye Movement Desensitization and Reprocessing, vereinfacht gesagt eine traumafokussierte Intervention, die nach einem strukturierten Fokussierungsprozess in einen assoziativen Prozess der Verarbeitung mündet.

„Vereinfacht gesagt, genau“, antwortete Michael Muster der Therapeutin, deren aufgeweckter Zustand samt entsprechendem Sprechtempo in hartem Kontrast zu seiner eigenen Verfassung stand. Als ob drei konkrete Tatverdächtige plus ein diffuses Motiv aus der Abteilung Pharmaverschwörung nicht genügten, servierte ihm Philomena jetzt auch noch die Tatsache, dass Karina mit einer Pistole herumspaziert war, die laut diesem schwindligen Transvestiten, oder was immer er war, durchaus eine Luger gewesen sein konnte. Die Tochter die Täterin? Und der Vater, der sie in Schutz nahm, nicht zuletzt, weil er selbst die Waffe geliefert hatte?

„Je eher wir den *speechless terror* aufbrechen können, umso besser die Chancen für eine gesunde Verarbeitung.“

„Hm, mhm“, ließ Muster die Welle des fremden Wissens noch eine halbe Minute über sich schwappen, ehe er die Frau unterbrach. „Ich muss mit ihr reden, jetzt.“

„Ach so, ja ... dann ... Ich muss aber darauf bestehen, dass ...“

„Von mir aus können Sie gerne dabei sein, aber quatschen Sie mir bitte nicht dazwischen.“

„Wo ist die Pistole, Karina?“, fragte Muster.

„Welche Pistole denn?“

„Der Waldsee, Mister Fitz, der große Gatsby ... diese Waffe.“

„Ich ... ich hab sie zurückgelegt.“

„Wohin?“

„In die ... wie heißt denn das, diese Eisendose mit dem Schloss ...“

„Eine Geldkassette? Wo war die?“

„Im ... in dem Schrank, im Wohnzimmer neben dem Fernseher ... wo oben die Flaschen waren.“

„War es so eine Pistole?“, Muster zeigte dem Mädchen das Bild einer Luger 08, 9mm Parabellum.

„Ja ... ich glaube schon.“

„Schau sie dir genau an und sag mir, ob du dir sicher bist“, sagte Muster einen Tick schärfer.

„Herr ...“, brachte sich die Psychologin ein.

„Jetzt nicht“, erwiderte Muster.

„Ja, so hat sie ausgeschaut“, meinte Karina und blickte hilfesuchend zu ihrer Therapeutin.

„Woher stammt diese Waffe, weißt du das?“

„Von meiner Mutter?“

„Hat sie sie von deinem Vater bekommen?“

„Das weiß ich nicht.“

„Hast du damit geschossen?“ Muster rückte seinen Sessel so, dass Karina ihre Therapeutin nicht mehr im Blick hatte.

„Nein, ich weiß ja gar nicht, wie das geht.“

„In die Hand nehmen, abdrücken.“

„Das habe ich mich nicht getraut ...“

„Also wolltest du damit schießen.“

„Nein.“

„Hast du die Pistole deinem Bekannten, diesem Fitz, gegeben?“

„Nein, ich hab doch schon gesagt, dass ich sie zurückgelegt habe.“

„Wann war das?“

„Was?“

„Dass du sie genommen hast ... dass du sie zurückgelegt hast.“

„Vor ... am Anfang der Ferien ungefähr?“

„Also waren schon Ferien.“

„Ja ... weil mir da ziemlich langweilig war, das weiß ich noch.“

„Und deine Mutter hat nichts davon mitbekommen, dass du die Waffe genommen hast?“

„Ich glaub nicht ... nein.“

„Okay“, sagte Muster, überlegte, ob es Sinn machte, die Psychologin auf irgendwelche Anhaltspunkte anzusprechen, die eventuell auf Schizophrenie, multiple Persönlichkeitsstörung oder etwas in der Richtung hinwiesen, befragte davor sein Bauchgefühl und entschied sich dagegen.

37

Schimmer stand unschlüssig an der Küchenanrichte und schwankte zwischen drei Möglichkeiten: Die einfachste war, sich einen Polster unterzuschieben, die Fernbedienung zu drücken und sich auf irgendeine Telenovela einzulassen, die ihren Geist in behaglichen Gleichmut schaukeln würde. Dazu konnte sie ein Antipsychotikum schlucken, das den Soap-Effekt verstärkte und die schlimmsten Ängste niederbügelte. Nächste Alternative: ihre Schwester Thalia anrufen, auf dass sie ihr Beistand leistete. Oder drittens, falls sich ihr Zustand verschlimmerte, die psychiatrische Ambulanz. Die lag allerdings nicht mehr ein paar Steinwürfe entfernt auf der Baumgartner Höhe, sondern in Hietzing, was bedeutete: öffentliche Verkehrsmittel, Menschen, Gerüche, Gespräche, Hässlichkeiten der verschiedensten Sorte, Reize über Reize, denen sie sich nicht gewachsen sah. Sie entschied sich für ein halbes Seroquel. Platzierte sich samt Pfefferminztee und Laptop in den Liegestuhl auf dem Balkon, setzte sich die Kopfhörer auf und ließ eine Playlist laufen, die zwischen Sitarklängen und Meeresbrandung, zwischen Elfengesang und Vogelgezwitscher oszillierte. Als das Medikament zu wirken begann, loggte sie sich in den BKA-Server ein und widmete sich den Daten auf Helena Sartoris Festplatte. Erneut nahm sie sich den Verlauf des Browsers vor, unsystematisch und ohne bestimmte Absicht, sie wollte sich nicht vormachen, auf irgendetwas Relevantes stoßen zu können, das den hochfunktionellen Kriminalisten entging, die sich dieser Aufgabe mit messerscharfem Verstand widmeten. Warum tat sie es dann überhaupt? Vielleicht, um einen Anker zu schaffen, der sie auf dem Grund der Realität hielt. Obwohl ich mich dieser Realität nur allzu gerne verschließe, murmelte Schimmer, als sie sich durch unzählige Webseiten, Nachrichten, Berichte und Studien klickte, die sich mit dem desaströsen Zustand der Welt auseinandersetzten: Artensterben, Treibhausgase, Plastikmüll, Dürren, Insekten um zwei Drittel weniger seit 1970, Millionen tote Tiere bei Buschbränden umgekommen, kaum mehr Singvögel in heimischen Wäldern, Grundwasserspiegel alarmierend gesunken, Korallenbleiche für Forscher irreversibel, wann hören wir auf, uns etwas vorzumachen?, dazu gab es Fragmente von wiederhergestellten OpenOffice-Dokumenten, in denen Sartori offenbar versucht hatte, naturwissenschaftliche Lösungen für unterschiedliche ökologische Probleme zu finden: Varianten der Mikroplastikvertilgung, die wahlweise bereits in Kläranlagen oder offenen Gewässern zum Einsatz kommen sollten; Nanokristalle, die, in Gesteinsmehl eingebracht, die Bodenqualität ausgelaugter Ackerböden verbessern und obendrein CO_2 binden sollten, und so weiter. Doch sogar ohne sonderlich bewandert auf diesen Gebieten zu sein, erkannte Schimmer, dass sich hier weniger eine engagierte Wissenschaftlerin ernsthaft und seriös ans Werk gemacht hatte, sondern eher ein erschöpfter und verworrener Geist sich an etwas zu klammern versucht hatte, das einstmals sinnstiftend gewesen war, oder? Zwar mochten hier Reihen an Formeln stehen, die noch von Sartoris profunder Kenntnis der Materie zeugten, doch irgendwann zerbrach die Form und es folgten Zeilen aus unverständlichen Buchstabenfolgen, wo sie offensichtlich blindlings auf die Tastatur geklopft hatte. Dem folgten wirre Sätze in einer antiquierten Sprache, als hätte Sartori sie aus irgendwelchen antiken Dramen von Sophokles oder sonst wem geklaut. Was war das, fragte sich Schimmer, als sie das zuletzt abgespeicherte Dokument überflog, das Sartori Ende Mai erstellt hatte. Nächtliche Notizen, die sie dann woanders vernünftig ausgearbeitet hatte? Oder viel eher Zeichen einer zunehmenden Umnachtung. Wo hätte Sartori ihre Ideen und Konzepte denn umsetzen wollen? In der eigenen Küche? In einem Kellerlabor, das nicht existierte? Irgendwann fielen Schimmer die Augen zu, sie sank in ein Gebiet zwischen Tag und Traum, wo sich Sartoris böse Geister zu ihren eigenen Gespenstern gesellten, seltsame Bilder, ungute Gefühle, warum erinnerte sie sich jetzt an das Grauen, das sie als Kind empfunden hatte, als sich im Film *Die unendliche Geschichte* das Nichts herandrängte und alles Schöne und Gute zu vernichten drohte, warum fiel ihr jetzt zum ersten Mal auf, dass Nichts und Vernichten denselben Wortstamm hatten, steh auf, befahl sie sich, sonst gehst du unter, sie riss sich aus ihrer Umnachtung, der Laptop fiel auf den Boden und gab ein ungesundes Geräusch von sich, was sie nicht weiter bekümmerte, sie stand auf, unter die Dusche, kaltes Wasser, klare Gedanken, beschwor sie ihren Geist, der ihr empfahl, das Haus zu verlassen und den Wald aufzusuchen. Als sie angenehm abgekühlt die Treppen hinunterstieg, traf sie im zweiten Stock auf Frau Nemec, auf deren freundliches Gesprächsangebot sie nicht reagierte, fuck, die Alte war vor zwei Jahren gestorben, vor dem Haus schlug ihr die Hitze des abstrahlenden Asphalts entgegen, im Schatten der Häuser ging sie zielstrebig Richtung Ottakringer Friedhof, querte ihn bergan im Schatten der Kastanienbäume, hier fielen dezent Verstörte, Gebeutelte, Verheulte weniger auf, wie sie sich sagte. Und hier wurde sie tatsächlich ruhiger, wenngleich der Druck in den Schläfen immer noch anhielt, gemeinsam mit dem bekannten Gefühl einer Anwesenheit, anders konnte sie es nicht erklären, unsichtbare Begleiter, die mal neben, mal vor, mal hinter ihr waren, mal auf Tuchfühlung, mal distanzierter, aber immer war da wer oder etwas; ein in der Wissenschaft gut beschriebenes Phänomen, wie Schimmer wusste, so oder ähnlich war es wohl Bernadette, der Seherin von Lourdes, ergangen, was war einfacher anzuerkennen, das Überirdische oder das Krankhafte? Das Mystische, antwortete Schimmers unsichtbarer Vater, lies nach bei Rilke, *Engel (sagt man) wüßten oft nicht, ob sie unter Lebenden gehn oder Toten*, ja, sich als Engel oder Heilige oder sonst was zu sehen, der Gedanke war ihr auf der Baumgartner Höhe und danach des Öfteren gekommen, aber damit stünde sie in Gesellschaft der Irren, die sich ein früheres Leben oder überhaupt eine völlig andere Existenz zuschrieben; ihre Mitpatientin J. etwa hatte ihnen mehrmals von ihren Einsätzen als Agentin des KGB erzählt, wo sie letztendlich in Ungnade gefallen wäre, weshalb sie in einer waghalsigen Aktion einen MIG-Kampfjet gekapert, zwei Abfangjäger abgeschossen und dann in Wien auf dem Schwarzenbergplatz gelandet wäre. Etwaige Einwände – wie konnte sie eine Agentin im Kalten Krieg gewesen sein, wenn sie beim Mauerfall noch nicht einmal volljährig gewesen war? – konterte sie mit trotzigen Gegenfragen: Wieso setzte der KGB dann heute noch Killermaschinen auf sie an, wie den schwarzen Panther, dem sie am Vortag im Wiener Wald mit knapper Not entkommen war, hä? Wieso immer KGB, CIA, Kleopatra, Nofretete, Nostradamus, Hitlers heimlicher Enkel oder ein herabgestiegener Meister, fragte sich Schimmer. Dass eine Kassierin vom Hofer sich einbildet, Regalräumerin beim Lidl zu sein, ergibt ja noch weniger Sinn, antwortete ihr eine alte Frau, die in einem riesigen Ei aus flimmernder Luft Gestalt gewann.

„Ich kenn Sie nicht", flüsterte Schimmer und ging unbeirrt weiter.

„Ich bin die Mutter", sagte die Frau.

„Was heißt *die Mutter*?", konnte Schimmer nicht umhin zu fragen, nachdem sie die Gallitzinstraße hinauf bis zum Waldrand schweigend nebeneinander gegangen waren. „Die Mutter aller Dinge, die Mutter aller ..."

„Helenas Mutter."

„Oh ... Aber ich habe Sie nie gesehen", wunderte sich Schimmer, „doch, ja, auf den Tatortbildern, aber das habe ich wohl verdrängt."

„Mitten ins Herz."

„Überflüssig zu fragen, wer geschossen hat, oder?"

„Ach, das weißt du längst."

„Jaja", erwiderte Schimmer leicht genervt, „im Raum der Möglichkeiten ist alles bereits vorhanden, blablabla, und ..."

„Was ist?"

„Ich weiß es wirklich", meinte Schimmer überrascht, „ich weiß es als du, verstehst du?"

„Voll und ganz. Jetzt musst du mich nur noch dazu bringen, es dir zu sagen."

„Es waren nicht die Rumänen."

„Nein."

„Es war niemand von ... keine Ahnung, irgendein Auftragskiller."

„Nein."

„Der Hochstand."

„Ja."

„Franz, dein Schwiegersohn."

„Ja."

„Er war dort, dort oben, und hat sie beobachtet."

„Ja."

„Nicht nur einmal, immer wieder."

„Angebetet von der Kanzel aus", meinte die alte Frau und kicherte, etwas unpassend, wie Schimmer angesichts des Gesprächsinhalts empfand. „Er war da, in dieser Nacht."

„Ja."

„Er hat es gehört, gesehen ..."

„Ja."

„Er hat Karina gerettet?"

„Ja."

„Aber wen hat er dann im Haus gesehen? Wen hat er wegfahren gesehen?"

„Du solltest noch einmal mit ihm reden."

„Ja, muss ich wohl."

„Lass ihn schön grüßen."

„Vielleicht", erwiderte Schimmer und bemerkte, dass sie auf einer Bank mitten im Wald saß. Die Kopfschmerzen waren weg. Ein frischer Wind kam auf, zwischen den Baumwipfeln erkannte sie schwere Gewitterwolken.

„Das könnte heftig werden", sagte die alte Frau besorgt.

„Ich setze mich oben bei der Forstschule hin", sagte Schimmer, „schau mir das Gewitter an und lass mich dann von Thalia abholen."

„Kann ich gehen?", fragte die Frau.

„Ja, mir geht's gut, danke", erwiderte Schimmer und musste lachen, als Sartoris Mutter durch den Wald davonhüpfte wie ein übermütiger Wildschweinfrischling.

„Ich habe heute an dich denken müssen", sagte Thalia, während sie den Wagen langsam den Wilhelminenberg hinuntersteuerte, sie schrie fast, weil das Prasseln des Gewitterregens auf dem Autodach so laut war.

„Ich auch an dich ... Ich war nah dran, dich der Vavra zu empfehlen, weißt schon, die, die immer geghostet wird."

„Eigentlich bin ich ausgebucht, wobei ... Bei manchen habe ich inzwischen das Gefühl, dass sie sich in der Therapie irgendeine Form von Störung aufbauen wollen. Heute habe ich einen gehabt, siebter Termin, Anfang vierzig, Wirtschaftsprüfer, ich glaube, das Einzige, worunter er wirklich leidet, ist, dass er so normal ist ... Der hält es nicht aus, dass er nichts zum Therapieren hat, der bezahlt mir zwei Wochenstunden, um das wiederzukäuen, was er im letzten Lebenshilfebuch gelesen hast ... Als er heute mit der möglicherweise latenten Homosexualität eines männlichen Vorfahren väterlicherseits gekommen ist und ob ich ihm diesbezüglich eine systemische Familienaufstellung empfehlen würde ..."

„Das hätten wir machen sollen", unterbrach Schimmer ihre Schwester.

„Was jetzt?"

„Eine Familienaufstellung, ganz am Anfang, bevor wir das mit der ganzen *gray goo* ... Keiner hat das auch nur einmal in Betracht gezogen!"

„Philli! Sag mir bitte, dass ich nicht die Einzige bin, die das Gefühl hat, dass wir aneinander vorbeireden."

„Nein, ich höre dir eh zu", meinte Schimmer, „aber

zwischendrin glaub ich langsam zu kapieren, was da in Unterlengbach passiert ist.“

„Echt? Cool“, meinte Thalia anerkennend, „das heißt, dass ich dann eine Form von Dr. Watson bin, oder?“

„Mindestens ... Du bist zu weit gefahren.“

„Du schläfst heute bei mir“, bestimmte Thalia. „So instabil will ich dich nicht alleine lassen.“

38

Vor ihnen fuhr der dunkelgraue Kleinbus der Justizwache, im Fond Franz Morell, der wohl davon ausging, dass er zu einer neuerlichen Vernehmung gebracht wurde. Nach Graz? Neuer Ort, neue Gesichter, aus ermittlungstaktischen Gründen oder warum auch immer, es war ihm egal; ohne es bewusst darauf anzulegen, verlor er sich zunehmend in seiner abgekapselten Innenwelt; in einer alternativen Version seiner Lebensgeschichte, die sich zuerst in Einzelbildern abzeichnete, die sich mehr und mehr zu einem Film fügten, in dem alle noch am Leben waren; ein Paralleluniversum, in dem es seine Gewaltausbrüche nicht gegeben hatte, in dem sie alle gemeinsam irgendwo aufs Land gezogen wären; nicht nach Unterlengbach, nein, vielleicht nach Schweden, Skandinavien war ihm aus irgendeinem Grund schon immer als eine Lebenswelt erschienen, in der sie glücklich werden könnten, vielleicht war es die Nüchternheit und Kühle, die er ohne allzu genaue Kenntnis der dortigen Verhältnisse mit Helenas Wesen assoziierte; eine Sachlichkeit, die imstande war, gewesen wäre, das diffuse Konfliktgemenge zu analysieren und aufzulösen, in das sie in den letzten Jahren ihrer Ehe geraten waren; vor allem die Sprachlosigkeit aufzubrechen, mit der er am wenigsten umgehen hatte können. Hatte sie ihm nicht immer alles sagen können? Hatte es irgendetwas gegeben, das er ihr nicht verziehen hätte? Nicht einmal eine Affäre wäre für ihn ein unbedingter Grund gewesen, die Beziehung zu beenden, wenn sie nur ehrlich mit ihm darüber gesprochen hätte. Oder war es seine Schuld gewesen? War er in seinem Bestreben und Beharren zu plump gewesen, zu eindeutig, zu romantisch, zu kitschig? Ja, seine

Schwägerin Maria hatte ihn einmal als unheilbaren Romantiker bezeichnet und wahrscheinlich gar nicht gewusst, wie präzise sie ihn mit dieser Phrase charakterisiert hatte. In Bezug auf Helena war er zweifelsohne unheilbar gewesen, liebeskrank, wahrscheinlich schon ab dem Zeitpunkt ihrer ersten Verabredung, und einzig ihre Anwesenheit, die Gewissheit ihrer Zuneigung hatte diesen Zustand in etwas überwältigend Schönes verwandeln können. Mein Gott, wie sehr hatte er sich gefreut, wie war ihm das verkümmerte Herz aufgegangen, als sie ihn im Frühling wieder von sich aus angerufen hatte. Auch wenn er nicht mit Sicherheit behaupten hatte können, dass es tatsächlich um ihn, ihren Ehemann, gegangen war, sondern um eine Ansprechperson, der sie sich mehr oder weniger monologisierend anvertrauen hatte können. Ihre ausufernden Ängste, Schreckensszenarien, hätte er sie ernster nehmen sollen? Und all das nicht der Abgeschiedenheit dieses Kaffs zuschreiben, der selbstgewählten Isolation, in der sie zu viel Zeit hatte, sich den zugegeben realen Übeln der Welt zu widmen; es war doch erwiesenermaßen so, dass sich die gefühlte Bedrohung steigerte, je weniger man mit den Angstauslösern konfrontiert war, oder? Aber die Sache mit der Pistole. Verdammt, wie hätte er denn ahnen können, dass ... Ja, er hätte sich nicht immer wieder ins Haus schleichen, eigentlich eindringen dürfen; meistens hatte er ohnehin seine Schwiegereltern auf sich aufmerksam gemacht, aber eben nicht immer, warum hätte er die Alten stören, beunruhigen, ihnen vielleicht sogar Hoffnung machen sollen auf eine Wiederaufnahme der gelobten Ehe, er wollte in der Nähe sein, mehr nicht, er wollte sehen, wie sie lebten, sie riechen, Anteil nehmen, ja, liebeskrank traf es wirklich; aber dass Helena mitbekommen hatte, dass er, nein, dass irgendwer im Haus gewesen war, dass sie auf einen neuerlichen Einbruch geschlossen hatte, richtiggehend panisch wurde, er hatte ihr doch sogar gestanden, dass er einige Male, ein-, zweimal sogar nachts, im Haus gewesen war, in der Küche gesessen war und sich eingebildet hatte, über sie zu wachen, sie zu versorgen, immer noch rund um die Uhr für sie da zu sein. Das hatte sie als Lüge abgetan, als Schutzbehauptung, mit der er sie beruhigen wollte, nein, sie war davon überzeugt gewesen, dass jemand ihr, vielleicht sogar ihnen, nach dem Leben trachtete. Aber wer denn, hatte er wissen wollen. Was weiß denn ich, hatte sie ins Telefon geschrien, er wisse doch, mit welch heikler Materie sie bei NATHAN zu tun gehabt hätte, könne er sich denn nicht mehr an diese Spinner erinnern, die daraus ein Szenario à la Drexler herbeifantasierten, *Engines of Creation*, *gray goo* und so weiter, ja, natürlich hatte er das mitbekommen, aber machte die Schwarmdummheit im Internet nicht aus jeder Nano-Mücke einen Mega-Elefanten, ja, dieser Vergleich hatte ihr ein Lächeln entlockt, glaubte er sich zu erinnern; gleichzeitig hatte sie ihn mit ihrer Angst angesteckt, bestand nicht tatsächlich eine, wenn auch noch so kleine, Wahrscheinlichkeit, dass jemand hinter Helena her war, beziehungsweise hinter ihrer Forschung? Als sie ihm erzählt, eher gebeichtet hatte, dass sie das risikoreichste Material aus dem Labor mitgenommen hatte, damit es nicht in falsche Hände gelangte, verdammt, Helena, hatte er die Fassung verloren; wo wäre denn das Zeugs besser aufgehoben, in den doppelt und dreifach gesicherten Labors von NATHAN oder in ihrem Kühlschrank im Keller in Unterlengbach? Also hatte er ihr die Waffe besorgt. Ja, er hatte die Pistole besorgt, mit der sie alle getötet worden waren, brach plötzlich die Wirklichkeit über Franz Morell herein, ließ ihn im Fond des Gefangenentransporters zusammenbrechen, Rotz und Wasser, dann begann er zu zittern, zu hyperventilieren, zu krampfen, dass die ihn begleitenden Polizisten glaubten, er würde einen epileptischen Anfall erleiden. Sie gaben Muster Bescheid, der überholte, beschleunigte, Blaulicht und Sirene, den Weg zum nächsten Parkplatz frei machte. Sie schafften den aschfahlen Morell aus dem Wagen, nahmen ihm die Handschellen ab, legten ihn auf die dürre zugemüllte Wiese und brachten ihn in stabile Seitenlage.

„Atmen Sie da hinein", sagte Muster zu Morell, weil er überzeugt war, dass es sich nicht um einen epileptischen Anfall, sondern um einen emotionalen Kollaps inklusive Hyperventilation handelte. Morell setzte sich langsam auf, nahm die Beweismitteltüte und tat, wie ihm geheißen, langsam kehrte die Farbe in sein Gesicht zurück. Und im folgenden Moment der Unachtsamkeit warf er sich auf die neben ihm hockende Polizistin, riss ihr die Waffe aus dem Holster und richtete sie auf die anderen.

„Ich werde Ihnen nicht den Gefallen tun und Sie erschießen", sagte Muster, der seine eigene Dienstwaffe zwar gezogen hatte, die Mündung allerdings zum Boden gerichtet hielt.

„Denken Sie an Ihre Tochter", meinte Schimmer, die ebenfalls überzeugt war, dass es hier weniger um einen Fluchtversuch als um ein Suicide-by-cop-Szenario ging. „Wir wissen doch beide, dass Sie es nicht waren, oder?"

„Doch! Ich war's, ich war's!", schrie Morell, hielt sich die Waffe gegen die Schläfe und drückte den Abzug.

„Manche Menschen haben eine hohe Stirn“, meinte der Chefarzt der Neurochirurgie und machte eine kurze Pause, die Schimmer verriet, dass er dieses Bonmot nicht zum ersten Mal von sich gab, „und manche eine hohle.“

„Das heißt jetzt was konkret?“, murrte Muster.

„Dass der Schusskanal vor dem Neocortex verläuft und Herr Morell – gesetzt den Fall, dass sich keine Infektion ... aber davon wollen wir nicht ausgehen –, also im Normalfall könnte er unter einer vorübergehenden Sehstörung leiden und wird ansonsten wieder gänzlich genesen ... was angesichts der Suizidalität allerdings nicht heißt, dass ich von einer Unterbringung in ...“

„Jaja“, warf Muster ein, „schon klar, aber bevor Sie ihn in die Geschlossene bringen, müssen wir mit ihm reden. Wann ist er so weit?“

„Nun“, der Arzt sah auf die Uhr und murmelte ein paar Zahlen vor sich hin, „15, 16 ... 17:00 Uhr sollte er so weit wach sein. Von einer Vernehmung ...“

„Nur reden“, sagte Muster, „meine Kollegin, Frau Schimmer, ist spezialisiert auf so einfühlsame wie schonende Gespräche.“

Die Krisenampel in der AGES war inzwischen auf Orange zurückgeschaltet worden, der Großteil des Personals in Unterlengbach wieder abberufen. Nichts im Erdreich rund um die alte Schule legte den eindeutigen Schluss nahe, dass hier selbstreplizierende Nanopartikel unterwegs waren, die auf die Zerstörung organischer Kohlenstoffverbindungen spezialisiert waren. Ungewöhnlich war der niedrige Nährstoffgehalt des

Bodens, der eher an die Brache auf einer Verkehrsinsel denken ließ, wo höchstens ein paar magersüchtige Blumen, Gelbsenf und Schafgarbe gediehen; besorgniserregend für ein Wohnumfeld war die Pestizidbelastung, die wohl vom Einsatz auf den umliegenden Äckern herrührte. Unter diesen Bedingungen war es sogar als vorteilhaft zu bezeichnen, dass Sartoris Anbauversuche gescheitert waren; das Gemüse, wäre es nicht verendet, hätte beim Verzehr langfristig durchaus zu gesundheitlichen Schäden führen können, Bio-Keimlinge hin oder her.

„Wieso Arche Noah?", wandte sich Muster an Schimmer, nachdem er das Telefonat mit der Mitarbeiterin der AGES beendet hatte.

„Das ist das Unternehmen", klärte Schimmer ihn auf, „die Gärtnerei, die diese Bio-Samen, die Sartori angesetzt hat, alte Sorten und so, vertreibt."

„Ah ... klingt aber schon ziemlich alttestamentarisch, oder?"

„Wenn du meinst", erwiderte Schimmer gedankenverloren und lächelte.

„Was ist?"

„Ach ... die junge Kollegin von eben ... der Morell die Waffe weggenommen hat ..."

„Ja, blöd gelaufen", sagte Muster, „aber wenn sie ihm nicht im letzten Moment auf den Arm geschlagen hätte ..."

„Hätte er sich mehr als die hohle Stirn gelöchert, ja, aber ihr Gesicht eben ... als wir ihr gesagt haben, dass Morell wieder ..."

„Hat dich an dich selbst erinnert, als die Irre aus der Goldschlagstraße über den Berg war", schloss Muster.

„Wow", meinte Schimmer anerkennend, „das war

jetzt wesentlich aufmerksamer und einfühlsamer, als ich es dir gerade jetzt zugetraut hätte.“

„Gerade jetzt bin ich eigentlich ziemlich relaxed ... fast schon stoisch.“

„Siehst du, ein paar Stunden in meiner Gesellschaft und schon wird die Welt wieder gefügiger.“

„Hm“, machte Muster und seufzte, was Schimmer gar nicht passte, da man aus solch einem gänzlich unironischen, tendenziell sehnsuchtsvollen Feedback ableiten könnte, dass zwischen ihnen beiden mehr existierte als dieses Betthupferl-Spiel, eine Spekulation, die nur einseitig verlaufen durfte, weil die Dinge sonst im höchsten Maße kompliziert zu werden versprachen!

„Wie geht eigentlich deine Frau mit diesem exzessiven Überstundenpensum um?“

„Sie hat freiwillig einen Chefinspektor im Dienste der Kriminalpolizei geheiratet, oder?“

„Ja, schon klar, aber ...“

„Auf jeden Fall ... Jetzt hab ich vergessen, was ich sagen wollte“, meinte Muster, schüttelte den Kopf und sah sich um, als ob er auch vergessen hätte, dass sie im Innenhof der Grazer Unfallklinik saßen.

„Du glaubst ihm hoffentlich nicht“, sagte Schimmer.

„Wem?“

„Morell natürlich ... dass er es getan hat.“

„Er hat gestanden, aber ... vielleicht, vielleicht auch nicht“, Muster wischte mit seiner Hand langsam an der Schläfe vorbei, „weißt du, ich hab gespürt, wie die Kugel an mir vorbeigeflogen ist.“

„Du bist gut einen Meter hinter ihm gestanden.“

„Ja, schon möglich, aber ... irgendwie war es trotzdem ...“

„Nein, das war kein Nahtoderlebnis, das deinem Leben eine neue Bedeutung gibt, sondern höchstens ein kleiner Schock", erwiderte Schimmer trocken. Dieser Michi, der neuerdings auf jeden Selbstzweifel und jede Sentimentalität anzuspringen schien, der behagte ihr nicht, so hatte sich die neue Männlichkeit bitte nicht zu manifestieren.

„Ich hab in der letzten Woche insgesamt ... höchstens dreißig Stunden geschlafen", sagte er und gähnte zur Bestätigung löwenhaft.

„Auf der Baumgartner Höhe haben sie Schlafentzug als Antidepressivum eingesetzt, so eine Art Reset für das Gehirn."

„Und?"

„Ich und Magda sind am Vormittag darauf ziemlich ... Wir waren drauf wie Teenager, die zum ersten Mal kiffen. Und Christoph hat einen Manischen bekommen, hat sich pudelnackt ausgezogen, ist davongelaufen und zwei Tage später mit einem Olivenbaum zurückgekommen, das Teil hat sicher hundert Kilo gewogen, den hat er dem Primar geschenkt als Beweis seiner Zuneigung."

„Einen Olivenbaum? Na, so weit dürfte es bei mir hoffentlich nicht kommen. Ich werde höchstens ..."

„Zickig und zimperlich", ergänzte Schimmer, bekam nur ein zustimmendes Schulterzucken, worauf sie Muster mit aller Kraft auf den Oberschenkel boxte.

„Aua", meinte er ungerührt, stand auf und ging zum Springbrunnen inmitten des Hofes, um sich kaltes Wasser in Gesicht und Nacken zu spritzen.

Schimmer sah ihm nach und träumte sich für eine Minute in eine solide Beziehung mit ihm, samt gemeinsamer Wohnung und Zukunftsplänen. Wie fühlte sich das an? Diffus bis gar nicht. Sie konnte das Jetzt fühlen, die Vertrautheit und Zusammengehörigkeit, die zweifellos dadurch intensiviert wurde, dass sie gemeinsam einer potenziell lebensbedrohlichen Situation ausgesetzt gewesen waren, das Überleben mochte sie für eine geraume Zeit zusammenschweißen, aber das Leben? Die Zukunft ließ sich vorstellen, aber nicht erfühlen, man konnte sie nur ausprobieren. Und riskieren, auf ganzer Länge zu scheitern, so wie es Morell ergangen war. Schimmer schloss die Augen und stellte sich vor, wie sie an sein Krankenbett trat, sollte sie *Herr Morell* oder gar *Franz* zu ihm sagen? Egal, anfangen würde sie mit einer pathetischen Phrase, wonach es einen guten Grund gäbe, warum er noch am Leben sei; dass dieses Leben, seins und auch das seiner Tochter, ihn wohl noch brauchen würde. Kurze Pause, auch um allfällige Tränen zu trocknen, dann das Ersuchen, eine eigene Erzählung der Geschehnisse geben zu dürfen, mit der Bitte, sie gerne zu unterbrechen für den Fall, dass sie völlig falsch läge. Morell würde schwach nicken, ihr nur kurz in die Augen, dann zum Fenster schauen, auf das herbstelnde Grün-Gelb der riesenhaften Alleebäume. Also würde sie mit dem Hochstand beginnen – sollte sie das Bonmot mit der Kanzel einbauen? Nein –, mit der bestimmten Zufälligkeit, die sie dorthin geführt hatte, dem Mann am Waldrand, die knorrige Leiter, wie oft er dort hinaufgestiegen wäre, um seine Ex zu sehen, um ihnen nahe zu sein, sich vielleicht in ein gemeinsames Leben zurückzufantasieren, so auch an jenem Abend, oder? Ein stummes Nicken, gefolgt von einem Zucken mit dem Kopf, das die Fliege verscheuchen wollte, die sich wieder und wieder am Rand des Verbandes niederlassen wollte; störrisches Mistviech, warum musste sie gerade jetzt die so geschmeidig laufende Erzählung stören? Sollte Schimmer sie erlegen? Dem frisch an der Stirn Operierten genau dorthin schlagen? Besser: Fenster auf, das Insekt durch beharrliches Fuchteln hinaustreiben, ja, weg war sie. Also: Er war dort oben, ein milder Sommerabend, müde Glieder, melancholisch, eine Stimmung wie in einem Schubert-Lied, war er eingedöst?, wach geworden vom Ruf des Käuzchens, nein, von den Schreien und Schüssen, aufgesprungen, fast abgestürzt, weil er die Leiter nicht wie üblich, sondern mit dem Rücken zu den Sprossen nahm, hinunterlaufen wollte, über den Acker, stolpernd, hinfallend, noch ein Schuss und noch einer, dann, keine hundert Meter vom Haus entfernt, Karina am Balkon, über die Brüstung kletternd, übermenschlich das Tempo, mit dem er dorthin gelangte, sie im letzten Moment auffangen konnte, der Schmerz in den Unterarmen, dennoch fiel er nicht, oder doch? Doch, sie mussten gestürzt sein, deshalb die Gehirnerschütterung, dann packte er das Kind wie eine Affenmutter das Äffchen, hörte noch einen Schuss, aus dem Oberstock, Schritte auf dem Balkon, weg, weg, weg, er lief zu seinem Auto, das neben einem Holzstapel am Straßenrand geparkt war, nur halb versteckt, er riss die Tür auf, legte seine Tochter auf die Hintersitze, schlug die Tür zu, suchte nach seinem Handy, das doch hier irgendwo sein musste, hatte er es zu Hause vergessen, im Büro, auf dem Acker verloren?, egal, er musste, er sollte, es war keine bewusste Entscheidung, es zog ihn zurück, es lief ihn, bewaffnet mit einem wuchtigen Buchenscheit, das er vor dem Haus gegen eine Harke tauschte. Schrie er, als er in den Flur stürmte? Ein Brüllen, das ihm im Hals steckenbleibt, als er Helena dort stehen sieht? Wieso richtet sie die Waffe auf ihn? Erkennt sie ihn etwa nicht?

„Lena, ich bin's, Franz!“

„Warum, was tust du hier?“

„Wer hat geschossen? Ist wer verletzt?“

„Sie sind alle tot. Das ist das Beste, verstehst du.“

„Was?“, stammelt Morell. „Lena, bitte, gib mir jetzt die Pistole.“

„Nein“, erwidert sie gelassen. Sagt sie noch mehr? Erklärt sie sich? Gibt es etwas zu erklären? Einen langsamen Abstieg aus den höchsten Höhen der Wissenschaft in die Unterwelt von Wahnsinn und Depression? Oder war es ein Absturz binnen Wochen? Vielleicht, vielleicht auch nicht. Langsam richtet sie die Waffe auf das eigene Herz, schenkt ihrem Mann einen letzten, verzweifelten, hoffnungslosen Blick und drückt ab. Nein? Stimmt, Schuss in die Leber, außerdem die Abwehrverletzungen. Er hat sich auf sie gestürzt, versucht, ihr die Waffe zu entreißen, ein Kampf, in dem sich ein Schuss gelöst hat, worauf seine geliebte Frau in seinen Armen starb. Und dann? Ist das noch wichtig? Wen er zuerst gefunden hat, wen er zuerst versucht hat, ins Leben zurück zu schütteln, Schwiegervater, Schwiegermutter, oh Gott, sein Sohn. Aber da war auch seine Tochter, im Wagen, zurück zu ihr, zurück zum Haus, wie ein Programm lief ab, was er tat, als ob ein fremdes Kommando ihn führte, ihm befahl, aus dem Ort dieser eigenen Tragödie den Tatort eines fremden Verbrechens zu machen. Weil: Sie durfte nicht zur Mörderin ihrer, seiner Familie werden, nein, sie war seine geliebte, angebetete, heilige, seine Frau, das alles musste ein Missverständnis, vielleicht doch ein böser Alb sein, den er am Hochstand träumte? Nein. Zu heiß das Wasser, das ihm in der Küche die Hände verbrühte, als er eine Plastikschüssel damit befüllte. Zu vertraut der Geruch der Flüssigseife, die er hineingab, sich daranmachte, Helena zu waschen, die Hände und Unterarme, wegen der Schmauchspuren, auch wegen der eigenen DNA, die wohl an ihr haftete, nachdem er sie an sich gepresst hatte, als könnte er dadurch die Kugel aus ihrem Körper saugen und in seinen befördern, doch der Wahnsinn befiel ihn nicht im Augenblick dieses Schmerzes, sondern in der Klarheit, in der er anschließend seinen Plan ausführte. Oder war das gar kein Plan? War es schlichtweg das Versehen der Ermittler – die, warum auch immer, nie die Möglichkeit eines erweiterten Suizids in Betracht gezogen hatten –, das sich so gut mit seiner Inszenierung deckte? Die Idee mit dem Kastenwagen und den Einbrechern? Zusammengesetzt aus dem Naheliegenden und dem, was aus Helenas Schilderungen hängengeblieben war. Dazu die Schilderungen des Pfarrers, dazu die tatsächlichen Einbrecher, zwei Rumänen mit reichlich Vorstrafen. War es zwischendurch vielleicht sogar so, dass er selbst an eine dieser Varianten zu glauben anfing? Ja? Wann? Als er Karina zu ihrer Tante nach München brachte und dieser von möglichen Auftragsmördern erzählte? Als er die Nachrichten und ihre Spekulationen verfolgte? War es nicht tatsächlich möglich, dass er selbst etwas übersehen hatte? Einen unbekannten Dritten, der sich unbemerkt davongemacht hatte? Schluss jetzt damit. Das waren doch nur hilflose Versuche, sich aus der Verantwortung zu stehlen. Wer hatte denn die Waffe besorgt? Wer hatte ihre Anrufe, ihre Ängste und ihre Verzweiflung nicht ernst genug genommen? Sie hatten doch telefoniert, oder? Stundenlang. Egal, ob sie selbst oder die Schwiegereltern am Apparat gewesen waren, er musste doch mitbekommen haben, wie es um sie stand. Aber wer wollte denn davon ausgehen, dass die eigene Frau, Ex-Frau, meinetwegen, zu so etwas fähig wäre? Sie zu einer Irren erklären, einer rasenden Medea, die aus dieser so unheimlich gewordenen

Welt keinen anderen Ausweg sieht als den Tod? Wie sollte man denn so jemanden noch lieben können? Aber liebte er sie denn wirklich nicht mehr? Doch, natürlich. Er war ein unheilbarer Romantiker.

40

„Wenn jede Träne als ehrliches Ja gilt“, meinte Muster und atmete hörbar aus, „dann war das das umfassendste Geständnis, das ich je gehört habe.“

„Michi“, erwiderte Schimmer, schwankend zwischen Ärger und Besorgtheit, „würdest du jetzt bitte aufhören mit diesem ... Da fange ich noch wirklich an Sheldrake zu glauben an!“

„Wer soll das sein?“, fragte Muster und schien sich zwingen zu müssen, einen alten slowakischen LKW mit knapp über 100 km/h zu überholen.

„Theorie der morphogenetischen Felder, so was wie ... eine Ansteckung mit Gedanken, Wissen, Mustern, Gefühlen.“

„Und was hat das mit mir zu tun?“

„Was wohl“, Schimmer schüttelte den Kopf, „dieses ganze Unterlengbach-Drama samt seiner ... das hat eine archaische, romantische, poetische Komponente, die auf dich abzufärben scheint.“

„So ein Scheiß.“

„Danke, schon besser.“

„Wenn ich das mit dem Hochstand von Anfang an ernst genommen hätte“, sagte Muster nach einigen schweigsamen Minuten, „wenn wir dort Spuren von Morell gefunden hätten ... Ich hoffe, du hältst mir das nicht vor.“

„Du hoffst, dass ich das nicht Oberst Tengg unter die Nase reibe“, meinte Schimmer und grinste.

„Schmarrn ... Der hat jetzt eine geile PK, jede Menge Interviews, die ihm den Kamm schwellen lassen ...“

„Kamm, ja ... außerdem habe ich ... Die grauen Gänse sind schließlich auf meinem Mist gewachsen.“

„Auf dem des Pfarrers, um den ich mich ebenfalls nicht gekümmert habe."

„Wir sind schon komisch", wandte Schimmer ein, „statt dass wir uns gemeinsam freuen, dass wir diese irre Geschichte aufgeklärt haben ..."

„Suchen wir nach Fehlern, warum es uns nicht früher gelungen ist, ja", gab Muster zu. „Als ob es mein erster erweiterter Suizid gewesen wäre."

„Schluss jetzt", bestimmte Schimmer, „versprich mir nur, dass du mich aus dem Presserummel raushältst, so gut es geht, okay?"

„Nicht einmal intern?", wunderte Muster sich. „Nagel mich nicht fest, aber ... Und jetzt hör zu grinsen auf ... Wenn es nach mir ginge, steht da eine Beförderung an, aka nächste Gehaltsstufe."

„Ja, von mir aus ... aber ich weiß auch, was passiert, wenn ich mich im Internet sehen muss, wenn die mich für Interviews anrufen und so weiter."

„Du meinst, dass sie die alte Geschichte wieder aufkochen?"

„Nicht unbedingt, nein ... aber der Wirbel tut mir einfach nicht gut. Cortisolspiegel, Noradrenalin, Dopamin, erhöhte Gehirnaktivität ..."

„Angst, dass du wieder Besuch bekommst?"

„Ja", pflichtete Schimmer bei. Ohne darauf einzugehen, dass es weniger ihre Geister waren, die sie fürchtete, als vielmehr die unkontrollierbaren Ängste, das Aufflackern der Psychose, die umso bedrohlicher wurde, je neuer und ungewohnter die Reize und Ereignisse waren, denen sie ausgesetzt war.

„Soll ich dir was gestehen?", fragte Muster.

„Das ist auch eine selten dumme Frage", meinte Schimmer, „was ist, wenn ich nein sage?"

„Manchmal war ich fast ... neidisch."

„Worauf?"

„Auf die ..."

„Nicht dein Ernst!", meinte Schimmer mit gespieltem Entsetzen.

„Doch, doch", erwiderte Muster, „dass du etwas siehst, was anderen ... natürlich ohne die ganze Kacke darum herum, also Psychiatrie, Medikamente und das alles."

„Kill my demons and my angels might die too", zitierte Schimmer jemanden, der ihr nicht einfiel.

„Ja, ist mir schon klar ... trotzdem, du bist dadurch auch etwas Besonderes, oder?"

„Hör auf mit dem Scheiß", sagte Schimmer verärgert, „glaubst du nicht, dass mein Leben einfacher, vor allem besser wäre, wenn mir das erspart bliebe?"

„Ja, schon, aber ... es wäre auch nicht mehr dein Leben, oder?"

„Ich habe sie ein-, zweimal gesehen", meinte Schimmer, nachdem sie ein paar Minuten geschwiegen und geschmollt hatte.

„Helena Sartori?", bewies Muster erneut eine überraschende Einsicht.

„Ja."

„Und? Habt ihr ... Hast du mit ihr gesprochen?"

„Ja."

„Hm", machte Muster und Schimmer wusste genau, was ihm auf der Zunge lag, wusste, in welchen Spekulationen er sich danach ergehen würde, Stimmen aus dem Jenseits, blablabla.

„Alles, was sie sagen, kommt aus meinem Gehirn", sagte sie betont langsam, als ob sie einen oftmals gehaltenen Vortrag wiederholte, „da gibt es nichts, was ich unmöglich wissen könnte, keine geheimen Botschaften oder versäumten Geständnisse."

„Hm."

„Hör auf, ich mag diese verklärte ... diese esoterische Fantasterei nicht."

„Mit den heilenden Werkzeugen aus Atlantis würde ich mich trotzdem gerne einmal von dir behandeln lassen", sagte Muster, als wäre ihm völlig ernst damit.

„Wann habe ich dir das erzählt?!", wunderte sich Schimmer.

„Gar nicht", sagte Muster und schaffte es tatsächlich, ein so ernsthaftes wie ehrliches Gesicht zu bewahren. „Muss wohl eine Botschaft aus diesen ... Morpho-Dings-Feldern sein."

„Hm", machte Schimmer.

„Cindy aus Honolulu", sagte Muster dann in das spannungsgeladene Schweigen hinein und brach in Lachen aus. „Wahnsinn ... Irgendwie muss das doch auch ganz lustig gewesen sein auf der Baumgartner, oder?"

„War es auch", stimmte Schimmer zu und zuckte mit den Schultern, „auch."

Dann war sie zurück in Wien, auf ihrer Couch, links eine Schwester, rechts eine Schwester, beide regelmäßig aus der dritten Staffel von *Call My Agent!* aussteigend, die Philomena ihnen regelrecht aufdrängen hatte müssen, weil sie keine Lust mehr hatte, über den Fall Sartori zu reden. Vor allem, da Helena und ihre Mutter auf der Küchenanrichte saßen, beide in einem schlichten zweifärbigen Dirndlkleid mit blauer Schürze, was machten die noch da? Die hatten sich doch in einem Portal aus Licht aufzulösen, die Schwelle zu überschreiten, eine unsichtbare Hand von der anderen Seite zu ergreifen, Streichermusik et cetera, aber nein, baumelten kindisch mit den Beinen und schienen sich über die Geschehnisse am Bildschirm mehr zu amüsieren als Thalia und Nemo. Die ihre Schwester damit nervten, Satzanfänge von sich zu geben wie *Aber wenn, Aber die, Aber das ist doch, Aber warum,* die Schimmer zunehmend verärgert mit einem Pscht! abwürgte, vortäuschend, auf die Handlung der Serie konzentriert zu sein, wo sich in Wahrheit in ihrem Kopf eine angenehme Leere auszubreiten begann, an eine Sanduhr dachte sie, an die obere Hälfte, aus der ohne Zwang, nur der Schwerkraft folgend, alle Fragmente und Partikel des Falls rieselten, die sich im Laufe der letzten Wochen dort angesammelt hatten.

„Wenn es nur kein Vakuum ist", dachte sie laut, was ihre Schwestern nur deshalb nicht verwunderte, weil sie beide der Handlung im Fernseher nicht hatten folgen können und der Meinung waren, dass Philomena sich auf einen Satz von Andréa, Mathias, Gabriel oder Arlette bezog. Wieso Vakuum? Dessen naturgemäße Bestimmung, sich auszugleichen, Unterdruck schafft Gegendruck, von der Leere zur Implosion durch die allzu heftig einfallende Außenwelt, das war es, was Schimmer subtil ängstigte, bevor auch diese Angst nach unten rieselte, nichts hinterließ als den Wunsch nach Frieden, dann echten Frieden, mit dem Kopf an Thalias Oberarm schlief sie ein.

41

Natürlich ahnte Schimmer, dass sie erwartet wurde. Im KAP, im BKA, herbeigesehnt, herbeigesaugt, dort war sie das fehlende Teilchen, um die Neugier, letzte offene Fragen, die Leerstellen in den Ermittlungsberichten zu füllen, den Kreis zu schließen. Doch wenn es nach ihr ging, sollten das andere klären, sollten die stolz und zufrieden dem Sonnenuntergang entgegenreiten, sie wollte lieber: ganz banal mit der Hündin im Wald spazieren gehen. Und auch wenn sie angesichts ihrer Heldentat – die sich klarerweise trotz Michis Zusicherung, zu schweigen, sehr schnell herumgesprochen hatte – eigentlich keine Ausreden brauchte, um sich den Tag freizunehmen, gab sie doch migräneartige Kopfschmerzen und Übelkeit vor. Warum fühlte sich diese Lüge besser an als die Wahrheit? Dass sie nichts reden und nichts hören wollte, außer Vikingur Ólafssons Bach-Interpretationen, die nun aus dem Bluetooth-Lautsprecher in die Küche perlten, mit vollem Mund ließ Schimmer ihre Finger über die Anrichte tanzen und wünschte sich wieder einmal, ein Instrument zu beherrschen. Ach, Philomena, langsam war es doch an der Zeit, diese Wünsche aufzugeben; mit zehn Jahren hatte sie eingesehen, dass sie niemals wie Doktor Dolittle mit den Tieren würde reden können, mit zwölf hatte sie sich zum ersten Mal von einem Ritter auf weißem Pferd, damals namens Patrick, verabschiedet, mit sechzehn vom Verdacht, das absolute Gehör zu haben, mit zwanzig von der Möglichkeit, doch noch zehn Zentimeter zu wachsen, und so weiter. Jetzt fiel ihr der Zinnteller in der Küche von Frau Haslauer ein: Alle Wünsche werden klein und so weiter, aber stimmte das? Müsste es dann nicht ihr größter Wunsch sein, frei von ihren Halluzinationen leben zu können, die eindeutig als pathologische Phasen klassifiziert waren? Und das hatte nichts mit dem paradoxen Zwang zu tun, chronisch krankhafte Zustände behalten zu wollen, weil sie zumindest etwas Bekanntes, Zugehöriges, Vertrautes vermittelten und damit über die Angst vor dem Neuen obsiegten, wie es einer ihrer Lebenshilferatgeber behauptete. Ihre Geister waren keine Sucht, sie traten nicht als Belohnung oder Bestrafung auf, sie waren einfach da, wie es ihnen behagte, und damit gehörten sie zu ihr, waren sie auch ihr Leben.

„Über diese Sache", sagte ihre Mutter wie nebenbei, als sie der Tochter die Leine in die Hand drückte, „was du mich neulich gefragt hast ..."

„Jaaa?"

„Darüber können wir gerne noch einmal ... also ausführlich reden ... wenn du das willst."

„Sehr gerne sogar", antwortete Schimmer und küsste ihre Mutter auf die Wange, „dann verrate ich dir auch den Trick, wie du Papa herbeizaubern kannst."

„Gott behüte", wehrte die Mutter lachend ab, „von dieser Sehnsucht bin ich zum Glück geheilt."

„Im Ernst?"

„Ja."

„Das heißt", Schimmer zögerte und drückte die hysterisch wedelnde Hündin nach unten, „dass es vielleicht eine Sehnsucht sein kann, die das auslöst?"

„Das traue ich mich nicht zu unterschreiben, aber ... Hauptsache, wir werden nicht verrückt dabei, oder?"

„Der war gut, den erzähle ich ihm, also Papa", meinte Schimmer und drehte sich um, „bis später."

Sie ging und ging und ging, nahm sich immer wieder vor, bei einer Bank oder einem umgelegten Baumstamm zu rasten, versprach sich den nächsten und ging weiter. Bergauf, bergab, kleine Bäche, Lichtungen, ein Weg, ein Pfad, eine Wildspur, schließlich nur mehr Waldboden, ohne Orientierung, keine Menschen mehr, vereinzelt ein Specht, ein Rascheln im Unterholz, selbst die manische Hündin wurde gelassen angesichts dieses gespenstischen Friedens. Bis Schimmer diese Menschen erblickte, ein Dutzend vielleicht, auffallend festlich gekleidet in diesem Umfeld, in Kleidern und Hosenanzügen die Frauen, die Männer in legeren Sommeranzügen, viel Beige, Hellgrau und Weiß, was dem Grüppchen zusätzlich die Aura einer sektenhaften Prozession verlieh, jetzt erkannte Schimmer auch, dass die Frau, die voranging, ein Gefäß in Händen hielt, das sie würdevoll vor sich hertrug, eine Urne? Die Hündin winselte, bellte dann leise in Richtung der Menschen.

„Du siehst sie auch?", flüsterte Schimmer erstaunt, während sie neben der Hündin in die Hocke ging. Was sollte sie davon halten? Das konnte doch nur bedeuten, dass ... Langsam näherte sie sich der Gruppe, die Frau mit der Urne nickte ihr freundlich zu, zu einem gesprochenen Gruß, wie man es im Wald für üblich hielt, rang sich allerdings niemand durch.

„Warum seid ihr hier? Was wollt ihr von mir?" Schimmer stellte sich der Gruppe in den Weg, flankiert von der bellenden Hündin, die nun zu alter Form zurückgefunden hatte.

„Das ist eine Beerdigung", erwiderte die Frau verständnislos, „und was machen Sie hier?"

„Eine Beerdigung?"

„Das hier ist der Wald der Ewigkeit“, sagte ein junger Mann, der sich wie zum Schutz neben die Frau gestellt hatte.

„Wald der Ewigkeit“, wiederholte Schimmer und wurde sich zunehmend sicher, dass sie es hier mit realen Menschen zu tun hatte, real, aber trotzdem nicht normal, oder?

„Ein Waldfriedhof für Naturbestattungen“, erklärte die Frau, die nun etwas wie Mitleid für die seltsame Spaziergängerin erkennen ließ. „Das ist die Asche meines Vaters, da hinten ist sein Baum.“

„Oh Gott, Entschuldigung!“, sagte Schimmer und brach mit einem Mal in Tränen aus; na großartig, jetzt haute es ihr erneut den Vogel raus. „Ich dachte, dass ... Entschuldigung.“

In respektvoller Entfernung ließ sich Schimmer dann unter einer riesenhaften Platane nieder und beobachtete die Beisetzung. Wie friedlich, fast freudvoll diese Menschen jetzt auf sie wirkten. Aber wenn ein Mensch sich dazu entschließt, nach seinem Tod auf die natürlichste Weise in den Kreislauf des Seins zurückzukehren, vielleicht heftete sich dann weniger Trauer und Schmerz an die Grenze zwischen Leben und Tod. Und während Schimmers Gedanken in Richtung Pathos und Hollywoodkitsch drifteten, trug der Wind die Töne einer Querflöte zu ihr, auf der eine junge Frau aus der Gruppe zu spielen begonnen hatte. Sie erkannte die Melodie, doch wie so oft, wenn ein fremdes Instrument diese spielte, fiel ihr der Name des Lieds nicht ein. Sie summte mit, was die Hündin zu einem Winseln brachte, bei dem Schimmer augenblicklich fürchtete, dass es in ein wölfisches Heulen übergehen könnte. Aber wäre das nicht ein ergreifendes Finale, sagte sie sich. Asche zu Asche, Erde zu Erde, dazu spielt eine Flöte, dazu weint ein Wolf.

Georg Haderer

Es wird Tote geben

Kriminalroman

344 Seiten

ISBN 978-3-7099-7826-9

Kann Major Schäfer endlich seinen Frieden finden? Die Voraussetzungen sind gut: Aufs Land versetzt macht er Dienst nach Vorschrift und genießt laue Sommerabende am Lagerfeuer. Gestört wird die Ruhe nur durch ein deutsches Filmteam, das in Schäfers idyllischem Revier eine Krimiserie drehen will. Kurz darauf kommt eine Schülerin unter rätselhaften Umständen zu Tode. Und schon spielt Schäfer die Hauptrolle in einem bösen Fall, zu dessen Aufklärung ihm ausgerechnet ein Drehbuchautor mit ausufernder Fantasie verhelfen will.
In seinem Roman treibt Georg Haderer ein so spannendes wie satirisches Spiel mit Fakten und Fiktion. Kuriose Provinzdelikte, eiskalte Verbrecher und jede Menge Verdächtige treffen sich zwischen Wald und Wirtshaus und jagen gemeinsam einem filmreifen Showdown entgegen.

Georg Haderer
Sterben und sterben lassen
Kriminalroman
392 Seiten
ISBN 978-3-7099-7839-9

Ein Mörder zurück in Freiheit, ein Dorf in Aufruhr: Frederik Bosch, vor 26 Jahren für den Mord an der siebenjährigen Susanna verurteilt, hat sich nach seiner Haftentlassung ausgerechnet in Schaching niedergelassen, wo das Verbrechen einst geschah. Seine Rückkehr sorgt überall für Empörung. Und dann stolpert Major Schäfer auch noch über Ungereimtheiten in Boschs Fall … Eine fesselnde Mischung aus einem ebenso genialen wie abgedrehten Ermittler, schrägen Begegnungen und psychischen Ausnahmezuständen.

„… seine Kriminalromane zählen zu den besten, die es für Geld zu kaufen gibt.“
DIE WELT, Elmar Krekeler

MIX
Papier | Fördert gute Waldnutzung
FSC® C083411
FSC
www.fsc.org

Auflage:
4 3 2 1
2027 2026 2025 2024

HAYMON tb **319**

Taschenbuchausgabe 2024

www.haymonverlag.at

ISBN 978-3-7099-7972-3

Inhaltliche Betreuung: Haymon Krimi / Linda Müller
Lektorat: Joe Rabl; Haymon Krimi / Linda Müller
Projektleitung: Haymon Krimi / Phillip Ruby, Hanna Rusch
Buchinnengestaltung nach Entwürfen von: himmel. Studio für Design und Kommunikation, Innsbruck / Scheffau – www.himmel.co.at
Satz: Da-TeX Gerd Blumenstein, Leipzig
Umschlaggestaltung: Designbüro Lübbeke Naumann Thoben, Köln
Umschlagabbildung: Pablo Panica / Alamy Stock Foto
Autorenfoto: Juli Schneemann

Gedruckt auf umweltfreundlichem,
chlor- und säurefrei gebleichtem Papier.